UN ÉTÉ TRÈS NOUÉ

DOUCE ROMANCE OMEGAVERSE

UN ROMAN DE WHISPERING GROVE

HARLEY KNIGHT

Traduction
MEET CUTE MEDIA

TABLE DES MATIÈRES

UN ÉTÉ TRÈS NOUÉ

Trois Alphas. Un chalet. Aucune chance d'échapper au passé.

Je n'ai pas pris cet avion uniquement pour fuir un ex infidèle — j'ai fui parce que j'en ai assez d'être trahie par ceux qui prétendent m'aimer. Ce n'est pas la première fois, et chaque cicatrice n'a fait que renforcer mon serment : aucun Alpha ne touchera plus jamais mon cœur.

Je voulais juste de l'espace pour respirer, pour guérir. Mais l'univers en a décidé autrement.

Une minute, je suis une auteure à succès, cachée dans un chalet isolé. La suivante, je regarde tout ce que je possède partir en flammes. Sans abri. Seule. Et quand trois Alphas pompiers m'offrent un refuge, c'est comme une blague cruelle — leur faire confiance, c'est comme se tenir au bord d'une autre falaise, prête à tomber.

Atlas commande la pièce avec une présence qui accélère mon pouls. Le charme taquin de River érode des murs que je croyais infranchissables. Et le regard calme et perçant de Levi voit des parties de moi que je ne veux laisser personne toucher.

Avec mes chaleurs qui me tombent dessus des semaines

avant la date prévue, je me retrouve face à un choix
impossible : risquer de rouvrir des cicatrices que j'ai
tant travaillé à refermer ou continuer à fuir ce genre
d'amour qui ne m'a jamais laissée que meurtrie.
Tous les feux ne détruisent pas. Certains consument.

EMMA

*P*leurer dans les toilettes d'un aéroport est un genre particulier de pathétisme. L'éclairage fluorescent impitoyable accentue chaque trait bouffi, les distributeurs automatiques de serviettes en papier continuent de vrombir d'un air réprobateur, et le défilé d'inconnus qui vous adressent des sourires compatissants-mais-pitié-ne-me-parlez-pas est juste la cerise sur le gâteau de l'humiliation.

Et pourtant me voilà, Emma Collins, auteure à succès de romance fantastique et officiellement Oméga rejetée, en train de faire exactement ça.

Je m'asperge le visage d'eau froide pour la troisième fois, espérant que la rougeur autour de mes yeux s'estompe. Le miroir des toilettes ne mâche pas ses mots. J'ai l'air d'avoir été percutée par le train de la tristesse et traînée sur plusieurs kilomètres émotionnels.

—Reprends-toi, Emma, je marmonne en tirant une autre serviette en papier tandis que le distributeur se remet en marche. Tu as écrit des héroïnes qui surmontent bien pire qu'un Alpha connard avec la profondeur émotionnelle d'une pataugeoire.

Mon téléphone vibre. Jess, bien sûr.

Tu as passé la sécurité sans commettre d'homicide justifiable ?

Je parviens à esquisser un faible sourire. Ma meilleure amie depuis la fac m'avait pratiquement poussée hors de chez moi ce matin, insistant pour que je fasse ce voyage.

Pas encore de victime. Je garde mon énergie pour quand je rentrerai et que je brûlerai toutes ses affaires.

C'est ma fille ça. Rappelle-toi, ces vacances sont officiellement les congés Merde-à-Chad, et je ne parle pas littéralement. Tu en as assez bavé avec ses conneries... et celles de Megan.

Malgré tout, je laisse échapper un rire-reniflement, m'attirant un regard inquiet d'une femme qui applique son rouge à lèvres à côté.

Embarquement bientôt. Je t'envoie un message à l'atterrissage.

T'as intérêt. Et Emma ? C'est lui le perdant qui n'a pas su reconnaître ce qu'il avait. Pas toi.

Je range mon téléphone, saisis mon bagage à main et redresse les épaules. Deux semaines à Whispering Grove, ce pittoresque village de montagne que Chad et moi avions réservé pour ce que j'avais stupidement imaginé être l'endroit où il me marquerait enfin comme sienne. Deux semaines de solitude dans un chalet douillet dont je vais maintenant profiter seule. Deux semaines pour panser més blessures et peut-être, juste peut-être, retrouver l'étincelle d'écriture qui me manque depuis que mon quatrième livre a atteint les listes des meilleures ventes.

Deux semaines pour oublier à quel point je m'étais trompée, complètement et spectaculairement, sur tout.

La femme me rejoint et applique son rouge à lèvres, croisant mon regard dans le miroir. « Tu es trop jolie pour avoir l'air si triste, ma belle, dit-elle en rebouchant son rouge à lèvres. Quoi qu'il ait fait, il ne mérite pas ces larmes. »

Je cligne des yeux, surprise par cette gentillesse inattendue venant d'une inconnue. « C'est si évident que ça ? »

Elle s'approche, et son délicat parfum d'Oméga porte des notes de cannelle et de papier vieilli.

—Ma belle, je reconnais la tête de "mon Alpha est une ordure" quand je la vois, dit-elle. Elle regarde autour d'elle pour s'assurer que nous sommes seules. Écoute, je peux te donner un conseil ? Nous, les Omégas, n'avons pas toutes besoin de tomber dans le rôle parfait qu'on attend de nous en nous soumettant à n'importe quel Alpha qui nous prête attention. Nos corps nous trahissent auprès d'eux, c'est la biologie, mais ça ne signifie pas que nous devons cesser de lutter jusqu'à ce que nous trouvions les bons Alphas pour nous. Ceux qui méritent qu'on se rende à eux. Elle replace une mèche de cheveux derrière mon oreille d'un geste maternel qui me fait presque pleurer à nouveau.

—Il m'a fallu quarante-sept ans et trois mauvais mariages pour comprendre ça. Ne gâche pas ta jeunesse comme je l'ai fait. Attends ceux qui méritent ta soumission, pas ceux qui l'exigent.

—Merci. J'apprécie vraiment. Ma gorge se serre.

Elle me fait un clin d'œil et prend son sac. « Maintenant, va lui montrer ce qu'il rate. »

Avec un dernier regard à mon reflet, j'essuie les dernières larmes, rassemble mes bagages et me force à me diriger vers la zone d'embarquement. Le hall s'étire devant moi, un parcours de kiosques alimentaires hors de prix et de boutiques duty-free que je dois traverser en ressemblant à l'enfant-poster des *Omégas avec des problèmes d'abandon*. Les gens se déplacent en flux autour de moi, des couples se tenant la main, des familles regroupant leurs enfants, des voyageurs d'affaires se dirigeant résolument vers leurs portes. Des gens normaux vivant des vies normales qui n'ont pas vu leur partenaire décider soudainement que leur odeur était *mauvaise*.

Chad semblait si différent au début. Je l'avais rencontré lors d'une séance de dédicace pour mon deuxième roman, où il assurait la sécurité. Il s'était approché après avec mon livre à la main, demandant un autographe avec ce sourire facile et charmant. Il disait l'avoir acheté pour sa nièce mais l'avoir fini par le lire lui-même. J'avais été flattée. Un Alpha qui n'était pas gêné de lire de la romance fantastique.

Il avait été attentionné et protecteur, tout ce qu'une Oméga est censée vouloir d'un Alpha. Il m'apportait de la soupe quand j'étais malade. Se souvenait de ma commande de café préférée. M'écoutait divaguer sur les intrigues et les arcs de personnages. Pendant les premiers mois, j'avais vécu dans un brouillard, me demandant comment j'avais pu avoir tant de chance. Même quand mes amis soulignaient des petites choses, comme le fait qu'il vérifiait un peu trop souvent où j'étais, qu'il rejetait ma carrière comme étant *mignonne*, qu'il rabaissait subtilement mes amis, j'avais trouvé des excuses pour lui.

Quel cliché j'avais été. L'Oméga naïve si désespérée d'obtenir l'approbation d'un Alpha qu'elle avait ignoré chaque drapeau rouge s'agitant frénétiquement devant son visage. Stupide !

La zone d'embarquement apparaît, et je me concentre sur la logistique pour trouver ma porte, vérifier ma carte d'embarquement et m'assurer que j'ai ma pièce d'identité prête, n'importe quoi pour éviter de penser au train catastrophique qu'était ma vie amoureuse. Je préfère penser à l'inconfort écrasant des sièges économiques plutôt que de m'attarder sur la façon spectaculaire dont j'avais mal interprété tout ce qui concernait ma relation.

—Nous procédons maintenant à l'embarquement de la Zone 3 pour le vol 1526 à destination des Montagnes Mistcrest, annonce l'agent de porte.

J'avance avec mes compagnons de voyage, me sentant comme si je marchais dans de la mélasse.

Le minuscule aérodrome de Mistcrest est à peine plus qu'une piste d'atterrissage glorifiée, avec un chalet en rondins qui prétend être un terminal. C'est le seul moyen d'entrer ou de sortir de ce coin de nulle part, à moins d'être prêt à faire six heures de route sur des routes de montagne sinueuses. Whispering Grove est à peu près tout ce qui existe comme civilisation dans les parages — juste une petite ville nichée dans la vallée, à environ trente minutes de l'aérodrome en voiture.

Dans l'avion, je parcours les numéros de rangées.

Je m'installe sur le siège côté hublot, mettant immédiatement mes écouteurs et me tournant pour regarder le tarmac.

Mon esprit revient au moment où tout a implosé.

—Ton odeur est mauvaise, avait dit Chad.

J'étais debout dans notre cuisine, bon, la cuisine de Chad, mais après un an ensemble, elle semblait être la nôtre, en train de couper des légumes pour le dîner quand il était entré et avait lâché la bombe avec toute la cérémonie d'un commentaire sur la météo.

—Quoi ? Je m'étais retournée, couteau toujours à la main, quelque chose qui semblerait presque prophétique avec le recul.

—Ton odeur. Elle est mauvaise. Chad n'avait même pas pris la peine de lever les yeux de son téléphone en disant cela, ses pouces tapotant un message quelconque. Rien ne m'attire plus chez toi.

Les carottes gisaient oubliées pendant que je restais là, stupidement muette de choc. « C'est... tu es en train de rompre avec moi ? »

—Écoute, Emma. Il avait finalement rangé son téléphone, son beau visage arborant cette expression condescendante que je n'avais jamais remarquée auparavant. On s'est bien amusés, mais soyons réalistes. Tu savais que ce n'était pas pour toujours.

—Je... quoi ? Nous partons pour Whispering Grove dans trois jours ! Nous planifions ce voyage depuis des mois ! Ma voix s'était élevée à chaque mot, l'incrédulité se transformant rapidement en colère. Tu as dit... tu as littéralement dit la semaine dernière que ce voyage serait peut-être « le bon ».

Chad avait haussé les épaules, vraiment haussé les épaules, comme si nous discutions d'une réservation de dîner annulée. « J'essayais de te laisser partir en douceur. Vous les Omégas, vous vous attachez tellement émotionnellement. » Son ton suggérait que c'était en quelque sorte mon échec biologique plutôt que son énorme connerie. « J'ai déjà payé pour le chalet. Tu peux y aller quand même si tu veux. »

—Wow. Tellement généreux. Le couteau dans ma main m'avait soudainement semblé très pertinent pour mes intérêts.

—Écoute, tu trouveras quelqu'un d'autre. Il avait jeté un coup d'œil à sa montre. Je dois y aller. On peut éviter la crise d'Oméga dramatique ? Tu pourras récupérer tes affaires plus tard cette semaine pendant que je suis au travail.

Et puis il était parti. Comme ça, tout simplement.

J'étais restée figée jusqu'à ce que sa voiture s'éloigne, puis m'étais effondrée sur le sol de la cuisine, les légumes abandonnés sur la planche à découper. Une heure plus tard, son iPad avait émis un signal sonore indiquant un message. Quelque chose en moi, appelez ça l'intuition d'un écrivain ou simplement une suspicion ordinaire, m'avait poussée à le prendre.

L'aperçu du texto de Megan Sloane brillait sur l'écran. *Tu lui as déjà dit ? J'ai hâte de te voir ce soir, Alpha.* 

Megan. Ma soi-disant amie de l'Académie des Omégas. La femme qui m'avait serrée dans ses bras le mois dernier et avait dit que Chad avait *tellement de chance de t'avoir*.

C'est à ce moment-là que j'ai commencé à jeter des objets.

Ce souvenir me serre à nouveau la poitrine. Un gémissement pathétique m'échappe avant que je ne puisse le retenir derrière mes dents. Mon Dieu, je déteste qu'il exerce encore ce pouvoir sur moi.

Ce n'était même pas mon premier rejet par un Alpha. Il y a eu Jason à l'université qui a dit que *j'étais trop opiniâtre pour une Oméga* après trois mois de relation. Puis Michael l'année dernière, qui a disparu sans laisser de traces après avoir rencontré mes amis Bêtas qui réussissaient bien lors d'un dîner. Maintenant Chad, avec ses conneries de « ton odeur ne va pas ». Peut-être y a-t-il quelque chose de fondamentalement cassé en moi, un défaut d'Oméga qui me rend intouchable, non marquée, indésirable. Peut-être suis-je condamnée à toujours être presque assez bien mais jamais tout à fait comme il faut.

Je hoquette profondément, luttant contre les larmes. Trois échecs. C'est ainsi que ma grand-mère l'appellerait. Trois échecs et tu es éliminée, Emma : O.R.E. Oméga Ratée Extraordinaire.

— Excusez-moi. Je crois que c'est ma place, dit une voix masculine profonde qui fait instantanément naître une délicieuse chair de poule le long de mes bras.

À contrecœur, je lève les yeux.

Oh.

Oh, non.

Debout dans l'allée se tient plus d'un mètre quatre-vingt de ce qu'on ne peut décrire que comme un fantasme d'Alpha ambulant. Cheveux bruns foncés parfaitement décoiffés avec les côtés coupés plus courts que le dessus. Une mâchoire à couper le verre, arborant une barbe de cinq jours méticuleusement entretenue. Des épaules qui font paraître le siège économique comme un meuble de poupée, logées dans un corps visiblement forgé par des années d'effort physique, pas par des séances de gym prétentieuses. Et ces yeux... bon sang, ils ne sont pas gris comme je l'ai d'abord pensé, mais du bleu de minuit le plus profond, si sombres qu'ils sont presque noirs, comme l'océan à son point le plus insondable.

Mais ce qui me frappe le plus fort, c'est son odeur. Un feu de bois qui me fait penser à des feux de joie maîtrisés lors des nuits d'automne, du sucre caramélisé mêlé à du caramel et du sirop d'érable qui me rappelle les dimanches matins. Elle m'enveloppe avec une telle intensité que mon cerveau primitif d'Oméga court-circuite momentanément, les neurones s'activant dans toutes les directions pendant que les synapses fondent comme de la cire de bougie.

C'est ce qu'une compatibilité d'odeur est censée faire ressentir. C'est ce dont j'ai lu, ce que j'ai écrit dans mes livres. C'est ce que je n'ai jamais ressenti avec Chad, malgré mes efforts pour m'en convaincre pendant toute une fichue année.

— Cette place était censée être vide, je lâche brusquement.

Un sourcil parfait s'arque légèrement, l'amusement traversant son visage. — Désolé de vous décevoir. (Il désigne la carte d'embarquement dans sa main.) Liste d'attente de dernière minute. Ils viennent de m'appeler.

Tous les autres passagers en attente ont dû mystérieusement disparaître pour que ce spécimen Alpha particulier se voie attribuer le siège à côté de l'épave émotionnelle que je suis. L'univers fait clairement une promotion sur les blagues cosmiques aujourd'hui.

— Super, je marmonne, sans même tenter de masquer mon sarcasme. Je déplace mon sac du siège libre à côté de moi pour lui permettre d'accéder à la rangée, me pressant plus près de la fenêtre comme si je pouvais la traverser en essayant assez fort.

Il s'installe à côté de moi, et je prends immédiatement conscience de trois choses. Il sent encore meilleur de près, il est absolument immense d'une manière qui rend les sièges économiques une forme spéciale de torture, et il porte quelque chose accroché à un cordon de cuir autour du cou, une sorte de petit charme en bois qui disparaît sous sa chemise avant que je ne puisse le distinguer. Son épaule et son bras larges accaparent l'accoudoir que nous sommes censés partager, ses longues jambes visiblement inconfortables dans l'espace limité.

Je m'appuie contre la fenêtre, créant autant de distance que physiquement possible. La dernière chose dont j'ai besoin est une distraction Alpha, surtout une dont la simple proximité fait réagir mes sens d'Oméga traîtres comme un chien entendant le mot *promenade*.

Les agents de bord commencent leur démonstration de sécurité, mais je remarque qu'une hôtesse blonde dirige spécifiquement son discours vers mon voisin de siège, son sourire large et flirteur.

— ...et si vous avez besoin de quoi que ce soit pendant notre vol aujourd'hui, appuyez simplement sur le bouton d'appel, conclut-elle avec un clin d'œil aussi subtil qu'une enseigne au néon.

Je lève les yeux au ciel si fort que je suis surprise qu'ils ne restent pas coincés. L'hôtesse capte mon expression et plisse légèrement le regard avant de passer à autre chose. Génial. Maintenant, je serai probablement *accidentellement* oubliée pendant le service des boissons.

Mon compagnon de rangée bouge, son bras frôlant le mien au passage. Une décharge de conscience me traverse, irritante par son intensité. J'enfonce mes écouteurs plus profondément et monte le volume de ma playlist « Les Hommes Sont des Ordures », déterminée à maintenir mon champ de force émotionnel.

Alors que nous roulons vers la piste, je lui jette un coup d'œil. Il lit quelque chose sur sa tablette, son profil injustement parfait. Un petit froncement de concentration plisse son front, et sa bouche pleine est fixée en une ligne sérieuse. On dirait qu'il pourrait être en couverture d'Alpha Quarterly ou de n'importe quel magazine ridicule qui perpétue le stéréotype que tous les Alphas sont des dieux du sexe tourmentés avec des capacités surhumaines et zéro bagage émotionnel.

La voix de ma grand-mère résonne dans ma tête.

— Le monde te dira que les Omégas ne peuvent pas diriger leur vie seules, que nous avons besoin de la guidance des Alphas, que nous devrions nous concentrer sur la recherche de partenaires et la fabrication de petits au lieu de rivaliser dans un monde qui n'a pas été construit pour nous. N'en crois pas un mot. (Elle avait perdu son Alpha à trente-cinq ans et ne s'était jamais remise en couple, construisant sa propre entreprise de conseil à partir de rien. Le monde des affaires fonctionne toujours sur l'hypothèse que les Omégas finiront par abandonner leur carrière quand l'Alpha adéquat se présentera et que la biologie prendra le dessus.)

Cette pensée me donne la chair de poule. J'ai vu trop de brillantes collègues Omégas réduites à des ombres d'elles-mêmes après avoir été nouées et revendiquées. Ce n'est pas que je ne comprends pas l'attrait, la biologie est indéniable. Cette connexion primitive entre Alphas et Omégas a façonné notre société depuis des millénaires, laissant les Bêtas former le management intermédiaire de notre hiérarchie sociale. Les Bêtas sortent aussi avec des Alphas, bien sûr, pour le statut et l'intensité, mais sans l'impératif biologique du nouage, ce lien physique final, inviolable, qui pousse les Alphas à la quasi-folie s'il est refusé. C'est pourquoi tant d'Alphas nous traitent comme des possessions ambulantes. Parce qu'évidemment, c'est tout ce à quoi nous, les Omégas, pensons : trouver des partenaires, faire des bébés et être de bonnes petites reproductrices.

Au moins, de plus en plus d'entre nous s'aventurent seules ces jours-ci, traçant des chemins à travers les salles de conseil plutôt que les pouponnières, même si la société retient collectivement son souffle, attendant que nous échouions.

L'avion accélère sur la piste, et je ferme les yeux, en

partie parce que je n'aime pas vraiment les décollages, mais surtout pour éviter de reconnaître la tentation vivante à côté de moi. J'ai juré de renoncer aux Alphas. Tous les Alphas. Pour toujours. Ou du moins pour la durée de ce voyage.

Je ne me laisserai pas distraire par des pommettes spectaculaires et une odeur qui donne envie à mon Oméga intérieure de ronronner. Je ne me laisserai pas faire.

L'avion se stabilise, et je me force à me détendre. Deux heures et quarante-sept minutes. C'est tout ce que j'ai à endurer avant de pouvoir échapper à ce tube métallique volant et à l'Alpha déconcertant à côté de moi. Je peux gérer ça. J'ai survécu à pire cette semaine.

— Première fois en avion ? sa voix perce à travers ma musique, qui s'est apparemment terminée sans que je m'en aperçoive.

Je retire un écouteur. — Pardon ?

— Vous semblez nerveuse. Je me demandais si c'était votre premier vol.

— Non, je réponds, plus sèchement que nécessaire. J'ai volé de nombreuses fois.

Il hoche la tête, et un sourire joue aux coins de sa bouche. Il transforme son visage sérieux, adoucissant les contours durs et le faisant paraître plus jeune, plus abordable, et infiniment plus dangereux pour ma stabilité émotionnelle.

— Je m'appelle Atlas, ajoute-t-il, tendant une main qui pourrait probablement engloutir la mienne complètement.

Bien sûr, il s'appelle Atlas. Bien sûr, l'univers me

placerait à côté d'un Alpha nommé d'après un titan littéral qui porte le monde sur ses épaules.

J'hésite avant de placer ma main beaucoup plus petite dans la sienne. — Emma.

Sa grande main enveloppe la mienne, chaude et calleuse, et une autre décharge de conscience remonte mon bras. Je me retire rapidement, espérant qu'il ne remarque pas le léger tremblement de mes doigts.

— Enchanté, Emma. Sa voix semble savourer mon nom dans sa bouche, testant sa sensation sur sa langue, et quelque chose de chaud et d'importun volète dans mon estomac. — Vous allez à Whispering Grove pour des *vacances* ?

Je me crispe. — Comment le savez-vous ?

Il hoche la tête vers le livre de poche qui dépasse de mon sac – un guide des choses à faire à Whispering Grove. — Une supposition chanceux.

— Oh. Je me sens stupide pour ma réaction défensive. — Oui. Ça devait être avec mon petit ami, mais c'est... je m'interromps, ne sachant pas pourquoi j'offre cette information à un parfait inconnu. — Enfin. Et vous ? Affaires ou plaisir ? La question sort involontairement flirteuse, et je me réprimande mentalement.

— Disons simplement que c'est compliqué. Il répond avec un petit sourire qui ne fait absolument rien pour minimiser son attrait. — Mais j'habite à Whispering Grove.

— Oh, dis-je encore, éloquente comme toujours. J'ai envie de lui demander ce qu'il fait, mais cela suggérerait que je suis intéressée par la conversation, ce qui n'est définitivement pas le cas. Au lieu de cela, j'attrape ma bouteille d'eau, dévissant le bouchon avec peut-être plus de force que nécessaire.

— Alors, quelle est votre histoire ? demande-t-il, ignorant mes tentatives évidentes de mettre fin à la conversation. — Vous n'avez pas l'air d'être la touriste typique qui se rend à Whispering Grove.

— Qu'est-ce qu'un touriste typique ? je rétorque.

—Des retraités, des couples en lune de miel, des amateurs de plein air avec plus d'équipement que de bon sens, énumère-t-il, ce presque-sourire jouant à nouveau sur ses lèvres. Vous ne correspondez pas au profil.

—Peut-être que je suis une tueuse à la hache en repérage, je suggère sèchement.

Sa mention des jeunes mariés me serre le cœur. Ce voyage n'était pas censé être en solo.

Un sourire complet illumine son visage, et c'est comme observer le soleil émerger de derrière des nuages d'orage, soudain, éblouissant et légèrement déstabilisant.

—Si c'est le cas, vous devriez travailler votre couverture. Les yeux gonflés et cette aura générale de cœur brisé ne sont pas très intimidants.

Je cligne des yeux, partagée entre l'offense face à sa franchise et la surprise devant sa perspicacité. —Je pourrais être dévastée par toutes les personnes que j'ai assassinées.

Il rit doucement, un son riche qui semble résonner dans ma poitrine. —Bien vu. Je dormirai d'un œil une fois arrivé à Whispering Grove.

L'avion chute soudainement, mon estomac se soulevant tandis que nous traversons un trou d'air. Je pousse un cri, mes deux mains agrippant immédiatement les accoudoirs jusqu'à en avoir les jointures blanches, y compris celui qu'occupe son bras. Mes doigts s'enfoncent involontairement dans son avant-bras, et je sens un muscle solide sous ma prise paniquée.

—Veuillez nous excuser, mesdames et messieurs, la voix du commandant résonne dans l'interphone. Nous traversons quelques turbulences légères. Veuillez regagner vos sièges et attacher vos ceintures.

Une autre chute qui retourne l'estomac, et je ferme les yeux, essayant de contrôler ma respiration. Je déteste les turbulences. Je les déteste vraiment. C'est irrationnel mais persistant, cette peur que l'avion soit à deux doigts de s'écraser.

—Hé, la voix d'Atlas est basse et assurée près de mon oreille. Ce ne sont que des courants d'air. Pensez-y comme à des petites bosses sur une route.

—Les petites bosses ne vous font pas chuter de trente mètres en une demi-seconde, je marmonne entre mes dents serrées, les yeux toujours fermement clos alors que l'avion tremble à nouveau.

—Regardez-moi, Emma.

C'est un ordre doux qui contourne mon cerveau et parle directement à mes instincts d'Oméga, me faisant ouvrir les yeux.

Son visage est plus proche que je ne l'avais prévu, ce regard de minuit retenant le mien avec une assurance calme. —Respirez avec moi. Inspirez, dit-il en prenant une respiration délibérée, et expirez. Il expire lentement.

Je me retrouve à l'imiter, ma respiration se synchronisant avec la sienne sans effort conscient. Son odeur m'enveloppe, à la fois stimulante et apaisante, et je sens ma prise mortelle sur son bras se relâcher légèrement.

—Voilà, murmure-t-il. L'avion est conçu pour supporter des turbulences bien pires que celles-ci. Nous sommes parfaitement en sécurité.

La partie rationnelle de moi sait qu'il a raison, mais une autre partie, celle qui se noie actuellement dans l'odeur de bois fumé, d'érable et de sucre caramélisé, répond simplement à la confiance tranquille dans sa voix. C'est exaspérant de voir à quel point c'est efficace, avec quelle rapidité ma panique recule sous son attention.

Je prends conscience que je tiens toujours son bras et me force à le lâcher. —Désolée, je marmonne, gênée par ma réaction excessive.

—Ne le soyez pas. Il sourit. Vous pouvez m'utiliser comme balle anti-stress quand vous voulez.

Il y a une subtile séduction derrière ses mots qui envoie un frisson totalement inapproprié en moi. Je plisse les yeux.

—Vous vous entraînez devant le miroir ? Tout ce numéro d'Alpha calme et rassurant ?

Au lieu d'être offensé, il rit, un son si authentique qu'il me surprend. —Est-ce que ça fonctionne ?

Malgré moi, je sens un sourire réticent tirer mes lèvres. —Un peu trop bien. C'est agaçant.

—J'essaierai d'être moins efficace la prochaine fois, promet-il solennellement, mais son regard danse d'amusement.

Mon Dieu, il est charmant. Et cela le rend dangereux. Chad aussi avait été charmant, au début. Que des mots doux et des gestes attentionnés jusqu'à ce qu'il m'ait sécurisée. Puis vinrent le dénigrement subtil, les rejets désinvoltes de mon travail, les allusions pas si subtiles que ça au fait que je devrais être reconnaissante qu'un Alpha comme lui s'intéresse à une Oméga comme moi. Manipulation classique dans laquelle moi, avec toute mon éducation et ma supposée intelligence, j'étais tombée complètement.

Le souvenir de la trahison de Chad est comme un seau d'eau froide, éteignant la chaleur qui avait commencé à s'installer. Je me détourne, sortant à nouveau mon carnet.

—Désolée, dis-je sans le regarder. Je devrais vraiment profiter de ce temps pour travailler.

Je sens sa légère surprise face à mon changement brusque, mais il hoche simplement la tête. —Bien sûr.

Les turbulences s'atténuent progressivement tandis que je prétends écrire, stylo en suspens au-dessus du papier sans rien produire de cohérent. C'est comme ça que je réfléchis aux idées... à l'ancienne avec un stylo et du papier, mais en ce moment, je ne peux pas me concentrer. Mon esprit continue de revenir à l'Alpha à côté de moi, à la facilité avec laquelle il m'avait calmée, à la façon dont son odeur semble contourner toutes mes défenses.

Une semaine après avoir découvert que mon petit ami d'un an me trompait avec mon amie, je me retrouve assise à côté d'un Alpha qui incarne tout ce que j'ai jamais écrit dans mes héros de fiction. Ce n'est pas juste que son odeur me donne envie de me rapprocher alors que mon cerveau me hurle de garder mes distances. Ce n'est pas juste que des hommes comme Chad existent dans le monde, prétendant être décents jusqu'à ce qu'ils obtiennent ce qu'ils veulent, tandis que des hommes comme Atlas font probablement exactement la même chose mais sont simplement meilleurs pour le dissimuler.

—Voulez-vous quelque chose à boire ?

Je reviens brusquement à la réalité, me rendant compte que l'agent de bord, un différent, heureusement, me regarde avec attente.

—Euh, de l'eau, s'il vous plaît, je parviens à dire, et elle me donne une petite bouteille.

—Et pour vous, monsieur ? Elle bat pratiquement des cils devant Atlas.

—Un café, noir. Merci.

Une fois l'agent de bord parti, je vérifie l'heure. Nous sommes dans les airs depuis presque une heure, ce qui signifie que nous avons presque fait la moitié de cette épreuve.

—Alors, que faites-vous dans la vie ? demande Atlas, me prenant au dépourvu.

—Oh. Je tapote mon stylo contre la page. J'écris des livres de fantasy. Rien dont vous auriez entendu parler.

—Mettez-moi à l'épreuve. Il y a un défi dans son ton.

Je soupire, cédant, décidant de mentionner ma série pour jeunes adultes, car je trouve que les hommes réagissent étrangement quand je dis que j'écris des romans d'amour. —Les Chroniques du Clair de Lune ?

Ça parle d'une jeune Oméga qui découvre un monde magique caché et... Je m'arrête lorsque je vois la reconnaissance s'allumer dans son expression. Attendez, vous connaissez ?

—Emma Collins, dit-il, son expression changeant. Vous êtes cette Emma Collins ?

Je cligne des yeux, surprise. —Vous avez entendu parler de mes livres ?

—Ma filleule en est obsédée. Elle m'a fait lire le premier pour que je puisse comprendre son univers, admet-il, et un sourire réticent se dessine sur mes lèvres malgré moi. J'ai fini par lire les quatre. Ils sont bons. Vraiment bons.

Une chaude vague de plaisir me parcourt face à ce compliment inattendu. Qu'un homme comme Atlas admette avoir lu et apprécié mes livres est... désarmant.

—Merci, je marmonne, soudain timide, les joues en feu. Le cinquième me donne du fil à retordre.

—Syndrome de la page blanche ?

—Quelque chose comme ça. Je ne mentionne pas que ma créativité a été étranglée par le constant dénigrement subtil de Chad envers ma carrière, son mépris pour mes livres qu'il qualifiait de petites histoires mignonnes malgré leur succès commercial.

Atlas m'étudie avec ces yeux perspicaces. —Votre protagoniste, Brienne, elle me fait penser à vous.

—Comment pourriez-vous le savoir ? je défie. Vous me connaissez depuis à peine une heure.

Sa bouche se relève dans un coin. —Forte volonté. Courageuse. Protectrice envers les autres, malgré sa propre vulnérabilité. Je suis proche ?

Je le fixe, déstabilisée par la précision avec laquelle il a décrit non seulement mon personnage mais aussi les aspects de moi-même que j'essaie de canaliser quand je l'écris. —Coup de chance, je marmonne.

Il hausse ces épaules impressionnantes. —Peut-être. Ou peut-être êtes-vous plus facile à lire que vous ne le pensez.

Avant que je puisse formuler une réponse qui n'implique pas de lui dire exactement où il peut mettre ses perspectives, l'avion chute à nouveau, plus durement cette fois. Mon eau clapote dangereusement dans son gobelet, et le café d'Atlas manque de se renverser avant qu'il ne le stabilise.

—Mesdames et messieurs, nous traversons quelques turbulences modérées, annonce le commandant. Veuillez rester à vos places avec vos ceintures attachées.

Mon rythme cardiaque s'accélère immédiatement, et j'agrippe un accoudoir à nouveau, les jointures blanches, tout en posant la bouteille d'eau sur le plateau ouvert devant moi. Je sais que les turbulences sont normales, mais mes instincts de combat ou de fuite se moquent des statistiques.

Atlas pose sa tasse de café et, sans demander la permission, place sa grande main sur la mienne posée sur l'accoudoir.

— Concentrez-vous sur ma voix, dit-il doucement. Parlez-moi du cinquième livre. Qu'est-ce qui vous donne du fil à retordre ?

Je lui lance un regard noir, sachant parfaitement ce qu'il fait, me distraire de ma peur, mais je suis suffisamment désespérée pour jouer le jeu.

— Mon éditrice veut plus de romance, dis-je les dents serrées alors que l'avion tremble à nouveau. Mais je n'ai pas envie d'écrire sur l'amour quand tout ça n'est qu'un mensonge, de toute façon.

Ses sourcils se soulèvent légèrement. — Tout ?

— La connexion magique, la compréhension parfaite, le bonheur éternel, j'énumère, ma voix amère même à mes propres oreilles. Tout n'est que fantasme, et pas du bon genre.

— On dirait que quelqu'un vous a bien abîmée, observe-t-il, son pouce caressant distraitement le dos de ma main, envoyant une spirale de chaleur le long de mon bras.

— C'est toujours le cas, je réponds, essayant d'ignorer combien son contact est réconfortant. Les Alphas sont doués pour promettre monts et merveilles, puis tout prendre.

Au lieu de défendre sa désignation comme le feraient la plupart des Alphas, Atlas hoche la tête d'un air pensif. — Il y a certainement assez de mauvais exemples pour justifier votre cynisme. Mais rejeter une désignation entière sur la base des actions d'une personne semble un peu... il fait une pause, cherchant le mot.

— Rationnel ? je propose. Auto-protecteur ? Complètement justifié ?

Ses lèvres tressaillent. — J'allais dire *limitant*.

— Laissez-moi deviner... vous n'êtes pas comme les autres Alphas, c'est ça ? Vous êtes l'un des bons ?

À ma surprise, il rit. — Je ne présumerais pas me

classer moi-même. Je pense simplement que les gens sont d'abord des individus, ensuite des désignations.

— C'est exactement ce qu'un Alpha privilégié dirait, je lui fais remarquer.

— Probablement, concède-t-il avec un haussement d'épaules bonhomme. Mais ça n'en est pas moins vrai.

Je prends soudain conscience que l'avion s'est stabilisé, les turbulences passant pendant que j'étais distraite par notre conversation. La main d'Atlas couvre toujours la mienne, grande, chaude et beaucoup trop réconfortante. Je la retire, ramenant mes mains sur mes genoux.

— Merci, dis-je avec raideur. Pour la distraction.

Un lent sourire s'étale sur son visage, transformant à nouveau ses traits sérieux. — À votre service, Emma.

— Écoutez, dis-je, plus sèchement que prévu. Je ne... je ne cherche rien, d'accord ? J'essaie juste de survivre à ce vol et à ces vacances sans plus de complications. Alors peut-être qu'on pourrait juste... Je fais un geste vague entre nous. Ne pas.

Atlas m'étudie un long moment, son expression plus pensive qu'offensée. — Ne pas quoi, exactement ?

— Ne pas... ça. J'agite encore ma main, renversant accidentellement ma bouteille d'eau à moitié vide. Je me précipite pour la rattraper, parvenant d'une manière ou d'une autre à me cogner le coude contre l'accoudoir au passage. Parfait. Très élégant. Je redresse la bouteille avec autant de dignité que je peux rassembler pendant que mon nerf huméral hurle de protestation.

— Toute cette chimie Alpha-Oméga, je continue en me frottant le coude. Le truc de l'odeur. Le... quoi que ce soit. Ça ne m'intéresse pas.

Sa bouche s'incurve en un sourire qui fait traîtreusement chavirer mon estomac. — En êtes-vous sûre ? demande-t-il, sa voix descendant d'un registre. Parce que votre odeur raconte une histoire différente.

La chaleur envahit mon visage. — C'est... c'est biologique. Ça ne signifie rien.

— Si vous le dites. Son ton est léger, taquin, mais il y a quelque chose dans ses yeux, un regard entendu qui me donne envie à la fois de le gifler et de l'entraîner dans les minuscules toilettes de l'avion pour des raisons complètement différentes.

— C'est ce que je dis, j'insiste, m'appuyant contre la fenêtre. Croyez-moi, vous vous rendez service. Je suis à peu près certaine d'être maudite quand il s'agit de... je m'interromps, soudain consciente que je m'aventure sur le terrain des confidences excessives. Disons simplement que mon palmarès n'est pas brillant. Donc, vraiment, c'est pour votre bien.

Son expression s'adoucit, la curiosité remplaçant la lueur taquine dans ses yeux. — Une malédiction, hein ?

La simple question me prend au dépourvu. Une fois de plus, il a zigzagué là où je m'attendais à ce qu'il zagzague, montrant un intérêt sincère plutôt que de profiter de son avantage.

— Nous pouvons simplement être deux étrangers partageant une rangée, si c'est ce dont vous avez besoin, offre-t-il, et cette fois il n'y a ni défi caché ni flirt dans son ton.

La gentillesse dans sa voix fait traîtreusement picoter mes yeux. Je cligne rapidement des paupières et me retourne vers la fenêtre. — Merci.

Nous tombons dans le silence, mais c'est en quelque sorte moins tendu qu'avant. Je jette un coup d'œil à mon carnet dans ma main, tournant une page vierge et tentant de canaliser mon tourment émotionnel en quelque chose d'utile pour mon prochain livre. Mon stylo plane au-dessus du papier alors que l'inspiration me frappe.

Héros Alpha aux cheveux noirs. Job d'été mystérieux. Yeux comme minuit sur l'océan. Voix comme de l'acier enveloppé de velours, douce mais inflexible...

Je fronce les sourcils devant la page. Trop sage. Trop fade. Mon éditeur me pousse toujours à augmenter la température dans mes romans d'amour. Eh bien, d'accord. Voyons où cela nous mène.

Homme d'affaires Alpha rencontre une Oméga dans un vol bondé. Sièges étroits menant à des contacts accidentels. Les turbulences les jettent l'un contre l'autre. Son odeur submerge ses instincts réprimés. Toilettes petites mais pas impossibles. Le Club du Nœud à 10 000 mètres d'altitude, certainement pas envisageable dans la vie réelle, mais excellent pour la fiction...

Mes joues brûlent tandis que je griffonne frénétiquement, consciente que je canalise mon attirance inopportune dans des scénarios de plus en plus explicites. Je m'agite sur mon siège, espérant qu'il ne peut pas lire mes pensées d'une manière ou d'une autre, ou pire, sentir ma nappe d'odeur changeante alors que mon imagination s'emballe.

Je jette un autre coup d'œil à Atlas, seulement pour le trouver en train de me regarder avec ce regard exaspérant de celui qui sait. Je referme mon carnet si vite que je manque presque de me coincer les doigts dedans. Génial. Maintenant, j'écris des textes érotiques aéronautiques sur l'étranger assis à côté de moi. Ce voyage est déjà un désastre, et nous n'avons même pas encore atterri.

— Vous travaillez sur quelque chose d'intéressant ? Sa voix glisse sur moi comme du miel chaud.

— Juste... des notes. Je glisse fermement le carnet dans la poche du siège devant moi, comme si mettre une distance physique entre nous et mes fantasmes inappropriés pourrait en quelque sorte les neutraliser. Rien qui mérite d'être lu.

— J'en doute. Il y a un intérêt sincère dans son ton, pas seulement du flirt d'Alpha. J'ai toujours admiré les personnes qui peuvent créer quelque chose à partir de rien. Simplement... extraire des mondes de l'air pur.

Je risque un nouveau regard vers lui. Il m'observe avec quelque chose qui ressemble inconfortablement à du respect. Super. Maintenant, je me sens coupable de l'avoir mentalement déshabillé.

— Ce n'est pas aussi magique que ça en a l'air. C'est surtout fixer des pages blanches et grignoter nerveusement.

Il rit, et le son vibre à travers moi, déclenchant de petits tremblements de plaisir qui n'ont aucune raison d'exister entre étrangers.

Une hôtesse de l'air nous interrompt, se penchant avec un sac poubelle. — Des déchets à ramasser avant l'atterrissage ?

Je m'empêtre avec mon gobelet vide et mes serviettes, réussissant d'une manière ou d'une autre à en laisser tomber la moitié sur le sol entre nous. Atlas et moi nous penchons en même temps, nos têtes se cognant avec un bruit sourd qui envoie mes pensées déjà brouillées dans un désordre complet.

— Désolée ! je m'exclame.

Ses pupilles se dilatent légèrement, ses yeux de minuit s'assombrissant encore davantage alors qu'il me tend les serviettes tombées, nos doigts se frôlant avec une lenteur délibérée. — Aucun mal, murmure-t-il.

Ma peau picote. Chaque nerf en alerte. Je me noie dans la conscience silencieuse et douloureuse entre nous.

— Inspirez et expirez profondément. Ça aide avec le changement de pression.

Mais ce n'est pas l'altitude qui fait bourdonner mes oreilles ou qui fait battre mon pouls. C'est lui. Sa proximité. Les notes subtiles de son odeur d'Alpha.

La voix du capitaine grésille dans les haut-parleurs, annonçant notre descente. Je sursaute presque, mon souffle se coinçant dans ma gorge. Je n'ai jamais été aussi reconnaissante pour une interruption de ma vie.

Alors que l'avion entame sa descente, je me trouve étrangement réticente à voir le vol se terminer. Malgré mon hostilité initiale, la présence calme d'Atlas a été curieusement réconfortante. Il n'a pas essayé de me draguer, de résoudre mes problèmes ou de m'expliquer quoi que ce soit avec condescendance. Il a juste... été là. Une présence solide et stable qui, d'une manière ou d'une autre, rend les bords déchiquetés de ma douleur un peu moins tranchants.

— Mesdames et messieurs, nous commençons notre

descente finale vers l'aérodrome régional de Mistcrest, annonce le capitaine. L'heure locale est 14 h 17, et la température est un agréable 23 degrés. Personnel de cabine, veuillez préparer la cabine pour l'arrivée.

Je rassemble mes affaires éparpillées, rangeant mon carnet dans mon sac. L'idée que je ne reverrai jamais Atlas après notre atterrissage crée une douleur inattendue dans ma poitrine. Ce qui est ridicule. Je ne connais pas cet homme, et je n'ai certainement pas besoin d'une autre complication Alpha dans ma vie.

—Avez-vous des projets pour votre séjour à Whispering Grove ? demande Atlas tandis que nous entamons notre descente.

—Solitude, vin, et probablement quelques écrits rageurs, je réponds honnêtement, puis nous tombons dans le silence.

Finalement, l'avion touche le sol avec un léger soubresaut, les pneus crissant contre la piste. Nous sommes arrivés, et avec cela, mon bref intermède avec un Alpha captivant touche à sa fin.

Lorsque le signal de ceinture s'éteint, Atlas se lève et récupère son sac dans le compartiment supérieur. Puis, sans que je le lui demande, il prend également le mien.

—Merci, dis-je en acceptant mon bagage cabine.

—Je vous en prie. Ses yeux rencontrent les miens, et pendant un moment désorientant, j'ai l'impression de tomber en eux. J'espère que vous trouverez ce que vous cherchez à Whispering Grove.

Quelque chose dans sa façon de le dire semble significatif, chargé d'un sens que je ne peux pas tout à fait saisir. Puis il s'engage dans l'allée, sa grande taille le rendant facile à suivre alors qu'il quitte l'avion.

J'attends que la plupart des passagers soient descendus avant de me lever. Tandis que je me dirige vers la sortie, l'une des hôtesses de l'air, la blonde de tout à l'heure, m'adresse un sourire entendu.

—Quelle chance vous avez, dit-elle avec un soupir. Si un Alpha comme celui-là s'était assis à côté de moi, je lui aurais sauté dessus.

J'ouvre la bouche pour dire quelque chose mais décide que ça n'en vaut pas la peine. À la place, j'offre un sourire poli et continue vers le terminal.

Whispering Grove m'attend et avec lui, deux semaines de solitude, de guérison et, je l'espère, d'inspiration. J'ai survécu à une peine de cœur, une trahison, et à un vol assise à côté de l'Alpha le plus délicieusement séduisant que j'aie jamais rencontré.

Quoi que cette petite ville de montagne me réserve ensuite, je peux y faire face.

EMMA

'aéroport rural de Mistcrest est plus petit que mon appartement. La zone des arrivées se résume à un triste carrousel à bagages, un comptoir de location de voitures sans personne pour s'en occuper, et un kiosque à café qui semble servir de l'huile de moteur plutôt que de la caféine.

Bienvenue dans mon exil de deux semaines.

Je saisis mon sac de voyage noir à roulettes et me dirige vers la sortie. Le terminal est étonnamment bondé pour un si petit aéroport, témoignage de la popularité de la région comme destination estivale. Des familles jonglent avec leurs bagages et des enfants excités, des couples se penchent l'un vers l'autre avec l'anticipation des vacances, et soudain, je prends douloureusement conscience de ma solitude.

Mon téléphone sonne avec une notification de mon application de covoiturage. Douze minutes avant l'arrivée de mon chauffeur. C'est bien chronométré, surtout avec l'orage qui s'amoncelle dans le ciel au-dessus des montagnes.

Je me dirige vers le kiosque à café, où un adolescent à l'air ennuyé fait défiler son téléphone. Il lève les yeux quand je m'approche.

—Qu'est-ce que je peux vous servir ? demande-t-il, glissant son téléphone dans sa poche.

—Le plus grand café que vous avez, aussi noir que mon âme.

Un sourire se dessine au coin de sa bouche. —Vol difficile ?

—Semaine difficile, je corrige, en faisant glisser ma carte sur le comptoir.

—Un café noir comme l'âme, c'est parti.

Pendant qu'il prépare ma boisson, je scrute la foule, habitude d'écrivaine. J'adore observer les gens. Mon regard s'accroche à une silhouette familière aux épaules larges près de la sortie. Atlas se tient avec un petit groupe de personnes, toutes vêtues de vêtements pratiques similaires. Des collègues, peut-être ? Je baisse la tête lorsqu'il jette un coup d'œil dans ma direction, faisant semblant d'être fascinée par le distributeur de serviettes.

—Voilà, dit le barista en me tendant un gobelet. J'espère que votre semaine s'améliorera.

—Merci, je murmure, en attrapant le café et mes bagages avant de me diriger rapidement vers la sortie, en évitant soigneusement les environs d'Atlas.

En sortant, la vague d'humidité qui me frappe est comme entrer dans un sauna. Juin à Whispering Grove signifie des températures avoisinant les trente degrés avec une humidité à l'avenant. Ma fine robe d'été en coton me semble soudain trop épaisse, et je regrette d'avoir commandé un café chaud malgré mon besoin émotionnel d'amertume.

Mon téléphone sonne à nouveau. Mon chauffeur est arrivé, une berline bleue s'approche du trottoir. Je fais signe pour attirer son attention et roule mon sac vers lui.

—Emma Collins ? confirme le chauffeur en ouvrant le coffre.

—C'est moi.

—Je suis Bob, ton chauffeur. Alors, c'est ta première fois à Whispering Grove ? demande-t-il tandis que nous quittons l'aéroport.

—C'est si évident ?

Il rit. —Non, je fais juste la conversation. Ici pour le festival d'été ?

—Il y a un festival ?

—Commence ce week-end. Le plus grand événement de l'année pour l'artisanat, la nourriture, la musique. Toute la ville y participe. Les hôtels sont complets des mois à l'avance.

—Super, je marmonne en sirotant mon café. Non seulement je soigne un cœur brisé dans une ville étrange, mais je vais le faire entourée de festivaliers qui s'amusent comme des fous. Parfait.

—Où vas-tu ? demande-t-il.

—Je séjourne dans un chalet de location, j'explique, en récitant l'adresse. Je dois juste déposer mon sac d'abord. Ensuite, si ce n'est pas trop demander, pourriez-vous me ramener en ville ? J'ai besoin d'acheter quelques provisions avant de retourner au chalet, et je préférerais ne pas me trimballer avec le sac.

—Pas de problème. La ville va être bondée, par contre. Prépare-toi.

Quarante-cinq minutes plus tard, mon gobelet de café est vide, et j'ai déposé mon sac au chalet de location. Maintenant, nous sommes de retour en ville. Je comprends ce que le chauffeur voulait dire. La rue principale de Whispering Grove ressemble à une scène tout droit sortie d'un film Hallmark, avec ses charmantes devantures aux auvents colorés, ses paniers de fleurs suspendus, ses lampadaires à l'ancienne, et actuellement, elle grouille de monde. Chaque terrasse de café est remplie, les gens font du lèche-vitrine en groupes, et il y a une file d'attente devant un glacier malgré l'heure matinale. En vérité, c'est magnifique.

—Tu peux me déposer ici, lui dis-je, en repérant une épicerie. J'appellerai une autre voiture quand je serai prête à retourner au chalet.

Il me souhaite bonne chance avant de s'éloigner. Je reste un moment sur le trottoir, submergée par la quantité d'humanité autour de moi. Adieu ma paisible retraite en montagne.

L'épicerie est bénie de climatisation, et je prends un moment pour me rafraîchir avant de saisir un panier. Je passe mentalement en revue ma liste, des essentiels pour un séjour de deux semaines, plus de la nourriture réconfort. Le chagrin d'amour exige du chocolat et du vin en quantités médicalement déconseillées.

J'hésite entre du vin bon marché en grande quantité ou du bon vin en plus petite quantité quand je l'entends, un rire qui me glace le sang, un son qui figurait dans d'innombrables brunchs et soirées entre filles avant de devenir la bande sonore de mes cauchemars.

Non. Ce n'est pas possible.

Mais si.

Megan se tient au bout de l'allée, examinant une bouteille d'eau pétillante comme s'il s'agissait d'un arte-fact fascinant. Elle a exactement la même apparence que d'habitude, des cheveux bruns lisses tombant en un rideau parfait, un jean de créateur, et pas une goutte de sueur malgré la chaleur extérieure. Un foulard en soie est enroulé négligemment autour de son cou, le tissu imprimé d'un motif de minuscules papillons de nuit dorés tourbillonnant dans un bleu d'encre. Son parfum, jasmin et cuir avec cette nappe de raisin acide sous-jacente que je n'ai jamais vraiment aimée, dérive vers moi.

Un instant, j'envisage de battre en retraite. Je pour-rais abandonner mon panier, m'esquiver par l'arrière et éviter complètement cette confrontation. Mais je me souviens alors de son texto sur l'iPad de Chad, et une colère brûlante me submerge, surpassant tout instinct d'auto-préservation.

Avant que je puisse reconsidérer, je marche dans l'al-lée, mon panier se balançant dangereusement à mon bras.

—Quelle surprise de te voir ici, je lance, ma voix plus tranchante que le couteau à fromage de luxe que Megan m'a offert pour mon dernier anniversaire. Le monde est petit. Ou devrais-je dire, le lit est petit ?

La tête de Megan se tourne brusquement, ses yeux

s'écarquillant de surprise sincère. —Emma ? Qu'est-ce que tu...

—Fais ici ? Drôle, j'allais te poser la même question. Je m'approche, remarquant avec une satisfaction vicieuse qu'elle recule d'un petit pas. Tu allais retrouver Chad ici ? C'était ça le plan ? Une escapade romantique pendant qu'il était censé être dans le chalet qu'il avait réservé avec moi ?

Son visage parfaitement maquillé pâlit. —Je ne sais pas de quoi tu parles.

—Vraiment ? Parce que l'iPad de Chad le sait. Il sait tout sur la façon dont tu as hâte de le voir, Alpha. J'imite son ton mielleux et haletant du texto que j'ai vu.

Megan jette des regards nerveux autour d'elle. Nous attirons les regards curieux d'autres clients, y compris une dame âgée qui a abandonné toute prétention de faire ses courses pour regarder notre drame se dérouler.

—Emma, s'il te plaît, siffle Megan, baissant la voix. Ce n'est pas l'endroit.

—Je suis désolée, ma confrontation publique te dérange ? La prochaine fois que je découvrirai que mon amie couche avec mon petit ami, je veillerai à le programmer dans un lieu plus approprié.

Megan tend la main vers mon bras, mais je me retire brusquement. —Ce n'est pas ce que tu crois.

—Ah bon ? Alors tu n'étais pas en train d'envoyer des textos à Chad pour savoir s'il avait rompu avec moi ? Tu ne prévoyais pas de le rencontrer ?

—Je... Megan hésite, son sang-froid calculé se fissurant. C'est compliqué.

—Pas du tout. Je ris, un son fragile qui ne ressemble

en rien à de l'humour. C'est en fait incroyablement simple. Tu es une fausse amie qui poignarde dans le dos, et lui, c'est un déchet humain. Voilà, c'est simple.

L'expression de Megan se durcit. —Tu ne comprends pas. Tu n'as jamais vu ce qui était juste devant toi. Chad et moi... nous avons quelque chose de spécial. Un vrai lien olfactif. Quelque chose que toi et lui n'avez jamais eu.

Ces mots sont comme une gifle. Chad m'avait dit presque exactement la même chose. Entendre cela répété par quelqu'un que je considérais comme une amie enfonce le couteau plus profondément.

—Un vrai lien olfactif, je répète d'un ton neutre. Tellement spécial qu'il ne pouvait pas me dire la vérité sur le pourquoi ? Vous vous méritez l'un l'autre. Je bouillonne, ma respiration s'accélère.

—Il essayait d'épargner tes sentiments, insiste Megan. Il tient à toi, juste pas... pas comme ça.

—Épargne-moi ça, je rétorque. Si l'un de vous se souciait de mes sentiments, vous n'auriez pas été en train de vous faufiler derrière mon dos. Depuis combien de temps ça dure ?

Megan a au moins la décence de paraître mal à l'aise. —Emma...

—Depuis. Combien. De. Temps, j'insiste.

Elle baisse les yeux. —Trois mois.

Trois mois. J'ai la nausée. Un quart de ma relation avec Chad s'est déroulé dans l'ignorance totale pendant que ma soi-disant amie était avec lui derrière mon dos. Chaque soirée entre filles où elle me demandait de ses nouvelles, chaque hochement de tête sympathique quand je confessais mes inquiétudes, chaque *vous êtes si mignons ensemble* — tous des mensonges. Le magasin tourne autour de moi.

—As-tu déjà été vraiment mon amie ? je demande, détestant le tremblement dans ma voix, et je sens ma poitrine se serrer.

Quelque chose vacille sur son visage. —Bien sûr que je l'étais. Je le suis. Ceci... c'est juste arrivé.

—Les choses n'arrivent pas comme ça, Megan. On fait des choix. Vous avez tous les deux fait des choix.

— Comme si tu n'avais jamais fait d'erreur, lance-t-elle sèchement, sa propre colère faisant enfin surface. Tu as toujours été si parfaite, si spéciale. Emma, l'auteure à succès. Emma, avec son talent, sa carrière, et sa vie bien rangée. Peut-être que si tu avais accordé plus d'attention à Chad au lieu de tes précieux livres, il n'aurait pas été chercher ailleurs.

Ma bouche s'ouvre en grand.

La vieille dame qui nous observe laisse échapper un hoquet audible. Je reste momentanément sans voix, prise de court par le venin de ses paroles.

— Donc, c'est ma faute, dis-je lentement. J'étais trop brillante, trop concentrée sur ma carrière, alors naturellement, la réponse appropriée était qu'il me trompe avec mon amie.

— Ce n'est pas ce que je-

— Non, je pense que c'est exactement ce que tu voulais dire. Je pose mon panier par terre, soudain épuisée. — Tu sais quoi ? Prends-le. Prends ce voyage. Prends tout. Je n'ai besoin ni de l'un ni de l'autre dans ma vie.

Je me tourne pour partir, mais Megan attrape mon bras. — Emma, attends. Je ne suis pas venue ici pour retrouver Chad. Je suis ici pour le travail. Le Tideline Tribune m'a envoyée couvrir le panel littéraire du festival pour le journal local. Je n'avais aucune idée que tu serais là.

Je cligne des yeux, dégageant violemment mon bras tout en assimilant cette nouvelle information. Megan est rédactrice en chef des chroniques au magazine de notre ville natale à Moonshell Bay depuis trois ans maintenant. C'est le genre de publication qui couvre avec le même enthousiasme les cafés artisanaux et les nettoyages de plage, typiquement provinciale mais avec des aspirations cosmopolites. Exactement le genre d'endroit où tout le monde connaît les affaires de tout le monde, raison pour laquelle j'avais été si prudente de garder ma rupture discrète.

— Peu importe, lui dis-je, sentant que je tremble, et je suis surprise de réaliser que je le pense vraiment. Même si tu dis la vérité, ça ne change pas ce que tu as fait. Ce que vous avez tous les deux fait.

Son expression change pour quelque chose qui ressemble presque à une supplication. — On pourrait au moins parler ? Convenablement ? Peut-être autour d'un café ?

— Putain, non. Les mots sortent fermes et définitifs. — Je n'ai plus rien à te dire.

Je m'éloigne, laissant derrière moi mon panier abandonné et une Megan sans voix. La dame âgée qui a assisté à notre échange me fait un signe d'approbation quand je passe. Mes mains tremblent et ma poitrine est serrée, comme si j'allais soit pleurer, soit hurler, peut-être les deux.

À l'extérieur de l'épicerie, l'agitation joyeuse de la rue principale contraste violemment avec mon tumulte intérieur. J'ai besoin d'un endroit calme, un endroit où je peux digérer ce qui vient de se passer. Et j'ai besoin de sucre dans lequel me noyer, immédiatement, sous n'importe quelle forme.

De l'autre côté de la rue, une devanture attire mon attention. Une boulangerie à l'aspect douillet avec une enseigne à l'ancienne qui indique Flour & Fable Bakery. Parfait. Si je ne peux pas encore noyer mon chagrin dans le vin, le gâteau est un substitut acceptable.

La cloche au-dessus de la porte tinte lorsque j'entre, et l'odeur de sucre, de beurre et de vanille m'enveloppe comme une étreinte. La boulangerie est animée mais pas bondée. Une longue vitrine en verre présente un assortiment de pâtisseries et de gâteaux.

Je m'arrête net. Cet endroit ne ressemble en rien aux chaînes de boulangeries de chez moi. Des lampes suspendues en cuivre pendent de poutres en bois apparentes, baignant tout d'une lumière chaude couleur miel qui fait paraître même les pâtisseries les plus décadentes étrangement saines. La boutique entière est plus petite que je ne l'imaginais, le comptoir et les vitrines occupant la majeure partie de l'espace, clairement conçue pour acheter et partir plutôt que pour s'attarder.

Derrière le comptoir se tient un Alpha qui pourrait être en couverture d'un magazine de surf, ses avant-bras bronzés se contractant tandis qu'il emballe des pâtisseries. Deux femmes travaillent à ses côtés, l'une garnissant de ce qui ressemble à de l'art comestible un gâteau de mariage et une plus jeune encaissant les clients, souriante malgré l'affluence.

Je serre mon sac à main un peu plus fort en rejoignant la file, soudain gênée par l'état froissé de ma robe de voyage. Rien à Moonshell Bay n'atteint ce niveau de perfection digne d'Instagram, ni la boulangerie et certainement pas le personnel.

Tout le mur gauche de la boulangerie est dissimulé derrière une bâche du sol au plafond, avec les mots *Nous agrandissons notre histoire, nouveau chapitre à venir bientôt !* peints en lettres fantaisistes. Les occasionnels bruits sourds et bourdonnements de perceuse suggèrent des rénovations actives juste hors de vue, bien que, étrangement, le bruit de construction ne fait qu'ajouter au charme plutôt que de le perturber.

Je n'ai jamais rien vu de tel. C'est comme si quelqu'un avait plongé dans mon imagination et construit mon refuge parfait. Même les pâtisseries semblent un peu magiques. Je lorgne le gâteau au chocolat qui m'appelle pratiquement avec une intensité de sirène.

Quand vient mon tour, la jeune femme derrière le comptoir lève les yeux avec un sourire qui s'estompe légèrement quand elle voit mon visage. Elle est plus petite que moi, avec des courbes douces et des boucles foncées qui encadrent son visage. Ses yeux brun doré me scrutent comme si elle avait l'habitude de lire les gens avant qu'ils ne parlent.

— Comment puis-je vous aider ? demande-t-elle, sa voix chaleureuse et légèrement rauque.

— J'ai besoin de me noyer dans un gâteau, réponds-je honnêtement. De préférence au chocolat. Et peut-être un café pour faire passer.

Sa bouche se contracte avec compréhension. — Mauvaise journée ou mauvaise rupture ?

— Les deux. Plus, je viens de tomber sur l'amie qui couchait avec mon ex dans mon dos. Donc, en gros, j'ai fait le tiercé de l'horreur. Les mots jaillissent de mes lèvres.

Au lieu de la sympathie gênée à laquelle je m'attends, elle grimace. — Oh, ça mérite la Situation Chocolat d'Urgence. Elle se tourne et sélectionne une énorme part de gâteau au chocolat à triple couche. — Celui-ci a de la ganache entre les couches, de la crème au beurre au chocolat noir, et de l'expresso dans la pâte. C'est pratiquement de la thérapie sous forme de gâteau.

— J'en prends deux, décidé-je. Un pour maintenant et un pour plus tard quand je devrai affronter mon chalet de location vide.

— En visite pour le festival ? demande-t-elle en mettant les parts de gâteau dans des boîtes.

— Pas intentionnellement. Je devais être en escapade romantique, mais ce plan a implosé de façon plutôt spectaculaire.

Elle fait glisser les boîtes sur le comptoir. — C'est la maison qui offre.

— Quoi ? Non, je ne pourrais pas-

— Les ex infidèles et les amies traîtresses débloquent le protocole de gâteau d'urgence. Elle balaie ma protestation d'un geste. — Je suis Lily, au fait. Copropriétaire de ce palace du sucre.

— Emma, réponds-je, touchée par cette gentillesse inattendue. Et merci. Vraiment.

— N'en parle pas. Tu veux ce café aussi ?

— S'il te plaît, j'en ai besoin. J'en prends au moins quatre par jour.

Elle rit, un son lumineux qui égaye momentanément mon humeur. — Ça arrive tout de suite.

Pendant qu'elle prépare mon café, je m'installe à une petite table dans le coin, ouvrant l'une des boîtes à gâteau. La part est énorme, facilement suffisante pour deux personnes, et ressemble à quelque chose d'un magazine de cuisine. Je prends une bouchée et laisse échapper un son involontaire de plaisir qui est probablement inapproprié dans un espace public.

Lily m'apporte mon café. — C'est bon, hein ?

— Si c'est ce que me rapporte une peine de cœur, ce n'est peut-être pas si mal, j'admets en prenant une autre bouchée.

Elle jette un coup d'œil à l'horloge. — Mon service se termine dans dix minutes. Tu veux de la compagnie ? Je suis une excellente auditrice, et je connais tous les potins de la ville si tu as besoin de te changer les idées.

L'offre est tentante. Normalement, je refuserais – je suis venue ici pour être seule, après tout – mais après avoir vu Megan, je me sens instable et à vif. — J'aimerais bien, m'entends-je dire.

Lily sourit largement. — Parfait. Laisse-moi juste passer le relais à ma sœur.

Elle retourne au comptoir, parlant brièvement à une autre femme qui partage ses cheveux bouclés, plus foncés, mais semble plus soignée, moins saupoudrée de farine. Puis elle revient avec son propre café et s'assied en face de moi.

— Alors, dit-elle en s'installant. Raconte-moi tout.

Étonnamment, c'est ce que je fais. Je lui parle de Chad, de notre année ensemble, de la rupture et de la découverte des textos. Puis, je mentionne Megan et notre confrontation à l'épicerie. Je lui parle même de ma série de livres, qu'elle reconnaît avec une surprise ravie. Je n'arrive pas à croire que je viens de tout déballer à une parfaite inconnue.

Lily siffle doucement. — Eh bien, félicitations ! Tu viens de remporter les Jeux Olympiques du Pire Petit Ami Alpha. Médaille d'or pour Chad le Tricheur, médaille d'argent pour son terrible manque de compétences olfactives. Elle lève sa tasse de café dans un toast ironique. — Je veux dire, sérieusement ? « Ton odeur est fausse » ? C'est comme rejeter quelqu'un parce que son coude n'est pas assez pointu. Elle lève les yeux au ciel de façon dramatique. — Et Megan ? Avec des amies comme ça, qui a besoin d'ennemis ? C'est ce qu'on appelle par ici un *piranha de petite ville*, qui sourit pendant qu'elle te dévore vivante.

Je souris, appréciant ses paroles plus qu'elle ne le réalise.

— La boulangerie est magnifique, dis-je, soudain embarrassée par mon éclat et désespérée de changer de sujet.

— Merci. Ma sœur Hannah et moi l'avons ouverte quand nous avons perdu notre mère. L'expression de Lily s'adoucit au souvenir. — Elle aurait adoré voir tant de gens apprécier ses recettes. Elle revient à son dynamisme habituel, me pointant de sa fourchette.

— Écoute, j'ai fréquenté suffisamment d'Alphas pour lancer ma propre émission de téléréalité, « L'Alphachelor : Qui ne sera pas éliminé ? » Elle ricane de sa propre blague. — Crois-moi, l'univers ne te maudit pas ; il te rend service. Mieux vaut découvrir que Chad est une usine ambulante de drapeaux rouges maintenant qu'après avoir choisi des serviettes assorties.

— C'est une bonne façon de voir les choses.

Elle se penche d'un air conspirateur. — Entre nous les Omégas, j'étais autrefois l'enfant modèle des choix d'Alphas terribles. Mon historique de rencontres était si mauvais que mes amis avaient lancé des paris sur ma prochaine catastrophe. Elle me fait un clin d'œil. — Mais ensuite j'ai décroché le jackpot Alpha... fois trois.

— Oh, tu es l'une des chanceuses. J'essaie de garder un ton léger, mais les mots restent un peu coincés dans ma gorge. Il est difficile de ne pas se demander si ce genre de fin heureuse est quelque chose que les gens comme moi obtiennent... ou si c'est juste le genre d'histoire qu'on entend dans la vie de quelqu'un d'autre.

—Que puis-je dire ? sourit-elle malicieusement. Je suis une perfectionniste. Et laisse-moi te dire, ce n'était pas sur mon tableau de visualisation, plutôt sur ma liste de « quand les poules auront des dents ». Elle balaie l'air d'un geste dédaigneux. Mais là n'est pas la question. L'important, c'est que tu n'es pas brisée parce qu'un Alpha crétin n'a pas su t'apprécier. C'est comme blâmer le coucher de soleil parce que quelqu'un est daltonien.

Ses paroles me touchent, frappant quelque chose de brut et vulnérable sous son humour. — Comment puis-je dépasser ça ?

—Étape numéro un : mange plus de gâteau. Étape numéro deux : rappelle-toi que tu es Emma d'abord, Oméga ensuite. Elle prend une gorgée de son café. Et étape numéro trois : accepte que ta biologie n'est qu'un chapitre de ton histoire, pas tout le foutu bouquin. Tu viens de me dire que tu écris littéralement des romans d'amour, tu sais que les bons valent la peine de patauger dans les eaux infestées de Chad pour les trouver.

Je me précipite immédiatement pour la serrer dans mes bras. — Tu n'as pas idée à quel point ça fait du bien d'entendre ça.

Nous bavardons jusqu'à ce que j'aie dévoré toute la part de gâteau et vidé mon café. Lily est drôle avec un côté sarcastique que j'apprécie immédiatement. Elle me parle de son enfance à Whispering Grove, du festival d'été pour lequel je suis arrivée sans le savoir, et de son obsession ridicule pour les émissions sur les crimes réels.

—Fondamentalement, je me prends pour une détective maintenant, avoue-t-elle en riant. Ma sœur dit que je vois des conspirations partout.

—Y a-t-il beaucoup de meurtres à résoudre à Whispering Grove ? je demande, amusée.

—Malheureusement, non. Mais les pétunias primés de Mme Abernathy ont été mystérieusement piétinés le mois dernier, et j'ai mes théories.

Je ris, surprise de me sentir tellement mieux après

une heure en compagnie de Lily. — C'était exactement ce dont j'avais besoin. Merci.

—Quand tu veux. Sérieusement, passe quand tu veux. Elle jette un œil à sa montre. Je déteste écourter notre conversation, mais je dois retrouver mon amie Ruby pour boire un verre. Tu devrais venir avec nous.

J'hésite. — Je devrais probablement aller à mon chalet et m'installer...

—Allez, insiste-t-elle. Juste un moment. On va juste traverser la rue jusqu'au Winterscape. Ruby en est la propriétaire, c'est le meilleur bar de la ville. Tu l'as dit toi-même, tu as besoin de quelque chose de plus fort que du café.

L'idée de faire face à mon chalet de location seule, avec tous ses atours de refuge romantique, me paraît soudain insupportable. — D'accord, j'accepte. Un verre.

—Voilà l'esprit ! Lily se lève, rassemblant nos tasses vides. Laisse-moi me changer et enlever ces vêtements couverts de farine, et on y va.

Vingt minutes plus tard, nous traversons la rue principale vers un bâtiment à la façade moderne et élégante qui se démarque des autres devantures pittoresques. Une enseigne minimaliste indique *Winterscape*.

—Ne te laisse pas tromper par le nom, dit Lily alors que nous approchons. Ruby déteste en fait l'hiver et tout ce qui touche à Noël avec passion. Le nom est ironique.

À l'intérieur, Winterscape est étonnamment chaleureux malgré son extérieur moderne. Du bois chaleureux, des sièges confortables et un éclairage subtil créent une atmosphère intime. Le bar lui-même est une magnifique pièce de bois poli, derrière lequel se tient une femme aux cheveux blond-roux tirés en un chignon désordonné et aux yeux ambrés qui nous évaluent à notre entrée.

—Tu es en retard, lance-t-elle à Lily alors que nous approchons.

—J'ai fait une amie, répond Lily, imperturbable. Ruby, voici Emma. Emma, voici Ruby, propriétaire de cet établissement et collectionneuse de sous-verres de bar.

Le regard perçant de Ruby s'adoucit légèrement en se posant sur moi. — Enchantée. Toute amie de Lily est la bienvenue ici.

—Emma a besoin d'un verre, annonce Lily. Elle a surpris son Alpha en train de la tromper avec son amie.

—Bon sang, Lily, je marmonne. Raconte à toute la ville, pendant que tu y es.

—Ruby n'est pas toute la ville, dit Lily joyeusement. Juste la partie qui sert de l'alcool.

Ruby ne manque pas un battement. — Un Alpha infidèle, hein ? Je sais exactement ce qu'il te faut. Elle sort trois verres de sous le bar. Je vous accompagne ?

Avant que je puisse répondre, elle verse un liquide ambré dans les verres et les fait glisser sur le comptoir.

—Qu'est-ce que c'est ? je demande, reniflant avec précaution.

—Du whisky. Du bon whisky. Ruby, que je suis convaincue d'être plus proche de mon âge de vingt-quatre ans, lève son verre. Aux hommes qui nous déçoivent et aux femmes qui sont résilientes.

—Je trinque à ça, accepte Lily, levant son verre.

Je lève le mien, le faisant tinter contre les leurs avant

de prendre une gorgée. Le whisky me brûle agréablement la gorge, me réchauffant de l'intérieur.

—Alors, dit Ruby, s'appuyant sur le bar. C'était à quel point horrible ?

Je lui donne la version condensée de ma saga, qu'elle écoute avec une expression de plus en plus dégoûtée.

—Quel parfait gâchis de matériel génétique, déclare-t-elle quand je termine. Et l'amie ? Presque pire.

—Presque ? Je hausse un sourcil.

—Les Alphas qui sont des ordures, c'est presque attendu, mais qu'une autre Oméga te trahisse ? Ruby secoue la tête. C'est une trahison d'un tout autre niveau.

—Ne m'en parle pas, je marmonne, les mots plus rudes que je ne le voulais en prenant une autre gorgée de whisky. La brûlure n'est rien comparée à la torsion dans ma poitrine, mais au moins ça me donne autre chose sur quoi me concentrer.

—Écoute, dit Ruby, ses yeux ambrés sérieux. Les hommes sont comme les bus. Si tu en rates un, il y en a toujours un autre qui arrive. Et parfois, le suivant est plus agréable, plus propre, et ne sent pas comme si quelqu'un y était mort.

Je m'étouffe avec mon whisky, riant malgré moi. — C'est... bizarrement spécifique.

—J'ai beaucoup de traumatismes liés aux bus, dit-elle d'un air impassible avant de se fendre d'un sourire. Mais l'idée reste valable. Cet Alpha n'était pas ta dernière chance d'être heureuse. C'était juste un arrêt sur le trajet.

—Mon Dieu, maintenant elle devient métaphorique,

gémit Lily. Ensuite, elle va te parler des tickets de correspondance de la vie.

Ruby la frappe avec un torchon de bar. — Mes métaphores sont excellentes, merci beaucoup.

Leur banter me fait sourire. Regarder ces deux femmes, si à l'aise l'une avec l'autre, si authentiques, me fait réaliser à quel point mon amitié avec Megan avait toujours été superficielle. Il y avait toujours un niveau de compétition que j'avais ignoré, toujours l'impression qu'elle se mesurait à moi.

—Alors, où loges-tu pendant ton séjour en ville ? demande Ruby, remplissant nos verres d'eau.

—J'ai loué un chalet à quelques kilomètres de la ville. La propriété Pinecrest ? Je regarde mon téléphone, réalisant avec un sursaut qu'il est presque 18 heures. En fait, je devrais probablement y aller bientôt et m'installer.

Les sourcils de Ruby se lèvent. — Un endroit isolé. Mais magnifique, cependant.

—Parfait pour écrire tes histoires, ajoute Lily. Oh, tu devrais totalement situer ton prochain livre ici à Whispering Grove ! On pourrait être des personnages.

—J'écris de la fantasy, pas des romances de petites villes, je dis, mais même au moment où les mots quittent ma bouche, je ressens la plus infime des attirances. J'ai toujours désiré l'évasion vers des mondes lointains, des monstres, de la magie, des batailles plus grandes que la vie réelle dans mes livres. C'est plus facile que d'affronter le désordre du quotidien. Pourtant... il y a quelque chose dans cet endroit, comme s'il avait sa propre magie. Le genre qui se faufile discrètement avec ses porches, son bon café et des gens qui pourraient bien vouloir que vous restiez.

—Encore mieux. Fais de moi une sorcière. J'ai toujours voulu des pouvoirs magiques, surtout pour gérer les clients difficiles. Lily agite ses doigts comme si elle lançait un sort. Je transformerais les gens impolis en crapauds. Ou peut-être juste les forcer à laisser des pourboires excessifs.

Je ris. — Je vais y réfléchir.

—Oh ! Et je pourrais résoudre des mystères magiques ! Les yeux de Lily s'illuminent. Comme « L'Affaire des Cupcakes Maudits » ou « Qui a Ensorcelé les Brioches au Miel ? »

Ruby sourit. — Si Lily peut être une sorcière, je veux être un loup-garou. Je travaille déjà la nuit au bar, et je suis déjà grincheuse pendant les pleines lunes, de toute façon.

—Parfait ! Lily tape dans ses mains. On pourrait être un duo de résolution de crimes surnaturels. Ruby renifle les indices avec ses sens de loup, et je lance des sorts pour piéger les coupables.

—Je lirais ça, j'admets, surprise de combien j'apprécie cette conversation ridicule.

—Et Hannah ? demande Ruby. Ta sœur est trop gentille pour être quelque chose d'effrayant.

Lily tapote son menton d'un air pensif. — Fée, définitivement. Elle a l'air innocente mais possède en fait un pouvoir ancien et terrifiant. Genre, elle te sourit tout en commandant une armée d'abeilles magiques.

Nous gloussons toutes maintenant alors que nous

construisons cette version absurde et magique de Whispering Grove.

La porte derrière le comptoir s'ouvre, et un jeune homme beau et grand avec des tatouages de scènes nautiques sur les bras entre, portant une boîte de fournitures. — J'ai raté quelque chose ? demande-t-il, regardant nos rires.

—On est en train de distribuer les rôles pour le prochain roman fantastique d'Emma, explique Ruby. Je suis un loup-garou, Lily est une sorcière, et Hannah est une reine des fées. Elle me regarde. Voici Ash, mon barman et parfois videur. Ash, voici Emma. Elle est en ville pour des vacances.

Ash pose la boîte, révélant le charmant espace entre ses dents de devant quand il sourit. — Et moi, j'apparais comment dans l'histoire ?

—Hmm. Je l'examine, entrant dans le jeu. Peut-être un selkie ? Tu as tout le parcours naval, les tatouages nautiques...

—Nan, intervient Ruby. C'est évidemment un griffon gardien. Un protecteur avec des yeux perçants qui peut repérer les problèmes à un kilomètre.

—J'aime bien cette idée, acquiesce Ash d'un signe de tête appréciateur. Est-ce que je pourrai voler ?

—Et déchiqueter les méchants avec tes serres, ajoute Lily joyeusement, puis voyant mon sourcil levé : Quoi ? Toute bonne fantasy a besoin d'un peu de violence.

—Vous êtes vraiment trop drôles, dis-je, pourtant je souris.

—Mais tu vas nous mettre dans ton livre, n'est-ce pas ? insiste Lily, les yeux pétillants.

—Peut-être bien, réponds-je, me surprenant moi-même. Une sorcière, un loup-garou, une fée et un griffon entrent dans une pâtisserie magique...

—...et résolvent des crimes magiques tout en dégustant des pâtisseries surnaturelles, termine Lily.

Tandis que nous nous laissons aller à un nouveau fou rire, je réalise que je n'ai pas pensé à Chad ou à Megan depuis plus d'une heure. Peut-être que Whispering Grove est exactement ce dont j'avais besoin après tout.

Après avoir promis de revenir à la pâtisserie, j'appelle un VTC pour me conduire au chalet juste au moment où il commence à bruiner dehors, assombrissant rapidement le ciel. Le chauffeur est moins bavard que le premier, ce qui convient parfaitement à mon état de fatigue croissant.

Alors que nous quittons le centre-ville, la route serpente vers le haut à travers une forêt dense. Les arbres se font plus touffus, les maisons plus espacées, jusqu'à ce que nous tournions enfin sur une allée privée marquée *Pinecrest Cabin.*

—Plutôt isolé, commente le chauffeur pendant que nous approchons. Tu restes ici toute seule ?

—Oh... ouais, j'ai des amis qui me rejoignent plus tard aujourd'hui, dis-je en forçant un sourire. Pas question d'avouer à un parfait inconnu que je suis ici seule.

Le chalet lui-même est magnifique. Un bâtiment en bois classique niché parmi des pins majestueux avec une large terrasse et de grandes fenêtres. Dans d'autres circonstances, je serais ravie de cette isolation romantique. Maintenant, j'espère juste que le Wi-Fi sera assez puissant pour streamer des films tristes.

Le chauffeur me laisse seule dans la tempête qui s'assombrit. Je tape le code à quatre chiffres que Chad m'a donné, quand nous étions encore censés passer nos vacances ici ensemble, puis j'entre. Mon sac de voyage est juste là où je l'ai laissé plus tôt. L'intérieur du chalet est tout aussi charmant que l'extérieur : des murs en pin noueux, une cheminée en pierre, un coin salon confortable et une cuisine qui s'ouvre sur un petit coin repas. Un escalier en colimaçon mène à la chambre en mezzanine.

J'appuie sur un interrupteur. Rien ne se passe.

—Tu plaisantes, j'espère, marmonné-je en essayant un autre interrupteur. Toujours rien.

Je sors mon téléphone, soulagée de voir que j'ai une barre de réseau, et j'appelle le numéro de l'agence de location.

—Whispering Grove Rentals, Donna à l'appareil, répond une voix enjouée.

—Bonjour, je viens d'arriver au chalet Pinecrest, et il n'y a pas d'électricité, expliqué-je.

—Oh, mon Dieu. Il y a eu un orage hier soir qui a coupé des lignes dans cette zone. La compagnie d'électricité y travaille, mais ils sont débordés avec les préparatifs du festival.

—Alors, quand est-ce que ce sera réparé ? Je souffle presque ces mots.

—Ils espèrent d'ici ce soir. Sa voix est pleine d'excuses. Il y a des lampes de poche dans les tiroirs de la cuisine, et l'eau devrait toujours fonctionner puisqu'elle est alimentée par un puits avec un générateur de secours.

—Super, dis-je, sans prendre la peine de cacher mon sarcasme. Y a-t-il autre chose que je devrais savoir ? Des ours ? Des tueurs à la hache ? Des enlèvements extraterrestres prévus pour ce soir ?

Elle rit nerveusement. « Non, rien de tout ça. Avec le festival, la plupart des endroits sont complets, sinon je vous proposerais de trouver un autre hébergement temporaire. »

—Ça va. Je soupire, me rappelant ce que mes deux chauffeurs avaient dit à propos des hébergements. Je me débrouillerai.

—J'enverrai quelqu'un dès demain matin pour vérifier les choses si le courant n'est pas revenu. Et j'appliquerai une réduction pour le désagrément, bien sûr.

—Merci, dis-je avant de terminer l'appel.

Je trouve les lampes de poche mentionnées et même quelques bougies dans les tiroirs de la cuisine et m'emploie à rendre l'endroit habitable. Heureusement, le réfrigérateur n'est pas encore complètement rempli, donc rien ne risque de se gâter. La cuisinière est au gaz, au moins, donc je pourrai faire du café le matin avec la cafetière à piston que j'aperçois sur le comptoir.

Tandis que j'allume des bougies, l'atmosphère romantique qu'elles créent ressemble à une blague cruelle. C'est ici que Chad et moi étions censés passer deux semaines ensemble, où je pensais qu'il pourrait enfin me marquer comme son Oméga avec sa morsure. Au lieu de cela, je suis seule avec des ombres vacillantes et un sentiment croissant de ridicule.

Je hisse mon sac de voyage à l'étage et sur le lit, en le dézippant, et je me fige. L'odeur qui s'en dégage n'est pas la mienne. C'est celle de Chad, ce mélange familier de bois de santal et d'agrumes qui faisait autrefois battre mon cœur et qui maintenant me noue l'estomac.

—C'est quoi ce bordel ? marmonné-je en fouillant dans le contenu. Des vêtements d'homme. Les chemises de designer préférées de Chad, méticuleusement pliées. Sa trousse de toilette coûteuse. Sa stupide poudre de protéines.

Attends ! Ce n'est pas mon sac. C'est celui de Chad. Nos sacs de voyage sont identiques, tous deux noirs avec des garnitures en cuir beige. Nous les avions achetés en set le Noël dernier, riant du fait que c'était notre premier achat en couple. Maintenant, je me tiens ici avec son sac emballé, pas le mien.

—Pourquoi diable aurait-il son sac déjà prêt ? La réponse suit immédiatement, me coupant le souffle. Il prévoyait de déménager de son appartement jusqu'à ce que je déménage, étant donné que j'ai traversé le pays pour emménager avec lui. Sa décision n'était pas spontanée.

Je m'effondre au bord du lit, une chemise serrée dans mes mains. Celle que je lui avais achetée pour son anniversaire le mois dernier. Il a dû décider de mettre fin à notre relation il y a des jours, peut-être des semaines, et attendait juste le bon moment. Toutes ces nuits tardives au bureau, les conversations distraites, la façon dont il avait cessé de me marquer de son odeur le matin avant le travail, ce n'était pas du stress ou de la fatigue. Il se retirait mentalement de notre relation pendant que je planifiais encore notre avenir.

—Mon Dieu, je suis vraiment idiote, murmuré-je, ma voix se brisant. Malgré tout, malgré le fait que je me dis que je le déteste, son odeur appelle toujours quelque chose de primitif en moi. Ma biologie d'Oméga répond aux phéromones Alpha imprégnées dans ses vêtements, me faisant souffrir pour la sécurité que je pensais avoir avec lui.

Je déteste que mon corps me trahisse comme ça. Je déteste pouvoir le haïr et me languir de lui simultanément. Je déteste qu'il ait réussi à gâcher même cela, mon évasion, ma chance de prendre un nouveau départ, en me forçant littéralement à m'asseoir dans un chalet entouré de son odeur sans aucune de mes propres affaires.

Dans un soudain accès de fureur, j'attrape le sac et le retourne, dispersant ses effets personnels sur le lit, y compris un dossier en plastique rempli de documents, parce que, bien sûr, il emporterait des trucs de travail chaque fois qu'il voyage. Il a toujours été un bourreau de travail.

Je rassemble ses affaires brutalement, les remettant dans le sac sans aucun des soins qu'il avait pris en les rangeant. La fermeture éclair se coince sur une manche, et je tire si fort que le tissu se déchire. Bien. Que quelque chose qui lui appartient soit aussi endommagé.

Mon téléphone vibre avec un SMS. Le temps d'un battement de cœur pathétique, j'espère que c'est lui, réalisant l'échange de sacs, s'inquiétant pour moi. Mais ce n'est que mon opérateur téléphonique qui me souhaite la bienvenue à Whispering Grove avec une notification concernant les frais d'itinérance.

Je me lave le visage à l'eau froide du robinet, utilisant l'un des t-shirts de Chad comme serviette par dépit. Sans aucun de mes propres vêtements, je suis forcée d'emprunter l'une de ses chemises pour dormir. Le tissu doux se sent comme une trahison contre ma peau, mais c'est soit ça, soit dormir dans mes vêtements de voyage usés.

Le lit est immense et invitant. J'étale ma deuxième part du gâteau Situation d'Urgence au Chocolat de Lily sur une serviette et m'installe sur le lit, utilisant la lampe de mon téléphone pour éclairer mon dîner improvisé.

—Joyeuses vacances à moi, marmonné-je en prenant une bouchée de gâteau, et avant de m'en rendre compte, j'ai fini toute la part.

Dehors, les bruits de la forêt sont ponctués par des grondements de tonnerre lointains qui semblent se rapprocher à chaque minute qui passe. Un éclair illumine brièvement les arbres, leurs ombres dansant sur le mur du chalet comme des esprits agités. La nuit tombe complètement alors que le crépitement de la pluie commence – doucement d'abord, puis devenant progressivement plus insistant contre le toit et les fenêtres. Dans d'autres circonstances, un orage d'été dans les montagnes serait paisible. Maintenant, cela ne fait que souligner à quel point je suis totalement seule.

Alors que je m'installe sous les couvertures, mon téléphone sonne avec un SMS de ma meilleure amie, Jess.

Comment se passent tes vacances "Va te faire foutre Chad" ? Tu te noies déjà dans le vin ?

Je souris malgré moi et tape une réponse.

Actuellement confinée dans un chalet sans électricité, mangeant du gâteau au chocolat d'urgence pour le dîner. J'ai croisé Megan – oui, cette Megan – à l'épicerie. C'était... sympa. Côté positif, je me suis fait deux nouveaux amis et j'ai goûté à un très bon whisky. Donc, ouais, on va dire que c'est mitigé.

Sa réponse arrive rapidement.

PAS D'ÉLECTRICITÉ ? Et tu as RENCONTRÉ Megan là-bas ? J'ai besoin de détails ! Appelle-moi demain !

Je le ferai. Si je survis à la nuit sans être dévorée par les ours.

Les ours sont le cadet de tes soucis. Méfie-toi plutôt des beaux gardes forestiers. Plus dangereux pour ton plan d'éviter les Alphas.

Ricanant, je pose mon téléphone. L'idée de rencontrer n'importe quel Alpha, séduisant ou non, est la dernière chose à laquelle je pense. Une journée de bouleversement émotionnel est bien suffisante.

Je souffle les bougies et me blottis sous les couvertures. Je pense à Atlas de l'avion, à son odeur de fumée de bois, d'érable et de sucre caramélisé, à ses yeux de minuit, et je coupe rapidement ce train de pensée. La dernière chose dont j'ai besoin est de commencer à romancer chaque Alpha qui croise mon chemin.

Demain, je ferai des courses correctement et j'achèterai aussi des vêtements. Je rechargerai mes appareils et commencerai à travailler sur mon livre. Je reprendrai le contrôle de ces vacances et de ma vie.

Mais pour l'instant, je laisse l'épuisement m'emporter, le tonnerre grondant à mes oreilles alors que le sommeil m'entraîne vers le bas.

3

ATLAS

Le tonnerre gronde au loin tandis que je conduis mon pick-up sur les routes sinueuses de Whispering Grove. Les immenses pins qui bordent la route vers la caserne se balancent dans le vent grandissant, leurs aiguilles sifflant des avertissements de l'orage qui approche. Au moins, la pluie aidera à combattre la sécheresse que nous affrontons depuis un mois.

Au loin, un éclair illumine les montagnes. Il me rappelle les turbulences durant le vol de retour, ces mêmes turbulences qui ont pratiquement propulsé cette magnifique Oméga, Emma, sur mes genoux quand l'avion a chuté d'une trentaine de mètres sans prévenir.

Merde.

Ma poitrine se serre au souvenir de son parfum, vieux livres, miel et vanille, m'enveloppant comme une drogue conçue spécialement pour un Alpha. Même maintenant, des heures plus tard, je jure que je peux encore en percevoir des traces sur ma veste. J'inspire profondément, poursuivant le fantôme de cette douceur parfaite d'Oméga.

Elle était belle d'une beauté qui vous surprend, ses cheveux blond miel s'échappant d'un chignon désordonné, de grands yeux noisette qui s'étaient écarquillés quand elle avait réalisé que je l'avais surprise en train d'écrire à mon sujet. Le rouge qui lui était monté au cou et avait coloré ses joues quand je m'étais penché pour lire ce qui était sans aucun doute une scène romantique. La façon dont elle avait serré son carnet contre sa poitrine comme si j'allais le lui voler, le menton relevé avec défi alors même que son odeur trahissait son attirance.

— Merde, je marmonne en frappant le volant de la paume. J'aurais dû prendre son numéro. J'aurais dû insister un peu plus pour la revoir. Mais dès qu'elle avait érigé ces murs, toute politesse froide et limites fermes, j'avais reculé. La dernière chose dont j'avais besoin était de passer pour un autre Alpha connard incapable d'accepter un refus.

Pourtant, je ne peux m'empêcher de sentir que j'ai raté quelque chose d'important. Mon genou rebondit d'une énergie nerveuse tandis que je prends le virage vers Station Road.

Je me gare sur le parking de la caserne des pompiers de Whispering Grove. La station est située à la lisière de la ville, un vaste bâtiment d'un étage en briques rouges et béton armé que nous avons agrandi deux fois depuis que j'ai pris le poste de chef. D'habitude, sa vue apaise quelque chose dans ma poitrine, l'endroit le plus proche d'un foyer que j'aie connu depuis mes douze ans, mais aujourd'hui, ma peau semble trop étroite, comme si je vibrais d'un courant électrique impossible à maîtriser.

Les portes du garage sont ouvertes, révélant notre camion principal, le véhicule tout-terrain, et notre plus récente acquisition, un véhicule de sauvetage spécialisé pour lequel nous nous sommes battus pendant trois ans auprès du conseil municipal. Au-delà, j'aperçois le terrain d'entraînement où plusieurs volontaires rangent hâtivement l'équipement après l'exercice.

Je prends mon sac à dos sur le siège passager et me dirige vers l'intérieur.

La salle principale sent le diesel, le polish à métal et la sueur d'un travail honnête. Trois volontaires, Kai, Dana et Miguel, vérifient méticuleusement les appareils respiratoires. Ils lèvent les yeux à mon entrée, et la routine familière de la caserne commence à exercer sa magie apaisante sur mes nerfs agités.

— Le chef est de retour, annonce Miguel, sa silhouette trapue se redressant tandis que son visage s'illumine d'un sourire. C'est l'un de nos meilleurs, un ancien infirmier militaire qui s'est installé à Whispering Grove il y a cinq ans et est devenu depuis un membre essentiel de notre équipe. La caserne tient toujours debout, chef.

— Apparemment, je hoche la tête, l'ombre d'un sourire effleurant mes lèvres. L'entraînement se passe bien ?

— Record de la caserne pour le déploiement des tuyaux, dit fièrement Dana, repoussant ses tresses en arrière. À vingt-deux ans, c'est notre plus jeune volontaire, mais ce qui lui manque en expérience, elle le compense par une détermination sans faille. River nous fait nous entraîner comme si on préparait les Jeux Olympiques.

Je jette un coup d'œil à l'équipement impeccable et à la salle immaculée. — Bien. La saison touristique estivale va bientôt battre son plein, et nous avons déjà des conditions sèches dans la vallée nord. Un éclair illumine au loin à travers la fenêtre. Bien que ça pourrait aider pendant un jour ou deux.

— L'orage arrive, confirme Kai, sa voix calme portant le léger accent de ses origines japonaises. River et Levi sont dans le bureau.

Je le remercie d'un signe de tête et descends le couloir, mes bottes résonnant sur le béton poli. Notre département est petit mais efficace, vingt-trois volontaires au total, avec seulement nous trois comme personnel à temps plein. Nous alternons les quarts de travail, pour qu'il y ait toujours l'un de nous en service, avec au moins trois ou quatre volontaires par rotation. Ça fonctionne parce que nous avons construit quelque chose de spécial ici, pas seulement des collègues, mais une meute. River, Levi et moi.

La porte du bureau est ouverte, et je m'arrête un moment pour les observer avant qu'ils ne me remarquent. River est étendu dans ma chaise, ma putain de chaise, les pieds posés sur mon bureau, gesticulant avec animation tout en racontant une histoire qui fait secouer la tête de Levi, incrédule.

River a l'air de sortir tout droit de la couverture d'un de ces calendriers de pompiers que les mères de banlieue collectionnent en secret. Grand et musclé finement, avec des cheveux blond doré qui lui tombent juste en dessous des oreilles, généralement repoussés en arrière. Aujourd'hui, il porte un t-shirt WGFD délavé qui lui moule les épaules et un jean usé troué à un genou. Le bracelet tressé en cuir qu'il ne quitte jamais entoure son poignet droit.

Levi se tient près de la fenêtre, les bras croisés sur la poitrine, observant River avec ce regard silencieux et évaluateur qui ne manque rien. Il est plus grand que River de deux centimètres, avec une carrure plus élancée qui dissimule une force surprenante. Ses cheveux noirs et raides sont plus longs sur le dessus, où ils tombent souvent sur son front d'une manière qui adoucit ses traits anguleux et marqués. Aujourd'hui, il est tout en noir, jean et chemise boutonnée avec les manches précisément retroussées jusqu'au milieu de l'avant-bras. La montre en argent qui appartenait à son père brille à son poignet tandis qu'il commente ce que River est en train de dire.

— ...puis elle dit : "Je croyais que les pompiers étaient censés être habiles de leurs mains", et je lui réponds... River m'aperçoit, et son visage s'illumine, ses yeux bleu turquoise souriant. Eh bien, putain ! Regardez qui voilà !

— Sors ton cul de ma chaise, je grogne avec un sourire narquois. River est la seule personne que je connaisse capable d'améliorer mon humeur, peu importe à quel point elle est sombre. Il est sur ses pieds en un instant, traversant la pièce en trois grandes enjambées pour me serrer dans une étreinte vigoureuse, me frappant le dos assez fort pour me faire grogner. Son odeur de cannelle m'enveloppe, s'illuminant de bonheur sincère à mon retour.

Levi s'écarte de la fenêtre, un rare sourire transformant son visage sérieux. — Bon retour. Il me serre l'épaule, ses yeux dorés scrutant mon visage. Tu as l'air d'une épave. Comment ça s'est passé ?

— C'est réglé, dis-je, laissant tomber mon sac près de la porte et roulant des épaules pour relâcher la tension qui s'accumule depuis mon départ il y a trois jours. Plus facile que je ne le pensais. Ce n'est pas tout à fait vrai, mais ils n'ont pas besoin de savoir comment j'étais resté figé sur le porche pendant vingt minutes avant de pouvoir me forcer à tourner la clé dans la maison de mes parents, ni comment le vide des pièces avait résonné de souvenirs que j'avais passé des années à essayer d'enterrer.

— Je t'avais dit que ce serait facile, affirme Levi.

— Et l'avion ne s'est pas écrasé comme tu en étais persuadé, ajoute River, se jetant dans le fauteuil face au mien, une jambe par-dessus l'accoudoir. Atlas Wood, chef des pompiers intrépide, effrayé par quelques turbulences.

Je ricane, reprenant ma place légitime derrière le bureau. La chaise est encore chaude du passage de River. — J'ai fait un commentaire. Une fois.

— Un commentaire, six fois, corrige River, des fossettes apparaissant alors qu'il sourit. J'ai compté. Tu m'as envoyé des messages avant le décollage, pendant le vol et après l'atterrissage. Dans les deux sens.

— Va te faire foutre. Je ne peux pas m'empêcher d'esquisser un petit sourire. Certains d'entre nous ont vu ce qui arrive quand des machines tombent de dix mille mètres.

—Ouais, ouais, on a tous regardé Mayday : Dangers dans le ciel. River fait un geste dédaigneux de la main, ses doigts tapotant un rythme nerveux sur l'accoudoir. —Plus important, tu nous as rapporté quelque chose ? Dis-moi que tu as au moins pris ces biscuits à l'érable de cette boulangerie près de l'aéroport.

—Dans le camion, j'avoue, et River lève le poing triomphalement, faisant lever les yeux au ciel à Levi. — Au fait, j'ajoute en passant une main dans mes cheveux. J'ai croisé Caroline et Mark à l'aéroport. Ils revenaient d'Hawaï. Ces veinards avaient l'air d'avoir passé toute la semaine à la plage.

—Alors, c'est vraiment fini, tout ça ? La maison, la propriété, tout ? demande Levi, perché sur le bord du bureau. En tant qu'esprit le plus analytique de la meute, il est toujours concentré sur la finalisation, sur le bouclage des affaires en suspens.

—Tout. J'ai vendu la maison à une pédiatre et sa femme. Quelque chose s'apaise légèrement dans ma poitrine alors que je le dis à voix haute, rendant la chose réelle. —Elles attendent des jumeaux. L'endroit sera rempli de trucs pour enfants plutôt que de poussière et de fantômes.

—Bien, acquiesce Levi d'un air décisif, ses yeux ambrés chaleureux d'approbation. —Il était temps.

—En parlant de temps, intervient River, se penchant en avant avec une lueur prédatrice dans les yeux qui me met immédiatement sur mes gardes. —Tu sembles différent. Distrait. Il tapote son nez d'un air significatif. —Et tu sens... intéressant.

Je m'agite sur ma chaise. En tant que chef de meute, je n'ai pas l'habitude d'être celui qu'on examine. —J'ai fait un long vol. Probablement juste fatigué.

—Des conneries, dit River joyeusement. —Tu as ce regard. Celui où tu essaies de ne pas penser à quelque chose, ce qui signifie que tu ne penses qu'à ça. Ses yeux s'élargissent soudainement. —Tu as rencontré quelqu'un ?

Qu'il aille au diable.

—Ce n'était rien, dis-je, mais même moi je peux sentir le mensonge dans mon odeur. Malgré tous mes efforts, mon esprit dérive vers l'avion, vers le halètement surpris d'Emma quand les turbulences l'ont jetée contre moi, vers la façon dont ses yeux s'étaient assombris quand nos regards se sont croisés.

—Putain, c'est vrai ! s'exclame River, se redressant. —Qui est-elle ? Des détails, Chef !

Je soupire, sachant que je n'aurai pas la paix tant que je ne leur aurai pas donné quelque chose. —J'étais juste assis à côté d'une Oméga, qui est écrivaine, pendant le vol retour. On a un peu parlé.

—Une écrivaine Oméga ? L'intérêt de River s'aiguise visiblement, et même Levi se penche légèrement en avant. Ils savent que j'ai évité les Omégas depuis que Caitlin a vidé mon compte bancaire et a disparu il y a un an.

—Ce n'était rien, je répète plus fermement. —Juste une conversation.

—Ah ouais ? Alors pourquoi ton odeur s'intensifie

chaque fois que tu la mentionnes ? défie River, un sourire entendu sur le visage.

—Parce que... Je passe à nouveau une main dans mes cheveux, la frustration montant. —Merde. Elle sentait incroyablement bon, d'accord ? Comme les vieux livres, le miel et la vanille. Et elle écrivait ce qui ressemblait à un roman d'amour sur un Alpha qui ressemblait étrangement à moi.

—Elle écrivait à propos de toi ? Les yeux de River s'écarquillent de délice. —Dans l'avion ? En étant assise à côté de toi ?

—Ce n'était pas comme ça, je marmonne. —Elle est à Whispering Grove, mais elle a clairement fait comprendre qu'elle ne veut rien avoir à faire avec moi.

—Attends, elle est en ville ? Levi se redresse, soudain plus intéressé. —Pour combien de temps ?

—Je ne sais pas. Elle a mentionné louer un chalet pour l'été afin de terminer son livre. La pensée qu'Emma pourrait être quelque part à Whispering Grove en ce moment fait picoter ma peau de conscience. —Mais comme je l'ai dit, elle n'était pas intéressée.

—Encore des conneries, se moque River. —Si elle écrivait de la fiction sexy sur un Alpha inspirée par toi, elle était définitivement intéressée. Qu'as-tu fait pour la faire fuir ?

—Rien ! je proteste, puis je soupire. —J'ai peut-être lu par-dessus son épaule. Elle n'a pas apprécié ça.

River rejette sa tête en arrière et rit, le son remplissant le bureau. —Espèce de fouineur ! Pas étonnant qu'elle se soit fermée.

—Ça n'a pas d'importance, j'insiste, bien que les mots aient un goût de mensonge. —Je vais respecter ses limites. Nous avons une caserne à faire tourner et une ville à protéger.

Mais bon sang, ça va être sacrément difficile de ne pas la surveiller. Elle est constamment dans ma tête, comme une chanson que je ne peux pas arrêter, une odeur que je continue à pourchasser même quand je sais que je ne devrais pas. Chaque heure où je ne la vois pas, je pense à où elle peut être.

—Atlas, lâche River, soudain sérieux, son ton taquin disparu. —Tu dis depuis des mois que la meute semble déséquilibrée. Que nous avons besoin d'une Oméga pour nous compléter. Et maintenant tu te retrouves assis à côté d'une qui sent bon et qui écrit déjà des versions fictives de toi ? Ce n'est pas rien.

Je le fixe, momentanément pris au dépourvu par sa perspicacité. Il est facile d'oublier parfois, avec toutes ses plaisanteries et son flirt, que River a des profondeurs qui rivalisent avec les lacs de montagne entourant notre ville.

—Je n'ai jamais dit que c'était elle, l'élue, je conteste, mais cela sonne faible même à mes oreilles.

Levi se pousse du bureau, secouant la tête devant nous deux. —Bon, il vaut mieux se changer et s'installer. Nous sommes en alerte maximale avec les incendies potentiels et la ville pleine de touristes. Ses lèvres s'incurvent en un sourire narquois. —Tu pourras soupirer après ton Oméga d'avion plus tard.

—Je ne soupire pas... je commence, mais je suis coupé par un craquement de tonnerre particulièrement fort. Je jette un coup d'œil par la fenêtre vers le ciel qui s'assombrit, les premières gouttes de pluie sur la vitre.

Le téléphone sur mon bureau sonne, son ton strident coupant à travers notre conversation. Je tends automatiquement la main vers lui, mais River me devance, saisissant le combiné avec un clin d'œil.

—Caserne de pompiers de Whispering Grove, répond-il, instantanément professionnel malgré la lueur taquine toujours dans ses yeux. Son expression devient plus sobre à mesure qu'il écoute, attrapant le bloc-notes. —Emplacement ? Hmm. Combien ? D'accord. On s'en occupe.

Il raccroche, et nous sommes déjà en mouvement avant qu'il ne parle, lisant son langage corporel. —Accident d'escalade à Thunder Rock. Deux randonneurs bloqués sur la face nord. L'orage arrive.

—Sauvetage en montagne pendant un orage. Putain de parfait, je marmonne, mais nous attrapons tous déjà l'équipement.

—Bienvenue à la maison, Chef, dit River, tapant mon épaule alors que nous nous dirigeons vers le camion de secours.

Un éclair illumine la baie alors que nous chargeons le dernier équipement, et pendant un moment, je surprends Levi qui m'observe.

—Quoi ? je demande.

—Rien, dit-il doucement. —Je pensais juste que cette Oméga a dû faire une sacrée impression. Il ajoute : —Tu sais, l'univers ne donne pas souvent de secondes chances. Si tu la rencontres à nouveau, essaie de ne pas tout foutre en l'air cette fois.

— Huit appels, annonce River, en s'affalant dans un fauteuil de la salle commune de la caserne avec une fatigue exagérée. Huit putains d'appels en sept heures. Je te le dis, Chef, tu nous portes la poisse. On n'a eu aucune urgence pendant ton absence, et maintenant on s'épuise à courir partout.

Il fait nuit noire maintenant, presque vingt-trois heures, et la tempête s'est intensifiée pour devenir un véritable déluge. La pluie martèle les fenêtres par vagues poussées par un vent hurlant, et les éclairs se succèdent presque sans interruption, transformant la nuit en un jour stroboscopique.

Après le sauvetage sur les rochers, qui avait été assez angoissant avec la pluie rendant la paroi rocheuse aussi glissante qu'une nappe de verre, nous avions à peine repris notre souffle avant que les appels ne commencent à s'enchaîner. Une ligne électrique tombée qui nous a fait coordonner avec la compagnie d'électricité tout en tenant les curieux à distance. Un arbre qui est tombé et a écrasé la remise de quelqu'un. D'autres accidents mineurs causés par les conditions routières de plus en plus dangereuses.

— C'est peut-être un record pour une soirée pluvieuse, confirme Levi en se passant une serviette dans les cheveux. C'était lui qui avait grimpé à l'arbre dans le jardin des Henderson pour sauver leur chat, qui l'avait récompensé par trois profondes griffures sur l'avant-bras.

Je m'appuie contre l'encadrement de la porte, savourant une tasse de café assez fort pour décaper de la peinture. La caserne est calme maintenant, à part l'équipe squelettique, juste nous trois et Kai, qui surveille les radios tout en faisant l'inventaire dans la réserve.

— Ça pourrait être pire, je fais remarquer. Au moins, on n'a pas à gérer un incendie de bâtiment dans ce bazar.

River gémit, me lançant un emballage vide de barre protéinée. — Ne porte pas malheur, bordel. J'aimerais vraiment dormir cette nuit.

— Tu te ramollis avec l'âge, je le taquine. Nous sommes tous épuisés, et je ne suis pas encore complètement remis de trois jours à gérer la succession de mon oncle.

— Je suis plus jeune que toi, riposte River. Et plus beau.

— Continue à te raconter ça, je marmonne, mais je lutte contre un sourire.

Levi ignore notre chamaillerie, concentré sur le bandage de son bras griffé. — Le bulletin météo dit que la tempête devrait passer dans quelques heures. Des alertes de crues soudaines sont en vigueur pour la vallée basse. On pourrait devoir aider aux évacuations si la rivière déborde.

Je hoche la tête, notant mentalement de vérifier les protocoles d'urgence. La Whispering River peut monter dangereusement vite pendant les fortes pluies, menaçant les vieilles cabanes construites trop près de ses berges. — On installera des lits de camp au centre communautaire si nécessaire.

River bâille largement, sans prendre la peine de se couvrir la bouche. — Bon, je vais prendre une douche, puis m'effondrer aussi longtemps que l'univers le permettra. Il s'étire, ses articulations craquant audiblement, avant de me fixer d'un regard soudainement sérieux. — Et demain, on revient sur cette histoire d'écrivaine Oméga. Parce que si elle est vraiment en ville pour l'été, tu dois au moins essayer de t'excuser d'avoir été bizarre.

— Je n'étais pas… je commence à protester, mais il a déjà quitté la pièce d'un pas nonchalant, sifflotant une chanson pop que je ne reconnais pas.

Levi termine son bandage et me fixe d'un de ses regards évaluateurs. — Il n'a pas tort, tu sais.

— Sur le fait que je suis bizarre ? Je fronce les sourcils.

— Sur le fait que tu devrais réessayer. Il se lève, rangeant méthodiquement la trousse de premiers secours. — Tu es déstabilisé depuis que ton ex, Caitlin, t'a quitté. Nous le sommes tous. La meute a besoin de… quelque chose. Il choisit ses mots avec soin, n'étant jamais du genre à parler sans réfléchir. — Ou de quelqu'un.

Je ne réponds pas immédiatement, fixant mon café comme s'il pouvait contenir des solutions à des problèmes que je ne sais même pas comment articuler. La vérité est que notre meute semble incomplète. Depuis longtemps. Trois Alphas créent une dynamique étrange, trop de dominance, pas assez de douceur. Nous faisons avec parce que chacun remplit des rôles différents, mais il y a toujours eu cette impression que quelque chose—ou quelqu'un—manque.

— Je ne sais même pas où elle loge, je finis par dire, ce qui n'est pas un déni.

— Nous connaissons tous les hôtels, motels, cabanes, et même les Airbnb de Whispering Grove, fait remarquer Levi avec son pragmatisme habituel. À quel point ça pourrait être difficile de la trouver ?

— Du harcèlement. C'est ta suggestion ? Je hausse un sourcil.

L'ombre d'un sourire passe sur son visage. — Collecte d'informations. Il y a une différence.

Avant que je puisse répondre, la radio à ma ceinture grésille, et la voix de Kai se fait entendre, tendue et urgente. — Chef ? On a un appel. Incendie de structure résidentielle au 1247 Pinecrest Lane. Plusieurs signalements arrivent. C'est grave.

Le temps semble ralentir pendant un battement de cœur, puis s'accélère doublement. Je bouge déjà, Levi juste derrière moi, tandis que je réponds. — Bien reçu. Intervention complète. Réveille les volontaires sur la liste et demande au dispatching d'envoyer l'alerte.

L'alarme retentit dans la station un instant plus tard, le système automatique s'activant alors que nous atteignons le garage au pas de course. River émerge des vestiaires, les cheveux encore mouillés, mais toute trace de fatigue disparue de son visage.

— Incendie de bâtiment, je crie alors qu'il nous

rejoint en trottant, tendant déjà la main vers son équipement d'intervention. — Pinecrest Lane.

— Merde, marmonne-t-il. Nous savons tous ce que cela signifie. Pinecrest est une route sinueuse qui mène sur le versant est, bordée de luxueuses résidences secondaires principalement construites en bois. Mais avec cette tempête, la situation pourrait jouer en notre faveur, la pluie luttant contre le feu à nos côtés.

Kai fait irruption dans le garage, suivi des deux volontaires qui dormaient dans le dortoir. — La police est en route, mais ils arrivent du côté sud. Les routes commencent à être inondées par endroits.

Je hoche sèchement la tête. — Camion un, Secours un, j'ordonne. — Kai, Dana, Miguel, vous venez avec moi sur le camion. River, prends le Secours avec Levi et Terry. On part dans soixante secondes.

La pluie tombe à verse lorsque nous quittons la station, gyrophares allumés et sirènes hurlantes.

— Dispatch, ici Chef Wood, je radio pendant que nous filons à travers les rues désertes. — En route vers Pinecrest Lane. Quelle est la situation ?

— Chef, nous avons plusieurs appels au 911 signalant un incendie de maison, répond la standardiste, sa voix calme malgré l'urgence. — Les appelants indiquent que la location de vacances est occupée. Nombre de personnes à l'intérieur inconnu. La police sera là dans dix minutes.

— Bien reçu. Je jette un coup d'œil dans le rétroviseur à mon équipe, tous affichant maintenant une détermination implacable. — Camion un, arrivée prévue dans quatre minutes. Secours juste derrière nous.

Les essuie-glaces luttent contre le torrent, et je serre le volant plus fort tandis que nous naviguons sur la route sinueuse menant au versant est. Plus nous montons, plus la lueur devient forte, un phare orange malveillant perçant la nuit. À côté de moi, Kai vérifie son appareil respiratoire une dernière fois, son visage habituellement jovial figé dans des traits durs.

En contournant le dernier virage sur Pinecrest, la scène complète apparaît, et mon souffle se bloque dans ma gorge. Une grande cabane en forme de A est à moitié engloutie par des flammes que la pluie torrentielle peine à éteindre, le feu léchant le bardage en bois et transperçant le toit à plusieurs endroits.

— Nom de Dieu, souffle Miguel derrière moi.

La radio grésille avec la voix de River depuis le camion de secours derrière nous.

Je m'arrête à une distance sécuritaire et mets le moteur en position stationnement. — Établissez l'alimentation en eau. La recherche primaire est la priorité numéro un. River, fais le tour par l'arrière à ton arrivée. Levi, je veux une évaluation structurelle avant de nous engager dans une attaque intérieure.

Nous nous mettons immédiatement en action, la pluie nous martelant pendant que nous enfilons nos masques et notre équipement. L'orage a transformé le sol en boue, rendant chaque mouvement plus difficile, mais nous agissons avec l'efficacité d'une équipe qui a déjà affronté l'enfer ensemble.

— Prêts ? je demande, en ajustant mon masque tandis que le reste de l'équipe se met en formation.

Des hochements de tête brefs, et je sens le poids du leadership s'installer sur mes épaules. C'est pour ça que je suis fait, ce moment, cette mission. Tout le reste, les maisons pleines de fantômes, les vols en avion avec des Omégas enivrants, le poids du passé, tout s'efface face aux flammes.

— On y va, j'ordonne. Avec Kai et Miguel qui me flanquent, nous chargeons vers l'incendie, prêts à déchirer le feu, le bois et tout ce qui se dresse entre nous et toute personne piégée à l'intérieur.

C'est alors que je l'entends, un cri perçant à travers le rugissement des flammes et le martèlement de la pluie. Désespéré. Terrifié. Venant de quelque part à l'intérieur de la maison en flammes.

— Il y a quelqu'un là-dedans, crie Miguel.

Le vent change, et pendant un instant, les flammes s'écartent suffisamment pour voir une silhouette à une fenêtre de l'étage.

Une femme. Piégée.

4

EMMA

Mes yeux s'ouvrent brusquement dans une obscurité envahie par une brume grisâtre. Pendant un moment désorientant, je crois être encore en train de rêver, jusqu'à ce que la brûlure âcre atteigne mes poumons et que j'éclate en une violente quinte de toux. Elle déchire ma poitrine, chaque spasme douloureux et oppressant. Je me redresse d'un bond, le cœur martelant contre mes côtes tandis que l'adrénaline inonde mon système.

Le feu. La cabane est en feu. Merde !

Cette pensée me traverse avec une brutalité limpide. L'air a un goût anormal - toxique, métallique, mortel. Mes yeux se mettent instantanément à pleurer, des larmes brûlantes coulant sur mes joues. À travers ce flou, je distingue des volutes de fumée qui se glissent sous la porte de la chambre comme des doigts inquisiteurs.

—Merde, murmuré-je, le mot se coinçant dans ma

gorge. Je tousse à nouveau, me pliant en deux tandis que mon corps tente désespérément d'expulser le poison que je respire.

L'instinct de survie prend le dessus. Je cherche à tâtons mon téléphone sur la table de nuit, le faisant tomber par terre dans ma panique. Quand je me précipite hors du lit à quatre pattes pour le récupérer, l'écran affiche 1 h 47 et à peine un peu de signal - une barre qui vacille. J'essaie quand même d'appeler les secours, mes doigts tremblants glissant sur l'écran, mais l'appel ne parvient pas à se connecter. Le son qui m'échappe est à mi-chemin entre un sanglot et une toux.

Un éclair venant de l'extérieur illumine brièvement la pièce enfumée d'un blanc cru avant de la replonger dans l'ombre.

Merde... Il faut que je sorte.

Toussant, je me relève et me dirige en titubant vers la fenêtre de la chambre. J'attrape le loquet et tire d'un coup sec. Rien. Je force plus fort, avec les deux mains maintenant, mais il ne bouge pas. Coincé.

La panique me serre la gorge, mais je la réprime.

Je tombe à genoux, me plaquant près du sol. Que dit-on à propos des incendies ? Rester bas. Sortir. Ne pas essayer de sauver ses affaires.

Mais mon ordinateur portable est dans mon sac à dos près de la commode. Je ne peux pas le laisser.

À quatre pattes, je rampe sur le sol où l'air est légèrement plus respirable. La robe d'été que j'avais laissée sur la chaise est à portée de main. Je l'enfile par-dessus le t-shirt de Chad, sans me soucier qu'elle soit à l'envers, j'ai juste besoin de me couvrir. Chaque mouvement provoque une nouvelle quinte de toux, chacune plus violente que la précédente.

Mon sac à dos. Je me jette dessus, le serrant contre ma poitrine comme une bouée de sauvetage. L'arête dure de mon ordinateur portable me presse à travers le tissu. J'y enfourne aveuglément le chargeur, puis attrape la veste de Chad là où je l'avais jetée plus tôt pour m'en couvrir. L'ironie d'avoir besoin de quelque chose à lui pour survivre ne m'échappe pas, même alors que je m'étouffe de fumée et de terreur.

La température dans la pièce augmente rapidement. La sueur perle sur mon front, se mêlant aux larmes tandis que je lutte pour voir à travers mes yeux qui piquent. Un gémissement horrifique venant d'au-dessus plante un pic de pure terreur dans ma poitrine. Je lève les yeux alors qu'un réseau de fissures apparaît au plafond, luisant d'orange sur les bords.

—Oh mon Dieu, gémis-je, reculant à quatre pattes alors que des braises commencent à pleuvoir. Ma gorge me fait mal à force de tousser.

Un craquement assourdissant explose alors qu'une partie du plafond cède, arrosant la pièce de débris enflammés. La chaleur est soudaine et écrasante, sensation de se tenir trop près d'un feu de joie multipliée par dix. Je peux sentir ma peau se tendre, mes bras exposés picotant de douleur.

Je hurle.

L'effroi devient une créature vivante en moi, griffant mes entrailles, volant le peu de souffle qu'il me reste. Mon cœur bat si fort que je le sens dans mes doigts, dans mes tempes. Mes pensées se fracturent, s'éclatent. Je ne veux pas mourir, pas comme ça, pas ici, pas seule.

Je presse la manche de Chad sur mon nez et ma bouche, détestant que son odeur puisse être la dernière chose que je sentirai jamais, et me précipite vers la porte à quatre pattes.

Mes doigts se referment sur la poignée de porte, elle est chaude mais pas encore insupportable. Je la tourne, ouvrant la porte d'un coup sec, et l'afflux d'oxygène crée un souffle derrière moi qui me propulse dans le couloir. Le feu rugit plus fort, comme furieux que j'aie échappé à sa première tentative de me dévorer.

D'ici, je découvre l'ampleur du cauchemar. La moitié arrière de la cabane est en flammes. Le feu grimpe aux murs en vagues ondulantes d'orange et d'or, magnifique dans sa terrible voracité. L'escalier en bois au bout du couloir est déjà partiellement consumé.

Je dois descendre. Je dois sortir avant que tout l'endroit ne s'effondre.

Tous mes instincts de survie me hurlent de courir, mais je m'oblige à rester au sol, rampant vers les escaliers aussi vite que possible. La fumée est plus épaisse ici, formant une nappe étouffante qui plane à environ un mètre du sol. Je serre la veste plus fort autour de mon visage, mais elle filtre peu l'air toxique. Chaque respiration est comme inhaler du papier de verre, mes poumons protestent à chaque faible inspiration.

À mi-chemin des escaliers, une nouvelle quinte de toux si violente me terrasse complètement, mon front pressé contre le parquet brûlant. Des taches noires dansent dans mon champ de vision. Mon sac à dos semble soudain incroyablement lourd, mais je le serre plus fort. Si je meurs ici, au moins mes mots mourront avec moi.

Lève-toi. BOUGE.

La voix dans ma tête ressemble à celle de ma grand-mère, cette femme à la colonne vertébrale d'acier qui m'a appris que les Omégas n'étaient pas seulement des créatures douces à protéger, mais des survivantes. Puisant dans une réserve de force dont j'ignorais l'existence, je me pousse en avant.

L'escalier se dresse devant moi, partiellement masqué par la fumée qui tourbillonne. Des parties sont déjà en train de brûler, la section la plus basse complètement engloutie par les flammes. Il n'y a pas de passage, le chemin est bloqué par un mur de feu qui semble me narguer de sa lumière vive et dansante.

Je recule loin de l'escalier en flammes, l'esprit en ébullition. Y a-t-il un autre moyen de descendre ? Un escalier de secours ? Je n'en ai pas remarqué à mon arrivée, trop occupée à me morfondre sur Chad et Megan pour prêter attention aux sorties de secours.

À travers la fumée et le chaos, j'entends le bruit distinct de la porte d'entrée qu'on enfonce. Puis des voix, criant des ordres que je ne parviens pas à comprendre.

Quelqu'un est là. « À l'ai... » Je tousse sans pouvoir me contrôler.

Je me retourne pour voir une silhouette massive se frayant un chemin à travers les flammes, repoussant les débris enflammés du pied, créant un passage là où il n'y en avait pas.

Le pompier est énorme, portant un équipement de protection volumineux, le visage couvert par un masque et un casque. Il y a quelque chose de presque surnaturel dans sa façon de se déplacer à travers le feu avec une telle détermination, une telle puissance.

J'agite frénétiquement les bras pour attirer son attention, ma gorge ravagée par la toux.

Le casque du pompier pivote dans ma direction. Même à travers le masque, je sens l'intensité de son regard qui se fixe sur moi. Il fait un geste brusque, me montrant puis indiquant le sol, restez à terre, avant de reprendre sa progression déterminée.

D'un bond puissant, il s'élance par-dessus la section la plus endommagée des escaliers, atterrissant avec un bruit sourd sur le plancher du couloir supérieur. Ce mouvement est si athlétique, si inattendu, que pendant un instant, j'oublie le danger dans lequel nous nous trouvons. Qui est cette personne ? Comment peut-il se déplacer ainsi avec tout cet équipement lourd ?

Le pompier me rejoint en quelques grandes enjambées, s'accroupissant à côté de moi. De près, il est encore plus imposant - large d'épaules et solide, dégageant une force et un calme qui font légèrement se relâcher quelque chose en moi.

—Nous devons sortir maintenant, sa voix traverse le masque, profonde et autoritaire. Tout cet endroit pourrait s'effondrer d'une minute à l'autre.

J'acquiesce frénétiquement, un nouveau spasme de toux m'empêchant de parler. Les mains gantées du pompier se déplacent rapidement sur moi, vérifiant s'il y a des blessures évidentes.

—Nous allons redescendre, déclare-t-il.

Je secoue la tête, montrant du doigt l'escalier en flammes. Le pompier suit mon geste, puis me regarde à nouveau.

—Faites-moi confiance, dit-il simplement.

Et, étrangement, inexplicablement, je le fais. Quelque chose dans cette voix, dans sa façon assurée de se déplacer, me fait croire qu'il peut nous sortir de ce cauchemar. Je hoche la tête, serrant mon sac à dos plus fort contre ma poitrine.

Sans avertissement, le pompier me soulève comme si je ne pesais rien, un bras sous mes genoux, l'autre soutenant mon dos. Je suffoque face à ce mouvement soudain, enroulant instinctivement mon bras libre autour de son cou pour me stabiliser.

—Gardez votre visage couvert, m'ordonne-t-il, se dirigeant déjà vers les escaliers. Et accrochez-vous bien.

Je presse à nouveau la manche de la veste de Chad sur mon nez et ma bouche, enfouissant mon visage contre l'épaule du pompier autant que possible. Même à travers l'équipement de protection, je sens la force solide du corps qui porte le mien.

Nous atteignons le haut des escaliers, et le pompier s'arrête, évaluant le chemin enflammé en contrebas. La section la plus basse est complètement engloutie, mais il semble imperturbable.

— On prend le raccourci, annonce-t-il, et déjà nous bougeons, non pas vers les escaliers, mais vers la rampe. D'un mouvement fluide, le pompier enjambe la balustrade et saute. Nous restons suspendus un bref instant avant de chuter d'environ deux mètres jusqu'au rez-de-chaussée, atterrissant avec un bruit sourd maîtrisé qui secoue mais ne blesse pas.

L'impact déclenche une nouvelle quinte de toux. Le rez-de-chaussée est un labyrinthe de flammes et de débris, la chaleur si intense qu'on dirait que ma peau pourrait cloquer malgré la brève exposition. Le pompier s'y fraye un chemin facilement, évitant les meubles en feu et se baissant sous une poutre menaçant de tomber.

— On y est presque, m'assure-t-il alors que la cabane gémit et craque autour de nous, le bois se fendant.

Un fracas sur notre droite, une partie du mur s'effondrant vers l'intérieur, projette une pluie de débris enflammés sur notre chemin. Je ne peux retenir le cri qui déchire ma gorge ravagée, me pressant instinctivement contre la poitrine de mon sauveteur, terrifiée.

Le pompier n'hésite pas, change de direction et trouve une autre voie à travers le labyrinthe en flammes. La porte d'entrée ouverte apparaît à travers la fumée — un rectangle d'obscurité promettant la sécurité au-delà.

Alors que nous nous en approchons, le plafond au-dessus de nous émet un craquement sinistre. Le pompier réagit instantanément, s'élançant avec une poussée de vitesse qui me coupe le souffle. Nous franchissons l'embrasure au moment où une section du toit s'effondre derrière nous, envoyant une bouffée d'air surchauffé contre nos dos.

Puis nous sommes dehors.

La pluie est torrentielle, me trempant instantanément tandis que le pompier m'éloigne de la cabane en feu. Le contraste entre la chaleur infernale que nous venons de fuir et la fraîcheur de l'averse est saisissant, me faisant suffoquer et déclenchant encore une série de toux douloureuses.

Mon sauveur ne s'arrête que lorsque nous sommes bien à l'écart de la maison, de l'autre côté de la rue, me déposant enfin délicatement sur ce qui semble être le hayon ouvert d'un camion de pompiers. Les gyrophares clignotent en alternance rouge et blanc, perçant l'obscurité. À travers mes yeux larmoyants, j'observe d'autres pompiers attaquer les flammes avec des lances, se criant des ordres par-dessus le vacarme combiné du feu et de la pluie.

La tempête continue, le vent chassant la pluie en rafales qui devraient éteindre les flammes, mais d'une façon ou d'une autre, le feu fait rage comme s'il était alimenté par quelque chose d'imperméable à l'eau. Un éclair déchire le ciel, transformant brièvement la nuit en jour, suivi d'un grondement de tonnerre qui vibre dans ma poitrine.

— Respirez simplement, m'ordonne mon sauveur en tirant quelque chose d'un compartiment proche. C'est un masque à oxygène qu'il place sur mon visage avec une douceur surprenante pour des mains si grandes. Ça va vous aider.

Le flux d'oxygène pur est un soulagement immédiat, apaisant la sensation de brûlure dans mes poumons. Je ferme brièvement les yeux, me concentrant pour prendre des respirations lentes malgré les quintes de toux qui secouent encore mon corps.

— Y a-t-il quelqu'un d'autre qui pourrait être dans la

maison ? demande le pompier, ses paroles plus claires maintenant que nous sommes loin du rugissement du feu.

J'écarte momentanément le masque.

— Non, parviens-je à articuler d'une voix rauque. Juste moi.

Le pompier hoche la tête, puis commence à m'examiner plus minutieusement, ses mains puissantes étonnamment douces tandis qu'il inspecte mes bras et mon cou à la recherche de brûlures ou de blessures. « Vous vous en êtes sortie pratiquement indemne, » dit-il. « Mais nous devons faire traiter votre inhalation de fumée par les ambulanciers. »

J'acquiesce, incapable de détacher mon regard de l'imposante silhouette devant moi. Même sachant qu'il m'a sauvé la vie, il y a quelque chose d'intimidant dans sa carrure. Je ne distingue aucun trait derrière son masque, juste une présence puissante qui irradie d'autorité.

— Merci, murmure-je, ces mots bien insuffisants pour ce qu'il a fait, mais c'est tout ce que je parviens à dire avec ma gorge à vif.

Le pompier s'arrête, puis lève les mains pour retirer son casque. Des cheveux sombres sont plaqués sur un front vigoureux, humides de sueur malgré la pluie. Ensuite vient le masque, qu'il enlève pour révéler un visage qui me coupe le souffle pour des raisons totalement étrangères à l'inhalation de fumée.

Mâchoire anguleuse, nez droit, ces yeux bleu nuit qui avaient croisé les miens dans l'avion. Atlas. L'Alpha, dont l'odeur m'avait enveloppée dans le siège étroit de l'avion, dont le regard pénétrant m'avait surprise en train d'écrire sur lui.

— Vous, souffle-je, le mot à peine audible, même pour mes propres oreilles. Mon cerveau peine à faire les connexions, à donner du sens à ce sauvetage incroyablement coïncident. Vous êtes... pompier ?

— Chef des pompiers, corrige-t-il, sa voix profonde n'étant plus étouffée par le masque. La pluie ruisselle sur son visage, s'accrochant à ses longs cils et gouttant de son menton puissant.

Je le fixe, l'esprit en ébullition. Les chances contre cela sont astronomiques. Être sauvée d'un bâtiment en feu par l'homme même sur lequel je fantasmais d'écrire ?

— Emma, dit-il, et le son de mon nom dans sa bouche envoie un étrange frisson à travers moi malgré tout. Il semble que vous ne puissiez pas rester hors d'ennuis même pour une journée à Whispering Grove. Il sourit.

Nos regards se croisent, et pendant un instant à couper le souffle, le monde se réduit à nous deux, moi assise sur le hayon, lui se tenant assez près pour que la chaleur irradiant de son corps, même à travers son équipement de protection, se déverse sur moi.

Ma peau fourmille de conscience malgré le traumatisme de l'incendie.

Je devrais détourner le regard. Devrais me concentrer sur le fait que j'ai failli mourir, que mon domicile temporaire est actuellement en train de brûler jusqu'aux fondations, ou que je suis assise ici dans une robe d'été trempée par la pluie et la veste trop grande de Chad. Au lieu de cela, je suis fascinée par la façon dont les yeux d'Atlas semblent s'assombrir en soutenant les miens, par le changement subtil dans son odeur qui m'atteint même à travers la fumée qui nous imprègne tous les deux.

Il tend la main, son pouce essuyant délicatement une trace de suie sur ma joue. Ce bref contact m'envoie une décharge comme si j'avais touché un fil électrique, et je ne peux contenir le petit halètement qui m'échappe. Son regard s'élargit légèrement à ma réaction, ses pupilles se dilatant d'une façon qui fait recroqueviller mes orteils dans mes chaussures.

— Quand je vous ai vue à travers cette fumée, dit-il doucement. J'ai cru avoir des hallucinations. Je n'arrivais pas à croire que c'était vraiment vous.

J'avale difficilement, grimaçant à la douleur dans ma gorge.

— Il semble que l'univers ait un étrange sens de l'humour, parviens-je à dire à travers mon masque à gaz.

— Ou le destin, suggère-t-il, son regard si intense que je peux presque le sentir comme un contact physique. Peut-être y a-t-il une raison—

Le moment se brise lorsqu'un autre pompier s'approche, celui-ci grand et élancé avec des cheveux blond doré visibles sous son casque. Il sourit malgré la situation, des fossettes apparaissant sur ses joues alors qu'il jette un regard entre Atlas et moi.

— Chef, dit-il, avec une pointe de taquinerie dans le ton. Le côté ouest est contenu, et nous devrions pouvoir sauver la façade. Ses yeux bleu turquoise se posent sur moi avec une curiosité non dissimulée. Heureux de voir que vous avez trouvé une survivante.

Atlas se redresse, passant instantanément en mode professionnel, bien que sa main s'attarde près de mon épaule un moment plus longtemps que nécessaire.

— Va aider Kai avec l'exposition nord... on dirait que ça essaie de se propager vers ces pins.

Le pompier blond acquiesce, mais son sourire entendu ne s'efface pas alors qu'il retourne vers l'incendie. Je le regarde partir, remarquant la façon confiante, presque fanfaronne dont il se déplace, même dans son équipement encombrant. Quand je regarde à nouveau Atlas, il m'observe avec une expression indéchiffrable.

— Mon second, explique-t-il brièvement. River Graham.

Soudain, le hurlement d'une autre sirène déchire la tempête alors qu'une ambulance arrive, suivie de près par une voiture de police. Atlas recule, son masque professionnel fermement en place maintenant.

— Vous devez être examinée correctement, dit-il, son ton redevenu tout professionnel. L'inhalation de fumée peut être grave.

J'acquiesce, soudainement épuisée au-delà des mots. L'adrénaline qui m'a maintenue s'effondre, me laissant tremblante et faible. Alors qu'une ambulancière aux cheveux courts s'approche, Atlas presse brièvement mon épaule en signe de réconfort avant de s'éloigner pour diriger son équipe.

Il marche à grands pas vers la cabane en flammes, puissant et imposant, la pluie ruisselant sur son équipement. Il rejoint plusieurs autres pompiers maniant des lances, pointant du doigt et criant des directives qui sont instantanément obéies. Même à cette distance, on ne peut se méprendre sur son autorité, le leadership naturel d'Alpha qui semble émaner de lui.

— Madame ? L'ambulancière réclame doucement mon attention. Je suis Sara. Laissez-moi vous examiner, d'accord ?

Elle me guide vers l'arrière du véhicule, à l'abri du plus gros de la pluie, et remplace le masque à oxygène du pompier par le sien, puis commence à m'examiner méthodiquement. Tension artérielle, pouls, niveaux d'oxygène, réaction pupillaire. Je me soumets à tout cela dans un état second, répondant automatiquement à ses questions sur mes symptômes tandis que mon esprit revient sans cesse au sauvetage d'Atlas, à la façon dont il m'a regardée, au choc électrique de son toucher.

— Votre taux d'oxygène est plus bas que je ne le souhaiterais, m'informe Sara. Mais pas dangereusement bas. Ressentez-vous une douleur quand vous respirez profondément ? Des vertiges ? Des nausées ?

— Juste ma gorge, dis-je d'une voix rauque. Et ma poitrine me fait mal à force de tousser.

— C'est normal. Nous devrons quand même vous emmener en observation, dit-elle gentiment. Les effets de l'inhalation de fumée peuvent parfois être retardés.

Un policier s'approche ensuite, d'âge moyen avec des cheveux poivre et sel et de profondes rides autour des yeux qui se creusent davantage lorsqu'il me sourit. — Agent Brennan. Je sais que ce n'est pas le moment idéal, mais j'ai besoin de vous poser quelques questions si vous vous en sentez capable.

Je hoche la tête en retirant le masque à oxygène de mon visage. — Bien sûr.

Il s'installe à côté de moi sur le hayon de l'ambulance, la pluie dégoulinant de sa casquette de police. — Sale affaire, les incendies de maison, dit-il d'un ton décontracté en ouvrant un petit carnet. — Surtout par ce temps. On pourrait penser que toute cette pluie empêcherait les choses de brûler, n'est-ce pas ?

Il y a quelque chose de réconfortant dans son approche décontractée, comme si nous étions deux personnes discutant sur une terrasse quelque part.

— J'ai pensé la même chose, j'avoue. J'espérais que la pluie aiderait, mais on dirait que le feu... l'a ignorée.

L'agent Brennan hoche pensivement la tête. — Les incendies peuvent être étranges comme ça. Une fois qu'ils sont assez chauds, ils créent leurs propres systèmes météorologiques, pour ainsi dire. — Il croise mon regard. — Étiez-vous seule dans le chalet ce soir, Mademoiselle...

— Emma Collins. Et oui, je confirme, avant qu'une nouvelle quinte de toux ne m'interrompe brièvement. — Je suis arrivée aujourd'hui... hier, je veux dire.

— Des bougies allumées ? Cheminée ? Appareils de cuisine laissés en marche ?

— J'avais quelques bougies allumées plus tôt, mais je suis certaine de les avoir toutes éteintes avant de monter me coucher. Je me souviens les avoir soufflées une par une. — Je fronce les sourcils en essayant de me rappeler si j'avais oublié quelque chose. — La cheminée n'était pas allumée, et je n'ai pas utilisé la cuisinière ou le four.

Il prend des notes, son expression plutôt pensive que soupçonneuse. — Avez-vous remarqué des problèmes électriques ? Des lumières vacillantes ? Des disjoncteurs qui sautent ?

— Il n'y avait pas d'électricité quand je suis arrivée au chalet. Tout le reste semblait normal.

— Nous demanderons à l'enquêteur des incendies d'examiner cela une fois qu'il sera sécuritaire d'entrer dans la structure. — Il jette un coup d'œil au chalet encore en flammes.

Il me pose encore quelques questions de routine. Combien de temps je compte rester à Whispering Grove, d'où je viens, si j'ai remarqué quelque chose d'inhabituel avant d'aller me coucher. Je réponds du mieux que je peux malgré ma gorge de plus en plus douloureuse, me sentant plus épuisée à chaque minute.

— J'aurai besoin de votre numéro de téléphone et de vos coordonnées, dit-il finalement. — Aussi, je dois vous demander de ne pas quitter Whispering Grove pendant l'enquête sur cet incendie.

Mon cœur se serre. — Je suis suspecte ?

L'expression de l'agent Brennan s'adoucit. — Procédure standard, Mademoiselle Collins. Nous ne pouvons rien exclure à ce stade, mais entre vous et moi, les causes accidentelles sont bien plus fréquentes que les causes délibérées. Surtout dans les propriétés de location où l'entretien pourrait ne pas être aux normes.

Sa gentillesse apaise quelque peu mon anxiété. Néanmoins, l'idée d'être considérée, même potentiellement, comme une incendiaire est pénible. Comme s'il percevait mon malaise, il tapote légèrement mon bras.

— Essayez de ne pas trop vous inquiéter, me conseille-t-il. — Concentrez-vous sur votre examen médical pour l'instant.

Sara, l'ambulancière, revient. — Nous devons vous transporter à l'hôpital maintenant, dit-elle fermement. — C'est le protocole standard pour les cas d'inhalation de fumée.

L'agent Brennan se lève, inclinant légèrement sa casquette. — Nous continuerons cette conversation plus tard, Mademoiselle Collins. Prenez soin de vous d'abord.

Alors que les ambulanciers se préparent à me faire monter dans l'ambulance, je regarde une dernière fois l'opération de lutte contre l'incendie. Le feu du chalet est presque éteint maintenant, les efforts combinés des pompiers et de la pluie incessante gagnant finalement du terrain. À travers le chaos, j'aperçois Atlas discutant avec deux autres hommes à la limite de la propriété.

L'un est le pompier blond de tout à l'heure, River, et l'autre est grand et musclé avec des cheveux noirs, expliquant clairement quelque chose de technique aux autres.

Tous les trois sont trempés, leur équipement dégageant légèrement de la vapeur. Malgré les circonstances sombres, je ne peux m'empêcher de remarquer quel trio imposant ils forment, trois Alphas puissants travaillant ensemble.

Tous trois se tournent pour me regarder. Je rougis instantanément, gênée d'avoir été surprise en train de les observer. Mon estomac se serre. À cet instant, Sara et son partenaire m'aident à monter dans l'unité médicale. Alors que je m'installe sur la civière, j'aperçois une dernière fois Atlas à travers les portes qui se ferment, la pluie ruisselant sur son visage, ses yeux de minuit fixés intensément sur les miens jusqu'à ce que les portes se referment complètement.

Le véhicule médical s'éloigne, sirènes hurlantes malgré l'heure tardive. Je m'affaisse contre la civière, physiquement et émotionnellement épuisée par tout ce qui s'est passé. J'ai été larguée par mon petit ami, j'ai découvert qu'il me trompait avec mon amie, j'ai conduit jusqu'à une ville étrange, j'ai survécu à un incendie et j'ai été secourue par peut-être l'Alpha le plus séduisant et le plus troublant que j'aie jamais rencontré.

Tandis que Sara ajuste mon masque à oxygène et me pose une perfusion par simple précaution, je fixe le plafond, essayant de donner un sens au tournant bizarre qu'a pris ma vie.

Une pensée troublante s'élève au-dessus du chaos de tout le reste :

Et si l'incendie n'était pas un accident ? Et si quelqu'un l'avait délibérément allumé ?

Et si c'était le cas, et s'ils essayaient à nouveau ?

5

EMMA

L'odeur antiseptique de l'hôpital s'estompe enfin lorsque les portes automatiques s'ouvrent, me libérant dans l'éclat du soleil matinal qui me fait immédiatement plisser les yeux. Après une nuit de piqûres, d'examens et de contrôles d'oxygène toutes les heures — sérieusement, pensent-ils que les niveaux d'oxygène changent dramatiquement pendant qu'on est inconscient ? — je suis enfin libre. Enfin, *libre* est un terme relatif.

Je m'arrête sur le trottoir, serrant mon sac à dos contre ma poitrine comme s'il contenait les derniers vestiges de ma dignité. Ce qui, étant donné que je porte toujours ma robe d'été imprégnée de fumée et la veste de Chad, l'ultime tenue de la honte sans la partie amusante qui la précède habituellement, n'est pas loin de la vérité.

Où diable suis-je censée aller maintenant ? Un hôtel si je peux trouver une chambre.

Les paroles du policier résonnent dans ma tête, m'interdisant de quitter la ville tant que leur enquête n'est pas terminée. *Parfait.* Parce qu'apparemment, je suis passée d'Oméga Ratée Extraordinaire à Incendiaire Présumée en l'espace de vingt-quatre heures. On parle d'évolution de carrière.

Je repasse les événements de la nuit dernière pour la millième fois, une liste mentale que je vérifie obsessionnellement. Bougies, éteintes avant ma douche. Cheminée, jamais même allumée. Ma lampe de lecture de secours à piles. Je l'ai définitivement éteinte et rangée dans mon sac. J'ai tout fait correctement. Je fais toujours tout correctement. C'est une partie de mon problème.

Mon téléphone vibre avec un message de Jess après que je lui ai écrit tôt ce matin. *Toujours en vie ? Des nouvelles de l'hôpital ?*

Je lui réponds rapidement. *Sortie. Certificat de bonne santé, sauf pour ma fierté et mes projets de vacances.*

L'univers m'en veut clairement. Mais s'il y a un point positif à ce fiasco, c'est que le sac à dos de Chad, rempli de ses précieux vêtements de marque et de ce ridicule parfum dans lequel il se baignait pratiquement, n'est plus qu'un tas de cendres de luxe. Cette pensée m'arrache un sourire quelque peu vindicatif.

— Qu'est-ce qui te fait sourire aussi malicieusement ? On dirait que tu viens de trouver le retournement de situation parfait pour ton prochain méchant, dit une voix masculine, attirant mon attention.

Surprise, je regarde, et il est là. Atlas, appuyé contre un énorme pickup noir garé tout près de l'entrée de l'hôpital. Le soleil du matin l'éclaire d'une façon qui devrait être illégale, jetant des reflets dorés dans ses cheveux sombres et accentuant les angles marqués de son visage. Sa chemise d'uniforme est partiellement déboutonnée au col, les manches retroussées jusqu'aux coudes, révélant une peau bronzée tentante et ce mystérieux charme en bois sur son cordon de cuir.

Génial. Juste ce dont j'ai besoin. Alpha Canon-sur-Pattes, venu assister à la suite de ma tournée d'humiliation.

— Pas un meurtre, dis-je automatiquement. Un incendie criminel, apparemment. Autant perfectionner ma technique puisque je suis déjà suspecte.

Un coin de sa bouche se relève légèrement. — Ce n'est pas drôle.

— Pourtant tu souris presque, je rétorque, déplaçant mon sac à dos sur mon autre bras. Son poids me semble soudain contenir des briques plutôt que les quelques possessions qui ont survécu à l'incendie. Qu'est-ce que tu fais ici, d'ailleurs ? Tu n'as pas des incendies à combattre ? Des chats à secourir sur des arbres ? Des séances photos de calendrier auxquelles poser ?

Son sourcil se soulève à cette dernière suggestion, et j'ai immédiatement envie de me fondre dans le trottoir. Pourquoi est-ce que je me réfugie toujours dans le sarcasme quand je suis mal à l'aise ? Et pourquoi sent-il incroyablement bon même à trois mètres de distance ? Bois fumé, érable et douceur sucrée de caramel qui fait que mon stupide cerveau d'Oméga se redresse et prend note, ignorant complètement le mémo *pas intéressée par les Alphas* que j'essaie de faire circuler.

— Je suis venu voir comment tu allais, dit-il simplement.

— Vraiment ? La douceur dans ma voix me trahit, et je redresse immédiatement ma colonne vertébrale. Je veux dire, c'est... inutile. Je vais bien. Tout est parfait. En pleine forme et paré à toute éventualité, comme dirait ma grand-mère.

Je peux presque entendre les mots de Mamie dans ma tête, la façon dont elle utilisait cette expression chaque fois que je descendais pour l'école avec mon uniforme parfaitement repassé. Elle l'avait apprise de mon grand-père, qui avait passé des années à travailler sur des bateaux de pêche avant de se poser. C'était sa plus haute forme d'approbation — rien n'était mieux que d'être *en pleine forme et paré à toute éventualité* dans le monde de Mamie. Ce souvenir provoque un pincement de nostalgie ; elle saurait exactement quoi dire en ce moment pour rendre ce désastre gérable. Elle est partie depuis trois ans, et elle me manque terriblement.

J'essaie de le dépasser mais je réalise que je n'ai absolument aucune idée d'où je vais. Je suis dans une ville où apparemment tous les logements sont réservés. Je m'arrête, pivote maladroitement, puis m'arrête à nouveau, ressemblant à rien de moins qu'un jouet mécanique défectueux.

— Où vas-tu ? demande-t-il, se décollant de son camion.

— C'est un peu flippant, je lâche. Genre, niveau tueur en série d'intérêt pour mes allées et venues.

Au lieu d'être offensé, il rit vraiment. — J'ai parlé avec ton agent immobilier ce matin.

— Tu as fait quoi ? Je le fixe.

— Et quelques autres agences de location en ville, continue-t-il, comme si envahir ma vie privée était tout à fait normal. Je voulais m'assurer que tu avais des options, étant donné que tu dois rester en ville jusqu'à ce que l'enquête soit terminée.

Ma bouche s'ouvre, stupéfaite, incapable de croire à sa prévenance. — Je... tu... pourquoi ferais-tu ça ?

— Parce que c'est la saison touristique, et la ville est à saturation. Il croise les bras sur sa poitrine, et je ne remarque absolument pas comment cela fait ressortir ses biceps contre le tissu de sa chemise. Et parce que le chalet où tu séjournais appartient à Martin Greene, qui n'est pas exactement connu pour son sens du service client.

— Alors, tu es quoi ? Le comité d'accueil de la ville ? je le taquine. Pompier la nuit, parrain magique le jour ?

— J'essaie juste d'aider. Il hausse ces épaules ridicules. Et puis, tu sens encore la fumée.

Je tire sur la veste de Chad avec gêne. — Nous ne pouvons pas tous sortir du lit en ayant l'air et l'odeur de quelqu'un qui vient de tourner une publicité pour un parfum, je marmonne.

Sa bouche tressaille à nouveau. — Tu penses que je ressemble à un mannequin de parfum ?

— Ce n'est pas ce que j'ai dit. Je repousse une mèche de cheveux derrière mon oreille, une habitude nerveuse que je n'ai jamais pu perdre. Je dis juste que certains d'entre nous ont vu leurs biens incinérés la nuit dernière et n'ont pas eu l'occasion de se rafraîchir.

— Alors, où vas-tu maintenant ? demande-t-il à nouveau, plus doucement cette fois.

— Voir Martin Greene et comprendre mes options, dis-je avec beaucoup plus d'assurance que je n'en ressens. Je suis sûre qu'il y a eu une erreur concernant mon obligation de rester en ville. Je veux dire, c'est évident que je n'ai pas déclenché cet incendie.

L'expression d'Atlas change légèrement. — L'enquête est une procédure standard. Et crois-moi, tu ne veux pas avoir affaire à Martin maintenant.

— Pourquoi pas ?

— Parce qu'il raconte déjà à tout le monde en ville que sa *locataire Oméga cauchemardesque* a brûlé son meilleur chalet de location.

Mon estomac tombe à travers le trottoir. — Il fait quoi ?

— J'ai essayé de le remettre à sa place, mais il est... Atlas s'interrompt.

— Un connard misogyne ? je suggère.

— J'allais dire *contrarié par les dommages matériels*, mais ta description fonctionne aussi.

Je gémis, pressant la paume de mes mains contre mes yeux. — C'est incroyable. Je suis dans cette ville depuis moins de vingt-quatre heures, et je suis déjà le paria local.

— Laisse-les parler, dit-il, sa voix s'approfondissant avec une touche de ce ton d'Alpha autoritaire. Ceux qui comptent verront exactement qui tu es vraiment. Les autres ? Il hausse ces larges épaules. Ils ne méritent pas ton inquiétude.

La façon dont il me regarde crée un essaim de

papillons dans mon estomac que je n'ai aucun droit de ressentir. Ça me rappelle comment mes personnages se regardent dans mes livres, comme s'ils voyaient quelque chose de précieux et rare, pas comme les gens me regardent dans la vraie vie.

— Laisse-moi te conduire au bureau de Martin, offre-t-il. Au moins comme ça, tu auras du soutien quand tu lui parleras.

Je plisse les yeux. — Et je devrais te faire confiance, pourquoi exactement ?

— Je t'ai sauvée deux fois jusqu'à présent. Il lève deux doigts. C'est un assez bon bilan.

— Deux fois ?

—L'incendie. Et les turbulences dans l'avion. Il sourit, et ce sourire transforme son visage sérieux en quelque chose de si incroyablement séduisant que je dois littéralement verrouiller mes genoux pour éviter de chanceler vers lui.

—Ça ne compte pas, je conteste, même si mon corps traître se souvient de la sensation de son bras qui m'ancrait pendant cette terrifiante chute.

—Trois fois si on compte le fait que je me suis assuré que tu reçoives des soins médicaux, ajoute-t-il, l'air bien trop satisfait de lui-même.

—D'accord, je soupire en sortant mon téléphone. Mais sache que j'envoie tes coordonnées à mon amie en ce moment même, pour qu'elle sache avec qui j'ai été vue en dernier si je disparais.

—Intelligent, dit-il d'un ton approbateur, ce qui n'est pas la réaction que j'attendais. Il s'approche même et pose à côté de son camion. Assure-toi de bien prendre la plaque d'immatriculation dans la photo.

Je cligne des yeux, puis je prends la photo, le capturant avec le camion en arrière-plan.

—Tu es très accommodant pour un potentiel tueur à la hache.

—Je préfère le feu, en fait. C'est plus spectaculaire. Il me fait un clin d'œil et m'ouvre la portière passager.

Tandis que je grimpe – ce camion est ridicule – j'envoie la photo à Jess avec un message. *Si je disparais, c'est cet Alpha pompier qui en est responsable. Nom : Atlas Wood. M'emmène actuellement à l'agence immobilière. Si pas de nouvelles dans 1 heure, appelle les autorités.*

Je m'installe sur le siège passager pendant qu'Atlas fait le tour jusqu'au côté conducteur. L'intérieur du camion est étonnamment bien rangé et sent comme lui, et j'ai envie de me pencher et de respirer profondément. Ce qui serait extrêmement bizarre et complètement inapproprié.

Alors qu'il démarre le moteur, mon téléphone vibre avec la réponse de Jess. *OMG C'EST QUI ÇA ?!!! Il est célibataire ? Si tu ne lui grimpes pas dessus comme à un arbre, je te renie personnellement.*

J'incline rapidement mon téléphone lorsqu'Atlas jette un coup d'œil, une chaleur envahissant mes joues.

—Tout va bien ? demande-t-il.

—Juste un mème drôle, je mens en fourrant mon téléphone dans mon sac à dos. Alors, euh, depuis combien de temps vis-tu à Whispering Grove ?

—Né et élevé ici, dit-il en sortant du parking de l'hôpital. Je suis parti quelques années, mais je suis revenu quand... Il hésite brièvement. Quand le poste à la caserne de pompiers s'est libéré.

Il y a une histoire derrière ça, mais je n'insiste pas. Nous avons tous nos points sensibles.

Atlas jette un coup d'œil à mon sac à dos, où le coin de mon ordinateur portable est à peine visible.

—Tu as réussi à sauver la chose la plus importante, à ce que je vois.

Ma main touche instinctivement le sac à dos.

—Oui. Je l'ai attrapé dans un moment de panique avant de sortir en courant. Dieu merci pour ce réflexe de sauvegarde automatique. Cinq ans d'habitudes d'écriture inculquées après avoir perdu la moitié d'un manuscrit à cause d'une surtension.

—Sur quoi travailles-tu en ce moment ? demande-t-il, gardant les yeux sur la route.

J'hésite, peu habituée à un intérêt sincère.

—Le cinquième livre de ma série. J'en suis à ce point où tout semble s'effondrer et où je remets en question tous mes choix de vie.

—C'est si terrible ?

—Je dois tuer un personnage que les lecteurs adorent, et ça fait des semaines que je procrastine.

—La retraite en solitaire devrait aider, dit-il avec compréhension.

—J'espère. Pas de distractions, juste moi et l'inévitable déchirement fictif que je dois provoquer. Je soupire de façon théâtrale. Au lieu de ça, j'ai eu un véritable incendie. L'univers a un sens de l'ironie tordu.

—C'est peut-être de la recherche, suggère-t-il, un

sourire jouant sur ses lèvres. Rien de tel que l'expérience vécue pour l'authenticité.

—Si j'inclus maintenant un incendie de cabane dans mon livre, les critiques trouveront ça *trop pratique* ou *irréaliste*, dis-je en faisant des guillemets avec mes doigts. La fiction doit avoir plus de sens que la réalité.

—Est-ce pour ça que tu écris de la fantasy ? Pour avoir plus de contrôle sur les règles ?

La question me surprend par sa perspicacité.

—En partie. Aussi parce que j'ai grandi en m'échappant dans ces mondes quand la vraie vie devenait trop... je m'interromps, soudain consciente que je révèle plus que prévu.

—Trop intense ? propose-t-il doucement.

Nos regards se croisent brièvement, et j'ai l'impression troublante qu'il voit plus que ce que je voudrais.

—Quelque chose comme ça, je murmure en me tournant pour regarder par la fenêtre.

Nous tombons dans un silence étonnamment confortable pendant quelques instants. Je me surprends à respirer profondément, essayant de séparer l'odeur persistante de fumée sur mes vêtements de son odeur naturelle. Puis je réalise ce que je fais et fronce le nez.

—Mon Dieu, je pue vraiment, je marmonne.

—Ce n'est pas si terrible, dit-il sans conviction.

—Tu mens très mal. Je ris malgré moi. Je sens comme si j'avais traîné dans une cheminée.

—Nous avons des installations à la caserne, dit-il avec désinvolture. Douches, machines à laver. Tu es la bienvenue si tu as besoin de te rafraîchir.

—Ça va aller, dis-je automatiquement, bien que

l'idée de vêtements propres et de me débarrasser de l'odeur de fumée soit incroyablement tentante. Je suis sûre que je vais vite trouver un endroit. Ça ne peut pas être si difficile.

—À Whispering Grove ? Pendant la saison des festivals d'été ? Il hausse un sourcil. Il y a une raison pour laquelle nous avons dû convertir l'ancienne salle de stockage de la caserne en lits supplémentaires. La population triple à cette période de l'année.

—Super, je soupire. Donc je suis sans abri, soupçonnée d'incendie volontaire, et je sens le feu de camp. Ces vacances sont officiellement un désastre de proportions épiques.

—Ça pourrait être pire, suggère-t-il.

—Comment, exactement ?

—Tu pourrais être coincée dans une voiture avec quelqu'un qui n'apprécie pas le sarcasme.

J'éclate de rire. Il se joint à moi, et le son de son rire profond fait des choses étranges à mon ventre. Pendant un bref moment, j'oublie le désastre qu'est devenue ma vie. Ça fait du bien, trop de bien, comme si je me connectais avec lui à un niveau que je n'ai jamais atteint avec Chad, malgré mes efforts.

—Sérieusement, cependant, dis-je, reprenant mon sérieux. Penses-tu qu'on pourrait vraiment me tenir pour responsable de l'incendie ? Parce que je jure que je n'ai rien fait pour le provoquer.

Son expression devient sérieuse.

—Nous allons découvrir ce qui s'est passé. Entre mon équipe et la police, nous trouverons la cause.

—Combien de temps ça prendra ?

—Difficile à dire. La ville fonctionne à pleine capacité, donc les deux services sont débordés. Ça pourrait prendre des jours ou des semaines.

—Des semaines ? Je gémis. Qu'est-ce que je suis censée faire dans une ville où tout le monde pense que je suis une pyromane et où il n'y a nulle part où loger ?

—Tout le monde ne pense pas ça. Sa voix est douce mais assurée. Et nous trouverons une solution pour que tu aies un endroit où séjourner.

—Nous ? je répète.

—Un réflexe. Il hausse les épaules. J'ai l'habitude de veiller sur les gens.

—C'est un truc d'Alpha ou un truc de pompier ?

—Juste un truc d'Atlas, dit-il simplement, et je n'arrive pas à croire que ce type est réel.

Quelque chose de chaud se déploie dans ma poitrine à ses mots, quelque chose de dangereux que je dois écraser immédiatement. J'ai déjà fait l'erreur de succomber au charme d'un Alpha auparavant, et je ne suis pas sur le point de le refaire, surtout pas avec un qui sent comme tout ce que j'ai jamais désiré et qui ressemble à un personnage sorti tout droit de l'un de mes romans.

Nous nous arrêtons devant un petit immeuble de bureaux avec *Greene Properties* sur une enseigne défraîchie à l'avant. Mon estomac se noue d'anxiété.

—Prête ? demande Atlas, coupant le moteur.

—Non, mais allons-y quand même. Je prends une profonde inspiration et ouvre la portière, manquant de tomber du camion dans ma hâte de sortir. Atlas est là en un instant, me stabilisant d'une main sur mon coude qui envoie de l'électricité le long de mon bras.

—Attention, murmure-t-il, son visage assez proche pour que je distingue des éclats de bleu clair dans ses yeux sombres.

—Ça va, dis-je rapidement en reculant. C'est juste que... la gravité et moi avons une relation compliquée.

Ses lèvres s'incurvent légèrement. —J'ai remarqué.

Nous entrons dans le bureau côte à côte. Une clochette tinte au-dessus de nous, annonçant notre arrivée. Derrière un bureau encombré se trouve un homme chauve aux joues rougeaudes et à l'expression perpétuellement renfrognée qui s'assombrit davantage quand il lève les yeux et me voit.

—Bonjour, je suis Emma Collins. Je cherche M. Greene, dis-je, estimant que je devrais me montrer polie.

—Vous, crache-t-il, me pointant du doigt. Vous avez un sacré culot de vous présenter ici après ce que vous avez fait à ma propriété !

—Monsieur Greene, intervient Atlas d'un ton autoritaire que je ne lui connaissais pas, mais qui me plaît plus qu'il ne le devrait. Je crois qu'il y a eu un malentendu.

—Aucun malentendu, rétorque Martin Greene. Je lui ai loué mon meilleur chalet, à elle et son petit ami, et douze heures plus tard, ce n'est plus qu'un tas de cendres !

Je grimace. —Ex, c'est mon ex-petit ami. Et je n'ai pas déclenché cet incendie, dis-je en faisant un pas en avant. Et j'ai failli y mourir, au cas où vous auriez oublié ce détail.

—Une histoire bien commode, ricane-t-il.

—Pardon ? Ma voix monte d'une octave. Vous pensez que j'ai quoi ? Délibérément mis le feu à votre chalet alors que j'étais à l'intérieur ? Pour quelle raison possible ?

—Arnaque à l'assurance, suggère-t-il immédiatement. À la recherche d'indemnités.

—Sur un chalet en location ? Je ris, incrédule. Ce n'est pas comme ça que fonctionnent les assurances. Et je suis écrivaine, pas escroc.

—C'est du pareil au même si vous voulez mon avis, marmonne-t-il.

—Personne ne vous a demandé votre avis, rétorqué-je, ma patience s'évaporant. Écoutez, je comprends que vous soyez contrarié pour votre propriété...

—Contrarié ? Il se lève, le visage rougissant davantage. Ce chalet me rapporte six mille dollars par semaine pendant la saison des festivals ! Avez-vous la moindre idée de l'argent que je perds pendant sa reconstruction ?

—Encore une fois, ce n'est pas ma faute, dis-je entre mes dents serrées. Et j'ai failli mourir. Vous savez, juste pour remettre les choses en perspective sur ce qui est vraiment important ici.

—Tout ce que je sais, c'est que j'ai un chalet en cendres et probablement à cause de quelque chose que vous avez fait ! Il me pointe à nouveau du doigt.

Mon sang se glace. —Quoi ?

Atlas pose une main sur mon épaule. —L'enquête est

toujours en cours, Martin. Personne ne lance encore d'accusations.

—Moi, si, me dit Martin. Et j'ai prévenu tout le monde en ville d'éviter de vous louer quoi que ce soit. Un commerce brûlé suffit.

—Vous plaisantez ? Je m'exclame presque. Vous me mettez sur liste noire sur la base de quoi ? Une intuition ? Votre opinion d'expert en tant qu'enquêteur amateur sur les incendies ?

—Sur la base de la protection des propriétés de mes collègues, réplique-t-il. Maintenant, si vous voulez bien m'excuser, j'ai des clients payants à aider. Des clients qui n'ont pas l'habitude de laisser des ruines fumantes derrière eux.

—C'est ridicule, balbutié-je. J'ai besoin d'un endroit où loger, et la police m'a dit de ne pas quitter la ville.

—Ce n'est pas mon problème. Il se rassoit et ouvre ostensiblement un dossier, m'ignorant.

—Ça le deviendra quand l'enquête prouvera que je n'y suis pour rien, dis-je en me penchant sur son bureau. Parce qu'alors j'aurai une conversation très intéressante avec mon avocat à propos de calomnie et de diffamation.

C'est un bluff complet. Je n'ai pas d'avocat attitré, et mon expérience juridique se limite à des recherches sur le droit des contrats pour mon troisième livre, mais il n'a pas besoin de le savoir.

—Sortez de mon bureau, aboie-t-il froidement.

—Avec plaisir. Je me retourne si vite que je manque de percuter le torse d'Atlas. Il me stabilise à nouveau, ses mains chaudes sur mes bras, et me guide hors du bâtiment.

Dès que nous sommes dehors, des larmes brûlantes me piquent les coins des yeux. Je les refoule furieusement, refusant de pleurer devant Atlas. Encore.

—L'enfoiré, sifflé-je en me dirigeant vers son camion. Tu l'as entendu ? Il a saboté toutes mes chances de trouver un endroit où séjourner !

Atlas déverrouille le camion mais n'ouvre pas immédiatement la portière. —Parfois, ce qui semble être la pire chose peut s'avérer être une bénédiction déguisée.

—C'est ça ta conclusion ? De la philosophie de biscuit chinois ?

—Ce que je veux dire, explique-t-il patiemment, c'est que maintenant, tu n'as pas à perdre de temps à vérifier d'autres locations. On peut passer directement à la recherche d'une alternative pour toi.

—Il n'y a pas d'alternative, dis-je en levant les bras au ciel. Tu l'as entendu : la ville est pleine, et il a dit à tout le monde que je suis un risque d'incendie !

—Tout le monde n'écoute pas Martin Greene, dit Atlas calmement. Allez, je te ramène à la caserne. Tu pourras te nettoyer, te reposer, puis nous réfléchirons à tout ça.

Trop épuisée et frustrée pour argumenter, je remonte dans son camion, claquant la portière avec plus de force que nécessaire. Atlas se glisse derrière le volant, apparemment imperturbable face à mon éclat.

Alors que nous nous éloignons de Greene Properties, mon téléphone vibre avec un message de Jess.

Attends, reviens en arrière. Tu as FAILLI MOURIR hier soir dans un INCENDIE, et ce pompier canon t'a SAUVÉE, et tu m'envoies ses coordonnées au cas où il te TUERAIT ? Ma fille, enlève tes œillères et regarde ce qui est juste devant toi. L'univers t'offre enfin une alternative au connard infidèle de Chad.

Je jette un coup d'œil à Atlas du coin de l'œil. La lumière du soleil éclaire son profil, mettant en valeur sa mâchoire forte et l'intensité concentrée dans ses yeux pendant qu'il conduit. Son odeur, même mêlée à la nappe de fumée sur mes vêtements, réveille quelque chose de primitif en moi, quelque chose dont j'ai lu l'existence dans les livres mais que je n'ai jamais vraiment expérimenté.

Jess a-t-elle raison ? L'univers essaie-t-il de me dire quelque chose ?

Ou suis-je sur le point de commettre la même erreur, tombant pour un Alpha qui finira par décider que je suis trop indépendante, trop quelque chose pour être ce qu'il désire ?

Comme s'il sentait mon examen, Atlas me jette un regard, un moment électrique avant qu'il ne reporte son attention sur la route.

—Quoi ? demande-t-il.

Je détourne rapidement le regard, mortifiée d'avoir été surprise en train de le fixer. —Rien. Juste... merci pour le trajet, je suppose.

Mon téléphone vibre dans ma main, et je baisse les yeux vers le dernier message de Jess. *Ma fille, il est magnifique ET il t'a sauvé la vie ? C'est littéralement l'intrigue du nouveau livre que tu dois écrire ! Donne une chance à ce mec !*

Je lui réponds précipitamment. *Ça commence TOUJOURS comme ça : ils te sauvent, ils sont charmants, puis ils décident que tu es trop opinâtre pour une Oméga, ou que ton odeur n'est pas la bonne, ou quelle que soit la nouvelle excuse qu'ils inventeront. Trois échecs, tu te souviens ? J'en ai fini avec les Alphas.*

La vérité, c'est que l'odeur d'Atlas fait vibrer tout mon corps comme un diapason qui aurait trouvé sa fréquence parfaite. Mais cette compatibilité olfactive ne m'a pas sauvée des critiques de Jason ou de la trahison de Chad. Si ça se trouve, ça ne fait que rendre la déception inévitable encore plus douloureuse quand elle survient.

Non, je dois me concentrer sur la recherche d'un logement temporaire, sur le fait de laver mon nom et de reprendre mon manuscrit. C'est la seule relation en laquelle je peux avoir confiance maintenant. Celle entre moi et mes mots.

De plus, les pompiers sont probablement la pire catégorie d'Alpha dont on puisse tomber amoureuse. Toute cette énergie héroïque et cet instinct protecteur ? La recette parfaite du désastre pour une Oméga indépendante comme moi. Déjà vécu, brûlé le t-shirt, acheté la déception amoureuse.

—Nous sommes presque à la caserne, explique Atlas, interrompant mes pensées. Tu te sentiras mieux après une douche et un peu de nourriture.

Malgré tous mes avertissements mentaux, une part traîtresse de moi se sent déjà mieux rien qu'en étant près de lui.

6

RIVER

Je suis appuyé contre le dossier de la chaise de Levi, à le regarder organiser son système de dossiers méticuleusement étiquetés pour la troisième fois cette semaine. Ce mec est un génie certifié en ingénierie structurelle, mais parfois je me demande s'il n'a pas une touche de ce truc obsessionnel-compulsif. Ses yeux ambrés se plissent de concentration pendant qu'il aligne chaque onglet avec une précision parfaite, les lumières du plafond captant les angles vifs de ses pommettes et cette coupe undercut toujours impeccable qu'il maintient.

— Tu sais, dis-je en touchant du doigt l'un de ses onglets parfaitement alignés, je parie que tu codes aussi par couleur ton tiroir à sous-vêtements.

Levi ne lève même pas les yeux, se contentant de chasser ma main d'un geste sans perdre le rythme. — Mieux que de devoir les renifler comme tu le fais probablement.

— Dur, mec. Je me tiens la poitrine avec une offense feinte. — Et moi qui allais partager ma réserve secrète de ces chips épicées que tu prétends ne pas aimer.

L'ombre d'un sourire traverse son visage. — Celles de cet endroit à Portland ?

— Exactement, je confirme en plongeant la main dans mon sac pour sortir la contrebande. Les yeux ambrés de Levi s'illuminent pendant une milliseconde avant qu'il ne maîtrise son expression. Je connais ce mec depuis assez longtemps pour reconnaître ses signes révélateurs.

— D'accord, dit-il en prenant le paquet et en l'ouvrant soigneusement le long de la couture. Un putain de perfectionniste. — Mais si Atlas demande d'où elles viennent...

— Tu ne sais rien, je termine en souriant. — En parlant de notre intrépide leader...

Mes yeux captent un mouvement à travers la fenêtre de la caserne. Je me lève d'un bond de l'endroit où je me prélasse et me précipite pour avoir une meilleure vue. Le pick-up tout-terrain d'Atlas se gare dans l'emplacement marqué *Chef*. Même d'ici, je peux voir sa large silhouette derrière le volant. Mais c'est le passager qui me fait me presser contre la vitre.

— Putain de merde, je murmure. — Il l'a vraiment amenée.

Levi est soudain à mes côtés, dossier oublié tandis qu'il scrute à travers la fenêtre. — L'auteure Oméga ?

— En chair et en os, je confirme, regardant Atlas sortir du camion et faire le tour pour lui ouvrir la portière. Quel gentleman, notre Atlas. — Merde, elle est encore plus belle en plein jour que quand elle était couverte de suie et de cendres hier soir.

Nous la regardons sortir, toute en courbes et cheveux blond miel. Elle est plus petite que je ne m'y attendais, délicate à côté de la carrure imposante d'Atlas. Je sens une tension au creux de mon ventre.

— Elle est jolie, murmure Levi, son ton habituellement plus doux trahissant quelque chose que j'entends rarement de sa part : un intérêt sincère.

— Jolie ? Je ricane, cognant son épaule avec la mienne. — Mec, elle est carrément magnifique. Regarde ces jambes. Et ces fesses... tu pourrais faire rebondir une pièce dessus.

— Dois-tu être si vulgaire ? soupire Levi, mais il ne le nie pas et ne détourne pas le regard.

— Tu ne me contredis pas, je fais remarquer, regardant Atlas la guider vers l'entrée de la caserne, sa main flottant près du bas de son dos mais sans tout à fait la toucher. Toujours si prudent, notre chef. — Dix euros que tu as déjà imaginé à quoi elle ressemblerait étalée sur tes draps.

— Tais-toi, siffle Levi. — Atlas va t'entendre.

— Atlas le sentira sur toi, de toute façon, je le taquine. — Tu émets pratiquement un signal « Alpha intéressé » en ce moment.

C'est vrai – il y a un changement dans l'odeur habituellement contrôlée de Levi. Cette odeur propre de thé et de fumée s'est approfondie, prenant des notes qui font que mes propres instincts d'Alpha s'agitent en réponse. Ça arrive de plus en plus entre nous trois dernièrement, cette étrange synchronisation des réactions.

— Comme si tu étais mieux, marmonne Levi.

Il m'a bien eu là. Je peux sentir ma propre odeur s'intensifier, cette intensité de cannelle épicée qui me trahit toujours.

— Peux-tu m'en vouloir ? La première Oméga à attirer mon attention depuis des mois, j'admets, les regardant disparaître de vue. — Elle a quelque chose de spécial. Tu l'as senti aussi hier soir lors de l'incendie.

Le regard de Levi croise le mien, un moment de communication silencieuse passant entre nous. Ouais, nous l'avons tous les deux remarquée, même dans le chaos de cet incendie de maison. Il y avait quelque chose chez elle qui nous rendait tous les trois hyperconscients de sa présence.

— Allez, dis-je en m'éloignant de la fenêtre. — Ne soyons pas des pervers qui regardent à travers la vitre. Il est temps de mettre en action mon célèbre charme.

— Que Dieu nous vienne en aide, marmonne Levi, mais il me suit vers l'entrée principale.

L'espace commun de la caserne est vide quand nous entrons, mais j'entends la voix profonde d'Atlas venant du couloir. Nous suivons le son jusqu'à l'aile est, où se trouvent nos quartiers de réserve. En approchant, je capte des fragments de leur conversation.

— ...devrait être assez confortable pour aussi longtemps que vous aurez besoin de rester, dit Atlas.

— Je ne veux vraiment pas m'imposer, répond-elle.

— Après ce qui s'est passé chez vous hier soir, je vous offre un endroit où séjourner, insiste Atlas. — Ça pourrait être un jour, ça pourrait être un mois. Aussi longtemps que vous le souhaitez.

Je tourne le coin, Levi sur mes talons, juste au moment où elle s'avance dans l'embrasure de la porte. Atlas se tient à côté d'elle, ressemblant à une sacrée montagne à côté de sa petite silhouette. Ses yeux bleu foncé se tournent vers nous, un avertissement silencieux évident que j'ignore joyeusement.

— Et voici votre chambre pendant que vous êtes avec nous, continue Atlas alors que nous approchons. C'est la meilleure chambre de la caserne.

Elle se tient dans l'embrasure de la porte, découvrant le logement étonnamment spacieux. Il y a un lit queen confortable avec du linge de lit vraiment décent, une salle de bain privée, un petit bureau, et même un petit coin salon avec une lampe de lecture. Chaleureux, selon les normes de la caserne de pompiers.

— C'est... bien plus agréable que ce à quoi je m'attendais, dit-elle. Elle se tourne vers Atlas. — J'apprécie vraiment tout ça. Vous n'étiez pas obligé de faire tout cela.

— Nous prenons soin des nôtres à Whispering Grove, répond Atlas, sa voix profonde grondant de cette façon qui me donne parfois envie de me mettre au garde-à-vous.

Je ne peux pas m'en empêcher. — Ce que le chef veut dire, c'est que nous n'avons pas souvent de belles Omégas qui honorent notre humble caserne, alors nous sortons le grand jeu.

— River Graham, je me présente en m'avançant la main tendue et avec mon sourire le plus séduisant. — Spécialiste des feux de forêt et commandant en second ici. Le plaisir est absolument le mien.

Sa main semble petite dans la mienne, mais il y a une force surprenante dans sa poignée. De près, son parfum me frappe comme un coup de poing – vieux livres, miel et quelque chose de chaud qui s'enroule autour de mes sens comme un étau. Quelque chose de primitif en moi veut enfouir mon visage dans son cou et la respirer jusqu'à en être ivre.

— Emma, répond-elle, une légère rougeur colorant ses joues. — Mais je suppose que vous le savez déjà depuis hier soir.

Je garde sa main un peu plus longtemps que strictement nécessaire. — Je vous ai surtout vue de loin pendant que ce grand gaillard jouait les héros. Je fais un signe du pouce vers Atlas, qui ne parvient pas tout à fait à cacher son roulement d'yeux.

— C'est vous qui avez empêché l'arbre du voisin de prendre feu et de se propager au reste du pâté de maisons, réplique-t-elle, me surprenant par son observation. — J'ai remarqué.

— Elle est observatrice, dis-je à mes compagnons de meute, impressionné.

— Je suis Levi Wolfe, spécialiste en prévention des incendies et en ingénierie structurelle.

Emma prend sa main tendue, et je ne manque pas de remarquer comment les narines de Levi se dilatent subtilement quand ils se touchent. Le coin de sa bouche se relève légèrement, suggérant qu'elle ne l'a pas manqué non plus.

—Enchantée, dit-elle, et on perçoit une légère fissure

dans son assurance lorsqu'elle nous observe tous les trois debout là. Je ne peux pas lui en vouloir — trois Alphas dans un espace confiné, c'est beaucoup pour n'importe qui, encore plus pour une Oméga qui a traversé ce qu'Atlas nous a raconté à son sujet.

—Vous vivez tous ici ? demande-t-elle en faisant un geste circulaire pour désigner la caserne.

—On pourrait le croire, vu le temps qu'on y passe, répond Atlas. Mais non, nous avons un logement juste à la sortie de la ville, dans les bois.

—La cuisine est bien approvisionnée, déclare Levi en indiquant le couloir. La salle à manger est commune. On dîne généralement ensemble vers dix-neuf heures quand on n'est pas en intervention. Tu es la bienvenue pour te joindre à nous ou manger dans ta chambre si tu préfères.

—On ne mord pas, j'ajoute avec un clin d'œil. Sauf sur demande expresse.

—River, gronde Atlas.

Je lève les mains en signe de reddition, mais je ne manque pas de remarquer comment le pouls d'Emma s'accélère dans sa gorge. Intéressant.

—Ignore-le, lui conseille Levi. C'est ce qu'on fait tous.

—Blesse-moi, tant que tu y es, je déclare en portant dramatiquement la main à mon cœur.

Un petit rire s'échappe d'Emma, et c'est comme une musique, légèrement rauque et sincère. « C'est incroyable de voir à quel point vous vous complétez. Depuis combien de temps formez-vous une meute ? »

—Cinq ans officiellement, répond Atlas. Mais on travaillait déjà ensemble avant ça.

—C'est agréable, dit-elle, et il y a une certaine mélancolie dans son ton qui remue quelque chose au plus profond de ma poitrine. D'avoir des gens qui vous... comprennent vraiment. Qui vous correspondent.

Cette observation est inattendue, et pendant un instant, aucun de nous ne semble savoir comment réagir. L'atmosphère s'alourdit soudainement.

—C'est vrai, ajoute finalement Levi.

—En fait... Atlas regarde sa montre, brisant ce moment. J'ai quelques appels à passer. Emma, installe-toi. Si tu as besoin de quoi que ce soit, ces deux-là peuvent t'aider. Ou s'ils sont insupportables, ce qui est probable, n'importe quel autre membre de l'équipe peut te renseigner.

—En fait, dit Levi en jetant un œil à une notification sur sa montre élégante, j'ai cette visioconférence avec le conseil départemental au sujet des nouveaux protocoles de prévention des incendies dans cinq minutes.

—On dirait que je suis ton comité d'accueil, je dis à Emma, incapable de cacher le plaisir dans ma voix. Quelle chance tu as.

—Quelle chance j'ai, répète-t-elle en écho, mais il y a une méfiance dans ses yeux qui me fait me demander si elle ne se sent pas particulièrement chanceuse du tout. Ça me va. J'ai toujours aimé les défis.

Atlas me lance un dernier regard d'avertissement avant que lui et Levi ne partent, nous laissant Emma et moi seuls à l'entrée de sa chambre temporaire. Elle déplace son petit sac à dos d'une main à l'autre, semblant momentanément perdue.

—Besoin d'aide pour déballer tes affaires ? je propose.

—Pas grand-chose à déballer, admet-elle. J'ai pris ce que je pouvais quand je me suis échappée de l'incendie. Elle grimace légèrement. C'est encore irréel. Hier, je venais juste d'arriver au chalet pour des vacances, et aujourd'hui, je suis pratiquement une réfugiée.

—Une réfugiée très bienvenue, je l'assure. Allez, je vais te faire visiter pendant que ces deux-là s'occupent de leurs affaires importantes. J'attends qu'elle pose son sac sur le lit, puis je la guide dans le couloir. Donc, sortie de secours par là, je pointe vers la droite. Hangar principal de ce côté, et cuisine et espaces communs à gauche. Quelque chose en particulier que tu aimerais voir d'abord ?

—La cuisine serait bien, dit-elle. Je n'ai pas encore pris de café, et je suis pratiquement inutile sans ça.

—Une femme selon mon cœur, je déclare. Atlas est plutôt thé, si tu peux y croire. Et Levi boit ces horribles smoothies verts qu'il prépare au mixeur à des heures impies du matin.

Ça lui arrache un nouveau sourire, et je me surprends à cataloguer les micro-expressions qui traversent son visage. Le léger pli aux coins de sa bouche quand elle sourit, la façon dont sa lèvre infé-rieure se courbe juste un peu plus du côté droit. Il y a quelque chose de presque addictif à la faire sourire, à observer le subtil jeu des émotions sur son visage expressif.

—Votre meute est... différente de ce que j'imaginais, dit-elle pendant que nous marchons.

—Comment ça ? je demande, sincèrement curieux.

—Vous êtes tous si différents. La plupart des meutes que j'ai rencontrées ont tendance à être plus... uniformes. Des types similaires, des personnalités similaires.

Je réfléchis à cela alors que nous entrons dans la cuisine, un espace bien équipé avec des appareils de taille industrielle et un grand îlot central. « Je pense que c'est pour ça que ça fonctionne. Atlas est le leader, le protecteur. Levi est le cerveau, le planificateur. Et je suis— »

—Le cœur, finit-elle à ma place, puis elle semble gênée. Désolée. C'était présomptueux.

Quelque chose de chaleureux se déploie dans ma poitrine à son évaluation. « La plupart des gens disent juste que je suis le comique de service. »

—Tu es bien plus que ça, dit-elle avec une certitude qui me prend au dépourvu. Je peux le voir.

Pour une fois, je n'ai pas de réponse spirituelle prête. À la place, je m'active sur la cafetière, sortant des tasses et du café moulu. « Comment le prends-tu ? »

—Noir, deux sucres, répond-elle en sautant sur l'un des tabourets de l'îlot. Elle regarde autour d'elle dans la cuisine avec appréciation. Cet endroit est vraiment sympa pour une caserne de pompiers.

—Atlas l'a amélioré petit à petit depuis qu'il est devenu chef, j'explique en dosant le café. Il dit que si on va passer la moitié de notre vie ici, autant que ce soit un endroit où on se sent bien.

—Il a l'air d'être un bon leader, observe-t-elle.

—Le meilleur, j'acquiesce sans hésitation. Il m'a sauvé la mise plus de fois que je ne peux compter... littéralement et au figuré.

La cafetière se met à gargouiller, et le riche arôme commence à remplir la cuisine. Emma inspire avec appréciation.

—Alors, je dis en m'appuyant contre le comptoir pendant que nous attendons le café. Quelle est ton histoire, Emma ? À part être une autrice à succès dont le chalet vient d'être incendié. Elle se crispe légèrement, et je réalise que j'ai été trop direct, trop vite. Désolé, je me rattrape. Déformation professionnelle. Nous, les pompiers, avons tendance à sauter les préliminaires.

—Ce n'est pas grave, murmure-t-elle, bien que sa posture reste sur la défensive. Pas grand-chose à raconter, vraiment. J'écris des romances fantastiques. Ça a... étonnamment bien marché. Suffisamment pour que j'aie dû prendre un agent pour gérer la partie commerciale.

Je verse le café maintenant prêt dans deux tasses — une tasse fantaisie avec *Too Hot To Handle* inscrit dessus pour elle et ma tasse personnelle rouge pompier pour moi.

Elle accepte la tasse avec un sourire reconnaissant, ajoutant du sucre du bol que je glisse vers elle. Elle prend une gorgée de son café, son expression pensive.

—Et toi ? dit-elle. Comment devient-on spécialiste des feux de forêt ?

Je me demande si je dois lui donner la version édulcorée que je raconte à la plupart des gens, mais quelque chose chez elle me donne envie d'être honnête.

—Je me suis retrouvé pris dans un feu de forêt quand j'avais dix-sept ans. J'avais fugué, enfin, du centre de redressement où mes parents m'avaient envoyé. Je vivais dans les bois quand un feu de forêt s'est déclaré. Une équipe de pompiers m'a trouvé, m'a sauvé. Je me suis dit que je rendrais la pareille.

Je ne sais pas pourquoi je lui révèle ces fragments de moi-même que je garde habituellement bien verrouillés, mais il y a quelque chose chez elle qui fait sortir la vérité, aussi naturellement que de respirer.

Ses yeux s'adoucissent avec compréhension plutôt qu'avec pitié, ce que j'apprécie. — Centre de redressement ?

—Mes schémas de phéromones sont légèrement atypiques, j'explique, surpris d'être prêt à partager cela si tôt. Pas assez pour m'empêcher d'être un Alpha, mais suffisamment pour que mes parents parfaits et fortunés décident que j'avais besoin d'être corrigé. Il s'avère qu'on ne peut pas éliminer des particularités biologiques à coups de punitions, bien qu'ils aient vraiment essayé.

—C'est terrible, dit-elle avec un hoquet, et l'indignation sincère dans ses paroles est étrangement réconfortante. Je suis vraiment désolée que tu aies vécu ça.

Je hausse les épaules, mal à l'aise avec la direction que j'ai donnée à notre conversation. — De l'histoire ancienne. Ça a fait de moi ce que je suis, non ? Et maintenant je peux jouer avec le feu pour gagner ma vie, alors qui est le vrai gagnant ?

Elle sourit, mais c'est plus doux maintenant, comme si elle voyait à travers ma tentative d'alléger l'ambiance. — Quand même. Les parents sont censés te protéger, pas te faire du mal.

—Tu parles d'expérience ? je demande, percevant quelque chose dans son ton.

Elle baisse les yeux vers son café. — Mes parents sont morts quand j'avais seize ans. Accident de bateau.

—Merde. Je suis désolé, dis-je, me donnant mentalement des coups de pied. Moi et ma grande bouche.

—Ce n'est rien. C'était il y a longtemps, dit-elle, mais ses jointures ont blanchi autour de sa tasse. Ma grand-mère m'a élevée après. C'est elle qui a encouragé mon écriture.

—Elle avait l'air d'être une femme intelligente.

—Elle l'était, dit Emma, et le temps passé me dit tout ce que j'ai besoin de savoir. Elle est décédée juste au moment où mon premier livre a été accepté pour publication il y a trois ans.

La douleur brute dans son ton fait naître quelque chose de féroce dans ma poitrine, un désir de l'abriter, de la protéger, de garantir que rien d'autre ne la blessera jamais. C'est troublant par son intensité, bien au-delà de ce que je devrais ressentir pour quelqu'un que je viens de rencontrer.

—Alors, dis-je, essayant de nous ramener vers un terrain plus sûr. Que fait une auteure à succès pour s'amuser quand elle ne fuit pas des bâtiments en feu ?

Cela lui arrache un rire sincère, et le son apaise quelque chose de tendu dans ma poitrine.

—Pas grand-chose, dernièrement. L'écriture occupe la majeure partie de mon temps. J'adorais nager, j'ai grandi sur la côte. Moonshell Bay a quelques lacs et rivières décents, cependant.

—Nous avons un lac à environ vingt minutes d'ici, je propose. L'eau est propre, et il y a une jolie petite plage.

—Ça a l'air bien, dit-elle, mais il y a une hésitation dans sa voix. Ne prévoit-elle pas de rester assez longtemps pour le voir ?

Elle termine son café, et une heure passe avant que je ne m'en rende compte, sa compagnie faisant glisser le temps sans que je m'en aperçoive. Je suis sur le point de lui raconter comment Atlas a dû secourir une famille de ratons laveurs dans la cheminée de la caserne quand elle jette un coup d'œil à son téléphone.

—Je devrais probablement m'installer, dit-elle, bien qu'elle semble réticente. Et je suis sûre que tu as du vrai travail à faire au lieu de me divertir.

—Divertir de belles femmes est ma spécialité, dis-je avec un clin d'œil, bien qu'en vérité, j'ai apprécié notre conversation plus que prévu. C'est à la fois confortable et excitant.

—Je n'en doute pas, dit-elle sèchement, glissant du tabouret de bar. Y a-t-il un endroit où je pourrais laver quelques vêtements ?

—La buanderie est par ici, dis-je, en prenant nos tasses vides pour les mettre dans l'évier. Viens, je vais te montrer.

Je la conduis dans un couloir jusqu'à la salle des installations. Ce n'est rien de fantaisiste. Trois lave-linge et sèche-linge industriels alignés contre un mur, des étagères de fournitures sur l'autre.

—Chic, me taquine-t-elle.

—Rien que le meilleur pour l'élite de Whispering Grove, je réponds avec un sourire. Tu devrais voir notre salle de sport. Équipement de pointe datant d'au moins 2015.

Ça lui arrache un rire. Quelque chose se tord dans mon ventre à ce son, un sentiment possessif que je n'ai pas éprouvé depuis très, très longtemps.

—Pourquoi n'irais-tu pas chercher tes vêtements, et je te retrouverai ici ? je suggère. Je peux te montrer comment ces bêtes capricieuses fonctionnent.

—Ça me va, accepte-t-elle, se dirigeant vers sa chambre.

Je me surprends à la regarder s'éloigner, le balancement de ses hanches dans cette simple robe d'été me faisant la bouche sèche. Reprends-toi, me réprimandé-je. Elle est sous notre protection, bordel. Mais ma tête traîtresse est déjà en train de cataloguer la courbe de sa taille, la peau lisse de ses épaules nues, et la façon dont ses cheveux tombent en vagues sur son dos.

Elle revient environ trente minutes plus tard, maintenant vêtue de ce qui ressemble à nos vêtements de rechange de la caserne, un t-shirt trop grand et un pantalon de survêtement roulé à la taille et aux chevilles. Le t-shirt est rentré mais toujours trop grand pour elle, soulignant à quel point elle est petite comparée à nous. Ses bras tiennent un petit paquet de vêtements, et ses cheveux humides sont plaqués en arrière, accentuant ces pommettes hautes et ces lèvres pleines.

Pas de soutien-gorge, me signale mon regard avant que je ne puisse faire taire cette pensée. Concentre-toi.

—Tu as trouvé la douche, à ce que je vois.

—J'espère que ça ne pose pas de problème, dit-elle. Atlas m'a dit de faire comme chez moi, et j'avais vraiment besoin d'enlever l'odeur de fumée.

—Bien sûr, je la rassure, arrachant mon regard de la façon dont le t-shirt humide colle à certaines parties de son corps. Celui-ci fonctionne le mieux, dis-je, en tapotant la machine à laver du milieu. Celui de gauche mange les chaussettes, et celui de droite fait ce bruit de broyage inquiétant que Levi promet toujours d'examiner.

Je regarde Emma jeter les quelques vêtements qu'elle portait pendant l'incendie dans la machine à laver. Elle fronce légèrement les sourcils, pensant probablement à tout ce qu'elle a perdu.

—Alors, as-tu entendu parler du festival qui a lieu ce week-end ? je demande, essayant d'alléger l'ambiance en prenant le détergent dans l'armoire métallique.

Son expression change, la curiosité remplaçant la mélancolie momentanée. — Oh, oui, le chauffeur de taxi m'en a parlé.

—Le Festival des Fondateurs, je corrige, en dévissant le bouchon avec élégance. Un grand événement dans notre petit coin de nulle part. Trois jours de chaos de petite ville que tu dois absolument vivre.

—Comment c'est ? demande-t-elle, s'appuyant contre le sèche-linge pendant que je m'occupe de la lessive.

Je commence à verser le détergent directement dans la machine. — Imagine ça, une ville entière qui perd collectivement la tête au nom de la tradition. Il y a un défilé avec les chars les plus médiocres du monde, mais tout le monde agit comme s'ils regardaient le spectacle de Thanksgiving de Macy's.

Elle rit, ce son touchant quelque chose de chaleureux dans ma poitrine. — Ça a l'air charmant, en fait.

—Oh, ça devient encore mieux, je continue. Les stands de nourriture sont tenus par les mêmes cinq familles qui ont la même dispute sur la supériorité de leurs recettes de corn dog depuis 1952. Les manèges sont probablement tous plus vieux que nous, mais d'une façon ou d'une autre, ils passent l'inspection chaque année.

—Maintenant, je suis définitivement intriguée, dit-elle.

—L'année dernière était épique, je lui raconte. Atlas s'est retrouvé à juger le concours de tartes parce que Mme Henderson, la femme du maire, a un faible pour lui depuis qu'il a descendu son chat d'un arbre il y a trois ans.

—Non ! Emma se couvre la bouche, mais je peux voir le sourire derrière sa main.

— Oh, ouais. Il était là, M. le Chef des pompiers sérieux, obligé de goûter vingt-sept tartes différentes pendant que Mme Henderson n'arrêtait pas de toucher *accidentellement* ses biceps. Je fais une démonstration avec un geste exagéré de pâmoison qui fait franchement rire Emma maintenant.

— Et Levi ? Il semble plutôt réservé, mentionne-t-elle, appréciant visiblement cet aperçu de notre monde.

— Levi est tout sauf réservé, soupiré-je dramatiquement. Au dernier festival, il a commis l'erreur de mentionner une fois — UNE SEULE fois — qu'il comprenait la physique derrière le bac à eau. La minute d'après, il se retrouvait assis sur la plateforme en short, expliquant à qui voulait l'entendre la trajectoire optimale pour toucher la cible, pendant qu'un gamin de huit ans avec une précision monstrueuse n'arrêtait pas de l'envoyer dans l'eau.

— Et toi ? me défie-t-elle, sourcil levé. Quelle catastrophe as-tu provoquée ?

— Moi ? J'étais le modèle même de la retenue et de la bienséance, déclaré-je avec une indignation feinte.

Elle me regarde simplement, l'incrédulité inscrite sur tout son visage.

— D'accord, cédé-je en me tournant vers la machine à laver pour sélectionner un cycle. Je me suis peut-être un peu emporté lors de la vente aux enchères caritative. J'ai enchéri beaucoup trop sur un quilt parce que c'est Mme Finch qui l'avait fait, et c'est une adorable grand-mère qui coud des quilts pour la vente depuis quarante ans. Personne n'enchérissait assez haut, et son visage s'est décomposé, et je ne pouvais pas—

— C'est vraiment adorable, en fait, m'interrompt Emma, me regardant avec quelque chose de nouveau dans son expression.

Je sens mon cou chauffer. « Ouais, bon, ne le dis à personne. J'ai une réputation de fauteur de troubles irrécupérable à maintenir. » J'appuie sur le bouton de démarrage du lave-linge avec plus de force que nécessaire. « Enfin bref, tu devrais y faire un tour. Ils ont des pommes d'amour qui vont changer ta vie. »

— Une raison de plus pour découvrir ce festival, dit-elle.

Quand elle me surprend à la fixer, je ne détourne pas le regard. Qu'elle voie. Qu'elle sache exactement ce qui me passe par la tête.

— La cuisine est juste au bout du couloir, dis-je. Un chocolat chaud, ça te dit ? Je fais les meilleurs de la ville.

— Montre-moi le chemin, dit-elle, et il y a un côté rauque dans sa voix qui n'y était pas avant.

Alors que nous descendons le corridor, je suis hypersensible à sa présence à côté de moi, à la façon dont elle maintient une distance prudente, pas assez proche pour me toucher. Intelligente, cette Oméga. Mais peu importe sa prudence. Je peux toujours capter les effluves de son parfum, sentir la chaleur de son corps comme une caresse fantôme sur ma peau.

Dans la cuisine, je me jette dans la préparation du chocolat chaud, ayant besoin de cette distraction. J'utilise ce qu'il y a de mieux — du lait entier, du vrai chocolat que je fais fondre lentement, avec une touche de cannelle et de muscade. Du fond du garde-manger, je déterre la réserve cachée de mini-marshmallows de Levi. Il va être furieux, mais pour l'instant, je m'en fiche.

Emma se perche sur un tabouret au comptoir, un pied nu replié sous elle, l'autre oscillant légèrement. Ses cheveux ont presque séché maintenant, tombant en vagues douces autour de son visage. Elle enroule distraitement une mèche autour de son doigt en me regardant travailler.

— Tu sembles bien connaître ton chemin dans une cuisine, observe-t-elle.

— Je suis un homme aux multiples talents, répliqué-je, incapable de retenir la note suggestive dans ma voix. Ses joues rougissent légèrement, et la satisfaction s'enroule en moi comme de la fumée.

Je place une tasse fumante devant elle, garnie de marshmallows, et m'appuie contre le comptoir en face, serrant la mienne. La cuisine semble plus petite d'un coup, l'air entre nous chargé.

— Alors... dit-elle après avoir pris une gorgée, laissant une petite moustache de chocolat que j'ai envie de lécher. La cuisine fait partie de tes talents cachés ?

— Pas si caché que ça. Je fais la plupart des repas chez nous. Levi sait à peine faire bouillir de l'eau, et Atlas brûle même les toasts. Quelqu'un doit nous empêcher de mourir de faim.

— Je ne t'aurais pas imaginé du genre domestique, dit-elle, et il y a une nouvelle curiosité dans son regard qui me parcourt, s'attardant un peu trop longtemps sur mes bras, ma poitrine.

— Il y a beaucoup de choses que tu ne sais pas sur moi, dis-je doucement. Pour l'instant.

Ses pupilles se dilatent légèrement, le noisette de ses yeux s'assombrissant. Elle lèche le chocolat sur sa lèvre supérieure, et ce simple geste envoie une décharge de chaleur directement à travers moi.

— Tu es très sûr de toi, murmure-t-elle, mais il n'y a

aucune conviction derrière ces mots. Juste une résistance symbolique.

— Je suis sûr de ce que je veux, la corrigé-je. C'est différent.

Elle détourne le regard, mais pas avant que je ne capte le frisson qui la parcourt. « Et qu'est-ce que tu veux, exactement ? »

La question est silencieuse, presque réticente, comme si elle craignait la réponse. Comme elle le devrait.

Je pose ma tasse, la céramique faisant un clic décisif contre le comptoir. « Maintenant ? Je veux arrêter de prétendre qu'il ne se passe pas quelque chose ici. »

Son regard revient brusquement vers le mien, surprise par ma franchise. « Je ne sais pas de quoi tu parles. »

— Si, tu le sais. Je soutiens son regard, refusant de la laisser détourner les yeux à nouveau. « Je l'ai senti dès que je t'ai vue. Tu l'as senti aussi. »

— Tu ne sais pas ce que je ressens, dit-elle, une note défensive se glissant dans ses mots.

— Ton corps te trahit, Emma. Je m'approche, sans la toucher, mais assez près pour que son parfum s'intensifie — miel, livres et femme. « Ton pouls s'accélère quand je m'approche. Tes pupilles se dilatent. Ton odeur change. »

Sa main se resserre autour de sa tasse. « C'est juste de la biologie. Une Oméga qui réagit à un Alpha. Ça ne signifie rien. »

— Mens-toi à toi-même si tu veux, mais ne me mens pas. Je me penche. « Ce n'est pas n'importe quelle

Oméga réagissant à n'importe quel Alpha. C'est toi qui réagis à moi. À nous. »

Elle respire plus vite maintenant, sa poitrine se soulevant et s'abaissant dans un rythme qui me donne envie d'y presser ma main, de sentir son cœur s'emballer sous ma paume.

— Je te connais à peine, murmure-t-elle, mais elle ne s'éloigne pas.

— Et pourtant tu sais exactement qui je suis, rétorqué-je. De la même façon que je te connais. De la même façon qu'Atlas t'a reconnue dès qu'il s'est assis à côté de toi dans l'avion et t'a sortie de cet incendie. De la même façon que Levi t'a reconnue quand tu lui as serré la main.

Une rougeur s'étend sur ses joues, descend dans son cou, disparaissant sous le col de la chemise empruntée. Je me demande jusqu'où elle descend, quelle partie de sa peau prend cette délicieuse teinte rosée quand elle est excitée.

— Arrête de me regarder comme ça, dit-elle, mais sans conviction.

— Comme quoi ?

— Comme si tu voulais me dévorer.

Je souris, lentement et délibérément.

Sa brusque inspiration est le son le plus doux que j'aie jamais entendu. Pendant un moment, nous sommes figés, elle assise sur le tabouret, moi appuyé contre le comptoir, regards verrouillés.

Puis je recule légèrement, lui donnant de l'espace pour respirer, pour réfléchir. Atlas me dit toujours que je peux paraître un peu insistant...

— Ne t'inquiète pas, je ne te toucherai pas avant que tu me le demandes, dis-je en me redressant et en reprenant ma tasse. La certitude dans ma voix n'est pas de la bravade. C'est une connaissance profonde. Elle est à nous. Elle ne le sait pas encore.

Elle me fixe, les lèvres légèrement entrouvertes, un tourbillon d'émotions traversant son visage expressif. Désir, frustration, peur, intrigue.

— Tu es très sûr de toi, dit-elle finalement.

— Je sais ce que je veux, je répète simplement. Et je suis assez patient pour l'attendre.

— Et si je ne demande jamais ? me défie-t-elle, une étincelle de défi dans les yeux.

Elle ne sera pas facile à apprivoiser. Tant mieux. Je ne veux pas de facilité.

— Alors je devrai vivre avec ça, je hausse les épaules, bien que nous sachions tous les deux que c'est un mensonge. Mais tu le feras.

Elle se lève brusquement, manquant presque de renverser son tabouret. — Tu es exaspérant.

— C'est ce qu'on me dit souvent. Je souris, nullement affecté par sa colère. Ce n'est qu'une autre forme de passion, après tout.

Elle semble vouloir ajouter quelque chose — quelque chose de cinglant — puis s'éclaircit la gorge. — Écoute, vous semblez géniaux, tous les trois, mais je devrais probablement clarifier un point. Je ne cherche pas d'Alpha. Juste pour que tu saches.

— Ah bon ? Je hausse un sourcil. Tu en as déjà un ?

— Bon sang, non, laisse-t-elle échapper. J'en ai eu un, puis plus, et tous ceux que j'ai rencontrés ont fini par me briser le cœur. Maintenant, je crois qu'il ne me reste plus de cœur, et je ne peux pas recommencer. Je ne… peux simplement pas.

La douleur dans sa voix est brute, réelle. Ça touche quelque chose en moi, cette partie qui comprend ce que signifie être rejeté, qu'on vous dise que vous n'êtes pas assez bien, pas comme il faut. Les rapports cliniques me décrivant comme *défectueux*.

— Qui était-ce ? j'exige. Ces Alphas qui t'ont fait souffrir.

Elle cligne des yeux devant ce brusque changement de ton. — Ça n'a pas d'importance. C'est de l'histoire ancienne.

— Ça a de l'importance, j'insiste, et je suis surpris par la férocité que je ressens. Je veux des noms. Je veux traquer chaque Alpha qui l'a jamais fait se sentir moins que précieuse et leur montrer exactement ce qui arrive à ceux qui maltraitent ce qui est *mien*.

Attends. *Mien* ? D'où est-ce que ça sort ?

Je me force à calmer le jeu quand je la vois se tendre.

— Mais je comprends. Je n'insiste pas.

Avant qu'elle ne puisse répondre, un gros bruit sourd retentit au bout du couloir, suivi d'un gargouille-ment inquiétant. Nous nous figeons tous les deux, nous regardant l'un l'autre.

— S'il te plaît, dis-moi que ce n'est pas… commence-t-elle.

— La machine à laver, je termine, déjà en mouvement.

Nous nous précipitons dans le couloir pour décou-vrir de la mousse qui s'échappe sous la porte de la buanderie. Je l'ouvre pour révéler une scène digne d'une sitcom — la machine à laver du milieu convulse tandis que la mousse déborde de sous le couvercle et autour du joint, formant une montagne grandissante de bulles sur le sol.

— Merde ! Je me jette sur les commandes, appuyant sur l'arrêt d'urgence. — Qu'est-ce qui s'est passé, bordel ?

Emma est juste derrière moi, attrapant des serviettes sur l'étagère. — Je ne sais pas ! A-t-on mis trop de lessive ?

J'ouvre violemment le couvercle, libérant une nouvelle vague de bulles qui nous éclaboussent tous les deux. Emma laisse échapper un rire surpris, et malgré le désastre, je ne peux m'empêcher de la rejoindre. Il y a quelque chose d'absurdement hilarant à se tenir les chevilles dans la mousse de savon avec une femme magnifique.

— Tant pis pour la bonne impression, glousse-t-elle en essuyant la mousse de son visage. Il y a une traînée de bulles sur sa joue, et sans réfléchir, je tends la main pour l'essuyer.

Mon pouce effleure sa peau douce, et le rire meurt dans ma gorge. Nous sommes proches, trop proches, son visage levé vers le mien, les yeux grands ouverts. Le monde se réduit à nous deux, le temps suspendu dans le petit espace entre nos corps. Ses lèvres s'entrouvrent légèrement, et pendant un moment fou, je pense qu'elle pourrait se pencher.

Je ne suis pas sûr qui bouge en premier, mais soudain, ma main encadre sa nuque, mes doigts s'emmêlant dans ses cheveux humides. Mon corps se rapproche du sien contre le bord de la machine, sans tout à fait la toucher mais assez près pour sentir la chaleur qui émane d'elle. Son pouls s'accélère sous mes doigts, un battement frénétique qui correspond au mien.

— C'est une erreur, murmure-t-elle, mais ses yeux descendent vers ma bouche, contredisant ses mots.

— Probablement, je suis d'accord. Devrais-je m'arrêter ?

Ses mains se posent sur ma poitrine, et je ne sais pas si elle est sur le point de me repousser ou de m'attirer plus près. Son parfum m'entoure, miel et livres, et une part de moi a déjà décidé qu'elle m'appartient... qu'elle nous appartient.

— Tu devrais, dit-elle mais ne fait aucun geste pour augmenter la distance entre nous. Je t'ai dit que je ne cherchais pas d'Alpha.

— Et je ne te demande pas de chercher, je murmure, mon pouce caressant la ligne de sa mâchoire. Juste de voir ce qui est déjà devant toi.

Son souffle se bloque, un petit bruit qui me traverse de part en part. Je me penche plus près, attiré par un instinct plus puissant que la raison ou les convenances. Je veux la goûter, la revendiquer, lui faire oublier tous les Alphas qui m'ont précédé.

— Qu'est-ce qui se passe ici, bordel ? Les mots de Levi tranchent le moment comme un seau d'eau glacée.

Emma recule brusquement comme si elle s'était brûlée, manquant de glisser sur le sol mousseux. J'attrape son coude pour la stabiliser, et ce bref contact envoie une autre décharge d'électricité le long de mon bras.

— Désastre de lessive, j'explique, la lâchant à contre-cœur et faisant un geste vague vers la mousse qui continue de se répandre sur le sol. Un petit contretemps.

Atlas apparaît derrière Levi, évaluant la situation d'un seul coup d'œil. Ses yeux se rétrécissent quand ils se posent sur moi, et je sais qu'il lit la scène. — Sérieusement, River ?

— Hé, c'était un effort d'équipe, je proteste, lançant un regard complice à Emma.

— Entièrement ma faute, intervient Emma, essorant une serviette trempée au-dessus d'un seau. Ses joues sont rouges, et elle évite le regard d'Atlas. Je vous avais dit que j'étais maudite. Tout ce que je touche finit par se casser.

— Ce n'est pas ta faute, je contredis. Je n'ai pas fait attention à la quantité de lessive que j'ai mise.

— Parce que tu étais trop occupé à flirter, marmonne Levi, retroussant ses manches et se joignant à l'effort de nettoyage.

— Je ne peux ni confirmer ni nier ces allégations, dis-je avec hauteur, bien qu'intérieurement je désire cette Oméga. L'envie. La possessivité. La certitude profonde qui m'a frappé il y a quelques instants.

Emma, l'air mortifiée, s'adresse directement à Atlas : — Je suis vraiment désolée pour ce désordre. J'aurais dû être plus prudente.

— Ce n'est rien, dit Atlas, son expression s'adoucissant quand il la regarde. Ce n'est pas le premier désastre que cet endroit a connu. Et ce ne sera pas le dernier.

La radio à la ceinture d'Atlas grésille soudain, et nous nous figeons tous les quatre instinctivement. La voix du dispatching se fait entendre, appelant toutes les unités disponibles pour un incendie au centre-ville.

— Le devoir m'appelle, déclare Atlas gravement. Emma, sèche-toi et mets-toi à l'aise. Les volontaires vont bientôt arriver, ils pourront aider à finir de nettoyer.

— Je peux gérer ça, insiste-t-elle.

— Cette adresse correspond à l'ancien entrepôt Miller... beaucoup de produits chimiques y sont stockés, déclare Levi, les yeux rivés sur son téléphone.

Atlas hoche la tête, soudain tout professionnel. — Équipez-vous. On part dans deux minutes.

J'hésite une fraction de seconde, jetant un regard en arrière vers Emma. Elle se tient au milieu du chaos de mousse, paraissant minuscule dans nos vêtements de caserne trop grands mais étrangement à sa place. Comme si elle appartenait à cet endroit, avec nous.

— Vas-y, m'encourage-t-elle. Je gère. Va sauver la journée, monsieur le pompier.

Je lui fais un rapide salut militaire, puis je sprinte derrière mes frères de meute. Pendant que j'enfile mon équipement, je surprends Atlas qui m'observe avec ce regard pénétrant qui me donne toujours l'impression qu'il lit dans mes pensées.

— Quoi ? je le défie en attachant mon casque.

— Tu sais très bien, gronde-t-il doucement. J'ai vu

cette petite scène avec Emma. Qu'est-il arrivé à ton idée d'y aller doucement ?

— Ce n'était pas vraiment prévu, je marmonne en vérifiant mon équipement. Il y a quelque chose chez elle, Atlas. Quelque chose qui simplement... je m'interromps, incapable de trouver les mots pour expliquer l'attraction magnétique que j'ai ressentie envers elle.

— Je sais, admet-il doucement, me surprenant. Je le sens aussi.

Je relève brusquement la tête, croisant ses yeux bleu nuit. Il y a une compréhension mutuelle, une reconnaissance partagée de quelque chose qu'aucun de nous ne s'attendait à trouver.

— Nous le sentons tous, ajoute Levi derrière nous. Mais ça ne veut pas dire qu'on peut la revendiquer.

— Mais si elle est... je commence.

— Plus tard, me coupe Atlas, redevenu chef. D'abord, on va aider ceux qui ont besoin de nous. Les complications d'Oméga ensuite.

Il a raison, bien sûr. Mais tandis que nous montons dans le camion, mon esprit revient sans cesse à ce moment dans la buanderie, à la sensation d'Emma proche de moi, au regard dans ses yeux qui suggérait qu'elle ressentait aussi cette inexplicable connexion.

À moi, grogne encore cette partie primitive en moi. *À nous.*

Et cette fois, je n'essaie pas de la faire taire. Parce que pour la première fois de ma vie, je suis absolument certain de quelque chose : Emma appartient à notre groupe. Et je vais m'assurer qu'elle le sache, qu'elle soit prête à l'admettre ou non.

Alors que les sirènes hurlent et que nous fonçons vers l'incendie, je ne peux retenir le sourire dangereux qui s'étale sur mon visage. J'ai toujours aimé les défis, et Emma est le plus séduisant que j'aie jamais rencontré. Elle pense qu'elle ne cherche pas d'Alpha ? Très bien. Mais elle va bientôt découvrir que parfois, ce dont on a besoin nous trouve, qu'on le cherche ou non.

Et une fois que j'ai décidé que quelque chose m'appartient, je ne lâche pas prise. Jamais.

7

ATLAS

$\mathcal{J}$e serre le volant un peu plus fort que nécessaire alors que nous nous dirigeons vers un nouveau point de crise. La journée a été sans répit. D'abord, l'incendie causé par la ligne électrique tombée à l'ancien entrepôt Miller. Nous l'avons maîtrisé rapidement, mais pas avant qu'il ne prive d'électricité la moitié de la ville. Puis, directement à l'intersection principale où les feux de signalisation se sont éteints — dirigeant les conducteurs en colère et empêchant les piétons de s'aventurer dans les zones dangereuses. Maintenant, le standard nous envoie à l'autre bout de la ville, où une sorte d'attroupement se développe pendant le festival. La police est débordée avec de multiples incidents, alors une fois de plus, nous intervenons. Mes épaules me font mal à cause de la tension de la journée, mais il n'y a pas de temps pour se reposer. Pas encore.

— Cette femme dans la Subaru rouge était sur le

point de t'écraser, Levi, déclare River depuis le siège passager, toujours animé par cette énergie agitée qui ne semble jamais le quitter. Je te jure qu'elle a accéléré quand tu lui as tourné le dos.

— J'ai remarqué, répond sèchement Levi depuis la banquette arrière. C'est pour ça que j'ai bougé.

— J'aurais dû noter sa plaque d'immatriculation, continue River, en tambourinant des doigts sur sa cuisse. On aurait pu la rechercher, lui laisser un sac de crotte de chien enflammé sur son perron...

— On ne fera pas ça, j'interviens, bien que le coin de ma bouche tressaille malgré moi. Ça s'appelle un incendie criminel, et nous sommes censés les empêcher, pas les provoquer.

— Rabat-joie, grommelle River, mais j'aperçois son sourire du coin de l'œil. Je voyais ça plutôt comme un service public. Un petit avertissement à la communauté sur une menace routière.

— Ton dévouement civique est touchant, déclare Levi d'un ton impassible.

— En parlant de choses touchantes, pivote River, et je me crispe immédiatement, sentant où il veut en venir, j'ai eu un moment intéressant avec notre invitée avant notre départ.

— C'est comme ça qu'on appelle l'explosion de savon ? je demande, essayant de détourner ce que je sais être imminent.

— Un petit incident, balaie River d'un geste. Mais avant ça... Atlas, je te le dis, elle est ma correspondance olfactive.

Je manque presque le virage sur Main Street, mes mains se crispant sur le volant.

— River...

— Non, claque-t-il, soudain sérieux. Tu l'as senti aussi... Je le sais. Quand tu l'as portée hors de cette maison hier soir ? Ton odeur a changé. Tu sens habituellement le sucre grillé, l'érable et la fumée de bois. Elle, c'est la vanille et le miel. Mais ensemble ? Il expire brusquement. Vous sentiez comme la guimauve grillée parfaite. Comme si vous vous mélangiez. Je l'ai remarqué. Levi l'a remarqué. Bon sang, elle l'a remarqué aussi. Elle est juste trop effrayée pour l'admettre.

— On la connaît à peine, je rétorque, mais même à mes propres oreilles, ça sonne faible.

— Tu n'as pas besoin de connaître quelqu'un pour reconnaître une correspondance olfactive, argumente River. C'est tout l'intérêt. C'est biologique. Primitif. Il se tourne vers Levi à l'arrière. Soutiens-moi, Monsieur Science.

Levi bouge inconfortablement.

— La compatibilité olfactive est un phénomène documenté. La recherche suggère qu'elle est liée à la diversité génétique et à des systèmes immunitaires complémentaires.

— Tu vois ? River pointe triomphalement. Levi est d'accord avec moi.

— Je n'ai pas dit ça, corrige Levi. J'ai simplement énoncé des faits biologiques.

— Ton odeur a changé aussi, quand tu lui as serré la main, rétorque River. Ne crois pas que je n'ai pas remarqué cette petite inspiration que tu as prise, la façon dont tes pupilles se sont dilatées. Réaction classique d'un Alpha face à un Oméga compatible.

— As-tu fini ta petite leçon de biologie ? j'interviens, agacé par la précision avec laquelle River a cerné ce que j'essaie d'ignorer.

— Pas du tout, sourit River, nullement découragé. Parce que voici ma proposition... on lui demande de venir habiter avec nous à la cabane.

Je manque de faire une embardée avec le camion.

— Quoi ?

— Dans les bois, précise-t-il, comme si c'était la partie qui me troublait. Elle devrait venir habiter avec nous à la cabane. Elle est ma correspondance olfactive, presque certainement la tienne aussi, et probablement celle de Levi vu la façon dont il fait semblant de ne pas la fixer toute la journée.

— Je ne fixe pas, proteste faiblement Levi.

— Tu le fais absolument, répond River. Comme si tu essayais de résoudre une équation particulièrement difficile, et qu'elle était la solution.

Levi reste silencieux, ce qui vaut autant qu'un aveu de sa part.

— Tu ne peux pas être sérieux, dis-je, bien que je sache qu'il l'est. River ne plaisante pas sur les questions de meute, malgré son approche généralement légère de la vie.

— Tout à fait sérieux, confirme-t-il. Écoute, les flics sont débordés. Tu as entendu ce que le chef a dit ce soir. Ils ont les mains pleines avec trois enquêtes d'incendie criminel distinctes, plus cette série de cambriolages à l'est de la ville. Ils ne vont pas résoudre l'affaire d'Emma de sitôt.

— Donc, elle reste à la caserne un peu plus longtemps, je rétorque. C'est sécurisé, assez confortable...

— Pour quelques jours, bien sûr, m'interrompt River. Mais on parle de semaines, peut-être de mois. Tu veux qu'elle vive dans cette chambre de secours aussi longtemps ? Avec des volontaires et des travailleurs postés qui vont et viennent à toute heure ? Surtout quand elle est une correspondance parfaite pour nous ?

Merde, je déteste qu'il ait raison, mais je ne suis pas prêt à le lui concéder.

— Elle a clairement fait comprendre qu'elle n'était pas intéressée par les Alphas, River. *Aucun* Alpha. L'inviter à vivre avec trois d'entre nous ne va guère la faire se sentir plus en sécurité.

— Elle m'a dit la même chose, admet River, me surprenant par son honnêteté. Mais elle a peur. Quelqu'un en qui elle avait confiance l'a trahie. Bien sûr qu'elle est méfiante.

— Raison de plus pour ne pas insister, intervient Levi, toujours la voix de la raison.

— Je ne dis pas qu'on la force, argue River, se tournant sur son siège pour nous regarder tous les deux. Je dis qu'on lui offre une alternative plus sûre. Où va-t-elle aller autrement alors qu'il n'y a plus d'hébergement disponible en ville ? Au moins à la cabane, on saurait qu'elle est protégée. Je ne veux certainement pas qu'elle soit à la caserne à moins que l'un d'entre nous y soit tout le temps, poursuit-il, la passion teintant sa voix. Et on ne peut pas garantir ça avec nos horaires. La cabane est isolée, sécurisée, et on saurait toujours qui va et vient.

— De plus, ajoute-t-il avec un sourire malicieux. Je pourrais cuisiner pour elle. Tu sais que mon chili est meilleur que la bouillie que Hendricks prépare ce soir.

— Ton chili pourrait être classé comme arme chimique, murmure Levi.

— Tu en as mangé trois bols la dernière fois ! s'exclame River, indigné.

— Et je l'ai regretté pendant des jours, répond Levi.

— Mensonges et diffamations, renifle River.

Je secoue la tête devant leurs chamailleries familières, mais ça ne me distrait pas du vrai problème en question.

— On s'éloigne du sujet.

— C'est vrai, accepte River, plus sobre. Emma. Cabane. Protection. Correspondance olfactive. Toutes de bonnes raisons pour qu'elle reste avec nous plutôt qu'à la caserne. En plus, on parlait de prendre un peu plus de temps libre... Quelle meilleure raison ?

Un lourd silence tombe dans le camion alors que nous considérons ses paroles. Je déteste l'admettre, mais River a du sens. L'idée d'Emma seule à la caserne avec juste les volontaires pour compagnie perturbe quelque chose de profond dans mes instincts d'Alpha. L'idée qu'elle soit ailleurs, quelque part où je ne peux pas être certain de sa sécurité, est encore pire.

— Son argument est valable, dit tranquillement Levi, me surprenant. Il est habituellement le plus prudent de nous trois.

— Putain, ouais, dit River, la satisfaction évidente

dans sa voix. C'est la chose la plus sensée que j'ai dite de toute l'année. Notez la date.

— La barre n'est pas très haute, répond Levi impassiblement.

— Aïe, River se tient la poitrine. Monsieur Précis frappe en plein dans le mille. Mais sérieusement, Atlas, tu sais que j'ai raison sur ce point.

Je serre les dents, réfléchissant aux complications.

— Et que se passe-t-il quand elle réalise que nous n'offrons pas seulement une protection ? Que nous... réagissons tous à elle ?

— Tu ne crois pas qu'elle l'a déjà remarqué ? se moque River. Elle est observatrice. Elle choisit simplement de l'ignorer parce qu'elle a peur.

Levi émet un bruit moqueur.

—Tu ne penses quand même pas qu'une Oméga va être facile à apprivoiser ? lance River d'un ton provocateur. Les Omégas ont toutes une certaine crainte des Alphas, surtout si elles ont déjà été blessées. Alors, nous devons lui montrer qu'elle est en sécurité avec nous. Que nous sommes des anges.

Levi éclate de rire, le son résonnant dans l'espace confiné du camion. —Nous sommes tout sauf des anges, et tu le sais très bien.

—Alors, pour elle, on essaie, affirme River avec une telle conviction que je me surprends à le regarder. Je veux dire, quoi de plus angélique que de sauver une demoiselle en détresse de sa tour en flammes ? Tu as déjà cette partie réglée, Chef, poursuit River. Levi peut être l'ange intellectuel avec ses calculs et ses protocoles de sécurité. Et moi, je serai l'ange charmant et terriblement séduisant qui la fait rire et lui prépare une excellente nourriture qui, contrairement à ce que certains rabat-joie prétendent, ne provoquera certainement pas de troubles intestinaux.

Il lance un regard pointu à Levi, qui lève les yeux au ciel mais ne cache pas son sourire.

—Tu t'es déjà autoproclamé le plus beau ? C'est un peu présomptueux, fait remarquer Levi.

—Je ne t'ai pas entendu te porter volontaire pour le poste, réplique River. D'ailleurs, on sait tous que tu es le cerveau avec ces yeux intenses et cette aura de "je pourrais démonter et reconstruire ce camion entier tout en expliquant la dynamique des fluides" que tu dégages.

—Je ne dégage pas d'aura, proteste Levi.

—Oh que si, insiste River. Une aura très spécifique et très forte que certaines personnes trouvent extrêmement séduisante. N'est-ce pas, Atlas ?

—Laissez-moi en dehors de ça, je marmonne, mais je ne peux pas empêcher l'amusement qui transparaît dans ma voix. Ces deux idiots sont ma meute, ma famille, et malgré le sérieux de la situation, ils parviennent toujours à me faire sentir plus léger.

—Le point essentiel, je reprends, c'est que nous devons prendre en compte les sentiments d'Emma dans tout ça. Pas seulement nos instincts ou nos préférences.

—Absolument, acquiesce River, trop rapidement. Son confort, sa sécurité, son bonheur... toutes les priorités.

Je le regarde avec suspicion. —Tu es très accommodant.

—C'est moi ça, murmure River innocemment.

Demande à cette famille qu'on a secourue lors du glissement de terrain au printemps dernier. J'ai porté leur Yorkshire sur cinq kilomètres en lui racontant des histoires pour s'endormir.

—Tu racontais des blagues salaces à ce chien, corrige Levi. Je t'ai entendu.

—C'était un chien adulte, hausse les épaules River. Et il a ri.

—Il gémissait de terreur, soupire Levi.

—Accord pour être en désaccord, balaie River d'un geste de la main. L'important, c'est que je peux être sensible aux besoins des autres. Et Emma a besoin de nous, qu'elle soit prête à l'admettre ou non.

Je connais River depuis des années, l'ai vu traverser d'innombrables incendies, la formation de notre meute, les pires comme les meilleurs moments. Il a toujours été passionné, mais il y a quelque chose de différent dans sa voix maintenant—une certitude, une détermination que j'ai rarement entendue de sa part.

—Tu es sérieux à ce sujet, dis-je doucement, la réalisation me frappant soudain. Ce n'est pas juste une question de protection pour toi.

River soutient mon regard fermement, sans aucune trace de son comportement habituellement désinvolte. —Non, ce n'est pas que ça. Il y a quelque chose chez elle, Atlas. Quelque chose qui m'appelle. Qui nous appelle tous, si tu voulais bien l'admettre.

Je me reconcentre sur la route, peu disposé à confirmer ou nier son affirmation, mais la vérité est qu'il a raison. Depuis le moment où je me suis assis à côté d'Emma dans l'avion, quelque chose s'est mis en place, une reconnaissance qui allait au-delà de la simple attirance ou de l'instinct protecteur. Je ne m'attendais simplement pas à ce que River le ressente si fortement aussi. Ni qu'il agisse si rapidement.

—Même si j'étais d'accord, dis-je prudemment. Comment aborderions-nous cela ? Nous ne pouvons pas simplement dire, "Hé, viens vivre avec trois Alphas que tu connais à peine dans une cabane isolée dans les bois". Ça ressemble au début d'un film d'horreur, pas à un plan de sécurité.

—Ou le début d'un tout autre genre de film, suggère River avec un haussement de sourcils suggestif.

—River, je l'avertis.

—Désolé, désolé, fait-il marche arrière, bien qu'il n'ait pas l'air désolé du tout. Ça ne doit pas être flippant. On lui présente juste ça comme une solution pratique. Meilleure sécurité, logement plus confortable, repas faits maison... qui pourrait résister ?

—On lui dit que c'est une situation temporaire, suggère Levi, toujours en train de réfléchir trois coups à l'avance. Jusqu'à ce qu'on puisse lui trouver un autre logement sécurisé. On présente ça comme pratique, pas personnel.

—Exactement ! s'exclame River en pointant triomphalement Levi du doigt.

—Nous devrions établir des limites, je continue, me trouvant étrangement engagé dans cette logistique maintenant que nous en discutons comme une possibilité réelle. Des règles claires. Son propre espace qui soit complètement privé.

—La chambre est a un petit coin salon attenant. Ce

serait parfait, comme une mini-suite. On pourrait débarrasser nos affaires de là en une heure.

Je lui lance un regard soupçonneux. —Tu as déjà réfléchi à tout ça en détail, n'est-ce pas ?

—Peut-être, admet-il avec un sourire éhonté. Que veux-tu ? Je suis un planificateur.

—Depuis quand ? renifle Levi.

—Depuis environ six heures, répond joyeusement River. Je pense vite. Surtout quand de belles Omégas au parfum de livres et aux yeux de miel sont concernées.

—Des yeux noisette, corrige automatiquement Levi.

—Noisette avec des paillettes dorées quand la lumière les frappe juste comme il faut, rétorque River. J'étais très attentif.

—On a remarqué, dis-je sèchement.

—Comme si tu ne l'étais pas, me défie River. J'ai vu comment tu la regardais quand tu pensais que personne ne te voyait, Chef. Cette posture d'Alpha protecteur chaque fois que quelqu'un d'autre s'approchait d'elle.

Je ne prends pas la peine de le nier. River me connaît trop bien.

—Disons, hypothétiquement, que nous lui proposons cet arrangement, dis-je à la place. Et si elle refuse ?

—Alors elle refuse. River hausse les épaules, bien que la tension autour de ses yeux dise autre chose. On ne la force pas. On trouve autre chose. Mais on doit au moins lui offrir cette option.

—Il a raison, dit Levi, me surprenant encore. Du point de vue de la sécurité, c'est ce qui a le plus de sens. Et elle serait plus à l'aise dans une vraie maison qu'à la caserne sur le long terme.

Je réfléchis à leurs paroles tandis que nous tournons sur la route qui mène à la caserne. Une partie de moi, la partie prudente et responsable qui nous a tous maintenus en vie à travers d'innombrables situations dangereuses, hurle que c'est une erreur. Qu'amener une Oméga inconnue dans notre espace, surtout une qui déclenche des réponses aussi intenses chez nous tous, c'est chercher les ennuis.

Mais une autre partie, l'Alpha, le protecteur, ne supporte pas l'idée d'Emma vulnérable, seule, menacée par celui qui a incendié sa maison.

—D'accord, je cède finalement. On peut lui en parler délicatement. Comme une solution temporaire uniquement jusqu'à ce qu'on lui trouve une situation sûre plus permanente.

—Yes ! River lève le poing en signe de triomphe. Tu ne regretteras pas ça, Chef.

—Je le regrette déjà, je marmonne, mais il n'y a pas de réelle conviction derrière ces mots. Et ce ne sera pas toi qui lui demanderas. Tu as toute la subtilité d'un marteau-pilon.

—Hé ! proteste River. Je peux être subtil.

—Tu as un jour essayé d'annoncer une fête surprise pour l'anniversaire de Levi en déclenchant l'alarme de la caserne, je lui rappelle sèchement.

—Ça a attiré l'attention de tout le monde, non ? sourit-il sans repentir. Et la tête qu'il a faite était impayable. Totalement choqué.

—C'était de l'horreur, pas de la surprise, précise Levi. J'ai cru que la caserne était en feu pendant que j'étais sous la douche.

—Des détails, balaie River d'un geste. L'important, c'est que c'était mémorable.

— C'est exactement mon point, dis-je. Je vais lui parler. Calmement et rationnellement, sans aucune pression.

— D'accord, mais je veux participer à l'aménagement de sa chambre, négocie River.

— On va tous aider, intervient Levi. Si elle accepte.

— Elle acceptera, dit River avec cette même étrange certitude. Elle a sa place parmi nous, même si elle ne le sait pas encore.

L'intensité de sa conviction me fait le regarder à nouveau. — Ne la bouscule pas, River. Je suis sérieux. Elle a déjà assez souffert.

— Je ne ferais jamais ça, admet-il, soudain sérieux. Je sais ce que c'est d'être forcé à faire quelque chose contre son gré. Je ne lui infligerais jamais ça. Mais je sais aussi ce que c'est que de trouver sa place après avoir pensé qu'on ne la trouverait jamais. Elle mérite cette chance.

La référence à son passé, aux centres de redressement où ses parents l'ont envoyé, m'adoucit. Malgré sa bravade, River connaît intimement la douleur. C'est facile de l'oublier parfois, derrière son éternelle bonne humeur.

— D'accord, j'acquiesce. Je lui parlerai ce soir, mais on présentera ça comme une solution pratique et temporaire, pas comme une opportunité de créer des liens de meute. C'est clair ?

— Limpide, accepte River, un peu trop rapidement pour me rassurer. Bien que je ne puisse pas promettre de ne pas la charmer avec mes talents culinaires et ma personnalité attachante au passage.

— Je suis sérieux, j'insiste, le fixant du regard à un stop. Pas de pression, pas de... peu importe ce que tu faisais dans la buanderie tout à l'heure.

River a la décence de paraître légèrement gêné. — C'était... imprévu. Mais c'est noté. Je serai irréprochable.

— Pour ce que ça vaut, propose doucement Levi, je pense que ça pourrait être bénéfique. Pour nous tous.

Son soutien inattendu me fait réfléchir. Levi n'est pas du genre à prendre des décisions impulsives. S'il voit du mérite dans ce plan, peut-être devrais-je y faire plus confiance que je ne le fais.

8

EMMA

Je suis assise au bord du lit dans ma chambre temporaire, fixant le mur sans vraiment le voir. Le nid de couvertures derrière moi est encore froissé, là où j'avais créé un cocon improvisé après avoir récupéré toutes les couvertures supplémentaires que j'avais pu trouver dans la chambre et l'armoire. Il m'avait fallu cette forteresse de tissus enroulée autour de moi avant que je me sente assez en sécurité pour m'y blottir et empêcher la panique de prendre le dessus.

La caserne est plus calme, étant donné que les gars sont partis en intervention, mais mon esprit est tout sauf tranquille.

— Reprends-toi, Emma, je marmonne pour moi-même en me massant les tempes.

Le problème, c'est que je n'arrive pas à cesser de penser à eux. Tous les trois. C'est dingue. Je connais ces hommes depuis moins de vingt-quatre heures, et pourtant je n'arrive pas à les chasser de mes pensées, surtout après ce moment avec River dans la buanderie.

Je jette un coup d'œil au nid de couvertures froissées. Je me suis dit que c'était juste parce que la caserne était froide, le lit pas familier. Juste pour me réconforter.

Mais me voilà, vingt-quatre heures dans cette ville, et soudain, je manifeste des comportements que j'ai réussi à réprimer pendant des années.

Ce doit être le stress. L'incendie. Le déplacement. Ça n'a rien à voir avec trois paires d'yeux qui suivent mes mouvements, trois odeurs distinctes qui se complètent parfaitement et, de façon terrifiante, semblent aussi compléter la mienne.

Ça n'a pas vraiment fonctionné, de toute façon. Même dans mon esprit, je n'arrive pas à cesser de fantasmer des histoires inventées à leur sujet.

Les mains d'Atlas se referment autour de ma taille, inébranlables. « Je t'ai trouvée », grogne-t-il, son souffle chaud contre la courbe de mon épaule. Sa présence m'engloutit complètement alors qu'il me tire fermement contre sa poitrine, une main s'étalant possessivement sur mon ventre.

« Plus question de fuir, Emma. » River apparaît devant moi, ses yeux bleus assombris jusqu'à la couleur de minuit, ce sourire dangereux traversant son visage. Il trace le contour de mes lèvres de son doigt, un toucher si léger, et pourtant commandant toute mon attention. « Nous réclamons toujours ce qui nous appartient. »

Levi se matérialise à mes côtés, m'étudiant tandis que ses doigts descendent le long de mon bras, faisant se dresser des frissons sur leur passage. « Ton corps te trahit », observe-t-il.

« *Chaque réaction raconte une histoire que tu essaies de nier.* »

Les lèvres d'Atlas effleurent la peau sensible derrière mon oreille. « *Elle a peur de voir à quel point elle s'accorde parfaitement avec nous.* »

« *À quel point elle se soumettra complètement à nous* », *ajoute River, se penchant assez près pour que je puisse sentir la chaleur irradiant de lui. Ses doigts s'emmêlent dans mes cheveux, tirant doucement pour incliner mon visage vers le sien.* « *Dis-nous ce que tu n'as jamais dit à personne d'autre* », *murmure-t-il.* « *Dis-nous ce dont tu as vraiment envie.* »

Les mots me manquent, mais Levi se penche. « *Elle veut ce que son précédent Alpha lui a refusé* », *murmure-t-il, ses doigts frôlant ma clavicule.* « *La revendication. Le lien. La marque qui annonce au monde qu'elle appartient à quelqu'un.* »

« *Pas quelqu'un* », *corrige Atlas, son étreinte se resserrant possessivement.* « *Nous.* »

Ils se rapprochent, leur chaleur m'entourant, m'emprisonnant, et je suis à bout de souffle. La pression de leurs corps, des muscles durs contre ma douceur, me fait me sentir petite mais puissante par la façon dont ils réagissent à chaque petit mouvement que je fais.

« *S'il vous plaît* », *je murmure, sans même savoir ce que je supplie.*

Les lèvres de River capturent les miennes dans un baiser qui commence doucement mais devient rapidement exigeant, dévorant. Quand il se retire, ses yeux sont sauvages. « *Dis-nous que tu es à nous.* »

La bouche de Levi trouve le point de pulsation dans ma

gorge, sa langue goûtant ma peau avec une précision délibérée. « Dis les mots, Emma. »

Les dents d'Atlas effleurent mon lobe d'oreille. « Soumets-toi à nous. »

« Oui », je m'entends haleter alors qu'une dernière barrière s'effondre en moi. « Je suis à vous... s'il vous plaît... »

Comme s'ils étaient orchestrés, ils bougent comme un seul homme. Trois paires de dents trouvent différents points sur mon corps—Atlas à la jonction de mon cou et de mon épaule, River à mon poignet sur mon pouls affolé, et Levi à l'endroit sensible juste sous mon oreille. La pression s'intensifie, la promesse de ce que j'ai secrètement voulu depuis si longtemps, ce que Chad m'a toujours refusé—une véritable revendication. Une marque qui me lierait pour toujours.

Juste au moment où leurs dents percent ma peau—

Je cherche mon souffle, mes doigts volant à mon cou, mon poignet, derrière mon oreille, à la recherche de marques qui n'existent pas.

Mon Dieu, pourquoi sentent-ils si bon ? Ce n'est pas juste. Mon estomac se retourne chaque fois qu'ils s'approchent.

— S'il te plaît, non, je gémis, retombant contre le matelas, revivant mon fantasme, le nid derrière moi. — Pas une compatibilité d'odeur. C'est impossible.

Sauf que je connais les signes. Ma grand-mère m'a tout appris à leur sujet quand je me suis présentée comme Oméga. Cette attraction inexplicable, la façon dont leurs odeurs semblent spécifiquement conçues pour plaire à mes instincts les plus primitifs, cette conscience accrue chaque fois qu'ils sont à proximité.

— Une vraie compatibilité d'odeur est rare, Emma,

m'avait-elle dit, passant une brosse dans mes cheveux alors que nous étions assises sur la balancelle de son porche, regardant le lac. — Si rare que de nombreuses Omégas ne la trouvent jamais. Et c'est correct. Tu peux quand même avoir une bonne relation avec un Alpha sans cela. Ça marchera quand même.

Je n'ai jamais rien ressenti qui s'approche d'une compatibilité d'odeur avec Chad. Son odeur était assez agréable, bois de santal et agrumes, mais elle n'a jamais fait faiblir mes genoux ni accélérer mon cœur. Je pensais que c'était normal. Que les histoires de ma grand-mère sur l'attraction irrésistible n'étaient que des exagérations romantiques d'une autre génération.

Je ne me rendais pas compte à quel point une compatibilité olfactive pouvait être intense. À quel point la réponse de mon corps serait différente par rapport à Chad. La façon dont ma peau picote quand Atlas est proche, comment mon pouls s'accélère quand River me regarde, l'étrange calme qui m'envahit quand Levi parle, ce n'est rien comme ce que j'ai ressenti avec Chad. Rien comme toute attraction que j'ai connue auparavant.

Bah, putain de Chad. J'aimerais arrêter de penser à lui et à la situation dans laquelle il m'a mise. La trahison, le désordre, l'incendie, tout ça parce qu'il m'a rejetée.

Si j'ignore l'attraction, alors rien ne se passera entre moi et les Alphas pompiers. Je veux dire, je peux essayer de supprimer ma réponse d'Oméga, n'est-ce pas ? Je peux gérer ça. Je dois le faire. M'emmêler avec un Alpha m'a presque détruite. Trois serait un suicide.

Je me redresse, déterminée à me distraire avec

quelque chose de productif. J'ai des vêtements détrempés et savonneux à gérer, et rester assise ici à m'obséder sur trois Alphas avec lesquels je n'ai aucune intention de m'impliquer ne va pas résoudre ce problème.

En me dirigeant vers la buanderie, je capte la faible trace de leurs odeurs combinées qui persistent dans le couloir. Mes genoux faiblissent réellement pendant une seconde, et je dois me stabiliser contre le mur.

— Pathétique, je me réprimande. — Reprends-toi.

La buanderie est toujours une zone sinistrée, avec de la mousse recouvrant chaque surface. Je prends une serpillière dans le placard à fournitures et me mets au travail, essayant de me concentrer sur la tâche plutôt que sur le souvenir de River se tenant trop près, son toucher sur mon visage, la chaleur de son corps presque pressé contre le mien.

— Besoin d'un coup de main avec ça ? demande une voix féminine.

Je me retourne pour trouver une jeune femme, peut-être au début de la vingtaine, un âge similaire au mien, en uniforme, se tenant dans l'embrasure de la porte, les sourcils levés devant le carnage savonneux.

— Je suis Claire, dit-elle, en saisissant déjà un seau. — Pompière volontaire et, apparemment, maintenant femme de ménage.

— Emma, je réponds, sentant la chaleur monter à mes joues. — C'est... un peu ma faute.

— J'ai entendu, sourit-elle, remplissant le seau d'eau. — Le monstre de savon frappe encore. Ça arrive au moins une fois par mois ici.

— Vraiment ? je demande, soulagée de ne pas être uniquement sujette aux catastrophes.

— Non, rit-elle. — Mais ça te fait te sentir mieux, pas vrai ?

Malgré moi, je ris aussi. — Pas particulièrement.

— Alors, tu es l'auteure qu'ils ont secourue hier soir ? demande Claire, passant efficacement la serpillière sur une section du sol. Elle est petite avec des cheveux courts foncés et des yeux bruns amicaux. Son odeur est douce, distinctement Bêta.

— C'est bien moi, je confirme. Même si j'espère que ça ne deviendra pas mon identité permanente. "L'auteure qui avait besoin d'être secourue" ne fait pas vraiment sérieux pour une adulte compétente.

— Ça pourrait être pire, hausse les épaules Claire. Tu pourrais être "la volontaire qui a mis feu au mannequin d'entraînement en essayant de démontrer la technique correcte d'utilisation d'extincteur".

— Oh...

— Pour ma défense, c'était mon premier jour, dit-elle avec une expression faussement sérieuse. Et pour ma défense encore, le Chef Wood était vraiment sexy en l'éteignant.

J'ai failli lâcher ma serpillière. — Toi et le chef...

— Mon Dieu, non, rit-elle en faisant un geste de la main. Pas faute d'avoir essayé, mais ces trois-là sont notoirement difficiles à attraper.

— Vraiment ? je demande, essayant de paraître désinvolte tandis que mon cœur fait un étrange petit bond. Ils semblent si... je ne sais pas. Solides.

— Oh, ils sont solides entre eux, dit Claire en essorant sa serpillière. C'est ça le problème. Ils ont leur petite meute, et personne d'autre ne semble y trouver sa place longtemps.

Je me concentre sur le frottement d'une tache de mousse particulièrement tenace, évitant délibérément son regard. — Qu'est-ce que tu veux dire ?

— Simplement qu'ils n'ont pas le meilleur palmarès en matière de relations, explique-t-elle. River flirte avec tout ce qui bouge, et je veux vraiment dire tout. Je l'ai surpris une fois à faire un clin d'œil à un mannequin dans une vitrine.

Ça lui ressemble bien, et je ne peux pas m'empêcher de sourire légèrement.

— Levi est le fantôme, là une minute, disparu la suivante. Une fois, il est parti en plein milieu d'un rendez-vous parce qu'il a eu une révélation sur les compositions chimiques des produits ignifuges, poursuit Claire en faisant des guillemets avec ses doigts.

— Et Atlas ? je demande, surprise par à quel point je veux savoir.

— Atlas est... elle s'arrête, réfléchissant. Compliqué. Trop responsable pour son propre bien. Il prend soin de tout le monde sauf de lui-même.

— Ils ont tous l'air un peu... abîmés, je remarque, en essorant ma serpillière.

— Ne le sommes-nous pas tous ? fait remarquer Claire. Mais oui, ils ont leurs problèmes. River a eu des histoires de famille, il n'en parle jamais, mais apparemment, c'était grave. Levi a perdu ses parents dans un incendie quand il était adolescent. Et Atlas a été abandonné jeune, il a vécu dans la rue pendant un moment avant que l'ancien chef des pompiers ne le prenne sous son aile.

Je me souviens de ce qu'Atlas m'a raconté sur son passé. Malgré ma détermination à garder mes distances, mon cœur se serre un peu à l'idée de leurs souffrances.

— Enfin, continue Claire. Ce sont des types bien. D'excellents pompiers. Mais pas vraiment du matériel à relation stable. Ils n'arrivent jamais à garder quelqu'un longtemps.

— Peut-être qu'ils n'en ont pas envie, je suggère, mal à l'aise de me rendre compte que je défends des hommes que je connais à peine.

— Peut-être.

Il y a quelque chose dans son ton qui me fait me demander si elle parle d'expérience personnelle. Si elle a essayé de se rapprocher de l'un d'eux, ou de tous, et a été repoussée.

— Et toi alors ? demande-t-elle, voulant clairement changer de sujet. Tu restes avec nous longtemps ?

— Je ne sais pas, j'avoue. Jusqu'à ce qu'ils comprennent comment la cabane où j'étais a brûlé et, espérons-le, sans m'impliquer, je suppose. Ou jusqu'à ce que je trouve un autre endroit où aller.

— Eh bien, la caserne n'est pas mal comme logement temporaire, dit-elle en balayant les dernières traces de mousse vers un drain. Juste... fais attention, d'accord ? Les Alphas ont cette façon de te faire sentir spéciale, comme si tu étais la seule à les comprendre, mais au final, ils se choisissent toujours les uns les autres.

Ses paroles me mettent mal à l'aise. Bien sûr que c'était trop beau pour être vrai — la connexion immédiate que j'ai ressentie, la façon dont ils semblaient tous si attentionnés, si intéressés. Ce n'était pas spécial. C'était juste ce qu'ils faisaient.

— Merci pour l'avertissement, je dis, en rassemblant notre matériel de nettoyage. Et pour m'avoir aidée avec ce bazar.

— Quand tu veux, dit-elle avec aisance. Entre filles, on doit se serrer les coudes dans cet environnement débordant de testostérone.

Nous finissons le nettoyage en silence, mais mon esprit s'emballe. Je ne peux pas nier l'attraction que je ressens envers eux trois, mais les mots de Claire ont semé un doute. Étaient-ils simplement gentils parce qu'ils se sentaient responsables de moi ? Le flirt de River n'était-il que son comportement par défaut, pas du tout spécifique à moi ?

Et plus important encore, pourquoi est-ce que ça m'importe autant après moins d'une journée ?

Au moment où les gars reviennent de leur intervention, j'ai réussi à sécher mes vêtements et je porte à nouveau ma robe d'été. J'ai aussi décidé d'être polie mais distante, de ne pas céder à cette attraction bizarre. J'ai déjà assez de complications dans ma vie sans y ajouter trois Alphas.

Puis ils franchissent la porte, tous avec leurs larges épaules et leur aisance naturelle.

Je ne peux pas m'empêcher de les fixer.

— Le dîner est prêt ! appelle Hendricks. Le volontaire cuisine à toute vapeur depuis une heure. La salle à manger est aménagée avec une grande table ronde, étonnamment chaleureuse pour une caserne de pompiers. L'odeur du chili con carne remplit l'air, accompagnée de riz et de chips de tortilla.

Je prends place, déterminée à garder mon calme. River se dirige immédiatement vers moi, mais Levi glisse sur la chaise à côté de moi en premier, son regard croisant brièvement le mien avant qu'il ne se concentre sur le service. Un autre volontaire est assis de mon autre côté.

— Faim ? demande Levi, en versant une généreuse portion de chili dans un bol.

— Je meurs de faim, j'avoue. Le stress augmente toujours mon appétit, et entre l'incendie de la maison, le déménagement à la caserne et mes réactions déroutantes envers ces hommes, je n'ai été que stress.

Il me tend le bol avec une petite assiette de chips de tortilla et pousse le riz vers moi aussi. Je me sers, puis saupoudre le tout de fromage.

— Hendricks fait le meilleur chili à trois comtés à la ronde. Pas trop épicé, mais savoureux.

— Merci, je dis, surprise par sa prévenance. Levi a été le plus silencieux des trois, plus réservé que l'Atlas ouvertement protecteur ou le River dragueur, mais il y a quelque chose dans la présence calme de Levi qui me met à l'aise.

— Comment s'est passée la situation de panne de courant ? je demande, prenant une bouchée du chili. Il est délicieux — riche, savoureux et juste assez relevé pour réchauffer sans être écrasant.

— Résolue, répond Levi. Bien que River ait failli provoquer un deuxième incident en provoquant un conducteur furieux.

— Pas du tout, proteste River de l'autre côté de la table. J'ai simplement suggéré, très poliment, que peut-être écraser le personnel d'urgence n'était pas la meilleure façon d'accélérer son voyage.

— Tu lui as dit que si elle était si pressée, tu serais heureux de lui appeler un véhicule médical préventivement, corrige Atlas en secouant la tête.

— Service client, insiste River, en tartinant son pain de beurre. J'anticipais ses besoins.

Le bavardage continue et malgré mon intention de garder mes distances, je me retrouve à sourire, puis à rire de leur complicité naturelle. Il y a quelque chose de confortable à être assise ici avec eux, comme si j'avais trouvé une place où je m'intègre sans même l'avoir cherchée.

Pensées dangereuses, Emma.

J'aperçois Claire qui nous observe depuis une autre table, son expression indéchiffrable. Son avertissement résonne dans mon esprit, tempérant mon plaisir du moment.

—Alors, Emma, dit soudainement River, me fixant de ce regard vif et concentré qui me donne l'impression d'être la seule personne dans la pièce. À propos de ta situation de logement.

—River, avertit Atlas, sa voix profonde tranchant à travers les conversations autour de la table.

—Quoi ? demande River innocemment. Je fais juste la conversation.

—Aussi subtil qu'un coup de masse, marmonne Levi à côté de moi.

—Je ne vois pas de quoi tu parles, continue River avec désinvolture. J'allais simplement mentionner que rester dans une caserne de pompiers à long terme n'est peut-être pas idéal. Les sirènes à elles seules rendraient n'importe qui fou.

—Ma situation de logement est temporaire, dis-je prudemment. Jusqu'à ce que je détermine mes prochaines démarches.

—Exactement, acquiesce River avec enthousiasme. Et en attendant, tu as besoin d'un endroit confortable. Un endroit sûr.

Atlas se pince l'arête du nez tandis que Levi étouffe ce qui pourrait être un rire derrière sa main.

—La caserne est sûre, riposté-je.

—Mais est-elle confortable ? me défie River. Veux-tu vraiment vivre dans un endroit où l'alarme peut se déclencher à trois heures du matin ? Où il y a constamment des gens qui vont et viennent ? Où l'intimité est, au mieux, un concept théorique ?

—River, dit Atlas, son ton indiquant clairement qu'il s'agit du dernier avertissement.

—D'accord, d'accord, cède River, levant les mains en signe de reddition. J'arrête. Mais l'offre tient toujours.

—Quelle offre ? demandé-je, bien que j'aie le pressentiment de déjà connaître la réponse.

—Notre chalet à la lisière de la ville, dit simplement

River. C'est privé, sécurisé et beaucoup plus confortable que la caserne. Et pas de sirènes.

—Tu veux que j'emménage dans votre chalet, dis-je d'un ton neutre, jetant un coup d'œil à Claire, qui hausse les sourcils dans une expression qui dit « je te l'avais bien dit ».

—Temporairement, intervient Atlas, lançant à River un regard qui ferait frémir la plupart des gens. River se contente de sourire, impénitent. Jusqu'à ce qu'on puisse trouver une solution plus permanente pour toi.

—C'est... très généreux, dis-je prudemment. Mais je ne pense pas que ce soit une bonne idée.

—Pourquoi pas ? me défie River.

—Parce que je vous connais à peine ? répliqué-je, ma voix s'élevant légèrement. Parce que trois Alphas et une Oméga vivant ensemble, c'est la recette parfaite pour un désastre ? Parce que je ne cherche pas de complications en ce moment ?

La table tombe dans le silence, et je réalise que j'avais parlé plus fort que prévu. Une rougeur me monte au cou alors que plusieurs têtes se tournent vers nous.

—Désolée, murmuré-je en repoussant ma chaise. J'ai besoin d'air.

Avant que quiconque puisse répondre, je me lève et me dirige vers la porte qui mène à la petite terrasse extérieure. L'air frais du soir frappe ma peau échauffée, et je prends une profonde inspiration, essayant de calmer mon cœur qui s'emballe.

Qu'est-ce qui ne va pas chez moi ? Je ne suis habituellement pas aussi réactive, aussi émotive, mais quelque chose chez ces trois hommes pousse tous mes boutons — bons et mauvais.

J'entends la porte s'ouvrir derrière moi et me crispe, m'attendant à voir River avec d'autres arguments persuasifs. Au lieu de cela, c'est Levi qui sort, et mon souffle se bloque involontairement.

Il y a quelque chose chez lui dans la lumière du soir — la façon dont elle accroche les angles tranchants de son visage, soulignant ces pommettes hautes et la ligne de sa mâchoire. Le charme de Levi est plus subtil, plus dangereux par la façon dont il se faufile silencieusement jusqu'à vous.

Ses cheveux noirs sont balayés en arrière de son front, révélant davantage de ces yeux ambrés inhabituels, qui semblent presque rétroéclairés de l'intérieur.

—Je m'excuse pour River, dit-il simplement. Il peut être... envahissant.

Mon regard tombe traîtreusement sur sa bouche — la lèvre inférieure étonnamment pleine qui m'appelle.

—Ce n'est rien, soupiré-je, m'appuyant contre la balustrade pour me stabiliser. J'ai surréagi.

—Ta réaction était parfaitement raisonnable, rétorque Levi, venant se tenir à côté de moi mais maintenant une distance respectueuse.

La manche de son t-shirt noir remonte légèrement, révélant un avant-bras puissamment fort. Quand il pose ses mains sur la balustrade, je remarque de petites cicatrices argentées sur ses phalanges.

—Nous te demandons de nous faire confiance pour

ta sécurité alors que tu n'as que très peu de raisons de le faire.

Il y a une légère rugosité dans sa voix qui n'était pas là hier, comme s'il avait passé toute la nuit à réfléchir à cela... à moi. Sa gorge travaille alors qu'il avale, et je me retrouve hypnotisée par ce mouvement.

Mon cœur trébuche dans ma poitrine.

—Alors pourquoi demander ? réussis-je à dire, luttant pour garder ma voix égale.

Quand il se tourne pour me faire face complètement, je me rappelle que sa silhouette élancée cache une force considérable. Le t-shirt s'étire sur ses épaules, révélant le contour de tant de muscles.

Il touche brièvement l'arête de son nez, un geste de réflexion que j'ai déjà remarqué, et malgré tout, je me surprends à me demander ce que ce serait de sentir ces mains se déplacer sur ma peau avec la même attention aux détails.

Il prend une inspiration pour répondre, et je me retrouve à retenir la mienne, soudain consciente de l'importance que j'accorde à ce qu'il est sur le point de dire.

—Parce que ça a du sens, répond-il après un moment. La caserne n'est pas conçue pour que quelqu'un y vive à long terme. Il n'y a pas d'intimité, des sirènes retentissent à toute heure, des bénévoles et des travailleurs postés vont et viennent constamment ; ça pourrait être dangereux.

Je me mords la lèvre, pensant au manuscrit inachevé sauvegardé sur mon ordinateur portable. L'échéance approche. Le fait que retourner à Moonshell Bay est impossible avec les autorités qui enquêtent toujours sur l'incendie au chalet... et en ce moment, je n'ai techniquement pas d'endroit où vivre chez moi, Chad ayant probablement emballé mes affaires. Ce salaud ne m'a même pas appelée...

Quoi qu'il en soit, je dois commencer à écrire pour respecter mon délai, car tout a complètement déraillé mon écriture.

—D'ailleurs, continue Levi plus doucement, ne préférerais-tu pas passer ce temps quelque part avec une pression d'eau réellement décente, une cuisine qui ne sent pas les bottes de pompier, et la meilleure vue de la ville ?

Malgré moi, je souris un peu. —La pression de la douche ici est assez terrible.

—Le chalet a la meilleure douche à trois comtés à la ronde, dit-il, avec une once de son charme habituel qui revient.

—Tu fais vraiment une campagne acharnée, observé-je en l'étudiant. Pourquoi ?

Il me regarde un long moment, tout prétexte tombant. —Parce qu'aucun de nous n'aime l'idée que tu sois seule en ce moment. Pas après tout ce que tu as traversé.

Je m'entoure de mes bras, me sentant soudain exposée malgré les murs de la caserne qui nous entourent. —Vous ne me connaissez même pas.

Levi hausse les épaules. —C'est notre travail d'aider les personnes en danger, mais ce ne serait pas tout à fait honnête.

—Alors quelle est la vérité ? demandé-je vivement.

Avant que Levi puisse répondre, la porte s'ouvre à nouveau, et Atlas et River sortent.

—Tout va bien ici ? demande Atlas, sa voix profonde résonnant dans la nuit calme.

—Je prends juste l'air, répondé-je en me redressant. Et j'écoute le point de vue de Levi sur votre... offre.

—Et alors ? demande River, l'air déraisonnablement plein d'espoir.

—Et je pense toujours que c'est une mauvaise idée, dis-je fermement. Écoute, j'apprécie tout ce que vous avez fait pour moi, mais je ne peux pas simplement emménager avec trois Alphas que je connais à peine.

—Est-ce à cause de ce que Claire t'a dit ? demande River.

Je cligne des yeux, prise au dépourvu. —Comment as-tu...

—Tu as changé depuis notre retour, dit River. Et tu n'arrêtais pas de la regarder pendant le dîner. Pas besoin d'être un génie pour comprendre qu'elle t'a dit quelque chose.

—Ce n'était pas que ça, j'esquive, bien que ce fût un facteur important.

—Qu'a-t-elle dit ? demande Atlas, sa voix soigneusement neutre.

J'hésite, ne voulant pas créer de drame. Mais ils me regardent avec une telle intensité que je me surprends à répondre.

—Elle a dit que vous trois n'arrivez jamais à garder quelqu'un longtemps. Que vous... avez un schéma de non-engagement.

Les trois échangent des regards, ayant une de ces

conversations silencieuses que les groupes très soudés peuvent mener sans mots.

—A-t-elle mentionné qu'elle a demandé à River de sortir avec elle il y a six mois, et qu'il a refusé ? demande Levi d'un ton doux.

Mes sourcils se haussent. —Non.

—Ou qu'elle a ensuite demandé à Levi juste après, puis à Atlas il y a trois mois et qu'elle a reçu la même réponse ? ajoute River en croisant les bras.

—Elle a omis cette partie, j'admets, ressentant une pointe de sympathie pour Claire. Le rejet n'est jamais facile.

—Elle n'a pas tort quand elle dit que nous avons eu nos problèmes avec les relations, dit Atlas prudemment. Mais sa perspective est... biaisée.

—Ce qu'on veut dire, intervient River, c'est que nous ne te demandons pas de sortir avec nous. Nous t'offrons un endroit sûr où rester pendant que tu règles ta situation.

—Avec des chambres séparées, ajoute Levi. Des limites claires. Et l'un de nous serait toujours à la caserne.

Je les regarde tour à tour. Tous m'observent attentivement.

—Je n'ai pas vraiment d'endroit où aller en ce moment, j'admets finalement.

—Donc c'est un oui ? demande River avec enthousiasme.

—C'est un « je vais essayer temporairement », je précise. Avec des conditions.

—Nomme-les, dit Atlas immédiatement.

—J'ai besoin de mon propre espace. Une intimité complète quand je le veux, je commence, réfléchissant rapidement. Je dois pouvoir partir quand je le souhaite. Pas de posture d'Alpha ou de… comportement territorial. Et je participe aux dépenses, nourriture, charges, tout ça.

—C'est fait, accepte Atlas sans hésitation. Autre chose ?

Je réfléchis un moment. —Si à un moment je me sens mal à l'aise, je pars. Sans qu'on me pose de questions.

—Absolument, acquiesce Levi.

—Et pas de bêtises, j'ajoute, regardant directement River.

Il place une main sur son cœur. —Je suis l'incarnation même des bonnes manières.

Atlas renifle dédaigneusement, et même Levi lève les yeux au ciel.

—Je suis sérieuse, j'insiste. Il s'agit de sécurité et de praticité. Rien d'autre.

—Bien sûr, m'assure Atlas, bien qu'il y ait quelque chose dans son regard qui me fait douter qu'il y croie plus que moi.

—D'accord, je soupire, me demandant si je commets une énorme erreur. Quand le faisons-nous ?

—Demain ? suggère River avec enthousiasme. Nous sommes tous libres jusqu'à demain soir.

—Demain, j'accepte, remettant déjà ma santé mentale en question.

—Tu ne le regretteras pas, dit River, son sourire large et sincère.

Mais tandis qu'ils se tiennent là tous les trois, leurs odeurs se mêlant dans l'air nocturne, m'enveloppant comme une étreinte invisible, je n'en suis pas si sûre. Car malgré toutes mes conditions et barrières, je me sens attirée par eux. Tous.

Et cela me terrifie plus que ne pourrait jamais le faire l'idée d'être sans abri.

Plus tard cette nuit-là, je suis en train de rassembler mes quelques affaires quand j'entends un léger coup à ma porte. M'attendant à voir l'un des bénévoles, je suis surprise de trouver les trois hommes debout dans le couloir.

—Tout va bien ? je demande, soudain gênée dans mon pyjama d'emprunt.

—On voulait juste vérifier si tu as besoin de quelque chose pour demain, dit Atlas.

—Et te donner ceci, ajoute River, tendant une petite boîte. Un cadeau de bienvenue.

Je l'accepte avec méfiance. —Qu'est-ce que c'est ?

—Ouvre-la, insiste-t-il, se balançant légèrement sur la pointe des pieds comme un enfant impatient.

À l'intérieur se trouve une petite clé attachée à une étiquette en bois sculptée d'un croissant de lune, le même motif que le tatouage sur mon poignet.

—C'est pour la cabane, explique Levi. Ta propre clé.

Pour que tu saches que tu peux aller et venir comme bon te semble.

—Comment avez-vous... je fais un geste vers le motif de lune, correspondant parfaitement à mon tatouage.

—Je l'ai remarqué plus tôt, admet River. J'observe attentivement les choses importantes.

Cette simple déclaration, prononcée sans son ton taquin habituel, me prend au dépourvu. Je lève les yeux pour les trouver tous les trois qui me regardent, et cela me coupe le souffle.

—Merci, dis-je doucement, refermant mes doigts sur la clé. C'est très attentionné.

—Nous voulons que tu te sentes en sécurité avec nous, Emma, dit Atlas, sa voix profonde et sincère. Que tu saches que tu as le contrôle dans cette situation.

—J'apprécie cela, je réponds, et je le pense vraiment.

Il y a un moment de silence, nous quatre debout là, un courant invisible semblant circuler entre nous. Atlas inspire légèrement, ses pupilles se dilatant. La posture de Levi se raidit, et le sourire perpétuel de River s'estompe, remplacé par quelque chose de plus avide.

—Nous devrions te laisser te reposer, déclare finalement Atlas, sa voix plus rauque qu'auparavant. Grande journée demain.

—D'accord, j'accepte, bien que le repos soit la dernière chose à laquelle je pense avec eux si près.

—Bonne nuit, Emma, dit doucement Levi.

—Fais de beaux rêves, ajoute River, son sourire habituel revenant mais avec une intensité que je n'avais pas remarquée avant.

Ils se tournent pour partir, et je laisse échapper un souffle que je ne me rendais pas compte retenir. —Bonne nuit, je réussis à dire, fermant la porte avant de faire quelque chose de stupide comme leur demander de rester.

Je m'appuie contre la porte, le cœur battant, le corps brûlant de l'intérieur. Ce n'est pas normal. Ce niveau de réaction à trois Alphas que je connais à peine n'est pas seulement de l'attirance, c'est quelque chose de plus primitif, plus fondamental.

Qu'est-ce que je suis en train de faire ?

J'ai passé des années à éviter soigneusement toute attache, à me protéger. Et maintenant, je m'apprête volontairement à emménager dans une cabane isolée avec trois Alphas qui font réagir mon corps comme s'il était frappé par la foudre ?

Soit je suis en train de faire la plus grosse erreur de ma vie, soit, d'une manière inexplicable, je trouve enfin ma place.

Ce qui me terrifie, c'est que ça pourrait être les deux à la fois.

9

EMMA

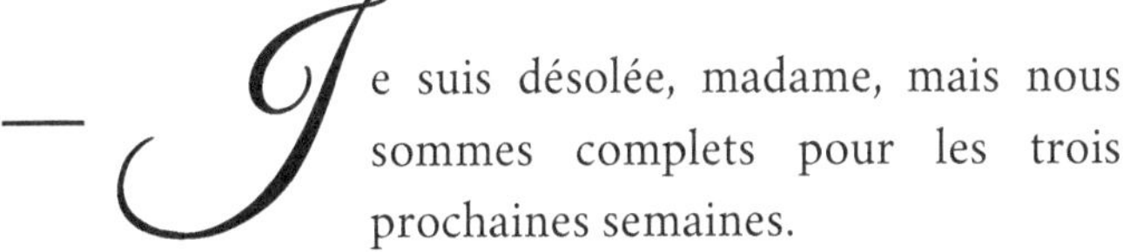

— Je suis désolée, madame, mais nous sommes complets pour les trois prochaines semaines.

— Rien du tout ? je demande en pressant mon téléphone plus fort contre mon oreille, comme si cela pouvait changer la réponse. Pas même un placard à balais avec un lit de camp ? je plaisante.

La femme à l'autre bout du fil s'éclaircit la gorge. « Nous avons une liste d'attente à laquelle je pourrais vous ajouter, mais je dois vous prévenir qu'il y a déjà vingt-sept noms avant le vôtre. »

— Bien sûr, évidemment. Je souffle une mèche de cheveux de mon visage, plissant les yeux face au soleil matinal. Merci quand même.

Je raccroche et ajoute le Pine Valley Inn à mon cimetière mental d'options d'hébergement. Cela fait six motels, trois chambres d'hôtes et deux hôtels qui m'ont métaphoriquement claqué la porte au nez. Chaque conversation suit le même script déprimant : une incrédulité totale que j'ose chercher un logement sans réservation pendant la haute saison de Whispering Grove.

Un frisson involontaire me parcourt tandis que des fragments du rêve de la nuit dernière s'imposent dans mes pensées. J'étais de retour dans le chalet de location, mais les fenêtres avaient disparu, remplacées par des murs solides de bois crépitant. La fumée avait une voix, chuchotant, me narguant, alors qu'elle s'enroulait autour de ma gorge. Je m'étais réveillée haletante, les draps humides de sueur, convaincue pendant cinq terrifiantes secondes que je pouvais sentir l'odeur du bois qui brûle. Même maintenant, en plein jour, ce souvenir fait battre mon pouls de façon erratique. Je secoue la tête, repoussant ces images dans le coin sombre de mon esprit qui les a engendrées. Je ne peux pas me permettre de craquer maintenant. Compartimenter. C'est ce dans quoi j'excelle. Classer le traumatisme comme une facture en retard — quelque chose à traiter plus tard ou, de préférence, jamais.

Je jette un coup d'œil à ma montre, 8 h 37. Atlas devrait être là dans environ vingt minutes pour venir me chercher, car il avait une intervention ce matin. Mon sac à dos repose fidèlement à mes pieds, bourré de mon ordinateur portable et des quelques misérables objets que j'ai réussi à sauver de l'incendie du chalet. La brise matinale transporte l'odeur du café venant de quelque part à proximité, me narguant avec ses promesses de caféine et de normalité.

Mon téléphone vibre contre ma paume. Le visage de Jess, langue tirée, yeux croisés datant de notre remise de diplôme universitaire, remplit l'écran. Je souris malgré moi et réponds.

— Dis-moi que tu as une chambre d'amis dans laquelle je peux me téléporter, je lance en guise de salutation.

— Bonjour à toi aussi, rayon de soleil. Jess rit. Si terrible que ça ?

— J'ai appelé presque tous les établissements avec un toit dans cette ville. À moins que je ne veuille planter une tente dans le jardin de quelqu'un ou dormir dans une voiture de location, ce qui, soit dit en passant, nécessiterait aussi un miracle pour en obtenir une, je suis officiellement sans abri.

— Et le beau pompier ? Celui de la photo que tu m'as envoyée ?

Je sens la chaleur monter à mes joues, sans rapport avec le soleil matinal. « Atlas. »

— Ooh, oui. Mmm-hmm. Et ses biceps se sont juste retrouvés dans ce selfie, et je ne peux pas les oublier.

— En fait, c'est justement pour ça que j'appelais. Je, euh, pourrais séjourner chez lui et les deux gars de sa meute. Temporairement.

Le silence à l'autre bout de la ligne dure exactement trois secondes avant que le cri de Jess ne manque de me percer le tympan.

— EMMA COLLINS ! Tu es à Whispering Grove depuis MOINS D'UNE SEMAINE !

— Ce n'est pas ce que tu crois, je siffle, sentant mon visage s'embraser davantage. Il a proposé sa chambre d'amis. Et ils ont cette cabane dans les bois...

— Trois Alphas, youpi !

— Ce sont des pompiers, j'insiste. Ils m'ont sauvée. Atlas m'a conduite depuis l'hôpital. Ce sont des types bien.

— D'accord, d'accord. La voix de Jess s'adoucit. Envoie-moi leurs noms complets et l'adresse par texto. Et peut-être configure une de ces applications « si je ne me connecte pas, appelle la police ».

— Tu regardes trop de documentaires sur les crimes.

— Et tu es une Oméga qui s'installe avec trois Alphas inconnus au milieu de nulle part. L'une de nous est raisonnable, et ce n'est pas toi.

Je soupire, sachant qu'elle n'a pas tout à fait tort. « Je t'enverrai leurs coordonnées, mais honnêtement, Jess, ils n'ont été que respectueux. »

— Mmm, ça ne te fait pas du tout paraître sous le charme.

— Je ne suis pas...

— Em, ma chérie. Son interruption est douce. Je sais que tu n'as pas encore tourné la page avec Chad, mais...

— J'ai complètement tourné la page avec Chad, j'interviens, peut-être trop vivement.

— Vraiment ?

Je donne un coup de pied dans un caillou près de mon pied, le regardant sautiller sur le trottoir.

— Tu lui as parlé de l'incendie ?

— Mon Dieu, non. Et il ne s'est pas donné la peine de me demander comment je vais. La douleur familière pulse sourdement dans ma poitrine. Pas pour Chad lui-même, mais pour ce que je croyais que nous avions. Pour avoir été assez idiote pour croire qu'il finirait par me marquer comme sienne avec sa morsure. Pour me faire sentir que je lui appartiens vraiment...

— Eh bien, il t'a trahie, puis larguée. Qu'il aille se faire voir, mais fais quand même attention.

Je laisse échapper un rire qui est plus un souffle qu'un son. « Merci pour la permission. »

— Écoute, tout ce que je dis, c'est que je suis pour ne pas repousser de potentielles bonnes choses parce qu'un Alpha-con t'a blessée. Fais juste attention à ne pas te précipiter dans une autre relation trop vite.

Un pickup tourne dans la rue, et mon cœur fait un petit bond embarrassant quand je reconnais Atlas au volant.

— En parlant de ça, mon chauffeur est là. Je devrais y aller.

— Envoie-moi ces détails ! Et appelle-moi après avoir vu leur endroit. Je veux savoir si c'est un palais ou une cabane de meurtre.

— Je le ferai. Je t'aime.

— Je t'aime aussi.

Je raccroche alors que mon téléphone commence à vibrer de nouveau. Le nom de Chad s'affiche à l'écran, accompagné d'une photo que je regrette maintenant de ne pas avoir supprimée — son bras posé possessivement autour de mes épaules lors de la fête de Noël de l'année dernière. Mon pouce plane au-dessus du bouton de refus quand l'aperçu d'un message texte apparaît...

Tes affaires sont emballées dans des sacs poubelle. Quand reviens-tu les chercher ? Je suis presque sûr que tu as pris mon sac de sport par erreur. J'en ai besoin.

Un rire surpris m'échappe. Bien sûr, il s'inquiète

pour son précieux sac alors que ma vie entière est en ruines. Je tape rapidement...

Content de voir que tu t'es remis de notre rupture si vite, tu ne te soucies même pas que j'ai failli mourir dans l'incendie d'un chalet l'autre soir... connard !

J'appuie sur envoyer avec une satisfaction féroce, puis je regrette immédiatement d'avoir répondu. Je devrais être au-dessus de ça. Je ne devrais pas lui donner la satisfaction de savoir qu'il peut encore m'affecter.

Sa réponse arrive rapidement.

Tu vas bien ?

Pendant une fraction de seconde, je ressens un élan de validation quand le téléphone sonne avec son message suivant.

Mon sac va bien ? Appelle-moi !

Un feu me parcourt les veines, et je tape en retour si violemment que je suis surprise que mon écran ne se fissure pas.

Va te faire foutre !

Je mets la conversation en sourdine et fourre mon téléphone dans ma poche alors que le pick-up d'Atlas s'arrête au bord du trottoir.

La vitre côté conducteur s'abaisse, révélant le profil puissant d'Atlas. La lumière du matin accroche ses cheveux noirs. Sa barbe de trois jours a progressé vers ce que j'appellerais une barbe de quatre jours, et d'une manière ou d'une autre, cela le rend encore plus séduisant dans sa rudesse.

— Bonjour, lance-t-il, sa voix profonde envoyant un

frisson indésirable le long de ma colonne vertébrale. Prête à voir ton foyer temporaire ?

Je hisse mon sac à dos et m'approche du camion, essayant de paraître plus confiante que je ne le suis. — Aussi prête que je ne le serai jamais.

Il se penche pour pousser la porte passager, et je monte, immédiatement enveloppée par son parfum masculin, qui me fait me redresser et prendre conscience de sa présence.

— Tout va bien ? demande Atlas tandis que j'attache ma ceinture. Tu semblais avoir une conversation assez intense avec ton téléphone tout à l'heure.

La chaleur me monte au cou. — Tu as vu ça ?

— Difficile de manquer quelqu'un qui essaie d'enfoncer ses doigts à travers son téléphone avec colère. Ses lèvres se soulèvent aux coins.

— Mon ex, j'avoue, puis je le regrette immédiatement quand son expression devient indéchiffrable. Il exige le retour de son sac, celui qui est maintenant un tas de cendres de luxe dans le chalet qui a brûlé.

— Il n'est pas au courant pour l'incendie ? Atlas s'éloigne du trottoir, ses grandes mains confiantes sur le volant. Nous tournons dans la rue principale, déjà pleine de voitures et de personnes.

— Maintenant, il l'est. Je regarde par la fenêtre la ville animée.

— Tu penses encore à lui ? L'ex qui te faisait poignarder ton téléphone avec des pouces meurtriers il y a quelques instants, demande Atlas.

J'arrache mon regard de la fenêtre et des décorations

du Festival d'Été qui a envahi Whispering Grove. — Je ne...
Je m'arrête. Aucun intérêt à le nier. Il a une façon de s'insinuer sous ma peau, même à des centaines de kilomètres.

Les mains d'Atlas se crispent sur le volant, un
mouvement subtil mais impossible à manquer. — Certains hommes pensent que le monde leur doit quelque
chose. Que la biologie leur donne droit à tout ce qu'ils
veulent. Il me jette un coup d'œil. Je serai le premier à
admettre que notre espèce peut se comporter comme de
véritables connards.

— L'euphémisme du siècle, je marmonne.

— Si jamais tu as besoin de quelqu'un pour le
remettre à sa place... La phrase reste en suspens,
inachevée mais parfaitement claire.

J'étudie son profil, la ligne forte de sa mâchoire, la
tension dans ses épaules. — Tu te proposes comme
garde du corps personnel, Chef des pompiers ?

Un demi-sourire joue sur ses lèvres, adoucissant le
tranchant de l'émotion qui avait momentanément
assombri ses traits. — Peut-être que je n'aime simplement pas l'idée que quelqu'un te fasse regarder ton téléphone comme s'il t'avait personnellement trahie.

— C'est dangereusement proche d'un comportement d'Alpha protecteur, je le taquine, bien que quelque
chose de chaud s'agite dans ma poitrine.

— Coupable comme accusé. Il ralentit tandis que
nous traversons le centre-ville, où un groupe de bénévoles hisse une énorme bannière à travers la rue principale. Bien que je soupçonne que tu sois parfaitement
capable de te débrouiller toute seule.

— Tu aurais raison. J'ai une fois fracassé le pare-brise d'un type avec une batte de baseball après qu'il ait répandu des rumeurs sur moi. Je marque une pause. J'ai mûri depuis.

Son rire est étonnamment profond et sincère. — Rappelle-moi de garder tout équipement sportif loin de toi quand je serai dans tes mauvaises grâces.

— Audacieux de ta part de supposer que j'ai besoin d'équipement pour causer des dégâts, je riposte.

— Hey, mais sérieusement, dit-il, d'une voix plus douce. Ça va ?

— Bien. J'écarte la question automatiquement, puis je reconsidère. En fait, je n'en suis pas sûre. Pas vraiment. J'ai l'impression de me noyer d'une certaine façon, et la nuit dernière dans mon rêve, j'entendais sans cesse ce bruit de craquement... tu sais, juste avant que le toit ne commence à s'effondrer quand le chalet était en feu ? C'est comme si c'était coincé dans ma tête en boucle.

Il hoche la tête, comprenant sans pitié. — C'est normal. Le cerveau ne se débarrasse pas simplement d'un traumatisme, surtout des impressions sensorielles.

— C'est ton avis professionnel de pompier ?

— Ça, et mon expérience personnelle. Il reste silencieux un moment, négociant un virage difficile alors que nous commençons à monter vers les contreforts, laissant la ville derrière nous. Après mon premier grand incendie, je ne pouvais pas me débarrasser de l'odeur dans mon nez pendant des semaines. Je pensais devenir fou.

J'étudie son visage, la façon dont la lumière du matin

sculpte des ombres sous ses pommettes. Mon Dieu, cet homme est incroyablement beau, mais je me ressaisis.

—Comment as-tu réussi à faire cesser ça ?

—Je n'y suis pas vraiment parvenu. Sa voix devient plus basse, plus intime d'une certaine façon. Tu lui fais simplement une place. Tu l'acceptes. Finalement, ça devient une partie de toi au lieu de quelque chose qui te consume.

Le silence s'installe entre nous tandis que je digère ses paroles. Le camion grimpe plus haut dans les montagnes, et je regarde la ville s'éloigner dans le rétroviseur, les bâtiments rapetissant jusqu'à n'être plus qu'une tache colorée dans la vallée en contrebas.

—Ta ville se donne vraiment à fond pour ce festival, je commente, en pensant aux décorations et à l'énergie palpable qui semblait imprégner les rues. Le chauffeur de taxi n'arrêtait pas d'en parler quand il m'a amenée au chalet.

Atlas sourit. —C'est le seul moment de l'année où nous sommes vraiment sur la carte. Le tourisme fait vivre la moitié des commerces.

—On n'a rien de comparable à Moonshell Bay. Petite ville, mais sans le charme.

—J'ai entendu dire que c'est une belle ville.

—En grande partie, j'admets. Après la mort de mes parents, tant de choses me rappellent encore leur souvenir. Ne te méprends pas, j'aime cette ville, mais c'est aussi déchirant. Les mots s'échappent avant que je puisse les retenir, et je maudis intérieurement ma langue qui s'emballe.

—C'était il y a combien de temps ?

—J'avais seize ans, donc environ huit ans. Je tourne le pendentif en forme de vague de ma grand-mère entre mes doigts. Un accident de bateau.

Il hoche la tête, ses yeux croisant brièvement les miens avant de retourner vers la route sinueuse. —C'est jeune pour perdre ses deux parents.

Je fixe les arbres qui défilent, leurs ombres tachetant la route ensoleillée. —Et toi, quelle est ton histoire ? Comment quelqu'un d'aussi jeune devient-il chef des pompiers d'une ville comme Whispering Grove ? Claire m'avait raconté un peu son passé, mais après avoir réalisé hier soir qu'elle m'avait peut-être manipulée à propos des hommes, je ne sais plus trop ce que je peux croire.

Une ombre traverse son visage. —Je ne suis pas si jeune. J'ai trente-deux ans. Et j'ai obtenu ce poste de la manière difficile.

—C'est-à-dire ? Mais je ne peux m'empêcher de penser à son âge. Huit ans de plus que moi. Chad n'avait que trois ans de plus, et même là, je trouvais que c'était quelque chose. Ceci... c'est différent. Je le vois à la façon dont Atlas se tient, à la façon dont il me regarde, comme s'il savait déjà comment tout cela finit. Et c'est peut-être exactement pour ça que je ne peux pas détourner le regard.

—Que mon mentor, l'ancien chef, est mort dans un incendie. J'étais le suivant sur la liste.

—Oh, merde, je suis désolée, dis-je, regrettant soudain ma question.

—Tom était plus un père qu'un mentor. Sa mâchoire se crispe, les mots rudes comme s'ils lui coûtaient à dire.

Ses jointures blanchissent sur le volant. Il m'a recueilli quand j'avais environ douze ans. Il m'a surpris en train de voler de la nourriture à la caserne.

Je cligne des yeux, surprise par cette révélation. — Que s'est-il passé ?

—Au lieu d'appeler les flics, il m'a donné un travail. Puis une chambre quand il a découvert que je vivais dans la rue. La voix d'Atlas reste ferme. Il m'a tout appris sur le métier de pompier. Sur comment devenir un homme qui vaut quelque chose.

La vulnérabilité dans son aveu me prend au dépourvu. C'est tellement en contradiction avec l'Alpha confiant et autoritaire que j'ai vu ces derniers jours. Quelque chose en moi s'adoucit, aussi dangereux que cela puisse paraître.

—Il avait l'air incroyable, dis-je doucement.

—Il l'était. Cette simple déclaration en dit long. Je crois qu'il t'aurait appréciée.

—Ah bon, pourquoi ?

Le coin de la bouche d'Atlas se relève légèrement. — Il disait toujours que les personnes qui avaient survécu à des épreuves difficiles avaient les meilleures histoires à raconter.

Cette pensée me coupe le souffle un instant. —Et j'ai de bonnes histoires ?

Ses yeux rencontrent les miens. —Je pense que tu as à peine commencé à les raconter.

Le poids de son regard fait picoter ma peau. Je me force à détourner les yeux vers la fenêtre, vers la forêt qui s'épaissit. Loin de l'attraction que je ressens pour lui, une sensation qui me terrifie.

Nous atteignons le sommet d'une colline, et soudain, la route débouche sur une clairière.

—C'est encore loin ? je demande, impatiente de voir sa maison.

—On y est presque, dit Atlas, mais il ne fait aucun geste pour accélérer. Au lieu de cela, il se décale sur son siège pour me faire face plus directement. Emma...

Quelque chose dans son ton fait accélérer mon pouls. —Oui ?

—J'ai besoin que tu saches quelque chose avant qu'on arrive. Ses yeux fixent les miens, intenses et indéchiffrables. Ces derniers jours, depuis que tu es entrée dans nos vies... ça a été... Il s'interrompt, semblant lutter avec les mots.

—Ça a été quoi ? je l'encourage, ma voix embarrassamment haletante.

—Distrayant, dit-il finalement. D'une façon à laquelle je n'étais pas préparé.

L'aveu flotte entre nous. Ma gorge se dessèche.

—Atlas—

—Tu n'as pas besoin de dire quoi que ce soit, m'interrompt-il doucement. Je sais que tu as vécu l'enfer récemment. Ton ex, l'incendie du chalet, te retrouver coincée ici. La dernière chose dont tu as besoin, c'est d'un autre Alpha qui complique la situation.

—C'est ce que tu serais ? Les mots s'échappent avant que je puisse les retenir entre mes dents.

Son regard s'assombrit, ses pupilles se dilatant jusqu'à ce que le bleu ne soit plus qu'un mince anneau autour d'un noir sans fond. —Je serais un putain de désastre pour toi en ce moment, Emma. Et tu le sais.

La franchise crue de sa déclaration me frappe avec une force presque physique. Je devrais être reconnaissante de sa retenue. Je devrais être soulagée qu'il reconnaisse le timing terrible, l'impossibilité de ce que cette électricité entre nous pourrait déclencher.

Au lieu de cela, je me sens privée de quelque chose que je n'avais même pas admis vouloir.

—Bien sûr, dis-je en détournant le regard. Évidemment.

— Ça ne veut pas dire que je ne... — Il s'arrête et expire lentement. — Écoute, je veux simplement que tu te sentes en sécurité avec nous. Pas de pression. Pas d'attentes.

Je force un sourire que je ne ressens pas. — Message reçu, Chef. Tu offres un sanctuaire, pas de la séduction. Exactement ce que je demandais, non ?

Un muscle de sa mâchoire se contracte. — Emma.

Je fais un geste vers la route devant nous. — On y va ? J'ai hâte de voir ta maison.

Pendant un instant, je pense qu'il pourrait insister davantage, qu'il pourrait ouvrir cette tension entre nous et examiner ce qui se cache en dessous. Au lieu de cela, il remet le camion en marche et continue à monter le chemin sinueux.

— Tu ne seras pas déçue, affirme-t-il, et je ne suis pas sûre s'il parle de la tour ou de quelque chose de complètement différent.

Quoi qu'il en soit, alors que nous approchons de ce qui sera mon foyer temporaire, j'ai le sentiment terrible que la déception est le moindre de mes soucis.

Le camion contourne un virage, et les arbres

s'écartent pour révéler notre destination. J'oublie la réplique intelligente que j'étais en train de formuler tandis que je fixe le bâtiment, bouche légèrement entrouverte.

— C'est... tu vis là ?

Le bâtiment devant nous s'élève comme quelque chose sorti d'un roman fantastique. Une grande cabane rustique en forme la base, toute en bois doré et en pierre, avec de grandes fenêtres reflétant la lumière matinale. Mais ce qui la rend vraiment spectaculaire, c'est la tour de guet forestier qui s'étend depuis son centre, s'élevant vers le ciel sur des supports solides. La tour est couronnée d'une salle d'observation vitrée, entourée d'une terrasse qui offre ce qui doit être une vue époustouflante à 360 degrés sur la nature environnante.

— Home sweet home, déclare Atlas, mais il y a une pointe de fierté dans sa voix tandis qu'il observe ma réaction.

— C'est incroyable, je souffle alors qu'il se gare à côté d'un SUV noir élégant qui doit appartenir à l'un de ses compagnons de meute. — Comment avez-vous même...

— Beaucoup de travail, dit-il en coupant le moteur. — Nous l'avons construite nous-mêmes au cours des dernières années. La tour a été désaffectée il y a des décennies, mais la structure était encore solide.

Je descends du camion, inclinant la tête pour prendre toute la mesure de la hauteur de la tour. Un faucon tournoie paresseusement au-dessus, comme pour compléter ce tableau pittoresque.

— Les escaliers paraissent beaucoup plus intimidants d'ici, je murmure, en observant l'escalier en bois qui s'enroule autour de l'extérieur de la tour.

— Ils valent la peine d'être gravis, m'assure Atlas, en récupérant mon sac à dos du camion avant que je ne puisse protester. — La vue d'en haut te fera oublier tout ce qui concerne ta cabane en flammes.

— C'est placer la barre assez haut, je rétorque. — J'étais plutôt attachée à cette inhalation de fumée.

Il rit doucement, me faisant signe de le suivre. — Allons t'installer. Levi devrait être à l'intérieur, mais River a été appelé pour aider au sauvetage d'un randonneur ce matin.

La porte d'entrée s'ouvre sur un espace qui me donne simultanément envie de suffoquer et de me blottir avec un bon livre. L'intérieur est exactement ce à quoi on pourrait s'attendre de trois Alphas avec un goût excellent ou au moins un avec un goût excellent qui a intimidé les autres pour qu'ils se soumettent. Des planchers de bois franc s'étendent à travers un plan ouvert, avec une massive cheminée en pierre dans un salon meublé de profonds canapés en cuir qui semblent délicieusement confortables.

La cuisine le long du mur du fond est à la fois rustique et moderne, avec des comptoirs en bois de boucher, un évier fermier et des appareils haut de gamme. Des fenêtres partout encadrent les vues sur la forêt, comme des œuvres d'art vivantes. Je suis soudainement envieuse de ne pas avoir une maison aussi magnifique.

— C'est... J'ai du mal à trouver des mots adéquats pour décrire l'espace.

— Acceptable ? suggère Atlas avec un sourire.

— C'est comme si quelqu'un avait pris le tableau Pinterest de la cabane la plus confortable et l'avait rendu réel, j'admets, en me promenant dans le salon. — S'il te plaît, dis-moi que tu n'as pas conçu ça toi-même, ou je devrai te détester par principe.

— Levi est le génie du design. River et moi ne faisons que fournir les muscles et occasionnellement le droit de veto.

Je fais glisser mes doigts le long du dossier d'un canapé en cuir doux comme du beurre. — Eh bien, c'est obscènement parfait.

— Atlas ? appelle Levi de quelque part plus profondément dans la maison. — C'est toi ?

— Oui, répond Atlas. — Emma est avec moi.

Un moment plus tard, Levi apparaît depuis un couloir, et je dois consciemment me rappeler de garder ma bouche fermée. Si Atlas incarne une beauté masculine et robuste, Levi en est le pendant raffiné. Grand et musclé, avec des cheveux noirs et raides qui tombent sur son front et des pommettes qui pourraient tailler du verre. Ses yeux, étonnamment lumineux contre son teint olive, m'évaluent avec une curiosité tranquille.

— Emma, dit-il d'un signe de tête, sa voix plus douce que je ne l'avais anticipé. — Comment te sens-tu ce matin ?

— Moins enfumée, mais actuellement en admiration devant cet endroit, je réponds, puis je me réprimande mentalement. *Moins enfumée* ? Très spirituel, Emma.

Mais la bouche de Levi s'incurve légèrement. — C'est généralement l'état préféré par ici.

Atlas pose mon sac à dos sur le canapé. — J'allais faire visiter à Emma avant de partir rejoindre River. La chambre d'amis est-elle prête ?

— Presque, dit Levi. — Je suis en train de mettre des draps propres sur le lit.

— Je peux aider, je propose rapidement, ne voulant pas être plus un fardeau que je ne le suis déjà.

Levi secoue la tête. — Pas besoin. Pourquoi ne lui montrerais-tu pas d'abord la tour ? Je vais finir.

Le visage d'Atlas s'illumine. — Bonne idée. Il se tourne vers moi. — Tu es partante pour une ascension ?

— Y aura-t-il du café et de belles vues au sommet de cette ascension ? je demande.

— Des vues, certainement. Du café, on peut s'arranger.

— Alors, montre le chemin, Chef.

Atlas me guide vers l'extérieur jusqu'au pied de l'escalier en bois qui s'enroule autour de la tour. — Fais attention où tu marches, me prévient-il alors que nous commençons à monter. Le bois peut être couvert d'une nappe de rosée le matin.

Naturellement, mon pied glisse sur la marche suivante, m'envoyant trébucher sur le côté avec un cri de surprise. La main d'Atlas surgit, attrapant mon coude et me stabilisant avec une force apparemment sans effort.

— Désolée, je marmonne, le rouge me montant au visage. Je suis vendue avec une étiquette d'avertissement : Coordination non incluse.

Sa main s'attarde une seconde de trop, une chaleur remontant le long de mon bras, et soudain, tout ce à quoi je peux penser est son contact, là, entre nous.

— Je m'en souviendrai.

Nous continuons notre ascension et, heureusement, ce n'est pas une de ces tours extrêmement hautes. Mais je suis douloureusement consciente de la proximité d'Atlas derrière moi, comme s'il s'attendait à me voir dégringoler à tout moment. Vu mon palmarès, ce n'est pas une inquiétude déraisonnable.

L'escalier débouche sur une terrasse en bois qui entoure entièrement la pièce vitrée de la tour. J'y mets le pied et me fige immédiatement, momentanément étourdie par l'étendue soudaine du panorama.

Des kilomètres de forêt s'étendent en-dessous de nous dans toutes les directions, une mer ondulante de verdure seulement entrecoupée d'occasionnels affleurements rocheux ou de clairières. À l'est, Whispering Grove se blottit dans la vallée, ressemblant à un village miniature de cette hauteur. Au-delà, des chaînes de montagnes s'élèvent en couches brumeuses contre l'horizon.

— Oh, je souffle, cette syllabe étant insuffisante pour le panorama qui s'étend devant moi.

— Ça valait la montée ? demande Atlas doucement, venant se tenir à côté de moi. Trop près, me laissant à bout de souffle.

— Ça vaudrait même de mettre le feu à une cabane, j'admets, puis je le regarde. Pas que je l'aie fait.

— Bon à savoir. Son sourire est chaleureux, ses yeux reflétant le ciel sans fin. Je commençais à me demander si tu n'étais pas une sorte d'agent du chaos envoyé pour maintenir les pompiers en activité.

— Si c'était le cas, je ferais un travail terrible. Un seul incendie de cabane en plus de vingt-quatre heures ? C'est un travail d'amateur.

Il rit, et le son semble s'amplifier dans l'air ouvert autour de nous. — Entre. La vue est tout aussi belle à l'intérieur.

L'intérieur de la tour est une unique pièce carrée avec des fenêtres de tous les côtés, donnant l'impression que nous sommes suspendus dans le ciel. Une cheminée centrale avec une hotte en cuivre constitue la seule interruption du verre, avec des sièges confortables disposés pour profiter de chaque vue possible. Un télescope se dresse dans un coin, et des bibliothèques intégrées occupent l'espace sous les fenêtres.

— C'est ici que je vivrais si j'étais là, dis-je, en tournant lentement pour tout absorber. Je ne partirais jamais.

— Nous passons beaucoup de soirées ici, admet Atlas. Surtout pendant les orages ou les pluies de météores.

Je me dirige vers les fenêtres orientales, posant le bout de mes doigts contre le verre frais. — Je n'imagine pas à quel point ça doit être beau pendant un orage.

— Comme être à l'intérieur de l'orage lui-même, dit-il, venant se tenir à côté de moi. Les éclairs illuminent toute la vallée. Tu peux les voir arriver à des kilomètres.

— Et pendant l'hiver ?

— Encore mieux. Le silence après une chute de neige est incomparable.

Je me retourne pour le trouver en train de me regarder plutôt que la vue, son expression indéchiffrable. Nous sommes assez proches pour que je puisse sentir la chaleur qui émane de son corps et l'odeur maintenant familière de fumée de bois, d'érable et de sucre caramélisé qui lui colle à la peau. Quelque chose d'électrique crépite dans l'espace entre nous.

— C'est merveilleux de t'avoir ici, dit-il doucement. J'espère que tu te sentiras chez toi pendant ton séjour.

— Ce serait difficile de ne pas l'être, je réponds, surprise par l'enrouement de ma voix. Cet endroit est magique.

Son regard s'abaisse brièvement vers mes lèvres, et pendant un moment qui fait battre mon cœur plus fort, je pense qu'il pourrait se pencher. Au lieu de cela, il fait un petit pas en arrière, brisant quel que soit le charme qui nous avait momentanément enveloppés.

— Je peux m'imaginer m'installer ici pour écrire, j'explique rapidement, me dirigeant vers l'un des fauteuils confortables. Meilleure inspiration possible.

— Tu es la bienvenue pour utiliser cet espace quand tu veux, offre-t-il. Personne ne te dérangera ici.

Le silence qui suit frappe comme un éclair, intense, électrique, et gênant d'une manière que nos plaisanteries précédentes n'étaient pas. Il crépite entre nous, chargé de choses qu'aucun de nous ne dit.

Je prends une profonde inspiration, me rappelant encore que malgré l'attirance qu'Atlas exerce sur moi – et mon Dieu, il est dévastateur de cette façon tranquillement dangereuse qui s'insinue sous la peau – m'impliquer avec qui que ce soit maintenant serait catastrophiquement stupide.

Mon cœur est déjà brisé. Je n'ai pas besoin de confier les morceaux fracassés à quelqu'un de nouveau, surtout pas à quelqu'un qui a pratiquement admis que nous ne devrions pas céder à notre tentation.

Son téléphone émet un bip, brisant le moment. Il le vérifie et soupire.

— Le devoir m'appelle, murmure-t-il, remettant le téléphone dans sa poche. River a besoin de renfort pour le sauvetage du randonneur.

— Va sauver des vies, lui dis-je avec un sourire que j'espère plus confiant qu'il ne me semble. Je me débrouillerai. Je veux dire... comment ne pas y arriver ? Je suis dans ce, tu sais, palais céleste. Je suis sûre que le canapé à lui seul est plus chic que tout mon appartement. Je ferme ma bouche avant d'empirer les choses, la chaleur montant le long de mon cou.

— Levi te montrera ta chambre et t'aidera à t'installer. Il hésite, comme s'il voulait dire plus, puis ajoute simplement : Fais comme chez toi, Emma. Vraiment.

Je le regarde descendre les escaliers, les prenant deux par deux avec tant de facilité que mon trébuchement antérieur me paraît encore plus embarrassant rétrospectivement. Ce n'est que lorsqu'il disparaît de ma vue que je laisse échapper un long soupir.

Qu'est-ce que je fais ici ? Dans cette belle tour, dans cet endroit magique, avec ces Alphas impossiblement parfaits ? Ce n'est pas ma vie. Ma vie, ce sont des appartements minuscules, des lettres de refus et des petits amis qui me brisent le cœur. Pourtant, je me tiens ici, entourée de vues à couper le souffle et d'une gentillesse inexplicable de la part d'étrangers qui ne me doivent rien.

Je me retourne vers le panorama de montagnes et de forêts, pressant ma paume contre le verre frais comme si je pouvais d'une certaine manière absorber la sérénité du paysage. Peut-être, juste peut-être, ce détour inattendu est exactement ce dont j'ai besoin. Un endroit pour lécher mes blessures, finir mon roman, et me rappeler qui est Emma Collins en dehors de l'ombre de Chad.

Et si ce processus comprend par hasard des moments d'électricité avec des Alphas ridiculement séduisants ? Eh bien, je suis seulement humaine. Ou plutôt, seulement Oméga.

J'entends des pas dans l'escalier et je redresse les épaules. Il est temps de rattraper Levi. Avec un peu de chance, je réussirai à ne pas dégringoler de la tour ou à ne pas dire quelque chose d'absurdement gênant.

Mais vu mon palmarès jusqu'à présent à Whispering Grove, je ne parierais pas là-dessus.

10

EMMA

La porte de la tour de guet se referme derrière moi avec un léger clic, me laissant seule dans l'espace principal de ce qui est apparemment devenu mon foyer temporaire. L'immensité de l'espace me frappe d'un coup — ce n'est pas seulement une cabane, c'est pratiquement un manoir déguisé en habitation rustique.

—Bon sang, chuchoté-je à personne, en tournant lentement sur moi-même. Et moi qui pensais que l'appartement deux pièces de Chad était chic parce qu'il avait un broyeur d'ordures. Cette cabane, par contre, c'est le genre d'endroit que les gens publient sur Instagram avec des légendes comme « juste une petite escapade du week-end » pendant que le reste d'entre nous envisage le meurtre.

Je passe mes doigts sur le bord poli d'une table d'appoint en bois, à moitié convaincue d'avoir basculé dans une réalité alternative où les pompiers font du développement immobilier de luxe à leurs heures perdues, quand le craquement du plancher provenant de ma gauche me fait presque sursauter hors de ma peau.

—Ça te plaît ? demande Levi.

Je me retourne vivement, la main sur le cœur. —Bon sang ! Tu ne devrais pas porter une clochette ou quelque chose ? Ou bien ils enseignent l'art de se déplacer comme un ninja à l'école des pompiers ?

Il se tient contre l'encadrement d'un couloir. Et franchement ? Sa vue ne fait rien pour me convaincre que je ne suis pas tombée dans un univers parallèle où des hommes comme lui existent vraiment en dehors des couvertures de romans d'amour.

Alors qu'Atlas dégage cette vibe de bûcheron robuste qui pourrait vous soulever en développé couché, Levi est... eh bien, il est ce qui se produirait si quelqu'un donnait à un sculpteur de la Renaissance la permission de devenir complètement sauvage. Ses cheveux sombres tombent sur son front de cette façon parfaitement irritante qui me prendrait quarante-cinq minutes et trois produits coiffants pour réaliser. Des pommettes assez tranchantes pour fendre les ombres. Et un corps tout en muscle enveloppé dans un Henley anthracite et un jean qui lui va comme s'il avait été fabriqué sur mesure.

Mais ce sont ses yeux qui font faire à mon estomac ce truc bizarre de retournement — doré ambré et me regardant avec ce petit demi-sourire qui me fait me demander s'il peut lire dans les pensées. Mon Dieu, j'espère que non. Mes pensées actuelles ne sont pas vraiment tout public. Genre, s'il me disait de me mettre à genoux, je ne pense pas que mon cerveau opposerait même un argument.

—Je venais te chercher, murmure-t-il, se décollant de l'encadrement de la porte avec un mouvement gracieux qui me fait mentalement le comparer à une panthère. Une panthère sexy. En vêtements de personne. Mon cerveau est une zone sinistrée.

—Atlas a dit que tu pourrais avoir soif, continue-t-il, entrant dans la pièce avec une confiance décontractée qui fait paraître l'espace plus petit.

Je réalise que je le fixe quand ses lèvres tressaillent en un petit sourire. Pas le sourire poli de service client qu'il arborait quand Atlas nous a présentés hier. Celui-ci a quelque chose de tranchant, comme s'il savourait une blague privée.

—Pardon, quoi ? dis-je enfin, mortifiée d'être prise en train de le dévorer des yeux comme s'il était le dernier beignet dans la boîte.

Son sourire s'élargit, révélant une petite fossette dans sa joue droite. —Tu n'écoutais pas un mot de ce que je disais, n'est-ce pas ?

—J'étais... — mon cerveau cherche désespérément — honnêtement en pleine crise existentielle sur comment trois célibataires peuvent vivre dans un endroit aussi magnifique alors que mon appart avait une tache suspecte au plafond qui, je pense, développait son propre écosystème.

Il rit, et le son est plus profond que je ne l'avais imaginé, plus authentique.

—Alors, l'endroit te plaît ?

—*Plaire*, c'est ce que je ressens pour la pizza et les

chiots. Cette maison est... — je fais un geste impuissant. — C'est un palais.

—Merci. Il a l'air vraiment content, une pointe de fierté adoucissant ses traits marqués. —J'avais une vision pour elle. Les autres ont aidé à la réalisation, mais le design était mon bébé.

—Eh bien, félicitations pour ton bébé très séduisant, dis-je, puis je grimace immédiatement. —C'est sorti bizarrement. Ignore-moi, s'il te plaît. Je suis encore légèrement traumatisée d'avoir failli devenir un s'more humain l'autre jour.

Au lieu de s'éloigner lentement comme le ferait toute personne raisonnable, Levi sourit encore plus largement. —Alors, tu as faim ?

Mon estomac répond avant ma bouche, grondant audiblement dans la pièce silencieuse.

—Je vais prendre ça pour un oui, répond-il, se dirigeant vers la cuisine. —Viens, tu peux piller le frigo si tu veux avant de commencer à regarder les meubles en te demandant s'ils sont comestibles.

Je le suis, étrangement réconfortée par son absence de réaction face à ma maladresse.

—Alors, c'est comme ça que vit l'autre moitié, murmuré-je, me perchant sur un tabouret de bar à l'îlot.

Levi me jette un regard curieux en ouvrant le réfrigérateur. —L'autre moitié ?

—Tu sais, la moitié qui ne mange pas des ramen trois soirs par semaine.

—Ah. Il hoche la tête avec sagesse. —La lutte entre l'intégrité artistique et l'étreinte froide et impitoyable du capitalisme.

Je cligne des yeux, surprise par la formulation poétique. —Exactement ça.

—Préférence de boisson ? demande-t-il, la tête toujours dans le frigo. —Nous avons de l'eau, du jus, de la bière — bien qu'il soit probablement trop tôt pour ça.

—Tu as du soda ? demandé-je, essayant d'avoir l'air décontractée alors que mes organes internes font toujours le madison chaque fois qu'il bouge.

Il se retourne, et la façon dont son visage s'illumine fait faire à mon cœur un stupide petit sautillement. Dans chaque main, il tient une canette de Dr. Pepper comme s'il présentait les joyaux de la couronne. —Tu me croirais si je te disais que c'est mon préféré ? Les autres pensent que je suis fou.

—Pas possible ! Le plaisir authentique qui bouillonne en moi me surprend même. —C'est mon préféré aussi !

—Atlas et River pensent que ça a le goût d'huile de moteur sucrée, ajoute-t-il, en me faisant glisser une canette à travers l'îlot. —Tant pis pour eux.

En ouvrant la languette, je prends une gorgée reconnaissante. —Si bon. Je trinque avec lui. —Aux colocataires temporaires qui ne jugent pas mes choix de boissons discutables.

—En parlant de ta résidence temporaire, dit-il après avoir pris une longue gorgée. —Tu veux voir où tu vas séjourner ?

—Montre-moi le chemin, réponds-je, glissant du tabouret et attrapant mon sac à dos. —Attention cependant, mes standards sont maintenant impossiblement élevés après avoir vu cette cuisine.

Levi me guide le long d'un couloir qui part de l'espace de vie principal. Les murs sont tapissés de photos encadrées — principalement des paysages, quelques-unes des trois Alphas en tenue de pompier, et certaines d'orages spectaculaires.

—Elles sont magnifiques, commenté-je, m'arrêtant pour examiner un cliché d'un éclair illuminant une chaîne de montagnes. —Locales ?

—Pour la plupart, dit-il, s'arrêtant à côté de moi. — Nous en avons acheté quelques-unes au marché d'art pendant les Festivals d'Été. Les photographes du coin sont incroyables, ils capturent la vallée sous toutes ses saisons.

Il se tient assez près pour que je puisse sentir la chaleur qui émane de lui et respirer le mélange enivrant de feu de camp et de citron qui semble accroché à sa peau. Il ne me touche pas, mais la façon dont il oriente son corps montre clairement qu'il pourrait, facilement, s'il le voulait. Cette réalisation envoie un frisson le long de ma colonne vertébrale.

—Celle-ci est ma préférée, commence-t-il, hochant la tête vers une photo de la tour de guet se détachant sur un coucher de soleil. —Ça me rappelle à quel point nous avons de la chance d'appeler cet endroit notre foyer.

Il y a quelque chose dans sa façon de dire « foyer » qui me fait un peu mal à la poitrine. Ça fait longtemps qu'aucun endroit ne m'a donné cette sensation. J'ai emménagé avec Chad il y a environ un an, mais l'appartement ne m'a jamais semblé être le mien. Comme si j'empruntais la vie de quelqu'un d'autre, et qu'elle ne me convenait jamais vraiment.

Nous continuons dans le couloir, passant devant plusieurs portes fermées. —La chambre d'Atlas, explique-t-il, en montrant l'une d'elles, puis une autre, —celle de River, et puis une troisième, —la mienne, avant d'atteindre le bout du couloir. Il s'arrête, la main sur la poignée de la dernière porte.

—Voici la tienne, dit-il, puis il l'ouvre.

Je passe devant lui, et le petit halètement qui m'échappe est embarrassant d'audibilité dans la pièce silencieuse.

Ce n'est pas juste une chambre d'amis. C'est... c'est comme si quelqu'un avait plongé dans mon cerveau fatigué d'Oméga, extrait tous mes fantasmes secrets de confort, et les avait manifestés sous forme physique.

La chambre est baignée d'une lueur chaleureuse provenant des lampes de chevet, la lumière crue du plafond tamisée presque à néant. Un lit à baldaquin domine le centre, drapé de tissu transparent qui crée un cocon isolé. La literie a une couette qui ressemble à un nuage. Des couvertures en peluche aux teintes de pierres précieuses, des jetés qui semblent doux comme du beurre, et bon sang, sont-ce des taies d'oreiller en soie ? Il doit y avoir une douzaine d'oreillers, tous disposés d'une manière qui me crie pratiquement de plonger dedans.

Une petite bibliothèque abrite ce qui ressemble suspicieusement à des romans d'amour aux coins cornés, des thrillers, et même quelques titres de fiction littéraire. À côté se trouve une petite table avec, mon cœur fait un bond, un assortiment de collations qu'on ne peut décrire que comme un sanctuaire dédié à la nourriture réconfortante. Du chocolat sous diverses formes, des crackers au fromage, un mélange de fruits secs et de noix, même un thermos qui dégage une odeur de tisane.

Près de la fenêtre se trouve un coin lecture avec un fauteuil surdimensionné et son repose-pieds. La télévision fixée au mur est parfaitement positionnée pour être vue depuis le lit, avec une télécommande déjà posée sur la table de nuit à côté de... sont-ce des mini-barres de chocolat ?

Mais ce sont les petites touches qui me bouleversent complètement. Des pantoufles près de la porte. Un sweat à capuche surdimensionné accroché à un crochet. Le subtil parfum de lavande et de vanille qui imprègne l'air. Ce n'est pas simplement de l'hospitalité. C'est un nid d'Oméga. Un nid créé avec une attention délibérée et réfléchie par un Alpha qui a... remarqué.

Qui m'a vue.

—Tu as fait tout ça pour moi ? Ma voix sort petite, vulnérable d'une façon que je déteste.

Levi s'appuie contre l'encadrement de la porte, m'observant avec une intensité qui fait frissonner ma peau de conscience. —J'ai remarqué que tu avais commencé à nidifier à la caserne hier soir. Je me suis dit que tu aurais besoin d'un vrai nid après ce que tu as traversé.

Je fais lentement le tour de la pièce, touchant tout du bout des doigts, le bord doux d'une couverture, la couverture lisse d'un livre, la céramique fraîche d'une tasse qui attend à côté du thermos. Une boule se forme dans ma gorge, chaude et serrée.

—Personne n'a jamais fait quelque chose comme ça

pour moi, j'avoue, l'honnêteté brute flottant dans l'air entre nous.

Quelque chose de féroce et possessif flamboie sur son visage. Pendant une fraction de seconde, il semble qu'il pourrait traverser la pièce pour me rejoindre, mais au lieu de cela, il dit simplement : —C'est vraiment dommage, Emma.

La façon dont il prononce mon nom envoie une spirale de chaleur en moi.

—J'ai approvisionné les collations comme s'il s'agissait d'un abri d'urgence, ajoute-t-il, hochant la tête vers la table. Du chocolat pour les crises immédiates, des choses salées pour une énergie soutenue, du thé pour le réconfort, des friandises de secours dans le tiroir pour quand tu auras inévitablement démoli les provisions visibles.

Je ris malgré l'émotion encore épaisse dans ma gorge. —Tu prévois l'apocalypse des en-cas ?

—Toujours être préparé, entonne-t-il sérieusement, mais son regard pétille. Il y a aussi une couverture chauffante déjà installée, la télécommande entre le matelas et la tête de lit. Et un coussin de massage en dessous, instructions dans le tiroir de la table de nuit.

Je le regarde, véritablement sans voix. —Tu as pensé à tout.

—Je suis attentif. Il le dit simplement, mais il n'y a rien de simple dans la façon dont il me regarde, comme si j'étais une carte au trésor qu'il mémorise.

La chaleur monte le long de mon cou, et je me sens obligée de clarifier. —Je ne suis pas, euh, en chaleur ou quoi que ce soit, si c'est ce que tu penses.

Son sourire est lent, délibéré, transformant son visage sérieux en quelque chose de presque prédateur. —Je ne m'inquiète pas, dit-il, sa voix devenant plus basse. Mais nidifier ne signifie pas automatiquement être en chaleur.

Il incline légèrement la tête, et je regarde avec un mélange d'alarme et d'excitation ses narines qui se dilatent subtilement. Est-ce qu'il... me flaire ? Cette pensée envoie un choc d'électricité directement vers des endroits qui n'ont aucune raison d'être électrifiés en ce moment.

—À moins que tu ne le sois ? ajoute-t-il.

—Non ! Je lâche brusquement, puis je me précipite pour me ressaisir. Certainement pas. J'ai besoin de changer de sujet avant de m'enflammer spontanément. Je ne sais pas comment te remercier assez. C'est vraiment incroyable.

Je me dirige vers le lit, écartant l'un des rideaux vaporeux pour m'asseoir sur le bord. Le matelas est parfait : ferme mais moelleux, comme dormir sur un nuage de soutien.

—Je dois demander, dis-je, désespérée de rediriger la conversation. Qu'est-ce que c'est que cet amour pour le Dr. Pepper ? La plupart des gens que je connais pensent que c'est le cousin bizarre de la famille des sodas.

Levi hésite un moment, puis vient s'asseoir à côté de moi sur le lit. Pas assez près pour me toucher, mais assez près pour que je sois intensément consciente de chaque centimètre de lui.

—Tu veux connaître un secret ? demande-t-il, sa voix plus basse, plus intime.

Je hoche la tête, soulagée par cette bouée de sauvetage conversationnelle.

—Ma mère adorait ça, révèle-t-il, faisant rouler sa canette entre ses paumes. Quand j'étais enfant, peut-être six ou sept ans, je me faufilais dans la cuisine la nuit et je volais des gorgées de sa réserve cachée au fond du frigo. Son expression s'adoucit avec le souvenir, le faisant paraître plus jeune et plus ouvert. Elle savait toujours. Elle se plaignait à mon père des sodas qui disparaissaient mystérieusement, et il devenait tout défensif parce qu'il détestait ce truc. Pendant ce temps, j'étais assis là, essayant de ne pas glousser et me trahir. Il secoue la tête, un petit rire lui échappant. Chaque fois, sans exception, elle me faisait un clin d'œil quand il ne regardait pas. Notre petite conspiration.

L'image d'un petit Levi au visage sérieux essayant de réprimer ses gloussements fait s'épanouir quelque chose de chaud dans ma poitrine. —C'est adorable.

—Ouais, bon. Il hausse les épaules, mais je peux voir que le souvenir signifie plus pour lui qu'il ne le laisse paraître. Maintenant, c'est juste une habitude. Du réconfort en canette, j'imagine.

—Les meilleures traditions commencent généralement comme des accidents, lui dis-je. Celles qui te rappellent les personnes que tu aimes.

Ses yeux rencontrent les miens, et quelque chose d'électrique passe entre nous, un courant qui semble trop dangereux pour l'examiner de près.

—Tu peux rester ici aussi longtemps que tu en as besoin, tu sais, dit-il, son regard ne quittant jamais le mien. Nous avons beaucoup d'espace.

—Merci, mais j'espère que ce ne sera pas trop long. J'essaie de paraître désinvolte, comme si je n'étais pas hyper-consciente de notre proximité, de la façon dont son odeur m'enveloppe. Juste jusqu'à ce qu'ils découvrent ce qui a causé l'incendie, et que je puisse organiser mes prochaines étapes.

—À ce sujet. Il se penche légèrement en arrière, un bras appuyé derrière lui sur le lit. Le mouvement tend son Henley sur sa poitrine d'une manière qui devrait être illégale. Atlas les a poussés à y donner la priorité.

—Vraiment ? Je suis sincèrement surprise. C'est... étonnamment gentil de sa part.

Le sourire qui s'étale sur le visage de Levi est rien de moins que pécheur. —Je ne vois pas l'urgence, pas toi ?

Il y a quelque chose dans son ton, un sous-courant sombre de suggestion qui fait que la nappe entre mes cuisses se forme ridiculement vite. C'est la voix d'un Alpha qui sait exactement ce qu'il veut et qui attend simplement le bon moment pour le prendre.

Et que Dieu m'aide, cette voix me fait des choses que je devrais ignorer.

—Je... Ma voix s'étrangle, et je dois prendre une gorgée de Dr. Pepper pour masquer ce moment de défaillance. Je suppose qu'il y a quelque chose à dire pour prendre son temps.

Ses yeux s'assombrissent légèrement, et je regarde, fascinée, tandis qu'il se lève avec souplesse et marche, non, rôde, jusqu'à la bibliothèque. Il fait glisser ses doigts le long des tranches des livres, le geste à la fois décontracté et délibérément sensuel.

—Tu vas mieux dormir en sachant que j'ai construit

cette pièce pour toi, dit-il, me jetant un regard en arrière. Sa voix est basse, presque rocailleuse. C'est ce qui compte pour moi. Il s'éloigne de la bibliothèque et s'arrête à nouveau près de moi, délibérément proche. Oh, j'ai presque oublié. Il y a des vêtements dans la commode pour toi. Rien de fantaisie, juste des basiques, t-shirts, joggings, quelques sweats à capuche. En attendant qu'on puisse récupérer des vêtements.

Je lève les yeux vers lui, momentanément déconcertée par cette déclaration désinvolte. —Tu... m'as acheté des vêtements ?

—Nous l'avons tous fait, dit-il, mais il y a quelque chose dans son expression qui me fait penser qu'il en était la force motrice. On s'est dit que tu aurais besoin de plus que ce qu'il y avait dans ton sac à dos.

—Merci, je parviens à dire, les mots inadéquats face à l'étreinte dans ma poitrine. C'est incroyablement attentionné.

Il sourit, cette petite fossette apparaissant à nouveau. —C'est ce qu'une meute fait, Emma. Nous prenons soin des nôtres.

L'implication que je pourrais d'une certaine façon être incluse dans cette catégorie « des nôtres » envoie une chaleur confuse mais agréable en moi. Avant que je ne puisse répondre, son téléphone émet un bip dans sa poche.

Il le vérifie et soupire. —River. Je dois prendre cet appel.

Je hoche la tête, étrangement déçue alors qu'il se dirige vers la porte.

—Je vais te laisser t'installer, dit-il, s'arrêtant sur le

seuil. La salle de bain est juste en face dans le couloir si tu en as besoin. Les serviettes sont dans l'armoire sous le lavabo.

—Merci, dis-je, forçant un sourire décontracté. Pour tout.

Il hoche la tête, puis disparaît dans le couloir, son doux « Salut, River » s'estompant à mesure qu'il s'éloigne.

Je m'effondre sur le lit, fixant le plafond à travers le baldaquin vaporeux. Mais qu'est-ce que je fais ? Je suis à Whispering Grove depuis moins d'une semaine, et j'ai déjà des pensées follement inappropriées concernant non pas un, mais trois des Alphas qui m'ont généreusement offert un refuge.

Des Alphas qui sont membres de la même meute. Des Alphas qui vivent dans cette tour isolée et magnifique au milieu des bois. Des Alphas qui ne m'ont témoigné que gentillesse et respect, qui ont créé ce parfait nid d'Oméga pour moi sans même que je le demande.

Je serre les cuisses, soudain consciente du battement insistant entre elles. Même pour mon propre nez, je peux détecter le léger changement dans mon odeur, plus sucrée, plus intense, révélant honteusement mon état à quiconque possède des sens d'Alpha.

Mon Dieu, j'ai besoin de me ressaisir. Ou d'une douche froide. De préférence les deux.

Je me redresse, résolue. Une douche. Voilà ce qu'il me faut. Pour me remettre les idées en place, pour refroidir le feu qui semble avoir élu domicile dans mes veines depuis mon arrivée dans cette ville.

Je me dirige vers la salle de bain que Levi m'a indiquée. Je m'y glisse, refermant la porte peut-être plus fermement que nécessaire. Tandis que j'allume la douche, tournant le thermostat résolument vers l'extrémité rouge, j'aperçois mon reflet dans le miroir. Mes joues sont rouges, mes yeux trop brillants, mes lèvres légèrement entrouvertes. J'ai l'air... troublée.

—Reprends-toi, Emma, je marmonne. Ils sont juste gentils. Tu es simplement traumatisée et émotive, tu confonds la gentillesse humaine élémentaire avec... peu importe ce que c'est.

Mais même en prononçant ces mots, je sais que c'est un mensonge. La façon dont Levi m'a regardée n'était pas de la simple gentillesse. L'énergie entre nous n'était pas le fruit de mon imagination. Et si je suis honnête avec moi-même, la même tension s'est développée entre Atlas et moi dès l'instant où il s'est assis à côté de moi dans l'avion.

Et maintenant je vis sous leur toit. Entourée de leurs odeurs. Dormant dans un nid que l'un d'entre eux a construit pour moi de ses propres mains.

Tandis que la vapeur commence à remplir la salle de bain, je me force à affronter l'inévitable vérité – je suis dans un sérieux, très sérieux pétrin. Comment suis-je censée résister à trois magnifiques Alphas quand un seul d'entre eux me fait déjà défaillir ? Comment suis-je censée protéger mon cœur déjà meurtri quand ils sont tous si impossiblement, si irrésistiblement parfaits ?

La réponse est simple, je ne peux pas.

Cela me terrifie plus que n'importe quel feu ne pourrait jamais le faire.

11

LEVI

*a tête tourne face aux questions mitraillées par River concernant notre nouvelle colocataire. Si je ne le connaissais pas mieux, je penserais que c'est lui qui a repéré Emma en premier, pas Atlas.

— Oui, elle s'installe. Non, elle n'a pas encore essayé de s'enfuir. Oui, je lui ai donné la chambre nid, ai-je répondu, parvenant à peine à placer un mot.

— Le boulot est presque terminé, a expliqué River. On sera de retour pour le déjeuner. On apportera des pizzas. Ça te va ? Avant que je puisse répondre, il a continué : Atlas te dit bonjour. Enfin, il a grogné, mais dans le langage d'Atlas, c'est pratiquement un sonnet.

Je glisse mon téléphone dans ma poche, calculant les angles et les considérations de charge pour la bibliothèque que je conçois pour le salon. Il y a trois jours, ma plus grande préoccupation était de savoir si le bouleau balte ou le noyer complémenterait mieux notre mobilier existant. Puis une Oméga blonde aux yeux hantés et à la langue bien pendue a atterri dans nos vies, et soudain, nous tournons tous comme des planètes qui ont trouvé un nouveau soleil.

Je traverse le salon quand un cri aigu déchire le silence. Pas n'importe quel cri, mais le genre qui glace le sang, le genre qui déclenche tous les instincts protecteurs de la biologie Alpha.

Mon corps réagit avant que mon cerveau ne puisse analyser — rythme cardiaque qui s'accélère, muscles qui se tendent, concentration qui se réduit à un point précis. Je suis déjà à mi-chemin dans le couloir quand le cri s'arrête, pour reprendre aussitôt, plus fort cette fois.

— Emma ? appelé-je, sachant déjà qu'elle est dans la salle de bain. La conscience spatiale a toujours été mon point fort ; je peux cartographier un bâtiment dans ma tête après l'avoir parcouru une seule fois et localiser l'origine des sons avec une précision quasi parfaite. Tout va bien ?

Un autre cri est ma seule réponse. Pas de douleur, il n'y a pas de grognement sous-jacent de quelqu'un vraiment blessé, mais une terreur pure et sans adultération. Les mathématiques de la situation se calculent instantanément — Emma + salle de bain + terreur - menace visible = quelque chose d'inattendu l'effrayant, pas un intrus ou une blessure.

— J'entre ! crié-je, sans prendre la peine de frapper alors que j'ouvre brusquement la porte de la salle de bain.

La vapeur s'échappe en un nuage épais, me désorientant momentanément. À travers la brume, je distingue la silhouette d'Emma derrière la vitre dépolie de la douche, pressée dans le coin. Cette vision déclenche une impulsion inattendue de désir que je réprime impitoyablement. L'urgence d'abord, les pensées inappropriées plus tard.

— Sors-la ! SORS-LA ! hurle-t-elle, sa voix montant dans les aigus à chaque mot.

Je scrute la salle de bain à la recherche de tout élément anormal. Pas de dommage structurel, pas de source visible de fuite d'eau, et pas de dysfonctionnements électriques qui pourraient causer un choc.

— Que se passe-t-il ? demandé-je en m'approchant de la douche. Emma, qu'est-ce qui ne va pas ?

— LÀ ! Elle pointe frénétiquement vers le coin opposé de la douche. Oh mon Dieu, elle s'approche ! S'il te plaît, s'il te plaît, fais-la sortir !

Je me dirige vers la porte de la douche, essayant toujours d'identifier la menace.

— J'entre, d'accord ?

— DÉPÊCHE-TOI ! Avant qu'elle ne saute ! La terreur authentique dans sa voix me fait glisser la porte sans plus d'hésitation.

Un nuage de vapeur s'échappe, puis—

Oh.

Putain.

Mon cerveau se court-circuite pendant environ 2,7 secondes.

Emma se tient devant moi, complètement nue, l'eau cascadant sur son corps en filets qui assèchent ma bouche comme un désert. Ses cheveux blond miel, assombris par l'eau, plaqués contre ses épaules, attirant

mon regard vers la courbe élégante de sa colonne vertébrale. Des gouttelettes s'accrochent à sa peau comme si
elles avaient peur de la lâcher, et qui pourrait les
blâmer ?

Ses seins sont parfaits, des poignées aux pointes
rosées qui s'adapteraient exactement à mes paumes, se
soulevant à chaque respiration paniquée. Mon regard
descend plus bas, sur le léger renflement de son ventre
jusqu'à la courbe de ses hanches, puis vers l'apex de ses
cuisses, où il y a une fine bande de poils clairs. Putain !

Concentre-toi. Évaluation de la menace.
Maintenant.

Avec un effort monumental, je force mon regard à
suivre la direction qu'elle indique.

Et la voilà.

Ses pattes avant s'arquent vers le haut, en position de
menace, ses bords dentelés se détachant contre la
brume. Une araignée énorme. Son corps gonflé et noir,
bombé et luisant, brillant et mouillé dans l'humidité.

Même moi je tressaille légèrement.

— Ne bouge pas, lui dis-je, gardant ma voix calme
malgré l'adrénaline. C'est une araignée-loup. Leur venin
est plutôt inefficace contre les humains, mais elles
peuvent devenir grandes et paraître intimidantes. J'ai
besoin que tu viennes vers moi très lentement.

— Une quoi ? couine Emma, momentanément
distraite de sa terreur par ma terminologie. Non, je ne
bouge pas d'un pouce. Elle va sauter. Les araignées
sautent toujours.

— En fait, elles sautent rarement à moins d'être
sévèrement menacées, expliqué-je automatiquement,

mon cerveau revenant aux faits comme défense contre l'afflux sensoriel écrasant d'Emma nue et mouillée. Elles préfèrent battre en retraite lorsqu'elles sont confrontées à quelque chose de plus grand que—

— Si tu es sur le point de me donner des faits sur les araignées alors que je suis nue et terrifiée, je te jure, Levi— Elle s'interrompt lorsque l'araignée change légèrement de position. OH MON DIEU ELLE A BOUGÉ !

— Emma, dis-je fermement, utilisant juste assez de ton Alpha pour couper à travers sa panique. J'ai besoin que tu me fasses confiance. Viens vers moi, lentement.

— Je ne peux pas. Elle secoue la tête, se pressant davantage dans le coin. Je ne peux littéralement pas faire bouger mes jambes. Je suis complètement paralysée. Sa voix baisse en un murmure horrifié. J'ai une arachnophobie sévère. Genre, diagnostiquée, j'ai-été-en-thérapie-pour-ça arachnophobie.

Cela explique l'intensité de sa réaction. Je réévalue la situation, calculant une nouvelle approche tout en essayant désespérément de garder mes yeux sur son visage et non sur les gouttes d'eau glissant entre ses seins.

— D'accord, nouveau plan, dis-je. Je vais attraper quelque chose pour—

— N'OSE MÊME PAS me laisser seule avec ce monstre ! Elle semble au bord des larmes maintenant, ses yeux noisette écarquillés par une peur authentique. S'il te plaît, Levi. Ne pars pas.

La vulnérabilité dans sa voix me touche plus fort que je ne l'avais prévu, éveillant quelque chose de férocement protecteur qui n'a rien à voir avec la biologie Alpha et tout à voir avec... elle. Juste elle.

— Je reviens tout de suite, promets-je, adoucissant mon ton. Cinq secondes. Compte-les à voix haute.

Avant qu'elle ne puisse protester davantage, je me précipite hors de la salle de bain et attrape une serviette dans l'armoire à linge. De retour dans la salle de bain, je pousse la porte complètement ouverte pour créer une voie d'évacuation.

— Un... deux... tr— Oh, Dieu merci, tu es revenu, halète-t-elle, le soulagement évident dans sa voix.

— Je te l'avais promis, dis-je simplement. Voici ce que nous allons faire. Je vais lancer ça sur l'araignée. À la seconde où je le ferai, tu cours vers moi. Compris ?

Emma hoche frénétiquement la tête, toujours plaquée contre le coin du mur carrelé. L'eau continue de ruisseler sur son corps, et je ne peux m'empêcher de remarquer que sa peau s'est couverte de chair de poule malgré la vapeur. Mon regard descend involontairement vers sa poitrine, où ses tétons se sont durcis en pointes serrées, et une nouvelle vague de chaleur me submerge.

Ce n'est pas le moment, me rappelé-je sévèrement.

—À trois, dis-je, forçant mon attention à revenir sur la menace arachnéenne. Un... deux... TROIS !

Je lance la serviette sur l'araignée, mais au lieu de rester immobile, le petit cauchemar bondit. Heureusement pas vers Emma, mais directement vers moi. Par pur réflexe, je me baisse, et l'araignée atterrit sur le sol de la salle de bain avec un bruit à peine audible.

Avant qu'elle ne puisse s'enfuir, j'écrase fortement

ma botte dessus. Un craquement écœurant retentit lorsque huit pattes de menace rencontrent leur créateur.

Je me suis à peine redressé qu'un missile nu et mouillé s'écrase contre ma poitrine. Emma se jette contre moi, tremblant violemment, ses bras verrouillés autour de ma taille comme si j'étais la seule chose solide dans un monde qui s'effondre.

—Elle est morte ? halète-t-elle contre ma chemise maintenant trempée, le visage enfoui contre mon sternum. Dis-moi qu'elle n'est plus là, ou nous devrons peut-être brûler cette cabane et saler la terre après.

Je ne peux m'empêcher de sourire, même si mon corps réagit avec trop d'enthousiasme à sa nudité pressée contre moi. —Elle a été définitivement relocalisée sous la semelle de ma botte.

—Beurk ! Elle recule vivement pour s'éloigner de ma botte, et dans ce moment de séparation, sa situation semble lui apparaître clairement.

Pendant un instant suspendu, nous nous regardons simplement. Ses yeux s'écarquillent, se posant sur son corps complètement exposé, puis remontent vers mon visage qui, j'en suis sûr, cache mal à quel point je suis affecté par cette vision.

Et quelle vision. De si près, je peux voir les taches de rousseur qui parsèment ses épaules, le petit grain de beauté juste sous son sein gauche, et la douce courbe de ses hanches s'élargissant à partir d'une taille étroite. Sa peau est rosie par l'eau chaude, ou peut-être par l'embarras, et luisante de gouttelettes que j'ai soudain désespérément envie de tracer avec ma langue. Mes mains tressaillent avec le besoin de toucher, d'explorer, de posséder.

Mon jean se resserre autour de moi jusqu'à la douleur.

Elle attrape une autre serviette du porte-serviettes avec une vitesse fulgurante, l'enroulant autour d'elle avec un petit cri de mortification. —Ne regarde pas !

—Oh, je n'ai rien vu, mens-je, incapable de garder mon sourire.

—Tu es un tel menteur ! Elle me frappe le bras, laissant une empreinte humide sur ma manche. —Tes yeux ont pratiquement pris des mesures !

Je ne peux pas m'en empêcher. Je ris. —Déformation professionnelle. Je suis ingénieur.

Ses joues s'enflamment encore plus. Avant que je ne puisse dire autre chose, elle se précipite dans le couloir, laissant des empreintes de pas mouillées sur le parquet alors qu'elle court pratiquement jusqu'à sa chambre. La porte claque derrière elle avec suffisamment de force pour faire trembler le cadre.

—De rien ! crié-je après elle. —J'ai sauvé ta vie !

Son « La ferme ! » étouffé est à peine audible à travers la porte, suivi par ce qui ressemble suspicieusement à un rire.

Je baisse les yeux sur ma chemise et mon jean complètement trempés, puis sur le cadavre d'araignée encore sous ma botte. Un instant, j'envisage de récupérer le spécimen, il est inhabituellement grand pour l'espèce et pourrait valoir la peine d'être documenté, mais je décide qu'Emma pourrait réellement commettre un homicide si elle me voyait conserver son ennemi juré.

Avec un soupir mêlant à parts égales amusement et frustration, je nettoie la salle de bain, jette les restes arachnéens dans la poubelle extérieure, et me dirige vers ma chambre pour me changer.

Tandis que je retire mes vêtements mouillés, l'image d'Emma, les yeux grands ouverts, luisante d'eau et glorieusement nue, se rejoue dans mon esprit comme un montage des meilleurs moments particulièrement tortueux. Cette cohabitation vient de se compliquer considérablement.

Et est devenue exponentiellement plus intéressante.

Lorsqu'Emma émerge enfin de sa chambre, j'ai changé de vêtements secs et je suis allongé sur le canapé. Je lève les yeux nonchalamment, comme si je n'avais pas guetté l'ouverture de sa porte pendant les quarante-deux dernières minutes.

Elle hésite à la lisière du salon, vêtue d'un pantalon de survêtement gris et d'un sweat à capuche trop grand du Service d'Incendie de Whispering Grove — des vêtements que nous avions achetés pour elle, étiquettes récemment retirées à en juger par le minuscule fil plastique accroché à la manche. Ses cheveux sont humides mais peignés, tombant en vagues autour de ses épaules, et ses joues sont encore rougies soit par l'embarras, soit par la chaleur persistante de sa douche.

Pendant plusieurs secondes, elle semble hésiter entre me reconnaître ou se réfugier dans sa chambre.

Je décide de lui faciliter les choses. —L'ennemi a été

vaincu, dis-je en posant mon livre. —La cabane est maintenant une zone certifiée sans arachnide.

Elle fait quelques pas hésitants dans la pièce, et je remarque qu'elle scrute soigneusement le sol et les coins en se déplaçant. Son traumatisme lié aux araignées est plus profond qu'une simple peur momentanée.

—Arachnophobie, hein ?

—Cliniquement diagnostiquée, confirme-t-elle en s'enfonçant à l'extrémité opposée du canapé. —Depuis mes huit ans. Une baby-sitter a trouvé amusant de mettre une tarentule sur mon oreiller pendant que je dormais.

Je grimace. —C'est... sadique.

—Elle n'a plus jamais travaillé pour notre famille, dit Emma d'un ton sombre. —Mais le mal était fait. Un simple aperçu de ces huit pattes et je redeviens instantanément cette petite fille de huit ans, se réveillant avec des pattes duveteuses sur le visage.

—Ça explique la réaction extrême, dis-je. —Le pic d'adrénaline déclenché par une phobie peut être comparable à des situations réellement mortelles.

Elle me regarde avec curiosité. —Tu parles comme ma thérapeute.

—J'ai fait un projet de recherche sur les réponses à la peur pendant mon master en ingénierie, expliqué-je. — Les réactions de panique aux alarmes incendie par rapport aux incendies réels. J'ai dû étudier les réponses phobiques comme point de comparaison.

—Évidemment, dit-elle.

Nous restons assis en silence un moment, la gêne

précédente se dissolvant progressivement en quelque chose de plus confortable. Puis, elle s'éclaircit la gorge.

—Alors, commence-t-elle, sans vraiment croiser mon regard. —À propos de... ce qui s'est passé...

—L'assassinat de l'araignée a été classé opération top-secrète, dis-je solennellement. —Tous les détails sont strictement confidentiels.

Le soulagement inonde son expression. —Merci. Je préférerais que toute l'histoire de l'Oméga nue et hurlante ne devienne pas un sujet de conversation au dîner de la meute.

—Ta dignité est en sécurité avec moi, lui assuré-je. Puis, parce que je ne peux pas m'en empêcher, j'ajoute : —Bien que l'image elle-même... elle pourrait être gravée de façon permanente dans ma mémoire.

Son rougissement revient en force. —Levi !

Je lève les mains en signe de fausse reddition. — Je suis simplement honnête ! Je suis une personne visuelle avec une mémoire eidétique. C'est à la fois une bénédiction et une malédiction.

— Pour l'instant, ça ressemble plutôt à une malédiction pour moi, marmonne-t-elle.

Je ne peux pas m'en empêcher. Je me lève et m'approche d'elle, observant ses yeux qui s'écarquillent légèrement, ses pupilles se dilatant à mon approche. Quand je me tiens directement devant elle, assez proche pour qu'elle doive pencher la tête en arrière pour maintenir le contact visuel, je me penche légèrement vers elle.

— Je peux me faire pardonner, tu sais, dis-je, ma voix devenant plus grave.

— Te faire... pardonner quoi ? demande-t-elle, sa propre voix à peine plus audible qu'un murmure.

— L'embarras, je précise. Je peux rééquilibrer les choses.

Ses sourcils se froncent de confusion. — Comment ?

Je me penche encore plus près, assez proche pour capter la subtile odeur de vanille et de vieux livres qui s'accroche à sa peau même après sa douche.

— Je me déshabilerai pour toi, murmuré-je. Je te laisserai me voir nu. C'est équitable, non ? Parce que maintenant, je ne pourrai plus jamais dormir sans te voir si magnifiquement exposée devant moi.

Pendant un moment, elle me regarde bouche bée, le choc se lisant sur ses traits. Puis, quelque chose change dans son expression.

— Est-ce que tu es sérieusement en train de proposer de te mettre nu comme une sorte de... prix de consolation ? demande-t-elle, sa voix oscillant entre l'incrédulité et quelque chose de plus sombre, plus affamé.

— Je propose de restaurer l'équilibre cosmique, dis-je avec un sérieux exagéré. C'est des mathématiques simples. Un Oméga nu plus un Alpha nu égalent l'équilibre.

Un rire surpris lui échappe. — Je n'aurais jamais pensé entendre quelqu'un utiliser les maths comme technique de séduction.

— Est-ce que ça fonctionne ? demandé-je, sincèrement curieux.

Elle m'observe pendant un long moment, ses yeux

noisette indéchiffrables. — Tu es différent quand nous sommes seuls, finit-elle par dire. Moins...

— Réservé ? suggéré-je.

— J'allais dire « coincé », admet-elle. Quand Atlas et River sont là, tu es si prudent. Précis. Maintenant, tu es tout... Elle fait un geste vague vers ma position actuelle, dominant au-dessus d'elle avec une intention évidente.

— Ils savent qui je suis, expliqué-je simplement. Je n'ai rien à leur prouver. Mais toi... je m'interromps, réfléchissant à comment articuler l'étrange effet qu'elle a sur moi. Tu me donnes envie de te montrer davantage.

Quelque chose de vulnérable traverse son visage. — Mais oui, bien sûr, raille-t-elle, mais il y a une qualité haletante dans sa voix qui trahit sa nonchalance affectée. Estime-toi chanceux d'avoir eu un aperçu unique. Ça ne se reproduira pas.

Je hausse un sourcil. — Tu en es sûre ?

La porte d'entrée s'ouvre avant qu'elle puisse répondre, et l'odeur de pizza envahit le chalet. River entre en premier, équilibrant trois grandes boîtes, suivi par Atlas avec un sac en papier qui sent le pain à l'ail.

— Chéris, nous sommes rentrés ! chantonne River, fermant la porte d'un coup de pied derrière lui. Et nous apportons des offrandes de délices fromagers pour nos... Il s'arrête en pleine phrase, ses yeux passant d'Emma à moi, notant notre proximité et l'atmosphère chargée. — Est-ce que nous interrompons quelque chose ?

Le regard d'Atlas se fixe sur nous avec une concentration laser tandis qu'il pose la nourriture sur la table basse. — Tout va bien ici ?

Emma bondit du canapé, mettant de la distance entre nous avec une hâte presque comique.

— J'ai failli mourir ce matin, annonce-t-elle dramatiquement, clairement désespérée de changer de sujet. Quand vous m'avez invitée à emménager, vous avez négligé de mentionner que cet endroit est infesté de monstres-araignées mutants du neuvième cercle de l'enfer !

Nous échangeons tous les trois des regards, les lèvres de River tressaillant déjà d'un amusement mal réprimé.

— Il y en avait une dans la douche avec moi, continue Emma, gesticulant avec emphase. Avec des crocs comme des couteaux à steak ! Et ces pattes avant flippantes qui étaient toutes... Elle imite la posture menaçante de l'araignée, levant ses mains et agitant ses doigts. Elle aurait pu me mordre ! Ou j'aurais pu glisser et me fracturer le crâne en essayant de lui échapper ! Il y aurait eu du sang partout !

River se tourne vers moi, les yeux pétillants de malice. — Alors tu l'as sauvée ? Pendant qu'elle était sous la douche ?

Les joues d'Emma s'enflamment. — Il a reçu l'ordre strict de ne plus jamais en parler.

Je trace un X sur mon cœur avec un doigt, l'expression solennelle. — Un fardeau que je dois porter seul.

River se serre la poitrine en feignant le désespoir. — Quelle injustice ! Quelle cruauté !

— Ce n'était pas un spectacle, proteste Emma.

Atlas, qui observait silencieusement notre badinage, s'approche de nous, déposant le pain à l'ail à côté des boîtes de pizza. — Alors, notre héros local t'a sauvée d'une mort certaine ?

— Ouais, confirme Emma avec résignation.

— Ça ressemble bien à notre Levi, dit River, se laissant tomber sur le canapé et tapotant l'espace à côté de lui de façon invitante. Il a toujours eu un don pour les sauvetages dramatiques.

Emma hésite, puis s'assoit à côté de River, repliant une jambe sous elle. Atlas s'installe de son autre côté, me laissant le choix entre prendre le fauteuil ou les rejoindre sur le canapé. J'opte pour la seconde option, revendiquant l'espace de l'autre côté de River.

— Je meurs de faim, déclare Emma, essayant clairement d'orienter la conversation loin de son aventure sous la douche.

Atlas rit doucement, ouvrant la boîte de pizza du dessus. — Je n'étais pas sûr de ce que tu aimais, alors nous avons pris une variété. Pepperoni, suprême et végétarienne.

Les yeux d'Emma s'illuminent à la vue du pepperoni. — Vous êtes des hommes magnifiques, magnifiques, dit-elle avec ferveur, saisissant une part et la pliant en deux avant d'y mordre à pleines dents. Le petit gémissement de plaisir qu'elle émet nous fait tous les trois la fixer.

— On rate tout le fun quand on n'est pas là. River soupire, attrapant une part de suprême.

— En parlant de confort, intervient Atlas, son regard se posant sur Emma. Comment trouves-tu la chambre ? Levi y a mis beaucoup de réflexion.

La façon dont il la regarde, comme s'il imaginait

exactement à quoi elle ressemblerait étendue sur ce lit-nid, déclenche en moi une vague de chaleur possessive. Nous ne sommes pas en compétition, nous nous complétons. C'est ce qui fait que ça marche entre nous.

— C'est parfait, répond-elle. Je ne pourrai jamais assez vous remercier. Le nid, les vêtements... c'est incroyablement généreux. Son regard glisse vers moi, et le rouge lui monte à nouveau aux joues avec force.

— Tu veux goûter la suprême ? lui demandé-je, sélectionnant une part et la lui tendant, juste assez proche pour qu'elle doive se pencher si elle la veut.

Elle me regarde avec suspicion, mais son estomac semble l'emporter sur sa prudence. Elle se penche en avant, tendant la main vers la part, mais je la retire légèrement, juste hors de sa portée.

— Ah-ah, la taquiné-je. Ouvre la bouche.

Je suis curieux de voir comment elle réagira à cette petite affirmation de domination.

River renifle dans son soda, et Atlas observe avec un intérêt non dissimulé tandis qu'Emma évalue ses options.

Après un moment d'hésitation, elle plisse les yeux vers moi, provocante et non soumise, puis ouvre la bouche, me permettant de lui donner la part. Ses lèvres effleurent mes doigts, ce contact envoyant une décharge électrique le long de mon bras. Je ne romps pas le contact visuel, peu importe que les autres nous observent. Qu'ils regardent. Qu'elle sache exactement l'effet qu'elle me fait.

— C'est bon ? demandé-je, ma voix délibérément plus basse.

Elle avale, puis hoche la tête. — Pas mal.

Sa tentative d'indifférence serait plus convaincante si ses pupilles n'étaient pas dilatées, son odeur se transformant subtilement en quelque chose de plus sucré, plus enivrant.

— Alors, intervient River, appréciant clairement le spectacle. Y a-t-il d'autres créatures contre lesquelles nous devrions te mettre en garde dans ces bois ? Des ours ? Des pumas ? Des écureuils trop amoureux avec des problèmes de limites ?

— Juste nous trois, répond Atlas avec un sourire malicieux avant qu'Emma ne puisse répondre.

Elle manque de s'étouffer à nouveau avec sa pizza. — Bon à savoir, parvient-elle à dire après s'être remise. L'un de vous est-il venimeux par hasard ? Devrais-je garder mes distances ? Dormir avec un œil ouvert ?

— Seulement si tu as peur de te faire mordre, dis-je, ce qui me vaut un coup de pied rapide de River.

— Ne fais pas attention à lui, chuchote théâtralement River à Emma. Il est tout en équations et précision jusqu'à ce qu'il voie quelque chose qu'il désire. Alors il devient comme une personne différente.

Emma hausse un sourcil, regardant alternativement River et moi. — Et tu sais ça par expérience ?

— Nous sommes dans la même meute depuis de nombreuses années, dit River avec un clin d'œil. Je connais tous ses secrets.

Nous savourons la pizza tandis qu'Atlas allume la télévision, parcourant les chaînes jusqu'à tomber sur Midnight Valley.

— Arrête-toi là, dis-je, un peu trop excité. J'adore cette série.

— Tu la regardes aussi ? J'essaie de la suivre à la station car elle ne passe qu'à midi ! s'exclame Emma.

— C'est son obsession, confirme Atlas. Il nous oblige à la regarder chaque semaine.

— Tu as dit que tu avais aimé l'épisode précédent ! protesté-je.

Atlas hausse les épaules. — J'ai dit que le loup-garou était correct. Ce n'est pas la même chose.

River hoche solennellement la tête, mordant dans sa part suprême.

Emma rit, un son clair et sans retenue, et quelque chose se serre dans ma poitrine. C'est la première fois que je l'entends vraiment rire, pas de façon nerveuse ou sarcastique, mais réellement amusée.

Je lance le dernier épisode, m'installant confortablement sur le canapé, et nous nous préparons tous à regarder.

Un court moment plus tard, je remarque qu'Emma sort discrètement son téléphone. Au début, je pense qu'elle vérifie ses messages, mais j'aperçois alors son écran – elle l'oriente pour prendre une photo de River, qui est absorbé par la série.

Je l'observe un moment, fasciné par cette petite action secrète. Est-elle en train de documenter son séjour ? De rassembler des images de nous pour son plaisir ultérieur ?

Quand la pause publicitaire arrive, je me penche par-dessus River, approchant mon visage du sien. — Tu collectionnes nos photos pour des recherches futures ?

murmuré-je, en désignant son téléphone d'un signe de tête.

Elle sursaute, manquant presque de laisser tomber l'appareil. — Quoi ? Non !

River relève la tête, immédiatement intéressé. — Tu as pris une photo de moi ? Super, dis-le-moi et je vais poser. Sans attendre de réponse, il déboutonne le haut de sa chemise avec un geste théâtral, puis se jette dans une pose ridicule de pin-up sur le canapé, avec des lèvres en cul-de-poule et des yeux de séducteur.

Emma éclate de rire mais lève quand même son téléphone pour prendre la photo.

— C'est pour mon amie Jess, avoue-t-elle, le rouge lui montant à nouveau aux joues. Elle a insisté pour savoir avec qui je séjourne, comme ça si je disparais, elle sait quelles photos donner aux flics.

— Oh, alors nous sommes des criminels potentiels maintenant ? Je hausse un sourcil.

Elle hausse les épaules. — Une Omega doit être prudente. Pour ce que j'en sais, vous êtes tous des tueurs en série.

— J'ai posé pour la mienne devant l'hôpital, fait remarquer Atlas, une pointe de suffisance dans le ton. Transparence totale pour les autorités.

— Alors, tu me veux avec ou sans mon t-shirt ? demandé-je, déjà en train de retirer le tissu par-dessus ma tête avant qu'elle puisse répondre. Il faut s'assurer que ton amie dispose de documents d'identification précis.

Les mots meurent dans la gorge d'Emma tandis qu'elle observe mon torse nu. Ses lèvres s'entrouvrent légèrement, ses yeux s'écarquillent. Ce regard est gratifiant – une validation des heures que je passe à m'entraîner.

— Tu baves, fait remarquer obligeamment River, la poussant du coude.

Atlas ricane. — Si tu veux t'asseoir à côté de lui, je peux prendre une photo de vous deux. Ensuite, on pourrait faire une photo de groupe.

— Non ! couine Emma, prenant quand même frénétiquement une photo de moi. J'ai tout ce qu'il me faut, merci !

Nous rions tous, et alors que l'émission reprend, je ne fais aucun geste pour remettre mon t-shirt. Toutes les quelques minutes, je la surprends à me jeter des regards, ses yeux traçant les lignes de mon torse avant de s'éloigner rapidement quand elle est prise sur le fait.

Je m'étire délibérément, mettant en valeur les muscles de mon abdomen et je suis récompensé par une inspiration brusque venant de sa direction.

À bon chat, bon rat. Si je ne peux plus jamais dormir sans une nappe d'émotion tant qu'elle est dans cette maison, alors elle mérite aussi un peu de torture.

Que les jeux commencent, vraiment.

12

RIVER

— Alors, ses seins étaient aussi beaux que je me les imagine ? je demande à Levi, adossé à son bureau avec ce que j'espère être une nonchalance décontractée mais qui ressemble probablement plus au désespoir d'un homme affamé devant une boulangerie.

Levi ne lève même pas les yeux de ses papiers, les coins de sa bouche tressaillant vers le haut. — J'ai fait le serment de ne pas en parler, et je tiens toujours mes promesses.

— Allez, je le supplie, me perchant sur le bord de son bureau et bloquant délibérément sa vue des plans d'évacuation qu'il rédige. Juste un détail. Le tapis correspond aux rideaux ? Des tatouages intéressants ?

Finalement, il m'accorde toute son attention, ce rare sourire de Levi s'étalant sur son visage — pas celui poli qu'il donne aux étrangers, mais celui légèrement malicieux qui me rappelle pourquoi il s'intègre si parfaitement dans notre meute.

— Je dirai simplement ceci, propose-t-il, se penchant en arrière dans son fauteuil. Une fois que tu l'auras vue nue, tu ne pourras jamais l'effacer de ta mémoire.

— Espèce d'enfoiré, je gémis, m'affalant dramatiquement sur son bureau et éparpillant ses papiers méticuleusement organisés. Tu crois que je ne t'ai pas entendu hier soir ? La douche qui coule à deux heures du matin ? Ne fais pas semblant de ne pas t'être branlé après avoir passé toute la soirée à la dévorer des yeux par-dessus la pizza.

Levi ricane, ne prenant même pas la peine de nier. — Sérieusement, River, elle va causer notre perte. Tu n'as aucune idée de ce que son odeur peut provoquer quand elle est proche.

— Oh, j'en ai parfaitement conscience, je rétorque, me souvenant de notre rencontre dans la buanderie.

— Ne laisse pas Atlas te voir te languir d'elle comme ça, avertit Levi, bien que son ton soit plus amusé qu'inquiet. Il fait encore semblant d'être l'adulte responsable de cette opération.

Comme invoqué par son nom, Atlas débarque dans le bureau. L'effet serait plus intimidant si je ne l'avais pas vu danser en caleçon sur de la musique pop des années 80 la semaine dernière.

— Pendant que vous deux bavez sur Emma, commence-t-il sans préambule. N'oubliez pas qu'elle nous a spécifiquement dit qu'elle ne cherchait aucun Alpha, et encore moins trois.

J'échange un regard complice avec Levi. — Bien sûr,

parce que tu ne flirtais absolument pas avec elle à chaque seconde où tu te trouves à côté d'elle.

Atlas passe ses doigts dans ses cheveux déjà ébouriffés. — Putain, d'accord, concède-t-il. Elle... nous affecte tous, mais nous devons respecter ses limites. Elle vient de sortir d'une relation toxique, elle a survécu à un incendie, et maintenant elle vit avec trois Alphas qui sont tous... Il fait un geste vague.

— Qui veulent tous la baiser sur la surface plane la plus proche ? je suggère obligeamment.

Le regard qu'Atlas me lance pourrait faire faner des plantes.

— Qui doivent tous se rappeler qu'elle n'est pas juste une Omega quelconque. Elle est Emma. Elle mérite mieux que d'être traitée comme un morceau de viande.

Il y a un moment de silence pendant que ses paroles s'imprègnent. Il a raison, bien sûr. Emma n'est pas n'importe quelle Omega, elle est intelligente, talentueuse, drôle, vulnérable d'une façon qui me fait mal à la poitrine, et plus forte qu'elle ne se l'accorde.

— Tu as raison, je reconnais, bien que je ne puisse m'empêcher d'ajouter : Mais as-tu vu son cul dans ces shorts de nuit ? J'y ai jeté un coup d'œil hier soir dans le couloir. Parce que putain de-

— River, grogne Atlas.

— D'accord, d'accord, je concède avec un sourire. Alors, quel est le programme aujourd'hui ? À part prendre des douches froides et pratiquer la retenue ?

La posture d'Atlas se détend légèrement. — River, j'ai besoin que tu ailles à la cabane incendiée. La police t'y attend pour réexaminer les lieux. Utilise ton œil de lynx pour repérer tout indice sur la façon dont l'incendie a commencé. Je dois répondre à un autre appel.

Je hoche la tête, basculant déjà mentalement. L'enquête sur les incendies a toujours été l'une de mes forces.

— Levi, tu viens avec moi, poursuit Atlas. Nous avons une intervention concernant une possible fuite de gaz à l'école primaire. Probablement rien, mais-

— Mieux vaut prévenir que guérir, termine Levi pour lui.

Dix minutes plus tard, je me glisse dans ma Jeep Wrangler Rubicon — surélevée, pneus tout-terrain, barre lumineuse sur le toit, la totale. Elle est bruyante, peu pratique pour quoi que ce soit, et consomme de l'essence comme je bois de la tequila, mais je m'en fiche royalement. Après des années sans rien à moi, je me suis fait plaisir avec quelque chose qui correspondait à l'énergie sauvage que je n'ai jamais pu vraiment apprivoiser. Quelque chose qui pouvait m'emmener plus profondément dans la nature que j'aime, plus rapidement et plus rudement que n'importe quoi de raisonnable.

Je suis en train de sortir du parking de la caserne quand j'aperçois Claire qui se précipite vers moi, un clipboard à la main. Génial. Qu'ai-je oublié cette fois ?

Claire est bénévole à la caserne trois jours par semaine, aidant aux tâches administratives. Elle est attirante d'une manière évidente, cheveux bruns lisses, maquillage soigné, et vêtements coûteux qui montrent juste assez de peau pour être distrayants sans franchir la frontière du non-professionnel. Elle a également un béguin transparent pour nous trois depuis qu'elle a commencé il y a six mois.

En temps normal, je n'aurais aucun problème avec cette attention. Elle est jolie, disponible et enthousiaste, mais quelque chose chez elle a toujours semblé... calculé. Comme si elle auditionnait pour un rôle plutôt que d'être véritablement intéressée par l'un d'entre nous en tant que personne.

Je baisse ma vitre alors qu'elle s'approche, plaquant mon sourire professionnel. — Bonjour, Claire. Qu'est-ce qui se passe ?

— Salut, River, gazouille-t-elle, se penchant pour poser ses bras sur ma portière, m'offrant délibérément une vue plongeante sur son chemisier. Je me demandais comment se porte Emma, vu qu'elle a emménagé chez vous trois ? Est-ce qu'elle prévoit de rester longtemps en ville ?

Le fait qu'elle pose des questions sur Emma, encore une fois, déclenche une petite alarme dans mon esprit.

— Elle va bien, dis-je, gardant mon ton léger mais n'offrant rien de plus.

— Oh, super, répond Claire. Ça doit être agréable d'avoir une présence féminine chez vous. Je parie qu'elle se sent déjà comme chez elle, non ?

Il y a quelque chose dans son ton, une pointe de jalousie mal dissimulée sous un intérêt décontracté, qui fait hérisser mes instincts protecteurs.

— Je devrais y aller, dis-je au lieu de répondre. La police m'attend.

Je commence à remonter ma vitre mais m'arrête à

mi-chemin. Quelque chose me pousse à me retourner vers elle.

— Claire, dis-je, toute apparence de décontraction ayant quitté ma voix. Tu es une bénévole formidable ici, et tu nous as toujours soutenus, mais ne pense pas que cela te donne le droit d'essayer d'éloigner Emma de nous. Fais attention.

Sa façade soigneusement construite glisse pendant un instant avant qu'elle ne se reprenne.

— Alors, tu l'aimes bien, dit-elle doucement. Vous tous.

J'étudie son visage, voyant la véritable blessure sous le calcul, et ressens une pointe de sympathie. Claire n'est pas une mauvaise personne, juste insécure et trop investie dans un fantasme qui ne se serait jamais matérialisé.

— Tout le monde finira par trouver sa moitié parfaite, lui dis-je, adoucissant mon ton. Il faut juste du temps et de la patience pour les reconnaître quand elles apparaissent.

Elle hoche la tête, s'éloignant de ma voiture avec un sourire forcé. — Merci pour cette sagesse de fortune cookie, River.

Alors que je m'éloigne, j'aperçois un dernier coup d'œil d'elle dans mon rétroviseur, debout seule sur le parking, paraissant plus petite qu'avant.

— Putain, on dirait Atlas, je marmonne pour moi-même, faisant rugir le moteur en atteignant la route ouverte. Qu'est-ce qui ne va pas chez moi ?

La réponse vient immédiatement — Emma. C'est elle qui ne va pas chez moi. Ou plutôt qui va bien. Après seulement quelques jours, elle a réussi à se glisser sous ma peau d'une façon que personne n'a fait depuis des années. Sa façon de rire sans retenue quand quelque chose l'amuse vraiment. Comment elle a ce minuscule pli entre les sourcils quand elle se concentre. Cette colonne vertébrale d'acier sous sa douceur.

Vingt minutes plus tard, je me gare sur la route près des restes calcinés du Chalet n°3. Une bande de police jaune entoure le squelette noirci de ce qui était autrefois une charmante location. En le voyant à la lumière du jour, Emma a eu de la chance de s'en sortir vivante. Les dégâts sont considérables, la structure presque entièrement détruite, mais la moitié du mur avant et la porte restent presque intactes, même si légèrement carbonisées.

Je me gare et consulte ma montre. Les flics sont, sans surprise, en retard. Encore.

—Ils ont intérêt à ne pas me poser un lapin, grommelle-je en tambourinant des doigts sur le volant. Quatrième fois ce mois-ci.

Pour tuer le temps, je sors mon téléphone et fais défiler jusqu'au nom d'Emma dans mes contacts. Nous avons échangé nos numéros ce matin pour les urgences, avait-elle insisté, bien que la façon dont elle avait enregistré le sien dans mon téléphone était adorablement révélatrice.

J'hésite seulement un instant avant d'appeler. Ça sonne deux fois avant que sa voix ne me parvienne, légèrement essoufflée.

—River ? Tout va bien ?

—Tout va bien, je la rassure rapidement. Je voulais

juste prendre de tes nouvelles. Comment se passe la vie dans la tour ?

—Incroyable, en fait, explique-t-elle, et je peux entendre l'enthousiasme sincère dans sa voix. Je n'ai pas été aussi productive depuis des mois. J'ai déjà écrit presque trois mille mots ce matin.

—Regarde-toi, si prolifique et talentueuse, je la taquine en m'installant confortablement dans mon siège. Quel est le secret ? Notre café ? L'air de la montagne ? Mon physique ravageur qui inspire ton héros romantique ?

Elle renifle, un son délicieusement peu distingué. — Définitivement le café. Même si la vue n'est pas désagréable.

—De quelle vue parle-t-on ? je demande d'un ton suggestif. Les montagnes ou celle que tu as eue des abdos de Levi hier soir ?

—River ! s'exclame-t-elle, mais je peux entendre le rire sous sa feinte indignation. Puis elle éclate de rire. — Je pourrais avoir besoin de rester jusqu'à ce que je termine ce livre, réfléchit-elle après un moment. J'avais oublié ce que ça fait d'écrire sans constamment douter de moi-même.

—C'est fait, je réponds immédiatement. Pas de retour en arrière possible.

—Tu viens de dire "pas de retour en arrière possible" ? demande-t-elle en gloussant. Quel âge as-tu, douze ans ?

—Mentalement ? Parfois. Physiquement ? On m'a assuré que j'étais tout à fait un homme adulte.

—Je n'en doute pas, murmure-t-elle, et je souris au

sous-entendu flirteur dans sa voix. —Enfin, tout va bien donc, si c'est pour ça que tu appelais ?

—Oui, je voulais juste prendre de tes nouvelles, c'est tout. M'assurer qu'aucune araignée ne vient te chercher pour se venger.

—Oh non, ne plaisante même pas avec ça, gémit-elle. Je vais faire des cauchemars pendant des semaines.

—Tu sais, dis-je avec une désinvolture calculée. Levi est en fait assez doué pour s'occuper des araignées. Tu as de la chance qu'il ait été là. J'aurais probablement juste filmé toute la scène.

Il y a un moment de silence à son bout, et je peux presque l'entendre essayer de décider si je plaisante.

—Tu n'oserais pas.

—Essaie pour voir, je la taquine. Ça serait devenu viral. Oméga sexy contre araignée tueuse : l'affrontement final. On aurait pu monétiser ça, partager les profits.

—Tu es terrible, dit-elle, mais je peux entendre le rire qu'elle essaie de réprimer. —Et je parie que tu as harcelé Levi pour avoir des détails quand vous étiez seuls, n'est-ce pas ? demande-t-elle brusquement.

—Pour être honnête, le gars a tenu bon et n'a rien révélé, j'admets, sincèrement impressionné par la retenue de Levi. —Qu'est-ce que tu lui as fait ? Il ne m'a jamais caché un secret auparavant.

Son rire cette fois est plus satisfait, presque suffisant. —J'ai fait appel à son sens de l'honneur.

Toujours aucun signe de la police. —Alors, parle-moi de ce livre que tu écris. Je veux pouvoir me vanter de t'avoir connue avant la gloire.

Il y a une pause, et je peux presque la sentir réfléchir à ce qu'elle va partager. —C'est une romance fantasy, dit-elle finalement. Le cinquième de ma série. Celui-ci a un peu plus d'aventure que les autres - mon héroïne est en quête d'un artefact magique qui peut sauver son royaume.

—Oh, Atlas a mentionné que tu écrivais quelque chose sur lui. C'est la même histoire ou une différente ? je la taquine. —Est-ce que je peux être dans ton histoire aussi ? Je ferais un excellent voleur espiègle ou un prince charmant.

Elle rit. —Est-ce que vous partagez et discutez de tout entre vous ?

—Oui, dis-je, mon ton devenant plus sérieux. —Absolument tout. Je fais une pause pour l'effet. —Sauf quand Levi a promis de ne pas le faire.

—Tu es si facile à qui parler, dit-elle après un moment, sa voix plus douce. —Je devrais probablement te laisser, cependant. Ces mots ne s'écriront pas tout seuls.

—Va créer des mondes, ô forgeronne de mots. Je te verrai plus tard.

Après avoir raccroché, je reste assis dans ma voiture, attendant ces fichus flics et pensant à Emma. C'est impossible de ne pas imaginer à quoi elle ressemble nue maintenant, surtout après les non-réponses de Levi et la façon dont elle rougissait chaque fois que l'incident de la douche était mentionné.

Ses cheveux mouillés tomberaient dans son dos, assombris jusqu'à devenir d'un riche or miellé. L'eau perlerait sur sa peau, glissant le long des courbes généreuses. Ses seins seraient plus larges qu'ils n'en ont l'air, débordant de mes mains lorsque je les prendrais en coupe, couronnés de mamelons roses qui durciraient sous mon toucher.

Je l'imagine à genoux devant moi, ces grands yeux noisette levés vers moi tandis que ses lèvres roses s'entrouvriraient. Ou penchée sur le comptoir de la cuisine, son cul nu levé, implorant que ma main s'abatte dessus. Les jambes d'Emma enroulées autour de ma taille tandis que je la baisais contre le mur de la douche, sa tête rejetée en arrière de plaisir, mon nom un cri essoufflé sur ses lèvres.

Ma bite pulse douloureusement contre mon pantalon à ces images mentales. Merde, je durcis rien qu'en pensant à elle, comme un adolescent bourré d'hormones. Si les flics n'étaient pas attendus d'une minute à l'autre, j'envisagerais sérieusement de régler cette situation inconfortable ici même.

Le fantasme refuse de partir alors que j'imagine Emma étendue sur mon lit, ses cheveux formant une auréole dorée sur mon oreiller. Ou Emma me chevauchant, son dos arqué, ces seins parfaits rebondissant à chaque mouvement. Emma à quatre pattes, mes mains agrippant ses hanches assez fort pour laisser des marques tandis que je plonge dans cette douce chatte par derrière, la revendiquant avec chaque centimètre de moi.

Encore plus enivrant est l'idée de la partager. Pas seulement à tour de rôle, mais tous ensemble — Atlas la maintenant, suçant ses mamelons, pendant que je baise sa bouche, Levi enfoui entre ses jambes. Nous trois vénérant chaque centimètre d'elle, la poussant au bord du plaisir encore et encore jusqu'à ce qu'elle soit molle et satisfaite, marquée par nous tous, complètement revendiquée.

À moi. À nous.

Un mouvement dans ma vision périphérique me sort brusquement de mon rêve éveillé de plus en plus profond. Je lève mon regard vers le chalet brûlé, où une silhouette brune fouille dans les restes carbonisés et la structure partielle de la maison. Elle est mince, habillée d'un jean sombre et d'une veste ajustée, se déplaçant rapidement tandis qu'elle passe au crible les débris.

Je fronce les sourcils, me redressant sur mon siège. Ce n'est définitivement pas un officier de police, puisqu'il n'y a aucune voiture de patrouille en vue, juste une berline banale garée près du chalet qui n'était pas là quand je suis arrivé.

Piqué par la curiosité, je sors de ma voiture, ajuste ma bite douloureuse, et m'approche de la scène, faisant délibérément assez de bruit avec mes bottes sur le gravier pour ne pas la surprendre. Elle ne me remarque pas immédiatement, trop concentrée sur ce qu'elle recherche parmi les cendres.

—Vous trouvez quelque chose d'intéressant ? je demande d'un ton décontracté, gardant une voix amicale.

Elle sursaute, se tournant vers moi avec des yeux écarquillés. De près, elle est conventionnellement jolie avec un maquillage minimal, des vêtements coûteux, et des cheveux bruns lisses attachés en queue de cheval.

—C'est un site fermé, dit-elle, se reprenant rapidement. Vous ne devriez pas être ici.

Je hausse un sourcil face à son audace. C'est clairement elle qui est en infraction, et pourtant elle essaie de m'avertir ?

— Je pourrais te dire la même chose, lui répondé-je en désignant le ruban de police que nous avons tous deux ignoré. Tu cherches quelque chose en particulier ?

— Rien, dit-elle trop rapidement. Je... cherche, c'est tout. Tu devrais t'occuper de tes affaires.

Je l'observe, remarquant la tension dans ses épaules et la façon dont ses yeux reviennent sans cesse vers une section particulière de la cabane brûlée. Discrètement, je sors mon téléphone de ma poche et prends quelques photos d'elle tout en feignant de vérifier mes messages.

— Si tu me dis ce que tu cherches, je pourrais peut-être t'aider, proposé-je en m'approchant. Ces lieux d'incendie peuvent être dangereux si tu ne sais pas ce que tu fais.

Elle me jauge plus attentivement maintenant, son regard parcourant mon corps de mes bottes à mon visage avec un intérêt grandissant. Quand elle croise mon regard, son expression change, un sourire calculé remplaçant sa méfiance.

— Eh bien, j'ai perdu quelque chose, explique-t-elle, sa voix soudain plus douce, plus invitante. Je l'ai fait tomber ici l'autre jour, et j'ai juste besoin de le retrouver, c'est tout. Elle fait un pas vers moi, inclinant la tête avec flirt. Mais merci de proposer. On pourrait peut-être se retrouver pour boire un verre plus tard si tu es libre ?

La transformation est déconcertante, passant de défensive à séductrice en quelques secondes. Cela me rappelle désagréablement ma propre attitude dans mes jeunes années, quand le charme était une stratégie de survie plutôt qu'une expression naturelle de ma personnalité.

Je hausse les épaules, sans m'engager. Quelque chose chez cette femme éveille mes instincts de prudence. « Et si je t'aidais d'abord ? Je n'aime pas te voir fouiller seule dans ces restes d'incendie. Comme je l'ai dit, ça peut être dangereux. »

Elle s'avance encore, suffisamment proche maintenant pour que je puisse sentir son parfum, quelque chose de cher et d'écœurant qui me donne envie de reculer.

— Je sais ce que je fais, lance-t-elle sèchement, puis adoucit immédiatement son ton, composant ses traits en quelque chose de plus agréable. Je veux dire, je suis prudente.

Un silence inconfortable s'étire entre nous tandis que je l'observe. Le calcul dans ses yeux, la légère tension dans sa posture. Elle cache quelque chose.

— Je m'appelle River, finis-je par dire en tendant la main.

Elle hésite avant de la prendre, sa poignée trop ferme, comme si elle essayait de prouver quelque chose. « Enchantée, mais je suis un peu occupée. » Elle retire sa main rapidement. « Alors, soit c'est oui pour un verre plus tard, soit ne me fais pas perdre mon temps. » Elle se détourne, reprenant sa recherche en fouillant les décombres avec un bâton, ignorant délibérément le ruban de police qui marque le site comme faisant l'objet d'une enquête active.

— Je ne peux pas faire ça, dis-je en abandonnant tout semblant de décontraction. Surtout que je suis ici pour enquêter sur l'origine de cet incendie. Je tends le bras, saisissant doucement mais fermement le sien alors qu'elle commence à s'éloigner. À moins que tu n'aies quelque chose à me dire sur cette cabane et l'incendie ?

Elle lève les yeux et je sens un léger tremblement parcourir son bras avant qu'elle ne le contrôle.

— Je te l'ai dit, répond-elle d'une voix tendue. J'ai fait tomber quelque chose ici l'autre jour. Je ne sais rien de ce stupide incendie. Elle arrache son bras avec plus de force que nécessaire.

— D'accord, dis-je, peu convaincu mais ne voulant pas aggraver la situation sans renforts. Tu as un nom ? Et un numéro... pour plus tard, alors ?

Elle me fixe un long moment, le calcul évident dans ses yeux sombres. « Non, tu as raté ta chance, beau gosse », finit-elle par dire en se détournant et marchant vers sa voiture d'un pas rapide et énervé.

Je la regarde partir, mémorisant la plaque d'immatriculation de sa berline tandis qu'elle s'éloigne. Quelque chose ne va pas ici, mais je n'arrive pas à mettre le doigt sur quoi exactement.

Avant que je puisse y réfléchir davantage, une voiture de police arrive enfin, avec près d'une heure de retard. Je soupire et me dirige vers ma voiture pour récupérer mes gants et mon kit d'investigation. Quoi que cette femme cherchait, j'ai l'intention de le trouver en premier.

Jusqu'à présent, nous n'avons pas pu déterminer exactement où l'incendie a commencé, expliqué-je à Atlas et Levi plus tard cet après-midi au poste. Les traces de combustion nous donnent quelques indices, mais une grande partie de la structure s'est effondrée, surtout autour du mur est. Nous avons besoin de plus de mains pour déplacer en toute sécurité les sections effondrées et vérifier dessous. Une fois que les flics nous auront recontactés et que nous aurons à nouveau accès avec une équipe plus importante, nous y retournerons pour un autre examen.

Atlas hoche la tête, son expression grave. « Des signes de manipulation délibérée du câblage ? »

— Rien d'évident, admets-je. De vieilles cabanes avec des signes d'usure par les rongeurs sur le câblage comme on pourrait s'y attendre dans n'importe quel endroit, mais rien pour déclencher un incendie. Donc, je doute que ce soit ça. Je soupçonne que quelque chose a déclenché l'incendie au rez-de-chaussée à l'intérieur de la cabane. Il y avait des traces d'accumulation de suie comme si c'était une bougie, mais elle a dit qu'elle les avait toutes éteintes, donc je ne sais pas si cela provenait simplement de l'incendie qui consumait des bougies laissées sur place. Mais on pourrait en découvrir davantage une fois qu'on aura retiré les murs effondrés.

— Emma était convaincue qu'elle n'avait laissé aucune bougie allumée, suggère Levi.

Je soupire et me penche en arrière dans ma chaise, posant mes pieds sur le bureau malgré le regard désapprobateur d'Atlas.

— Et puis il y avait cette femme qui fouinait sur les lieux avant l'arrivée de la police. Brune, environ 1,70 m, vêtements coûteux, prétendant avoir perdu quelque chose à la cabane, ce qui était super louche.

— A-t-elle donné un nom ? demande Atlas, qui tend déjà la main vers son carnet.

— Non. Elle est devenue défensive quand j'ai insisté, puis a essayé de s'en sortir en flirtant. J'ai son numéro de plaque d'immatriculation. Je le lui cite.

— Je vais vérifier la plaque avec mon contact au commissariat, dit Levi, déjà en train de taper sur son ordinateur portable. On devrait avoir un nom assez rapidement.

— La police veut reparler à Emma demain matin, ajouté-je. Lui poser quelques questions supplémentaires sur la nuit de l'incendie. Je leur ai dit qu'on l'amènerait.

Atlas hoche la tête. « On pourrait l'emmener au festival après, peut-être. L'aider à se changer les idées si l'entretien la stresse. »

— Excellent plan, approuvé-je. Rien de tel que de la nourriture frite et des jeux de fête foraine pour oublier un incendie potentiellement suspect. En plus, chaque année, je me donne pour mission de gagner à au moins un de ces jeux de tir truqués. Cette année, je pourrai lui gagner une de ces énormes peluches.

Atlas lève les yeux au ciel, mais il y a de l'affection dans ce geste. « Tu aimes juste te montrer. »

— Tout à fait, reconnaîs-je sans honte. Et je suis doué pour ça.

Levi lève soudainement les yeux de son ordinateur portable, son expression inhabituellement troublée. « Et si elle avait accidentellement déclenché l'incendie ? demande-t-il doucement. Une bougie qui se renverse, ou peut-être quelque chose d'électrique qu'elle aurait branché ? »

La question tombe comme une pierre dans une eau tranquille, se propageant dans la pièce et changeant instantanément l'atmosphère.

Atlas se redresse, ses instincts protecteurs visiblement en alerte. « Si c'est le cas, on gérera. Les accidents arrivent. »

— Mais légalement parlant, poursuit Levi, toujours aussi logique. Elle pourrait faire face à de sérieux problèmes de responsabilité. Dommages matériels, accusations de fraude à l'assurance s'ils pensent qu'elle l'a fait intentionnellement...

— Ça n'arrivera pas, l'interromps-je, toute trace de plaisanterie ayant disparu de ma voix. Même si c'était un accident, on s'assurera qu'elle soit protégée.

Atlas hoche fermement la tête. « Nous avons des relations dans cette ville. Les gens font confiance à notre évaluation. Si nous disons que c'était un accident, ils nous croiront. »

— Et si les preuves suggèrent autre chose ? demande Levi.

— Alors nous trouverons d'autres preuves, dis-je

simplement. Je ne la laisserai pas être accusée injustement pour une erreur que n'importe qui pourrait commettre.

Atlas me lance un regard évaluateur. —Ce n'est pas juste une question de la mettre dans ton lit, n'est-ce pas ?

Je soutiens son regard fermement. —Non, ce n'est pas ça. Et je suis surpris de constater à quel point c'est vrai. Oui, je la désire, désespérément, mais c'est plus que ça. Je veux la voir sourire, l'entendre rire, observer son visage s'illuminer quand elle parle. Je veux être celui qu'elle appelle quand elle a peur ou qu'elle est heureuse ou qu'elle a simplement besoin de quelqu'un qui l'écoute.

—Pour aucun d'entre nous, ajoute doucement Levi.

Nous tombons dans le silence, chacun perdu dans ses propres pensées. Le seul bruit est le tapotement occasionnel des doigts de Levi sur son clavier. Dehors, le soleil traverse les stores, projetant des rayures de lumière sur le sol.

Atlas se penche en arrière sur sa chaise, fixant le plafond. —Pensez-vous qu'on va trop vite avec elle ? demande-t-il finalement, d'une voix calme mais intense. Ça ne fait que quelques jours.

La question plane dans l'air entre nous.

Levi arrête de taper, réfléchissant tout en relevant le menton. —Ça dépend de chaque individu.

—Quand il s'agit d'Alphas qui trouvent leur compagne Oméga, pas vraiment, je réplique, faisant tourner un stylo entre mes doigts.

—Elle est différente, dit Atlas, sans regarder aucun

d'entre nous. Ça semble... réel. Il se frotte le visage de la main. Nous sommes sous le charme d'une Oméga qui nous a explicitement dit qu'elle ne veut pas d'Alphas. Il regarde tour à tour Levi et moi, son expression troublée. Est-ce qu'on se prépare à quelque chose de mauvais ? À avoir le cœur brisé ?

Je n'ai jamais vu Atlas avoir l'air si incertain. Notre leader naturel, toujours si sûr de chaque décision, se demande maintenant si nous nous dirigeons tout droit vers le désastre. Levi est silencieux, mais je peux voir la tension dans ses épaules, la façon dont ses doigts tapotent un rythme que lui seul comprend sur la table.

—Merde alors, dis-je en me levant brusquement. Je ne peux pas rester assis avec cette énergie qui me traverse. Nous allons faire d'elle la nôtre, et elle le verra assez vite.

Atlas hausse un sourcil. —River-

—Non, je l'interromps. Je sais ce que tu vas dire. Qu'on doit être patients, respectueux, lui donner de l'espace. Et oui, c'est vrai. Mais ça ne veut pas dire qu'on ne peut pas aussi lui montrer exactement ce qu'elle aurait avec nous.

—Il a raison, dit Levi, nous surprenant tous les deux. Emma a été blessée. Elle se protège contre d'autres douleurs. Mais si on pouvait lui montrer que ce qu'on lui offre n'a rien à voir avec ce qu'elle a connu auparavant ?

J'acquiesce avec emphase. —Exactement. Nous respecterons ses limites tout en lui faisant clairement comprendre que quand elle sera prête, nous serons là à l'attendre.

—Tous les trois, murmure lentement Atlas.

—Tous les trois, confirme Levi.

—Ensemble, j'ajoute, un sourire espiègle s'étalant sur mon visage. On lui montrera ce que ça signifie d'être revendiquée par une meute qui l'adore.

Atlas et Levi échangent un regard, et je sais qu'ils sont partants. Quoi qu'il faille, peu importe le temps que ça prendra — Emma sera à nous.

Et que Dieu vienne en aide à quiconque essaiera de se mettre en travers de notre chemin.

—Je veux ça, dis-je simplement, regardant d'Atlas à Levi. Je la veux. Je nous veux, tous ensemble.

Levi hoche la tête, solennel mais avec cette intensité qui brûle derrière sa façade prudente. —Moi aussi.

—Alors nous sommes d'accord, dit Atlas, un lent sourire s'étalant sur son visage. Maintenant, il nous reste juste à la convaincre.

Je ne peux pas m'empêcher de rire. —Un putain de jeu d'enfant.

EMMA

Les couleurs du coucher de soleil à l'extérieur de la tour de guet sont presque irréelles. Des oranges et des roses se fondent dans des violets si profonds qu'ils ressemblent à des ecchymoses contre le ciel qui s'assombrit. Depuis le balcon de la tour de guet, la vue s'étend sur des kilomètres, la forêt se déployant comme une mer vert foncé sous nos pieds. Alors que la nuit s'installe, les ombres s'épaississent entre les arbres.

Je berce ma tasse de chocolat chaud entre mes paumes, laissant la chaleur imprégner mes doigts. Les guimauves ont fondu en un nuage gluant sur le dessus, exactement comme je les aime. Le poêle en fer dans la pièce de la tour crépite, projetant des ombres sur les visages des trois Alphas qui se détendent autour de moi.

Cette scène domestique avec des hommes que je connais depuis moins d'une semaine devrait être gênante. Au lieu de cela, elle est étrangement confortable, comme si j'avais en quelque sorte trouvé une vie qui m'attendait depuis toujours.

Cette pensée suffit à déclencher une spirale d'anxiété dans ma poitrine.

— Alors, dis-je, essayant de garder une voix décontractée malgré le nœud d'angoisse dans mon estomac. Devrais-je m'inquiéter de cet entretien avec la police demain ?

Mon genou droit tressaute nerveusement. Atlas, assis à côté de moi sur l'immense canapé, pose une main chaude sur mon genou nu, l'immobilisant instantanément. Le poids de sa paume envoie un courant électrique dans ma cuisse que j'essaie désespérément d'ignorer.

— Pas du tout, dit-il, d'une voix stable et rassurante. C'est une procédure standard pour eux de mener des entretiens de suivi pour tout incendie de structure. Ils veulent simplement revoir ta déclaration, voir si tu te souviens de détails supplémentaires maintenant que tu as eu le temps de digérer l'événement.

Levi hoche la tête depuis sa position près de la fenêtre. — Les rapports de police montrent une augmentation statistique de la précision des souvenirs après une période tampon de 72 heures suivant des événements traumatisants.

— Nous t'y conduirons et t'attendrons, ajoute River. Nous te soutiendrons quoi qu'il arrive.

— Vous ne pouvez pas venir avec moi ? La question m'échappe avant que je puisse la retenir, révélant plus de vulnérabilité que je ne l'avais prévu.

Atlas secoue la tête. — Ils voudront te parler en privé. Protocole standard.

Mon estomac se serre douloureusement. Et s'ils déforment mes paroles ? Et s'ils ne me croient pas ? Et si je dis accidentellement quelque chose qui me fait paraître coupable ?

— Hé, dit River. Tu as l'air de quelqu'un à qui on vient d'annoncer que les dragons existent et qu'ils viennent pour ton stock de chocolat.

Je force un sourire qui ressemble plus à une grimace. — Je suis juste nerveuse à l'idée d'être interrogée, c'est tout.

— Ce n'est pas un interrogatoire, précise Levi. Dans les cas comme le tien où il n'y a aucune preuve d'acte criminel, ces suivis sont de simples formalités.

— D'accord, dis-je, bien que cette assurance ne calme guère l'émeute des pires scénarios qui se déroulent dans ma tête. Et s'ils avaient trouvé des preuves qui contredisent ma déclaration ? Et s'ils pensent que j'ai délibérément allumé le feu pour l'argent de l'assurance ? Et si j'avais laissé une bougie allumée ? Et s'ils m'arrêtent sur-le-champ ?

Mon Dieu, je ne peux pas aller en prison. Je n'y survivrais jamais. Je serais la pire détenue au monde — je ne supporte même pas les araignées dans la douche, alors les horreurs que recèle la prison...

— Emma, dit doucement Atlas, lisant d'une façon ou d'une autre la spirale de mes pensées. Je te promets qu'il n'y a rien à craindre.

Facile à dire pour lui. Ce n'est pas lui dont la vie entière est partie en fumée, littéralement, et qui doit maintenant convaincre les autorités qu'il n'y est pour rien.

— Sur une échelle de un à complètement foutue, dis-je, essayant d'injecter un peu d'humour dans ma voix. À quel point ce serait grave si je quittais la ville ce soir ? J'ai entendu dire que le Canada est magnifique en cette saison.

River ricane. — Environ douze sur ton échelle. Fuir avant un interrogatoire tend à crier « coupable comme l'enfer » aux autorités.

— En plus, ajoute Atlas en serrant doucement mon genou, nous devrions juste te retrouver et te ramener.

La façon décontractée dont il le dit, comme s'il était évident qu'ils me poursuivraient, me procure un frisson inattendu. Je repousse ce sentiment, essayant de me concentrer sur le problème actuel.

— Nous serons juste dehors pendant tout ton entretien, m'assure Levi. Et s'il y a le moindre problème, ce qui n'arrivera pas, mon cousin travaille au bureau du procureur. Nous avons des relations.

La confiance tranquille dans sa voix, la certitude absolue qu'ils me protégeront, détend quelque chose de serré dans ma poitrine. Cela fait si longtemps que je n'ai pas eu quelqu'un de mon côté comme ça, pas depuis la mort de Grand-mère.

— Merci, dis-je, en regardant ma tasse. Pour tout. La chambre, les vêtements, me laisser rester ici... surtout après avoir fait irruption dans vos vies comme l'héroïne d'un film catastrophe.

— La meilleure catastrophe que nous ayons jamais eue, plaisante River avec un clin d'œil.

Un silence confortable s'installe, rompu seulement par le crépitement du feu et le hululement lointain d'un hibou. La dernière lueur de soleil disparaît au-delà de l'horizon, nous laissant dans la chaude lueur du poêle en fer et quelques lampes stratégiquement placées.

— Puis-je te demander quelque chose ? dit soudainement Levi, attirant toute notre attention, alors qu'il me fixe. Qu'est-ce qui t'a amenée à ne pas vouloir d'un Alpha ? Pas que nous te mettions la pression, ajoute-t-il rapidement. Je suis juste curieux.

La question me prend au dépourvu, bien que je ne sache pas pourquoi. J'attendais que l'un d'eux me demande plus de détails depuis ce premier jour où j'avais clairement indiqué que je ne cherchais pas d'attachements avec un Alpha. Je hausse les épaules, mordillant ma lèvre inférieure tandis que mon esprit cherche des réponses possibles. Je pourrais esquiver, faire une blague et changer de sujet. Les gars me regardent tous, mais aucun d'eux n'insiste, ce que j'apprécie plus qu'ils ne le réalisent.

— Hé, tout va bien, dit River après un moment, sentant clairement mon hésitation. Pas besoin de secrets sombres et profonds.

Quelque chose dans son acceptation facile me donne envie de répondre honnêtement. Peut-être est-ce le chocolat chaud qui me réchauffe de l'intérieur, la chaleur de ce sanctuaire dans la tour, ou simplement la gentillesse authentique dont ces trois-là ont fait preuve envers moi. Quoi qu'il en soit, je me surprends à vouloir être honnête, même si cela me fait paraître pathétique.

— Ce n'est rien d'excitant, dis-je finalement. Juste...

un schéma que je préfère ne pas répéter. Je fais une pause, rassemblant mes pensées, et aucun d'eux ne se précipite pour combler le silence.

— Je ne veux plus être blessée, j'admets, ma voix plus petite que je ne l'avais prévu. Le rejet vous brise à la longue, et je suis fatiguée de me sentir inférieure. De perdre ma confiance en moi chaque fois qu'un autre Alpha me dit que je ne suis pas assez bien.

Les mots coulent comme un barrage qui cède après des années de pression.

— Mon premier petit ami à l'université m'a dit que mon odeur faisait trop intellectuelle, et que ce n'était pas assez sexy pour lui. Le suivant a dit que j'étais trop indépendante pour une Oméga et que les Alphas veulent quelqu'un qui a plus besoin d'eux. Mon rire sonne creux, même à mes propres oreilles. — Puis il y a eu celui qui m'a dit que j'étais trop passionnée par mon écriture, et que ça le faisait se sentir secondaire. Oh, et n'oublions pas celui qui a dit que j'étais assez jolie mais pas tout à fait ce qu'il cherchait chez une compagne. J'avale difficilement, horrifiée de sentir des larmes me piquer les coins des yeux.

— Le dernier, mon ex, Chad, m'a dit qu'il n'était plus attiré par moi, et que mon odeur était *mauvaise*. Comme si j'étais en quelque sorte devenue périmée, comme du lait laissé trop longtemps dehors. Je cligne rapidement des yeux, refusant de laisser couler les larmes.

— Et je ne veux pas que vous me disiez qu'aucune de ces choses n'est vraie parce que, croyez-moi, je me le dis. Mais cette partie de moi s'accroche toujours à ces maudites paroles comme à une bouée de sauvetage, et je la déteste. Je me déteste pour ça. Parce que je les ai laissés s'insinuer sous ma peau.

Le silence qui suit mon éclat semble lourd. Je risque un coup d'œil et trouve les trois hommes qui me regardent avec des expressions presque figées.

— Eh bien, ces types ont l'air d'être de parfaits connards. River est le premier à briser le silence.

— Des abrutis de première catégorie, lâche Levi.

— Des putains d'idiots, gronde Atlas, sa main sur mon genou se resserrant légèrement. Chacun d'entre eux.

Je ris, un son aqueux qui menace de se transformer en sanglot. — Vous n'êtes pas obligés de dire ça. Je sais que je suis un désastre. Trop émotive, trop indépendante, trop tout.

— Non, dit fermement Atlas. Ils avaient tort, Emma. Tous.

— Tu n'en sais rien, riposté-je, mes défenses se levant automatiquement. Tu me connais à peine.

— J'en sais assez, insiste-t-il. Je sais que tu es assez courageuse pour survivre à un bâtiment en feu. Tu es assez talentueuse pour avoir publié plusieurs livres. Tu es assez forte pour tenir debout, même quand tu trembles encore intérieurement.

Je cligne des yeux en le regardant, surprise par la force dans sa voix.

— Je sais, ajoute River, que tu as le plus beau rire que j'aie jamais entendu. Et que tu es assez intelligente pour suivre le discours de nerd de Levi, ce qui est franchement impressionnant.

— Et je sais, dit doucement Levi. Que ton odeur est

la combinaison la plus parfaitement équilibrée de composants que j'aie jamais rencontrée. Le rapport précis de miel à vanille à papier crée une harmonie olfactive qui est mathématiquement élégante. Tu es parfaite.

Je les fixe, sans voix. Ils semblent tous si sincères, si convaincus dans leur défense de moi. Ce serait plus facile s'ils étaient simplement polis, offrant des assurances vides. Cette croyance authentique en moi est plus difficile à rejeter, plus difficile à me protéger contre.

—Mon Dieu, dis-je, en forçant un rire qui sonne creux, même à mes propres oreilles. Tu dois me prendre pour une vraie perdante. Tu vois ? Je te l'avais dit, Atlas. Il y a quelque chose qui cloche chez moi que tout le monde finit par remarquer.

J'enfourne le reste de ma guimauve dans ma bouche, ayant besoin de faire quelque chose. C'est sucré et délicieux.

—Emma... commence Atlas.

—Il n'y a rien qui cloche chez toi, l'interrompt River, se penchant en avant avec intensité.

—Ces Alphas étaient le problème, affirme Levi. Pas toi.

Atlas bouge à côté de moi, se rapprochant, mais je ne peux pas supporter le réconfort qu'il s'apprête à m'offrir. Pas quand mon cœur bat si douloureusement contre mes côtes, pas quand j'ai l'impression que je pourrais voler en éclats si quelqu'un parle trop fort.

—C'est bon, dis-je rapidement, les coupant avant qu'ils ne continuent avec leurs réconforts bien intentionnés. Vous n'avez pas besoin de dire quoi que ce soit. Je vous sauve tous de moi-même, de vos futurs vous qui se sentiraient coincés avec moi.

Mon visage brûle d'humiliation. Pourquoi ai-je dit tout ça ? Pourquoi me suis-je exposée devant trois hommes que je connais à peine, des hommes qui ne m'ont montré que de la gentillesse et qui me voient maintenant à mon plus pathétique ?

—De toute façon, dis-je en me levant brusquement, j'ai juste besoin d'air frais.

Je pose ma tasse vide sur la petite table et me dirige vers la porte du balcon, désespérée d'échapper au poids de leurs regards. L'air nocturne me frappe comme une bénédiction, frais contre ma peau brûlante. Je me déplace vers la partie la plus sombre du balcon qui fait le tour, là où les ombres sont les plus épaisses, et m'appuie contre la balustrade.

Derrière moi, j'entends le murmure de voix masculines, trop basses pour distinguer les mots. Ils discutent probablement de quel désastre je suis et comment ils peuvent poliment me demander de trouver un autre logement maintenant qu'ils ont vu les dégâts émotionnels sous mes tentatives de normalité.

Bravo Emma. Tu n'as pas pu te retenir un peu plus longtemps alors que tu es coincée dans cette ville ? Je passe une main sur mes yeux, en colère contre l'humidité que j'y trouve. Et le pire, c'est que j'aime vraiment cet endroit. La tour, la ville, et oui, les trois hommes qui me touchent de façons qui me terrifient jusqu'au plus profond de mon être.

Ce qui est dangereux. Tellement dangereux. Le

chemin pour être blessée à nouveau est pavé exactement de ce genre de pensées.

Je regarde la forêt sombre qui s'étend devant moi. Au loin, un loup hurle, le son faisant écho par d'autres plus éloignés. C'est envoûtant et magnifique, et correspond parfaitement à la douleur dans ma poitrine.

Une lame du plancher craque derrière moi, et je me raidis, essuyant rapidement mes yeux. Sois cool, Emma. Rappelle-toi ce que Jason a dit – les Alphas n'aiment pas les Omégas émotifs. Trop demandeurs. Trop de travail.

J'entends la voix de ma grand-mère dans ma tête, douce mais ferme comme toujours. « Un vrai Alpha voudra tous les aspects de toi, ma luciole. Les rires et les larmes, la force et la vulnérabilité. Ne te contente pas de moins. »

Eh bien, je n'ai clairement pas rencontré ces Alphas dans mon passé.

Je me retourne, m'attendant à les trouver tous les trois, mais il n'y a qu'Atlas. À travers les parois vitrées de la tour, je vois que le salon est maintenant vide. Levi et River ont dû descendre.

Atlas me rejoint à la balustrade, se tenant près mais sans me toucher, son regard fixé sur la forêt en contre-bas. Il ne dit rien pendant un long moment, et étonnamment, le silence n'est pas inconfortable. La brise ébouriffe ses cheveux noirs, transportant le parfum des pins et quelque chose de plus sauvage venant des bois.

—Savais-tu, dit-il finalement, d'une voix basse et régulière, qu'il y a trois meutes de loups vivant dans ces bois ? En hiver, quand la nourriture se fait rare, ils s'approchent parfois très près de la ville. Nous avons dû les effrayer à plusieurs reprises.

J'apprécie le sujet neutre, la chance de me ressaisir. —Sont-ils dangereux ?

—Pas habituellement pour les humains. Ils s'intéressent plus aux proies faciles. Mais ils sont territoriaux entre eux. Chaque meute a sa propre section de la forêt, et ils défendent férocement leurs frontières.

Il pointe vers le nord. —La plus grande meute vit par là, près de la crête. Parfois, la nuit, tu peux les entendre s'appeler entre eux.

Comme pour confirmer ses dires, un autre hurlement s'élève de l'obscurité, m'envoyant un frisson le long de la colonne vertébrale.

—Ils s'accouplent pour la vie, tu sais, continue-t-il, sans me regarder. Une fois qu'ils choisissent, c'est définitif. Même si quelque chose arrive à leur compagnon, certains n'en choisissent jamais un autre.

Je ne suis pas sûre de comprendre pourquoi il me raconte ça, mais je me retrouve étrangement captivée par le grondement bas de sa voix, la façon dont elle semble se mêler aux sons nocturnes autour de nous.

Il se tourne pour me faire face. —C'est normal d'avoir peur quand on a été blessé.

Ce brusque changement de sujet me prend au dépourvu.

—J'ai évité les Omégas depuis que mon ex, Caitlin, a vidé mon compte en banque et a disparu il y a un an.

Je cligne des yeux de surprise. De toutes les choses que je m'attendais à l'entendre dire, ce n'était pas celle-là.

—Je pensais qu'elle était la bonne pour moi, continue-t-il, un muscle de sa mâchoire se contractant. Nous sommes restés ensemble presque un an. Elle était... tout ce que je croyais vouloir. Belle, douce, semblait me comprendre mieux que quiconque auparavant.

—Je suis vraiment désolée, je murmure.

—En y repensant, il y avait des signes que j'aurais dû voir. La façon dont elle ne répondait jamais à mes appels mais s'attendait à ce que je réponde aux siens. Comment elle ne semblait m'appeler que quand elle voulait quelque chose. La façon dont elle insistait pour des choses, comme un compte bancaire commun pour économiser pour notre avenir, mais avait toujours des excuses pour expliquer pourquoi elle n'était pas prête à emménager ensemble.

Il rit, un son amer que je n'ai jamais entendu de lui auparavant.

—J'étais tellement putain d'aveugle. Si désespéré de croire que j'avais trouvé ma compagne que j'ai ignoré tous les signaux d'alarme. Puis, un jour, je suis rentré chez moi pour la trouver partie. Pas de mot, pas d'explication. Juste des tiroirs vides et des années d'économies disparues.

—Atlas, c'est horrible, je chuchote, véritablement horrifiée.

Il hausse les épaules, mais je peux voir la tension dans ses épaules.

—Pendant des mois, je m'attendais à ce qu'elle revienne. Qu'elle explique que c'était un malentendu, qu'elle avait besoin de l'argent pour une urgence. Même après que j'ai su la vérité, même après avoir accepté qu'elle m'avait pris pour un imbécile, une partie de moi lui manquait encore. C'est vraiment tordu, non ?

Je tends la main sans réfléchir, la posant sur son bras. —Ce n'est pas tordu. Tu l'aimais. Ça ne disparaît pas juste parce qu'elle t'a trahi.

Il regarde ma main sur son bras, puis remonte vers mon visage.

—Ce que je veux dire, c'est que je comprends la méfiance. La peur de faire confiance à nouveau. La peur de croire ce qui est juste devant toi parce que tu as été brûlé avant.

L'intensité dans ses yeux bleus me coupe le souffle.

—Mais je ne pense pas que tu sois maudite, Emma. Je pense que tu es incroyable. Courageuse et brillante et tellement putain de belle que n'importe quel Alpha qui te tourne le dos est un foutu idiot qui mérite que son nœud se dessèche et tombe.

Le feu dans sa voix m'arrache un rire surpris.

—Je suis sérieux, continue-t-il, les yeux étincelants. Ces pathétiques excuses d'Alphas qui t'ont blessée ? Ces misérables tas de merde qui t'ont fait douter de toi-même ? Je veux des noms. Des adresses. Je trouverai chacun de ces enfoirés et leur ferai regretter le jour où ils t'ont fait sentir moins que l'incroyable Oméga que tu es.

—Wow, dis-je, à la fois alarmée et étrangement touchée par sa férocité. J'aime beaucoup ce côté de toi.

Quelque chose change entre nous à ce moment-là, l'air soudain lourd. Mon cœur bat plus vite, et je sais que je devrais reculer et mettre de la distance entre nous avant que cela n'aille quelque part où je ne suis pas prête.

Un mouvement soudain au-dessus de ma tête me fait lever les yeux juste au moment où une énorme chauve-souris plonge bas au-dessus du balcon. Je laisse échapper un petit cri, pas mon moment le plus glorieux, et saute instinctivement en avant. Mes mains atterrissent à plat contre la poitrine d'Atlas, ses bras m'entourant automatiquement, me tenant fermement contre lui.

Pendant un moment, nous restons tous deux figés, nous regardant. Je sens son cœur battre sous mes doigts, correspondant au battement frénétique du mien.

—Juste une chauve-souris, murmure-t-il, mais il ne desserre pas son étreinte.

Je devrais reculer. Je le sais. Mais la chaleur de son corps, la force solide contre le mien, rend impossible de m'éloigner.

—Pourquoi est-ce que je me sens toujours en sécurité avec toi ? La question m'échappe.

—Je suis un protecteur. Sa main glisse le long de mon dos, venant se poser sur ma nuque. Tu ne l'as pas remarqué ?

Il glisse son autre main sous mon menton, relevant mon visage jusqu'à ce que nos yeux se rencontrent. Quelque chose de brûlant et dangereux s'enflamme dans ces profondeurs de minuit, quelque chose qui fait s'emballer mon pouls.

—Rien ne va se passer, je murmure, même si je me balance vers lui.

—Ah bon ? murmure-t-il, son pouce effleurant ma

lèvre inférieure dans un toucher si léger qu'il pourrait être fruit de mon imagination.

—Nous savons tous les deux que c'est mieux comme ça, je continue, ma voix me trahissant en se transformant en un murmure rauque.

—Parle pour toi, réplique-t-il, son visage s'approchant du mien. Je n'ai pas ce genre de volonté quand il s'agit de toi.

Puis sa bouche est sur la mienne, et toute apparence de retenue s'évapore comme la brume matinale sous un soleil ardent.

Ce n'est pas un doux premier baiser. Il est vorace, dévorant, comme s'il était affamé de mon goût. Ses lèvres s'emparent des miennes avec une faim possessive qui fait fléchir mes genoux et vide délicieusement mon esprit. Une main berce l'arrière de ma tête, ses doigts s'emmêlant dans mes cheveux, tandis que l'autre s'étale sur le bas de mon dos, me pressant contre lui jusqu'à ce qu'il n'y ait même plus d'air entre nous.

Je devrais m'écarter, mais mon corps se rebelle contre toute logique, mes mains glissant sur son torse pour s'emmêler dans ses cheveux, le retenant contre moi comme si j'avais peur qu'il ne disparaisse si je le lâchais.

Il a le goût du chocolat et du péché, une combinaison qui me fait tourner la tête et brûler mon corps. Sa langue trace la ligne de mes lèvres, cherchant l'entrée, et je m'ouvre à lui avec un doux gémissement qui m'embarrasserait si j'avais encore une quelconque capacité à ressentir de la honte.

Le baiser s'approfondit et devient incandescent. Sa

langue caresse la mienne d'une façon qui me fait gémir contre lui. Je me noie dans les sensations, dans la chaleur de son corps contre le mien, dans la manière dont ses mains semblent me marquer à travers mes vêtements.

Quand nous nous séparons, il ne s'éloigne pas beaucoup. Son front repose contre le mien, nous respirons tous deux avec difficulté, ses mains encadrant maintenant mon visage comme si j'étais quelque chose de précieux qu'il ne peut se résoudre à relâcher.

—C'était... j'essaie de trouver des mots mais j'échoue spectaculairement.

—Une erreur ? je suggère, le pouls encore affolé.

Il secoue la tête, les yeux rivés aux miens. —Pas du tout. C'était inévitable. Je lutte contre ça depuis le moment où je me suis assis à côté de toi dans l'avion.

—C'est une mauvaise idée, dis-je, bien que mon corps hurle le contraire. Je ne cherche pas...

—Un Alpha. Je sais. Ses pouces caressent mes pommettes, doux malgré la faim encore évidente dans son regard. Mais parfois, ce que nous ne cherchons pas est exactement ce que l'univers nous offre.

Avant que je puisse formuler une réponse, il me pousse doucement contre la rambarde, m'enfermant entre ses bras de chaque côté. Cette position devrait me faire sentir piégée. Au lieu de cela, je me sens étrangement protégée, à l'abri de tout sauf de lui.

—Si tu étais mienne, dit-il avec un grondement sourd. Je détruirais le monde entier s'il te faisait douter de toi ne serait-ce qu'une seconde. Je marquerais ma revendication sur chaque centimètre de toi jusqu'à ce que tu ne puisses plus te rappeler le nom des hommes qui sont venus avant moi. J'adorerais ton corps, ton esprit, jusqu'à ce que tu ne remettes plus jamais en question ta valeur.

Ses mots font couler une chaleur liquide en moi, qui se concentre dans mon bas-ventre et entre mes cuisses, où je suis déjà embarrassamment humide. Chaque instinct d'Oméga en moi me crie de me soumettre, d'offrir ma gorge, de laisser cet Alpha puissant me revendiquer complètement.

Je me bats contre ça, contre l'attraction de la biologie et du désir.

—De belles promesses, Chef, mais j'ai déjà entendu de jolis mots avant.

Sa tête s'incline sur le côté face au défi dans mon ton. —Je ne fais pas de promesses que je ne peux pas tenir, Emma. Et je n'utilise pas simplement de jolis mots. Il se penche plus près, son souffle chaud contre mon oreille. J'utilise des actions. Veux-tu que je te montre ?

Que Dieu me vienne en aide, je le voudrais. Malgré toutes les sonnettes d'alarme qui retentissent dans ma tête, malgré toutes mes promesses faites à moi-même, je me dresse sur la pointe des pieds et presse à nouveau ma bouche contre la sienne.

Cette fois, il n'y a aucune hésitation des deux côtés. Ses mains glissent jusqu'à mes hanches, me soulevant sans effort jusqu'à ce que je sois assise sur la rambarde, mes jambes s'écartant instinctivement pour lui faire de la place entre elles. La position nous aligne parfaitement, sa dureté se pressant contre mon centre à travers nos vêtements, et je ne peux réprimer le gémissement qui m'échappe.

Sa bouche quitte la mienne pour tracer une ligne de feu le long de ma mâchoire jusqu'à mon cou, où mon pouls bat sous ma peau. Quand il me mordille doucement, puis apaise la piqûre avec sa langue, je manque de m'embraser sur place.

—Tu as un goût encore meilleur que ton odeur, murmure-t-il contre ma gorge, sa barbe naissante créant une délicieuse friction contre ma peau sensible. Et tu sens comme le paradis.

—Atlas, je halète alors que ses mains glissent sous mon pull, ses paumes calleuses effleurant mes côtes, ses pouces frôlant le dessous de mes seins à travers mon soutien-gorge. Nous ne devrions pas...

—Dis-moi d'arrêter, me défie-t-il, se reculant juste assez pour rencontrer mes yeux. Dis-moi que tu ne veux pas ça, et je m'en irai maintenant.

J'ouvre la bouche, mais le mensonge ne vient pas. Je veux ça. Je le désire désespérément.

Il semble lire la reddition dans mes yeux. Avec un grondement, il capture à nouveau ma bouche, m'embrassant jusqu'à ce que je sois étourdie de désir.

Puis, à ma grande surprise, il me fait descendre de la rambarde et me remet sur mes pieds. Il tombe ensuite à genoux devant moi, levant les yeux avec une telle faim nue que je manque de défaillir sur place.

—Laisse-moi te goûter, dit-il, ses mains remontant le long de mes cuisses, poussant ma jupe plus haut. Laisse-moi te montrer comment un Alpha devrait adorer son Oméga.

Le grognement possessif dans sa voix devrait me terrifier. Au lieu de cela, il provoque une nouvelle nappe d'humidité entre mes jambes, mon corps trahissant la prudence de mon esprit avec un abandon enthousiaste.

—Quelqu'un pourrait voir, je proteste faiblement, même en me penchant légèrement en arrière, lui donnant un meilleur accès.

Son sourire est pur péché. —Nous sommes au milieu de nulle part, entourés par la forêt. Mais si l'idée d'être observée t'excite... Il laisse la suggestion en suspens, ses yeux brillant d'une promesse malicieuse.

—Tu es incorrigible, je halète.

—Je suis minutieux, corrige-t-il, pressant un baiser sur ma cuisse intérieure, juste au-dessus de mon genou. Et attentionné. Un autre baiser, plus haut. Et très, très déterminé à te faire oublier tous les Alphas qui sont venus avant moi.

Ses mains remontent plus haut, ses pouces traçant des cercles sur mes cuisses intérieures, chaque passage le rapprochant de l'endroit où je brûle pour son toucher. Ma tête tombe en arrière, un gémissement m'échappant tandis qu'il me taquine, s'approchant mais n'atteignant jamais tout à fait l'endroit où je brûle le plus pour lui.

—Atlas, je supplie, au-delà de la fierté maintenant. S'il te plaît.

—S'il te plaît quoi, Emma ? Son souffle est chaud contre mon endroit le plus intime, seul le fin coton de ma culotte nous séparant. Dis-moi ce dont tu as besoin.

—Toi, je halète, mes mains s'agrippant à ses cheveux. Ta bouche. S'il te plaît, je ne peux pas... j'ai besoin...

Il gronde avec satisfaction, accrochant ses doigts à

la ceinture de ma culotte et la faisant descendre le long de mes jambes avec une lenteur déchirante. L'air frais de la nuit contre ma chair brûlante me fait haleter, mais ce n'est rien comparé au choc de sa bouche sur moi, nue et intime et dévastatrice dans son habileté.

—Oh mon Dieu, je gémis alors que sa langue se fraye un chemin entre mes plis, effleurant mon clitoris. Atlas, c'est... putain... J'agrippe la rambarde derrière moi d'une prise mortelle, me tenant, mes genoux fondant tandis qu'il écarte mes jambes plus largement, se rapprochant, s'enfonçant plus profondément.

Il fredonne contre moi, la vibration envoyant des ondes de choc d'excitation à travers mon corps. Mes cuisses tremblent, menaçant de céder, mais ses mains puissantes me maintiennent stable.

—Si réceptive, murmure-t-il, se reculant juste assez pour me regarder tandis qu'il remonte ma jupe, la poussant jusqu'à ma taille et la coinçant dans la ceinture pour pouvoir me voir. Ses lèvres brillent de l'évidence de mon humidité. Si parfaite. Tu as le goût de miel et de péché.

Avant que je puisse répondre, sa bouche est à nouveau sur moi, plus insistante maintenant. Sa langue encercle mon clitoris tandis qu'un doigt épais taquine mon entrée avant de s'enfoncer.

La sensation est écrasante. Je me mords la lèvre pour m'empêcher de crier, mes hanches bougeant d'elles-mêmes, en quête de plus.

—Ne te retiens pas, ordonne Atlas, ajoutant un deuxième doigt au premier, m'étirant délicieusement.

Laisse-moi t'entendre. Je veux savoir exactement ce que tu aimes.

—Tout, je halète, au-delà de toute pensée cohérente maintenant. Putain, tu fais tout parfaitement... juste ne t'arrête pas, s'il te plaît ne t'arrête pas.

Il accélère son rythme, recourbant ses doigts en moi pour frapper ce point qui fait exploser des étoiles derrière mes yeux tandis que sa langue travaille sans relâche contre mon clitoris. La pression monte, de plus en plus haut, mon corps se tendant comme la corde d'un arc.

—C'est ça, m'encourage-t-il, sa voix rauque de désir. Jouis sur ma bouche, recouvre ma main de tes doux jus, Emma. Lâche prise. Montre-moi comme je te fais du bien.

Ses mots, combinés à la torsion de ses doigts et à la pression ferme de sa langue, me propulsent par-dessus bord. Je jouis avec un cri qui se répercute dans la nuit, mon corps se contractant autour de ses doigts tandis que l'orgasme le plus incroyable me traverse en vagues.

Presque immédiatement, un chœur de hurlements de loups s'élève de la forêt lointaine, le son sauvage se mêlant à mes halètements tandis que je traverse les répliques.

Atlas reste avec moi à travers chaque tremblement, adoucissant son toucher mais ne s'arrêtant pas jusqu'à ce que je sois un désordre frémissant et hypersensible au-dessus de lui. C'est seulement alors qu'il s'écarte, pressant un dernier baiser sur ma cuisse intérieure avant de se relever, attrapant ma culotte au passage, et la fourrant dans sa poche. Son regard rencontre le mien, étincelant dans l'obscurité, ses pupilles si dilatées qu'il ne reste qu'un mince anneau bleu autour d'elles.

—Ça, murmure-t-il, en glissant une mèche de cheveux derrière mon oreille avec une tendresse inattendue, c'était la chose la plus magnifique que j'ai jamais vue et goûtée.

Je le regarde fixement, tremblant encore de la force de ma libération, me demandant comment cet homme, cet Alpha que je connais depuis moins d'une semaine, m'a réduite à mon être le plus élémentaire avec tant de facilité. Dans ses yeux, je vois des galaxies, des univers.

La réalité de ce que nous venons de faire me submerge soudainement, provoquant une vague de panique. Qu'est-ce que je fais ? C'est exactement comme ça que ça commence... L'ivresse, le sentiment d'être spéciale, unique. Et puis vient inévitablement la chute, le moment où ils décident que je ne suis pas assez bien après tout.

Je ne peux pas revivre ça. Je ne survivrai pas à un nouveau rejet, surtout pas de lui. Ni d'aucun d'entre eux. Je tire sur ma jupe pour la remettre en place.

— Hé, dit doucement Atlas, lisant clairement le changement dans mon expression. Reste avec moi.

— J-je ne peux pas, bégayé-je, bien que chaque cellule de mon corps me hurle de faire exactement ça, de voir où cela pourrait nous mener.

— Si, tu peux, répond-il, sa main prenant mon visage en coupe. Quoi que tu penses en ce moment, quels que soient les doutes qui s'insinuent, ils te mentent.

Pendant un instant qui me coupe le souffle, j'envisage de le croire. J'envisage de me laisser tomber dans

cette chose entre nous, quelles qu'en soient les conséquences.

Mais ensuite je me souviens de ce vide dans ma
poitrine après Chad, après Jason, après tous les autres.
Je me rappelle comment chaque rejet a grignoté quelque
chose de fondamental en moi jusqu'à ce que je me
reconnaisse à peine.

— Si je reste, murmuré-je, la vérité me brûlant la
gorge. Si je me permets d'avoir ça, de t'avoir toi... je ne
m'en remettrai jamais quand ça finira.

— Qui dit que ça doit finir ? La certitude dans sa
voix est presque suffisante pour me convaincre.

Presque.

Avec une force de volonté que je ne me connaissais
pas, je me glisse de la rambarde et fais un pas de côté,
mettant un précieux espace entre nous.

— Bonne nuit, Atlas.

Avant qu'il ne puisse répondre, avant que je ne
change d'avis, je me dépêche de contourner le balcon
vers l'escalier. Je les descends avec précaution dans la
faible lumière, mes jambes encore instables après ce qui
vient de se passer.

Je traverse rapidement le salon, passant devant Levi
et River qui discutent dans la cuisine. Ils lèvent tous
deux les yeux quand j'entre, et quelque chose dans mon
apparence — joues rouges, cheveux décoiffés, l'odeur
d'excitation qu'ils peuvent sûrement détecter — fait
brusquement cesser leur conversation.

— Tout va bien ? demande River, l'inquiétude
évidente dans sa voix.

— Très bien, dis-je en essayant d'avoir l'air détendue

et en échouant lamentablement. Juste fatiguée. Bonne nuit, les garçons. Je n'attends pas leur réponse et continue vers ma chambre sur des jambes qui ressemblent encore à de la gelée. Une fois à l'intérieur, je ferme la porte et m'appuie contre elle, mon cœur martelant dans ma poitrine.

— Mon Dieu, murmuré-je dans la pièce vide. Qu'est-ce que j'ai fait ? Pourquoi ai-je fait ça ?

Mais même si la panique et le regret tourbillonnent en moi, je ne peux nier la vérité — c'était la chose la plus incroyable que j'aie jamais ressentie. Sa bouche, sa langue, la façon dont il m'a regardée comme si j'étais quelque chose de précieux, quelque chose qui en valait la peine.

Je glisse le long de la porte jusqu'à me retrouver assise sur le sol, les genoux ramenés contre ma poitrine.

Je suis vraiment dans le pétrin.

14

EMMA

Je sors du commissariat dans l'éblouissante lumière du soleil de milieu de matinée, les mains encore tremblantes après l'entretien d'une heure. Les questions du détective tournent en boucle dans mon esprit comme un disque rayé. « Avez-vous laissé des bougies allumées ? Des appareils électriques en marche ? Auriez-vous pu renverser quelque chose accidentellement ? Avez-vous reçu des visiteurs ? »

Non. Non. Non.

Du moins, je ne crois pas. Mais maintenant, le doute s'est installé, s'insinuant à travers ma certitude. Je suis presque sûre d'avoir soufflé les bougies avant de me coucher. Presque.

Mon Dieu, et si tout était de ma faute ?

—Emma.

Je lève les yeux pour découvrir Atlas, Levi et River qui m'attendent au bas des marches. La vue de ces trois

Alphas qui se sont imposés dans ma vie avec une rapidité alarmante déclenche en moi quelque chose de brûlant et de primitif que j'essaie désespérément d'ignorer. Mais en ce moment, je ne pourrais pas être plus soulagée qu'ils m'attendent et que je ne sois pas seule.

—Salut, dis-je en forçant un sourire tandis que je descends les escaliers. Vous n'étiez pas obligés d'attendre. Je me sens mal. Vous devez avoir du travail.

—Nous avons pris notre journée, admet Atlas, les deux mains enfoncées dans les poches de son jean. Il se tient là si naturellement, comme s'il sortait tout droit d'un magazine de mode masculine, paraissant beaucoup trop enivrant pour ma tranquillité d'esprit. Après l'explosion d'hier soir sur le balcon, je peux à peine le regarder sans rougir furieusement.

—Vous tous ? je demande, surprise.

River hausse les épaules, m'offrant un sourire décontracté. —La ville n'a pas encore brûlé. On s'est dit qu'elle pourrait survivre un jour de plus.

—On voulait que tu saches que tu n'es pas seule, ajoute Levi, m'adressant un sourire coquin.

Quelque chose de tendu dans ma poitrine se relâche à leurs mots. Ça fait si longtemps qu'aucun homme ne s'est montré présent pour moi comme ça, non seulement en offrant de l'aide mais en étant réellement là quand j'en ai besoin.

—Comment ça s'est passé ? demande Atlas.

Je hausse les épaules, essayant d'avoir l'air détachée. —Bien, je crois ? Ils m'ont posé un millier de questions, m'ont fait revivre chaque étape.

River passe un bras autour de mes épaules. —Et

maintenant que les trucs ennuyeux avec la police sont terminés, nous avons des projets.

—Tu as dit hier qu'on allait au Festival d'Été ? Je suis consciente de la chaleur qui émane de lui alors qu'il est pressé contre mon côté. Qu'est-ce qui ne va pas chez moi aujourd'hui ? C'est comme si chaque terminaison nerveuse de mon corps était réglée au maximum.

—Exactement, répond Levi avec un petit sourire. Le meilleur événement de l'année. Et toi, Emma, tu es notre invitée d'honneur.

—Je ne sais pas... je commence avec hésitation. Tout ce que je veux vraiment, c'est me réfugier dans mon lit-nid et digérer tout ça : l'entretien, le soupçon grandissant que j'ai pu causer l'incendie, et la chaleur de plus en plus urgente qui s'accumule au creux de mon ventre depuis mon réveil ce matin, couverte de sueur et douloureusement désireuse.

—Pas optionnel, annonce joyeusement River, me dirigeant vers le pick-up d'Atlas garé au bord du trottoir. Ordonnance du médecin.

—Tu es ambulancier, pas médecin, fait remarquer Levi.

—C'est presque pareil, écarte River d'un geste. La prescription, c'est gâteau à l'entonnoir, jeux de foire, et au moins une attraction qui te fait remettre en question tes choix de vie.

Malgré mes réticences, je me surprends à rire. — D'accord. Mais si je vomis après le piège mortel où vous m'aurez mise, je vise vos chaussures.

—Ça me paraît juste, accepte River avec un clin d'œil.

Nous nous entassons dans le pick-up d'Atlas, moi coincée entre Levi et River sur la banquette arrière à cause de l'équipement que River a insisté pour mettre sur le siège avant. La proximité signifie que je suis pressée contre eux deux de l'épaule au genou, leur chaleur corporelle combinée me faisant sentir presque fiévreuse. J'essaie de me concentrer sur le paysage à l'extérieur, mais je suis intensément consciente de chaque mouvement, chaque respiration des Alphas qui m'entourent.

Le trajet jusqu'au terrain du festival est heureusement court. En nous garant dans la zone de stationnement désignée, j'aperçois le Festival d'Été dans son ensemble et, malgré tout, une excitation enfantine bouillonne en moi.

La rue principale de Whispering Grove s'est transformée en une explosion de couleurs et d'activités. Des banderoles et des guirlandes lumineuses s'étendent entre les réverbères, des stands bordent les deux côtés de la rue, et l'air est rempli des senteurs mêlées de fritures, de sucre, et de gens partout. Au loin, j'aperçois des manèges qui s'élèvent au-dessus des bâtiments, une grande roue tournant lentement avec en toile de fond les montagnes et la forêt.

—Wow, je souffle, sincèrement impressionnée. La ville fait vraiment les choses en grand.

—Je te l'avais dit, affirme Atlas. Ce festival fait vivre la moitié des commerces de la ville. On ne fait rien à moitié.

À peine sortis du pick-up, River me prend la main, m'entraînant vers l'entrée principale. —Allez ! Si on s'y prend bien, on peut faire tous les meilleurs stands de nourriture avant la ruée du déjeuner.

Je me laisse tirer, riant de son enthousiasme. Levi et Atlas nous suivent.

Les heures suivantes passent dans un flou coloré. River insiste pour qu'on commence par la nourriture, nous guidant à travers ses stands préférés. Nous partageons des corbeilles en papier de frites croustillantes nappées de fromage fondu, des corn dogs trempés dans de la moutarde au miel, et des tranches de pizza chargées de garnitures que je ne peux même pas identifier.

—Tu dois goûter ça, dit Levi, me tendant un gâteau à l'entonnoir de travers noyé sous le sucre glace et la sauce aux fraises.

Je prends docilement une bouchée et manque de gémir tandis que la pâte sucrée et frite fond sur ma langue. —Oh mon Dieu, je marmonne la bouche pleine. C'est dangereux.

—Les meilleures choses le sont généralement, dit-il avec un clin d'œil, utilisant son pouce pour essuyer une trace de sucre glace au coin de ma bouche. Ce contact désinvolte envoie une étincelle d'électricité à travers moi.

Que m'arrive-t-il ? Je n'ai jamais été aussi sensible, aussi réactive à de simples contacts.

Après la nourriture, Atlas nous conduit vers une rangée de stands de fête foraine.

—Prépare-toi à être émerveillée, me dit-il, retroussant ses manches en approchant du stand de tir.

J'essaie de me concentrer sur ses mots, mais mon

cerveau court-circuite dès que ces manches remontent. Ses avant-bras ne sont que muscles et force, le genre qui te fait sentir à quel point il est capable. Il y a quelque chose chez un homme aux manches retroussées qui est dangereux, décontracté et arrogant de toutes les bonnes façons, et apparemment, c'est ma faiblesse fatale. Je suis en train de le dévorer des yeux. Sans honte. Parce qu'honnêtement ? Un homme aux manches retroussées est un milliard de fois plus sexy qu'un sans. Ne me demandez pas pourquoi. C'est primitif. C'est puissant. Et en ce moment, c'est tout ce que je peux faire pour ne pas baver.

—Modeste, n'est-ce pas ? murmure Levi près de mon oreille, son souffle agitant les cheveux à ma tempe. Je réprime un délicieux frisson.

Atlas donne quelques tickets et prend la carabine à air comprimé, sa posture confiante et bon sang, beaucoup trop sexy. Je n'essaie même pas de le cacher lorsque mon regard descend vers ses fesses, parfaitement moulées dans ce jean bleu serré. Je regarde, étrangement hypnotisée, tandis qu'il atteint cible après cible, sa concentration incroyable. Il y a quelque chose d'indéniablement attirant dans sa concentration.

Quand il termine, obtenant un score parfait, le responsable du stand indique à contrecœur une rangée de peluches surdimensionnées suspendues au plafond.

—Le gagnant a droit à un prix, déclare Atlas, se tournant vers moi avec un sourire satisfait. À toi de choisir.

Je cligne des yeux, surprise. —Pour moi ?

—Pour qui d'autre ? dit-il, comme si c'était évident.

Je parcours les options du regard, étrangement touchée par ce geste, et je désigne un loup en peluche à l'air incroyablement doux. — Celui-là.

Le forain me le tend, et Atlas me le présente avec un geste théâtral. — Votre loup, ma dame.

— Merci, dis-je en serrant cette peluche ridicule contre ma poitrine. Ça fait des années que personne ne m'a gagné un prix de fête foraine. La dernière fois, c'était probablement avec ma grand-mère quand j'avais treize ans.

— À mon tour, annonce River en nous traînant vers un jeu de force avec un marteau et une cloche. Il fait tout un spectacle en s'étirant avant de prendre le marteau, faisant un clin d'œil à un petit groupe d'enfants qui regardent à proximité.

— Soyez témoins de la grandeur, les enfants, dit-il avec un sérieux théâtral, puis il abat le marteau avec une force impressionnante. Le palet monte en flèche et frappe la cloche avec un tintement satisfaisant. Les enfants applaudissent, et River fait une révérence moqueuse avant de choisir une autre peluche, cette fois un tigre avec une improbable rayure violette, et de l'ajouter à ma collection.

— Pour ne pas être en reste, dit Levi d'un ton pince-sans-rire, en nous conduisant vers un jeu qui consiste à lancer des balles de baseball sur des bouteilles de lait empilées.

Contrairement aux autres, Levi prend son temps, faisant le tour du stand pour examiner l'installation sous différents angles. Son regard se plisse légèrement.

Son premier lancer passe tout juste à côté de la pyramide, manquant sa cible de quelques centimètres à peine.

— Ohhh, tout près ! s'écrie River, la main en coupe autour de sa bouche comme un mégaphone. La fameuse malédiction du premier lancer de Levi frappe encore !

Atlas ricane, croisant les bras. — À chaque fois. On pourrait croire qu'après cinq ans, il aurait compris qu'il lance toujours trop haut au premier essai.

— Dit l'homme qui n'aurait pas pu toucher de l'eau même en tombant d'un bateau l'année dernière, répond Levi sèchement, mais il y a une étincelle de feu compétitif dans ses yeux que je n'avais jamais vue auparavant.

— C'était à cause du vent ! proteste Atlas avec une indignation feinte. Et j'avais le soleil dans les yeux.

— Il faisait nuageux, et le stand était couvert, me chuchote théâtralement River, s'attirant un regard noir d'Atlas.

— Vingt dollars que tu ne peux pas toutes les renverser avec tes lancers restants, défie Atlas, changeant de sujet.

Le coin de la bouche de Levi se relève. — Faisons cinquante.

— Tenu.

Je l'observe, fascinée, tandis qu'il ajuste sa posture très légèrement. Les taquineries semblent le motiver plutôt que de le déconcentrer. Il prend une respiration mesurée, puis lance la deuxième balle avec un lancer puissant. Elle touche la bouteille en bas à droite avec un bruit sec, faisant vaciller toute la structure, mais trois bouteilles restent debout.

— Tu peux y arriver, Levi, je l'encourage, sautillant

sur la pointe des pieds et serrant les peluches gagnées dans mes bras.

— Dernier lancer, Wolfe, chantonne River. Pas de pression, mais Emma a besoin de cet ours en peluche pour compléter sa collection.

Les yeux de Levi se tournent vers moi, et je lui adresse un sourire encourageant.

— Tu vas les exploser, lui dis-je.

Cela me vaut un sourire complet qui transforme tout son visage. Il se retourne vers le stand, balle en main, jette un dernier coup d'œil, puis lance avec férocité. La balle frappe exactement au centre des bouteilles restantes, les envoyant voler avec une telle force que l'une d'elles manque de peu d'emporter le chapeau du forain.

— Physique, dit simplement Levi, acceptant un billet de cinquante dollars tout neuf d'Atlas avec un hochement de tête satisfait et un ours en peluche portant des lunettes et un nœud papillon de la part du forain impressionné. Il me présente l'ours avec une petite révérence. — Pour toi, ma douce. Je crois que la terminologie appropriée est "boum".

River éclate de rire, donnant une tape dans le dos de Levi. — Est-ce que tu viens de fanfaronner ? Notre Levi ? Atlas, je crois que nous sommes témoins de l'évolution en temps réel !

J'accepte l'ours, équilibrant la montagne grandissante de peluches dans mes bras. — Merci, je murmure, me haussant sur la pointe des pieds pour déposer un rapide baiser sur sa joue. Sa peau est chaude contre mes lèvres, et je m'attarde un moment de plus, inhalant son odeur propre et distinctive, adorant son parfum. Quand je me recule, mes joues sont rouges. Et avec chacun des Alphas qui me regarde, je dis : — Ça devient un peu encombrant, j'admets alors que le loup glisse sur le côté, menaçant de faire basculer toute la tour d'animaux en peluche dans mes bras. Les prix de la fête foraine sont grands, chacun faisant presque la taille de mon torse, et je commence à ressembler à une boutique de peluches ambulante.

— Je m'en occupe, déclare Atlas, retirant le loup de ma pile avant qu'il ne tombe.

— Et je prends ce beau garçon, ajoute River, sauvant son tigre. On ne peut pas le laisser subir l'indignité de toucher le sol.

Levi ajuste soigneusement l'ours dans mon bras restant. — Mieux ?

— Parfait, je réponds. Bien que si vous me gagnez encore d'autres prix, on devra peut-être louer une camionnette juste pour les peluches.

— En parlant de ça, mettons-les dans le camion, suggère River, berçant déjà son tigre.

Le temps de mettre les cadeaux à l'abri, nous commençons à faire le tour de la moitié des stands de jeux. Je souris malgré tout. Ça fait si longtemps que je ne me suis pas simplement amusée, que je ne me suis pas laissée aller à être idiote et insouciante sans me préoccuper des délais, des relations, ou de la pression constante d'être à la hauteur.

— Tu t'amuses bien ? demande Atlas, sa voix profonde envoyant des papillons dans mon estomac alors qu'il s'approche suffisamment pour que nos bras se frôlent. Ce contact désinvolte ne devrait pas m'affecter aussi fortement, mais ma peau frémit de conscience là où nous nous touchons.

Je hoche la tête, surprise de réaliser que c'est vrai. — Oui, c'est le cas. Merci pour ça. Pour tout.

Il m'étudie un moment, son regard s'attardant sur mes lèvres avant de revenir croiser mes yeux. C'est le même regard affamé que celui d'hier soir sur le balcon.

— Tu mérites de bonnes choses, Emma, admet-il, sa voix devenant plus basse, juste pour mes oreilles. Sa main se lève pour replacer une mèche de cheveux derrière mon oreille, ses doigts effleurant la peau sensible de mon cou. Tu n'as aucune idée de ce que ça me fait de te voir sourire et rire comme ça.

La chaleur de sa paume s'attarde sur ma peau, et je me retrouve inconsciemment à me pencher vers lui comme une fleur cherchant le soleil. Mon pouls s'accélère alors qu'il s'approche encore plus. Pendant un moment fou, je pense qu'il pourrait m'embrasser ici même, entourés de jeux forains et de stands de barbe à papa.

— Je n'arrête pas de penser à hier soir, murmure-t-il, son pouce traçant la courbe de ma mâchoire. À ton goût. Aux sons que tu as faits.

La chaleur envahit mon visage, et plus bas, bien plus bas, cette nappe qui semble réagir instantanément au premier signe d'attention d'un Alpha. — Atlas, je chuchote, ne sachant pas si je le mets en garde ou si je supplie pour plus.

Un lent sourire prédateur courbe ses lèvres. — Ne

t'inquiète pas. Je peux être patient quand le prix vaut la peine d'attendre.

Avant que je ne puisse répliquer à cette déclaration lourde de sens, River nous appelle, ayant apparemment gagné le débat des manèges contre Levi. La main d'Atlas glisse le long de mon bras alors qu'il recule, ses doigts s'entremêlant brièvement aux miens dans un contact qui semble plus intime qu'il ne le devrait.

— Tu viens ? demande-t-il.

— Pas encore, je le taquine avec un clin d'œil sarcastique, appréciant l'éclair de surprise dans ses yeux.

Le sourire narquois sur le visage d'Atlas est diabolique.

— Le Scrambler, puis on passe aux choses sérieuses, annonce River, m'entraînant déjà vers les manèges forains et rompant mon contact avec Atlas.

Le Scrambler ressemble à une pieuvre géante en métal, ses longs bras s'étendant depuis un moyeu central, chacun équipé d'une petite voiture pour deux personnes peinte de couleurs primaires criardes. En approchant, j'observe les passagers actuels qui hurlent de rire tandis que la force centrifuge les projette vers l'extérieur pendant que toute la structure tourne, créant une double rotation vertigineuse. Ça a l'air excitant.

— Deux par voiture, annonce l'opérateur lorsque nous atteignons le début de la file.

River resserre immédiatement sa prise sur mon bras. — Je réserve Emma pour celle-ci ! Son enthousiasme possessif me fait rire tandis qu'il m'entraîne vers une voiture rouge.

— Essaie de ne pas la traumatiser avec tes cris, lance Levi.

— C'est arrivé UNE fois, proteste River par-dessus son épaule. Et c'était à cause d'une guêpe, pas de l'attraction.

Nous glissons dans le siège étroit, cuisse contre cuisse. River vibre pratiquement d'excitation, rebondissant légèrement sur son siège tandis que la barre de sécurité s'abaisse sur nos genoux.

— Je te préviens, dit-il avec un sourire espiègle. Je suis un peu un expert du Scrambler. Je sais exactement comment maximiser la rotation.

— Pourquoi ça me semble terrifiant ? je demande, mais je souris.

— Fais-moi confiance, me fait-il avec un clin d'œil. Ce sera le plus fun que tu aies jamais eu avec tes vêtements.

J'éclate de rire face à son flirt outrancier. De l'autre côté de l'attraction, j'aperçois Atlas et Levi qui s'installent dans une voiture bleue, tous deux semblant amusamment surdimensionnés dans ce petit espace.

L'attraction se met en marche avec une secousse, commençant par une rotation douce qui s'accélère progressivement. River ne plaisantait pas ; il semble savoir exactement quand chronométrer ses mouvements, se penchant dans les virages pour amplifier la force.

— L'astuce, crie-t-il par-dessus la musique de l'attraction, c'est de travailler avec la physique, pas contre elle !

— Tu parles comme Levi ! je hurle en retour, agrippant la barre de sécurité tandis que nous prenons de la vitesse.

River rejette sa tête en arrière en riant. — Ne dis pas à Levi que je comprends la physique. J'ai passé des années à cultiver mon personnage de beau gosse pas très futé !

Au virage suivant, il fait une démonstration en poussant légèrement contre le bord extérieur de la voiture, nous faisant tourner plus spectaculairement.

— Putain de merde ! je hurle, à moitié terrifiée et à moitié euphorique, tandis que le monde devient un flou vertigineux de couleurs et de lumières. — Qu'est-ce que tu as fait ?

— De la magie ! River sourit malicieusement. — Tu en veux encore ?

— T'es complètement fou ! je m'écrie, mais je ris trop fort pour avoir l'air convaincante.

— Ce n'est pas un non ! répond-il, synchronisant parfaitement une autre poussée avec la rotation de l'attraction.

Cette fois, la force me projette contre lui avec suffisamment de puissance pour me couper le souffle.

— Si je vomis sur toi, ce sera entièrement ta faute ! je halète, m'accrochant à son bras tandis que l'attraction nous fait tournoyer à nouveau.

— Ça vaut le coup ! déclare-t-il, ses yeux brillants de malice. — En plus, tu t'amuses ! Avoue-le !

— Je n'avoue rien ! j'admets, alors qu'un nouvel éclat de rire m'échappe. — Sauf que tu essaies de me tuer !

Le bras de River entoure mes épaules, son corps chaud et solide contre le mien. Il rit avec moi tandis que nous tournons, sa joie aussi contagieuse que son sourire.

— C'est comme ça que tu impressionnes toutes les filles ? je demande alors que nous filons dans un autre virage. — Tu les fais tourner jusqu'à ce qu'elles ne sachent plus si elles sont étourdies à cause de l'attraction ou de ton charme ?

— Seulement les spéciales, dit-il avec un clin d'œil, réussissant à paraître séduisant comme un vaurien malgré le fait d'être balancé comme une poupée de chiffon. — Ça marche ?

— Demande-moi quand le monde aura cessé de tourner, je réplique, mais je ne peux pas m'empêcher de sourire. Il y a quelque chose de libérateur dans l'enthousiasme de River, sa capacité à trouver la joie dans l'instant sans trop réfléchir.

Alors que nous tournons plus vite, je m'abandonne au chaos, laissant échapper un cri qui fait écho à celui de River. Pendant ces quelques minutes, j'oublie tout, l'incendie, l'interrogatoire de police, mes sentiments compliqués pour trois Alphas qui ne devraient pas m'affecter ainsi. Il n'y a que le vent dans mes cheveux, le frisson de la vitesse et la présence de River à mes côtés.

— Regarde ces deux-là ! crie-t-il, faisant un signe de tête vers Atlas et Levi. Leur voiture passe à toute vitesse près de la nôtre, et j'aperçois le visage habituellement composé de Levi transformé par le rire tandis qu'Atlas, l'air légèrement verdâtre, agrippe la barre de sécurité de ses doigts blancs.

— Atlas déteste les manèges qui tournent, me confie

River à l'oreille pendant un bref moment où notre voiture ralentit. Mais il refuse de l'admettre.

Cette nouvelle connaissance me rend Atlas encore plus attachant.

Alors que l'attraction atteint sa vitesse maximale, River me serre plus près, une main me protégeant contre la force de la rotation. Malgré son comportement enjoué, il y a de la force dans le bras qui m'entoure, son corps une présence solide dans le chaos tourbillonnant.

Quand l'attraction ralentit enfin, nous sommes tous deux essoufflés de rire. River m'aide à sortir de la voiture avec une révérence théâtrale, puis se tourne vers Atlas et Levi qui approchent.

— Atlas, mon ami, tu as l'air un peu pâle, le taquine River. On fait le Tilt-A-Whirl ensuite ?

Atlas lui lance un regard noir. — Je suis prêt. Allons-y.

— Il a vomi une fois sur le Scrambler, m'informe Levi à voix basse. On ne l'a jamais laissé l'oublier.

— Traître, marmonne Atlas.

Quand je descends d'autres manèges, étourdie et hilare, le soleil commence à se coucher. Le festival se transforme à mesure que l'obscurité s'installe, des guirlandes lumineuses illuminant les allées entre les stands et les attractions. L'atmosphère change subtilement, devenant plus intime, plus magique. C'est magnifique, en vérité, et je n'arrive pas à croire que nous sommes restés si longtemps.

Atlas semble tout aussi réticent à me laisser partir, sa

main s'attardant sur ma taille alors que nous quittons l'attraction sur des jambes légèrement chancelantes.

— Encore une attraction, suggère River, ses yeux brillant de malice dans les lumières colorées. Ensuite on retourne aux stands de nourriture.

Il pointe vers une structure légèrement à l'écart des attractions principales – un tunnel de l'amour. C'est délicieusement rétro, avec d'énormes bateaux en forme de cygne qui disparaissent dans un bâtiment obscurci, décoré de lumières en forme de cœur et de statues de cupidon kitsch.

— Sérieusement ? je ris. C'est tellement ringard.

— Exactement, confirme River. Ce qui le rend parfait. En plus, il y a la climatisation à l'intérieur.

L'idée de l'air frais est effectivement attrayante. Je me sens de plus en plus échauffée toute la journée, et pas seulement à cause de la température estivale ou de la proximité de trois Alphas séduisants.

— D'accord, je concède. Qui monte avec moi ?

— Moi, rugit Levi en premier et bruyamment. Tu es *à moi.*

Je secoue la tête, gloussant devant leur enthousiasme, bien que secrètement, je ne puisse pas me lasser de leur proximité, de leurs contacts.

— Allons-y ? demande Levi.

Je prends son bras, essayant d'ignorer le frisson dans mon ventre à son contact. — Pourquoi ai-je l'impression qu'on me tend un piège ?

— Parce que tu es perspicace, répond-il alors que nous rejoignons la courte file d'attente pour l'attraction. Atlas et River sont derrière nous.

Quand vient notre tour, Levi m'aide à monter dans l'un des bateaux en forme de cygne, puis s'installe à côté de moi. Le siège est de taille convenable avec beaucoup d'espace pour les jambes.

— Confortable ? demande-t-il alors que notre bateau commence à bouger, glissant doucement dans le tunnel sombre de la rivière.

— Mmm, je réponds évasivement, consciente de sa présence contre mon côté. L'obscurité semble amplifier sa présence.

Au fur et à mesure que l'attraction progresse, nous passons à travers différentes scènes : des couples animatroniques dans divers décors romantiques issus de contes de fées, des lumières scintillantes censées représenter des étoiles, des arbres en papier mâché avec des cœurs gravés. C'est kitsch et ridicule et ça devrait me faire rire.

Au lieu de cela, je suis de plus en plus distraite par la chaleur du corps de Levi contre le mien, la façon dont son pouce caresse distraitement mon épaule, et la force solide de sa cuisse contre la mienne. Mon cœur s'accélère, et une pression croissante au bas de mon ventre devient de plus en plus difficile à ignorer.

— As-tu participé à beaucoup de festivals d'été ? je demande, désespérée de trouver une distraction, son visage couvert d'ombres dans l'attraction obscure.

— Quelques-uns, répond-il, la voix basse. Mais celui-ci est spécial.

— Pourquoi ça ?

— Parce que tu es là.

Cette simple déclaration ne devrait pas m'affecter

aussi fortement, sans compter qu'elle est super niaise, pourtant elle envoie une vague de chaleur à travers moi qui se loge entre mes cuisses. Ce n'est plus seulement de l'attirance ; c'est quelque chose de plus urgent, presque douloureux dans son intensité.

Je me rapproche de lui sous prétexte d'ajuster ma position dans le petit bateau. Ma main se pose sur sa cuisse, et au lieu de la retirer, je laisse mes doigts tracer de petits cercles contre le denim de son jean. Le muscle en dessous se tend immédiatement.

Sa respiration s'interrompt de façon audible. — Continue à me toucher comme ça, murmure Levi, sa voix descendant à un grognement que je n'ai jamais entendu de lui auparavant. Et je ne peux pas être responsable de ce que je ferai ensuite.

La menace devrait m'effrayer. Au lieu de cela, elle envoie une autre vague de chaleur directement entre mes cuisses, et mes tétons durcissent. Mon corps me trahit, réagissant à lui avec sauvagerie. Je le regarde à travers mes cils, me sentant téméraire, dangereuse.

— C'est une promesse ? je demande, mes doigts continuant leur chemin taquin plus haut sur sa cuisse.

Son expression est celle d'une faim brute.

Sa main s'enroule autour de mon poignet, immobilisant mes doigts sur sa cuisse. Pendant un moment, je pense qu'il va me repousser. Au lieu de cela, il guide ma main plus haut, me laissant sentir exactement ce que j'ai cherché sous son jean.

— Voilà ce que tu provoques, grogne-t-il, sa voix basse et dangereuse. C'est ce que tu veux ?

— Oui, je respire, le mot s'échappant avant que je

puisse l'arrêter. Mes doigts se referment autour de sa dureté autant que son jean le permet, et sa mâchoire se crispe à mon toucher.

Notre bateau contourne un virage, glissant dans une section plus sombre du tunnel conçue pour les événements thématiques. Je me tourne complètement vers lui, ma main libre trouvant sa nuque, l'attirant vers moi. Le siège en forme de cygne est assez haut pour nous dissimuler, et avec River et Atlas derrière nous, je sais qu'ils ne peuvent pas nous voir.

Nos lèvres s'écrasent l'une contre l'autre, féroces, exigeantes, presque désespérées. Il a le goût de la cannelle et de la chaleur, sa langue réclamant ma bouche avec une domination qui me fait gémir.

Ses mains trouvent ma taille, me soulevant sans effort jusqu'à ce que je sois à califourchon sur ses genoux dans le petit bateau, face à lui. Cette position nous rapproche intimement, la longueur dure de son sexe pressant contre ma chatte trempée à travers nos vêtements. Je me frotte contre lui instinctivement, cherchant la friction et le soulagement du besoin brûlant qui me consume. La démangeaison est si profonde, si insistante, que j'ai l'impression de pouvoir hurler de frustration.

— Putain, grogne-t-il contre ma bouche, le juron choquant venant de ses lèvres habituellement si précises. Tu n'as aucune idée de ce que tu me fais.

— Montre-moi, je le défie, mordillant sa lèvre inférieure.

Ses mains se resserrent sur mes hanches, guidant mes mouvements contre lui tandis que sa bouche trace un chemin de feu le long de mon cou et plus bas. Il tire mon t-shirt plus bas, jusqu'à être juste au-dessus de mon téton, m'embrassant. Puis il mord, pas assez fort pour laisser une marque, mais suffisamment pour envoyer une décharge de plaisir-douleur qui me traverse.

Je halète, mon dos s'arquant, pressant mes seins contre lui. Une de ses mains glisse le long de mon flanc pour saisir le poids de mon sein à travers mon t-shirt, son pouce caressant la pointe durcie. Même à travers les couches de tissu, le contact est électrique.

— J'ai pensé à ça depuis le moment où je t'ai vue, confesse-t-il contre ma gorge, la voix rauque de désir. Je me suis demandé ce que tu ressentirais dans mes bras, quel goût tu aurais sur ma langue.

Ses mots sont aussi excitants que son toucher. Je me frotte plus fort contre lui, poursuivant la pression croissante.

— Levi, je gémis doucement, ignorant le décor mécanique que nous dépassons.

Je sens son sourire contre ma peau, prédateur et satisfait. — J'adore t'entendre supplier.

Sa bouche trouve la mienne, et nous nous embrassons à nouveau comme si le monde autour de nous était en feu. Contrairement à la passion dévorante d'Atlas, le baiser de Levi est délibéré et presque calculé. Il est terriblement efficace. En quelques instants, je fonds contre lui, un gémissement m'échappant tandis que sa langue glisse contre la mienne.

Je suis en feu, chaque terminaison nerveuse réclamant plus. Je n'ai jamais connu un désir comme celui que j'éprouve avec ces Alphas, si écrasant, si totalisant.

Avant même de réaliser pleinement ce que je fais, je glisse de mon siège pour m'agenouiller sur le plancher du bateau, entre les jambes de Levi, là où il y a plus d'espace. Sa brusque inspiration est la seule indication de sa surprise.

— Emma, grogne-t-il. Tu n'es pas obligée de—

— J'en ai envie, je l'interromps, mes mains travaillant déjà sur sa ceinture. S'il te plaît, Levi. Laisse-moi faire.

Dans l'obscurité, je peux à peine voir son expression, mais je sens la tension dans son corps, le contrôle rigide qu'il maintient.

— Tu es sûre ?

Pour toute réponse, je glisse ma main dans son pantalon maintenant ouvert et sous son boxer, enroulant mes doigts autour de la longueur épaisse qui m'attend. Il siffle de plaisir, ce son m'envoyant un frisson à travers tout le corps. Il est incroyablement dur, et pourtant il y a une douceur veloutée qui rend mon toucher électrique. Alors que je le caresse, mes doigts ne se rejoignent pas tout à fait autour de son épaisseur, et sa taille impressionnante me coupe le souffle.

Puis je sens ce renflement gonflé près de la base de sa hampe. Le nœud. Unique aux Alphas, destiné à un seul but, et définitivement pas quelque chose destiné à une bouche. Pourtant, ça ne cesse jamais de m'étonner à quel point les Alphas sont construits différemment, comment tout en eux semble conçu pour revendiquer, marquer, garder. Même le simple fait de le toucher m'envoie une nouvelle vague de chaleur, comme si mon corps reconnaissait instinctivement ce que ce nœud signifie.

— Putain, souffle-t-il, m'aidant à baisser son jean et son boxer jusqu'à ses hanches. Il respire plus vite, magnifique avec cette offrande épaisse et lourde dans ma main. Je le caresse plusieurs fois, et il gémit. Sa main se déplace vers l'arrière de ma tête, me poussant plus près. — Tu vas me ruiner, ma douce.

Je n'hésite pas, me penchant en avant et pressant ma bouche sur son gland, goûtant sa saveur salée, puis le glissant plus profondément entre mes lèvres. Je gémis autour de sa longueur, sentant que j'ai du pouvoir sur lui, adorant la façon dont il tremble légèrement et comment il produit ces sons ressemblant à des grognements. Je trouve un rythme qui me permet de le prendre profondément, puis de ressortir, pendant qu'il retient sa respiration par à-coups.

— Emma, grogne-t-il alors que je le prends plus profondément. Ta bouche... si parfaite...

Ses paroles, le contrôle tendu dans sa voix, m'encouragent. J'utilise chaque astuce que je connais, chaque technique que j'ai apprise, déterminée à faire perdre la tête à cet Alpha brillant et réservé pour moi.

Quand je creuse mes joues et fais tournoyer ma langue autour du gland sensible de son sexe, il jure, ses cuisses se tendant sous mes mains. Je me sens puissante, désirable et essentielle d'une façon que je n'ai jamais expérimentée auparavant.

Je me retire, le fixant du regard, ma main à la base de son sexe, l'autre sur ses testicules, les tenant délicatement. Il a l'air d'un homme qui s'est soumis, et putain, j'adore ce regard sauvage dans ses yeux quand il me fixe.

—Tu veux que je perde le contrôle ? Tu veux voir ce

qui arrive quand j'arrête de me retenir ? Continue à me taquiner comme ça, et je ne serai peut-être pas doux quand je craquerai.

Ses paroles et le contrôle tendu qui les traverse ne font que m'encourager davantage. Je resserre ma prise et le caresse, tournant mon poignet au sommet exactement comme ses hanches donnent de petits coups. Je laisse mon pouce glisser sur la nappe qui perle au bout de son sexe, le caressant lentement en cercle, observant sa mâchoire se serrer tandis qu'il lutte pour garder son sang-froid. Il essaie si fort de rester maître de lui-même, mais je le veux défait.

En me penchant, je dépose de doux baisers contre son abdomen, juste au-dessus de l'endroit où ma main le travaille, mon souffle chaud et délibéré. Chaque gémissement qu'il ravale, chaque frémissement qui le parcourt me galvanise. Cet Alpha brillant et réservé est peut-être un maître de la retenue, mais en ce moment, je suis déterminée à le faire craquer. Pour moi.

Alors, je le reprends dans ma bouche, profondément jusqu'à ce qu'il atteigne le fond de ma gorge. Je m'arrête, les larmes me montant instantanément aux yeux tandis que je le travaille lentement plus profondément.

—Proche, me prévient-il, sa voix rauque de retenue. Emma, je vais...

Je redouble d'efforts en réponse, le prenant aussi profondément que possible, fredonnant autour de sa longueur d'une manière qui envoie des vibrations à travers nous deux.

Il jouit avec un grognement qui semble presque douloureux, sa main se crispant dans mes cheveux, me maintenant en place, tandis qu'il pulse dans ma bouche. J'avale tout ce qu'il me donne, contractant ma gorge, me sentant étrangement triomphante d'avoir brisé son contrôle minutieux.

Quand j'ai terminé, je me repositionne sur mes talons et m'essuie la bouche du revers de la main, levant les yeux vers l'homme au-dessus de moi, cet Alpha qui vient de se défaire avec mon nom sur ses lèvres. Sa poitrine se soulève et s'abaisse comme s'il avait traversé une guerre, et peut-être est-ce le cas. Je ne l'ai pas seulement satisfait ; j'ai brisé son calme apparent.

D'une main encore tremblante, je le remets dans son pantalon, et il se referme pendant que je me glisse à côté de lui sur le siège de l'attraction du cygne. La douleur entre mes cuisses pulse en protestation, affamée et sans soulagement, mais je ne regrette pas une seconde de ce qui vient de se passer.

—C'était... commence Levi, mais les mots meurent dans sa gorge. Il me regarde comme s'il ne savait pas s'il doit m'adorer ou me détruire.

Je souris dans l'obscurité, suffisante et essoufflée. Je sais.

Il ne rit pas. Pas de petit rire. Pas de sourire en retour.

À la place, il se penche vers moi, lent et délibéré. Un bras drapé derrière mon siège, l'autre posé lourdement sur ma cuisse, ses doigts s'enfonçant dans ma peau comme s'il la possédait, me possédait.

Je cherche mon souffle.

Sa main remonte maintenant. Ne taquinant pas mais revendiquant.

—Tu n'as aucune idée de ce que tu as réveillé, ma belle. Il se penche, ses lèvres effleurant le pavillon de mon oreille, son souffle saccadé. La prochaine fois, je ne te laisserai pas finir avant que tu ne trembles… et me supplies d'arrêter.

Sa prise se resserre, et je frémis alors qu'une pulsation de plaisir traverse le point culminant entre mes cuisses.

Ses paroles s'attardent et me taquinent profondément. Pas juste obscènes, mais sauvages. Mon souffle bégaie. La chaleur s'épanouit sous ma peau, une rougeur qui commence dans ma poitrine et se répand vers le haut jusqu'à ce que même les racines de mes cheveux se sentent chaudes. Mes cuisses se pressent instinctivement l'une contre l'autre, désespérées de friction. Mon cœur bat la chamade, mais ce n'est pas de la peur. C'est du désir. Brut. Indéniable.

Puis il se rapproche encore, m'attirant contre lui.

—Je vais te faire mienne, Emma, murmure-t-il, sa voix basse, respectueuse et mortelle à la fois.

Ça ne devrait pas ressembler à un vœu, mais c'est le cas. Je le sens dans la façon dont ses doigts agrippent ma taille comme si je pouvais disparaître s'il me lâchait. Dans la façon dont son regard me brûle, ne me voyant pas seulement mais me revendiquant.

J'avale difficilement, mon corps vibrant de chaleur, mon cerveau lent à rattraper. Je ne me fais pas confiance pour parler, alors je me penche vers lui à la place, mes doigts s'enroulant dans le tissu de sa chemise comme si j'avais besoin de lui.

L'attraction du cygne glisse hors du tunnel, la

lumière dorée nous inondant à nouveau. Et juste comme ça, le monde semble trop lumineux, trop exposé. Mes joues sont en feu. Je dois avoir l'air dévasté, avec tout ce que j'ai ressenti à genoux entre ses jambes.

Des gens se promènent sur la promenade, inconscients. Mais Levi ? Il n'a pas détourné ses yeux de moi.

Et je sais, sans aucun doute, qu'il pensait chaque mot.

Nous descendons du bateau, et Atlas et River descendent après nous. La soudaine luminosité est désorientante après l'obscurité, et je cligne rapidement des yeux, espérant que mon apparence ne trahit pas ce que nous avons fait.

—Apprécié le tour ? Je ne savais pas qu'il y avait tant de grognements dans l'audio de l'attraction, taquine River, haussant un sourcil.

Je rougis instantanément, détournant le regard de lui. Mon Dieu, ils ont entendu Levi.

—Tour très éducatif, répond Levi avec un sang-froid remarquable, bien qu'il y ait une rougeur sur ses pommettes, et que ses cheveux habituellement soignés soient en désordre.

Les yeux d'Atlas rencontrent les miens, sombres et perspicaces, et la chaleur dans son regard envoie une nouvelle pulsation de besoin à travers moi. Que m'arrive-t-il ? Je n'ai jamais été aussi lascive, aussi incapable de contrôler mes désirs.

Tandis que nous nous éloignons de l'attraction, la main de Levi au bas de mon dos, j'aperçois notre reflet dans le miroir d'un stand de jeu. Mes lèvres sont gonflées, mes joues rouges, mes yeux brillants d'excitation persistante. J'ai l'air... différente. Presque sauvage.

Une terrible suspicion commence à se former dans mon esprit, une crainte silencieuse s'enroulant aux bords de mes pensées. Je l'ai écartée toute la journée, blâmant la chaleur, l'adrénaline et l'attraction implacable que je ressens envers les trois Alphas qui suivent chacun de mes pas, mais quelque chose ne va pas. Ma peau semble trop chaude. Mon odeur s'intensifie. Chaque regard, chaque respiration de leurs phéromones fait réagir mon corps comme s'il savait quelque chose que j'ignore.

Non. Ça ne peut pas être les chaleurs. C'est impossible.

Mes chaleurs ne sont pas prévues avant des semaines. Elles ont été régulières, tous les six mois comme une horloge. Je m'y prépare. Je dois être prête. Les autres Omégas sont différentes. Certaines attendent des années avant leurs premières chaleurs, tandis que d'autres s'enflamment de façon imprévisible, surtout après une exposition prolongée aux Alphas. Mais les miennes ? Les miennes ont toujours été stables. Prévisibles. Gérables.

La dernière fois, Chad était là, et même si c'était une expérience vide, au moins elle suivait le schéma habituel. Il m'avait nouée, bien sûr, mais avec toute la passion d'une corvée routinière. Sans intimité. Sans tendresse. Juste... une obligation. Et même alors, les symptômes avaient été légers. Contrôlés.

Ceci, quoi que ce soit, se sent complètement différent. Mon corps réagit trop vite, trop intensément. Ça doit être autre chose. Les Alphas. Leurs phéromones. Leur présence constante et écrasante.

Ma grand-mère disait souvent : « Si tu passes trop de temps près des Alphas, ton corps commencera à leur répondre, que tu le veuilles ou non. »

C'est sûrement ça. Une anomalie hormonale. Une surcharge de proximité. Un tour de mon corps réagissant à leur domination, pas au cycle.

C'est tout ce que c'est.

Ce ne sont pas les chaleurs.

Ça ne peut pas l'être.

15

EMMA

*J*e descends les escaliers en trombe, attirée par une étrange lumière vacillante provenant de la cuisine. Des ombres orangées et jaunes dansent sur les murs, projetant des silhouettes menaçantes qui semblent tendre vers moi leurs doigts avides.

— Il y a quelqu'un ? crié-je en tournant à l'angle pour découvrir un petit feu qui se propage sur le comptoir de la cuisine. Les flammes lèchent les placards, dévorent les torchons et bondissent sur le porte-épices en bois. La fumée me pique le nez et je tousse.

— Il était temps que tu te montres, dit une voix masculine derrière moi.

Je me retourne brusquement, surprise par cette voix. Chad se tient dans l'embrasure de la porte, les bras croisés sur la poitrine, observant l'incendie qui s'intensifie avec un intérêt détaché. Il est exactement comme dans mon souvenir — vêtements coûteux, cheveux soigneusement coiffés, et un sourire qui me rappelle celui d'un requin.

— *Chad ? Qu'est-ce que tu fais là ? Mon esprit tourne dans la confusion. Il y a le feu ! Nous devons sortir !*

— *C'était censé être nos vacances, dit-il, ignorant ma panique. Tu te souviens ? Le chalet que j'avais réservé pour nous avant que tu ne décides d'aller traîner avec tes joujoux pompiers.*

Le feu s'étend pendant qu'il parle, se propageant maintenant au plafond, craquant et grésillant tandis qu'il consume les poutres en bois. La chaleur s'intensifie, la sueur perle sur ma peau, mais Chad semble imperturbable.

— *Nous devons partir, j'insiste en attrapant son bras et en toussant. Maintenant !*

Il se dégage de mon emprise, son visage se transformant en quelque chose d'étranger, quelque chose qui me glace le sang. Le charme soigneusement entretenu tombe comme un masque bon marché, révélant ce qui a toujours été tapi dessous — un calcul froid et de la rage.

— *Tu m'as trahi avec trois putains d'Alphas ? grogne-t-il, avançant vers moi alors que les flammes s'élèvent plus haut, nous encerclant comme des prédateurs affamés. J'ai toujours su que tu n'étais qu'une traînée.*

— *Chad, je t'en prie, je recule, mais il n'y a nulle part où aller. Le feu nous a encerclés, se refermant avec une vitesse surnaturelle. Je n'ai pas...*

— *J'ai toujours su que tu ne valais rien, continue-t-il comme si je n'avais pas parlé. Juste une autre Oméga désespérée prétendant être spéciale. Tu n'es rien sans moi.*

Ses mains jaillissent, agrippant mes épaules avec une force qui laissera des bleus. Ses yeux bleu pâle, toujours froids même quand il souriait, brillent maintenant d'une malveillance qui me glace malgré l'enfer qui nous entoure.

— Ta place est dans le feu, siffle-t-il en me poussant en arrière. Je trébuche, tombant dans le mur de flammes derrière moi. Le feu s'accroche à mes vêtements, à mes cheveux, à ma peau, et je hurle—

Je me réveille en sursaut, le cœur battant contre mes côtes comme s'il tentait de s'échapper. Les draps sont emmêlés autour de mes jambes. Pendant un moment désorientant, je sens encore le feu lécher ma peau, je vois encore le regard glacial de Chad qui me regarde brûler.

— Juste un rêve, murmuré-je dans l'obscurité de ma chambre. Juste un stupide rêve.

Mais mon corps ne semble pas avoir reçu le message. Je brûle, ma peau rougie et couverte de sueur. Entre mes cuisses, je suis embarrassée par l'humidité et les pulsations insistantes qui n'ont aucun sens, étant donné le cauchemar dont je viens de m'échapper.

Je repousse les draps, essayant de me rafraîchir. L'air sur ma peau surchauffée apporte un soulagement temporaire, mais la douleur profonde à l'intérieur ne fait que s'intensifier. Quelque chose ne va pas. Je ne me suis jamais sentie comme ça auparavant, comme si j'étais consumée de l'intérieur.

Un terrible soupçon se forme dans mon esprit. Non. Ce n'est pas possible. Mes chaleurs ne sont pas prévues avant des semaines, et elles n'ont jamais frappé aussi soudainement. Il y a toujours des signes avant-coureurs, une progression graduelle, pas ce train de sensations qui me percute.

Je presse une main entre mes jambes, choquée par la nappe que j'y trouve. Mes doigts en ressortent luisants dans la faible lumière de la lune qui filtre par ma fenêtre.

— Merde, murmuré-je, la panique montant. Merde, merde, merde.

Ça ne peut pas arriver. Pas maintenant, pas ici, pas quand je vis avec trois Alphas qui font déjà s'emballer mon pouls.

J'ai besoin d'une douche froide. Maintenant. La douleur profonde et aiguë des chaleurs ne s'est pas encore installée, alors peut-être que c'est juste mon corps qui réagit à la proximité des Alphas.

Trébuchant hors du lit, j'attrape un pyjama propre dans ma commode, le short le plus court et le débardeur le plus fin que les gars m'aient achetés, mais tout ce qui est plus épais me donnerait l'impression de suffoquer en ce moment. La pièce bascule dangereusement quand je bouge, mon équilibre est perturbé, mes membres lourds et peu coopératifs.

J'atteins la porte par pure détermination, l'ouvrant aussi silencieusement que possible. La dernière chose dont j'ai besoin est de réveiller l'un d'eux dans cet état. Le couloir s'étire devant moi, la porte de la salle de bain semblant incroyablement lointaine. M'agrippant au mur pour me soutenir, je me dirige dans le corridor sur des jambes instables.

Pied gauche. Pied droit. Ne tombe pas. Ne fais pas de bruit. N'y pense pas à quel point le mur frais est agréable contre ta paume brûlante.

J'atteins la salle de bain sans incident. Le visage qui m'accueille dans le miroir est presque méconnaissable — les joues rougies, les pupilles dilatées, et les lèvres entrouvertes et gonflées comme si j'avais été embrassée jusqu'à perdre la raison. J'ai l'air droguée ou fiévreuse, ou les deux.

Réglant la douche à sa température la plus froide, j'enlève mon pyjama trempé de sueur et me glisse sous le jet glacé. Le choc m'arrache un halètement, mais le soulagement est immédiat et profond. Le feu sous ma peau recule, le brouillard dans mon cerveau s'éclaircit légèrement.

Je reste là jusqu'à grelotter, laissant l'eau froide emporter la nappe entre mes cuisses, la sueur de ma peau et les vrilles persistantes du cauchemar. Quand je ferme finalement l'eau, je me sens presque normale à nouveau. Encore chaude, encore fébrile, mais plus désespérée.

Tandis que je me sèche, je me surprends à penser aux trois Alphas qui dorment juste au bout du couloir. Chacun est si différent, pourtant tous éveillent en moi quelque chose que j'ai désespérément essayé d'ignorer.

Je ne peux pas continuer comme ça, je ne peux pas continuer à baisser ma garde autour d'eux. Le balcon avec Atlas, le tunnel de l'amour avec Levi, la façon dont je trouve des excuses pour toucher River chaque fois que nous sommes dans la même pièce... c'est comme si j'avais perdu tout instinct d'auto-préservation.

— Reprends-toi, Emma, murmuré-je à mon reflet en enfilant un pyjama propre. Ils sont simplement gentils, c'est tout. Ne rends pas les choses bizarres. Ne t'attache pas. Et pour l'amour de Dieu, arrête de les imaginer nus.

Ce dernier ordre est futile. J'ai déjà eu le sexe de Levi dans ma bouche, le visage d'Atlas entre mes cuisses, et j'ai regardé les muscles de River se contracter tandis qu'il gagnait aux jeux de fête foraine. Mon esprit a comblé les lacunes de façon assez vivide.

Je rassemble mes cheveux mouillés en un chignon désordonné pour les garder loin de ma nuque. Puis je retourne dans le couloir, prête à regagner ma chambre et à réfléchir à ce que je vais faire si c'est vraiment une chaleur précoce. Mais alors que je me tourne vers ma chambre, une odeur me frappe, chaude, riche, enivrante.

Cannelle, feu de bois et cassonade.

Quelque chose de primitif s'éveille en réponse. Ma tête tourne, cherchant la source de cette odeur délicieuse, mes narines en aspirant davantage dans mes poumons. Mes pieds suivent, un pas, puis un autre, attirés comme par un fil invisible.

C'est River. Je le sais avec une certitude absolue, bien que je ne puisse pas expliquer comment. L'odeur douce et épicée est incontestablement la sienne, et en ce moment, c'est la chose la plus délicieuse que j'aie jamais rencontrée. Mon corps réagit instantanément, une nouvelle vague de nappe imbibant mon short de pyjama propre tandis que la chaleur me submerge à nouveau.

Une petite partie rationnelle de mon cerveau hurle des avertissements, me disant de retourner dans ma chambre, de verrouiller la porte, de mettre autant de distance que possible entre moi et les Alphas. Mais cette voix est noyée par le besoin écrasant d'être plus proche de cette odeur, de m'en envelopper, de la goûter.

Je me retrouve devant sa porte sans aucun souvenir d'avoir décidé d'y aller. Ma main tremble en atteignant la poignée, la tournant avec une lenteur exquise pour éviter de faire du bruit. La porte s'ouvre, révélant une chambre baignée dans la lumière argentée de la lune.

Je me glisse à l'intérieur et referme soigneusement la porte derrière moi avec un léger clic qui semble assourdissant dans la chambre silencieuse. River est étalé sur son lit, un bras jeté au-dessus de sa tête et les draps entortillés autour de sa taille, exposant les plans sculptés de sa poitrine et de son abdomen. Cette vision me met l'eau à la bouche.

Je devrais partir. Je devrais ouvrir la porte et courir vers ma chambre. Je devrais...

Je suis déjà en train de traverser la pièce, attirée par l'odeur qui s'intensifie et remplit l'espace. Elle est partout ici, concentrée et pure, m'enveloppant comme une étreinte. Un petit son, mi-ronronnement, mi-gémissement, m'échappe tandis que je la respire.

Le besoin d'être plus proche submerge toute pensée rationnelle. Sans réfléchir, je me retrouve à ramper au pied de son lit, à me glisser sous le drap, à m'imprégner de son odeur par grandes goulées d'air désespérées. Chaque respiration rend la douleur en moi à la fois pire et meilleure simultanément.

Je ne peux m'empêcher de monter plus haut, attirée par la source de cette odeur enivrante. Je glisse le long de son corps jusqu'à me retrouver face à lui, réalisant seulement à cet instant que ses yeux sont ouverts, d'un bleu turquoise brillant dans l'obscurité.

—Eh bien, bonjour, mon petit sucre, murmure-t-il, la voix rauque de sommeil mais avec un amusement évident dans le ton. Quelle agréable surprise.

Malgré mon état, l'embarras m'envahit. —Je... je suis désolée, je ne sais pas ce que je—

—Chut, m'apaise-t-il, ses bras m'entourant comme si c'était la chose la plus naturelle au monde de trouver une Oméga dans son lit au milieu de la nuit. Pas besoin d'explication.

Sa peau contre la mienne est électrique, envoyant des étincelles danser le long de mes terminaisons nerveuses. Je frissonne à ce contact, incapable de supprimer le petit gémissement qui m'échappe.

—Mauvais rêve ? demande-t-il, une main me caressant doucement le dos.

Ce simple toucher ne devrait pas me faire autant de bien, mais dans mon état hypersensible, c'est presque écrasant.

—Oui, je parviens à articuler, luttant pour former des pensées cohérentes avec lui si proche, son odeur emplissant mes poumons, sa chaleur s'infiltrant dans ma peau surchauffée. Et je ne me sens pas bien. Je ne voulais pas être seule.

River bouge, me tirant plus près jusqu'à ce que je sois blottie contre son flanc. C'est seulement à cet instant que je réalise qu'il est complètement nu sous les draps, son excitation évidente contre ma hanche. Cette prise de conscience provoque une nouvelle vague de chaleur en moi.

—Eh bien, tu as choisi le bon Alpha pour câliner, murmure-t-il. Je suis excellent pour chasser les cauchemars.

Je me détourne de lui, ayant besoin d'un moment pour me ressaisir, pour essayer de reprendre un peu de contrôle sur mon corps emballé. Mais ce mouvement ne fait qu'aggraver les choses car maintenant nous sommes en cuillère, sa poitrine pressée contre mon dos, son bras enroulé autour de ma taille, son souffle chaud contre ma nuque.

—Mmm, apprécie-t-il, son nez traçant la ligne de ma gorge. Putain, tu sens délicieusement bon. Pourquoi est-ce que tu sens si bon ? Et tu es si douce, comme du velours.

Ces compliments envoient un frisson le long de ma colonne vertébrale, et je me cambre contre lui. Mes fesses se pressent contre son érection, lui arrachant une brusque inspiration.

Je recommence, un mouvement délibéré des hanches cette fois, le sentant durcir davantage contre moi. La friction est délicieuse, un petit soulagement à la pression qui monte en moi, mais loin d'être suffisante.

—Fais attention, mon petit sucre, m'avertit-il, sa voix descendant dans un grondement qui vibre à travers moi. Je ne suis pas quelqu'un qui peut dire non à quelqu'un comme toi.

La chaleur dans mes veines me rend téméraire. —Qui dit que je veux que tu dises non ?

—Es-tu sûre de savoir ce que tu demandes ? Sa main se resserre sur ma hanche, ses doigts s'enfonçant dans ma chair d'une manière qui frôle la douleur. Parce que là, tu sens comme une Oméga au bord des chaleurs.

Ces mots confirment mon soupçon, envoyant une pointe de panique à travers le brouillard de désir. —Non, je ne le suis pas, je proteste automatiquement. C'est juste à cause de ma présence autour de vous trois... mon corps s'adapte simplement. Mes chaleurs ne sont pas prévues avant quelques semaines. Même en le disant, je sais que c'est un mensonge, mais l'admettre rend la chose réelle, en fait quelque chose auquel je dois faire face.

La main de River glisse pour encadrer mon visage, me tournant légèrement pour qu'il puisse voir mes yeux. —J'ai côtoyé assez d'Omégas en chaleur pour reconnaître les signes. Ton odeur a changé depuis plusieurs jours.

Je ferme les yeux, ne voulant pas voir la vérité dans son regard.

—Parfois, être entourée d'Alphas compatibles peut déclencher des chaleurs, explique-t-il doucement. Surtout quand... Il s'interrompt, semblant reconsidérer ses mots.

—Quand quoi ? j'insiste.

Il hésite, puis dit : —Quand un partenaire potentiel est à proximité.

Le mot *partenaire* provoque une nouvelle vague de chaleur en moi, mon corps répondant instinctivement à ce concept.

—C'est ridicule, dis-je, avec moins de conviction que je ne le voudrais. Je vous connais depuis moins d'une semaine.

—Le corps sait ce qu'il veut, dit simplement River. Et en ce moment, le tien semble vraiment me désirer.

Je ne peux pas contredire cela, pas quand je me tortille pratiquement contre lui, désespérée d'avoir plus de contact. —C'est de la folie, je marmonne, plus pour moi-même que pour lui.

—Complètement, acquiesce-t-il joyeusement. Mais te voilà, dans mon lit, à frotter ce petit cul parfait contre moi comme si tu essayais d'allumer un feu.

Malgré tout, je ris. —Depuis quand es-tu philosophe ?

—J'ai des profondeurs cachées, réplique-t-il en mordillant mon lobe d'oreille. En parlant de profondeurs... quels autres secrets me caches-tu ?

La question est taquine. Sa main a repris son chemin affolant le long de mon flanc, montant et descendant, chaque passage le rapprochant de l'endroit où je brûle pour son toucher.

—Tu aimerais bien savoir, je le taquine, tout en me cambrant sous son toucher.

—J'aimerais, effectivement, dit-il, sa voix descendant plus bas. Dis-moi ce qui t'excite. Juste pour qu'un homme sache comment t'apporter un plaisir ultime.

Cette demande m'envoie un frisson, autant pour les mots eux-mêmes que pour le pouvoir qu'ils me donnent. Mais je ne suis pas encore prête à livrer tous mes secrets.

—Pourquoi ne le découvres-tu pas par toi-même ? je le défie, tendant le bras derrière moi pour glisser mes doigts dans ses cheveux. Je suis juste là.

—Mmm, tu joues à celle qui se fait désirer même quand tu es pratiquement en train de fondre pour moi ? Sa main glisse sur ma cuisse nue. J'aime les défis.

Son toucher remonte, frôlant le bord de mon short de nuit, évitant délibérément l'endroit où j'ai le plus besoin de lui. Cette taquinerie est une torture exquise, mon corps se tendant davantage à chaque effleurement de ses doigts.

—River, je gémis, incapable de cacher le besoin dans ma voix.

—Oui, mon petit sucre ? Il semble bien trop composé, trop maître de lui, alors que je suis en train de me désagréger.

—Touche-moi, je supplie, au-delà de toute fierté maintenant. S'il te plaît.

Ses lèvres frôlent le bord de mon oreille. —Ici ? Sa main glisse juste sous mon sein. Ou peut-être ici ? Descend vers l'extérieur de ma cuisse.

Je grogne de frustration, attrapant son poignet et essayant de guider sa main là où j'en ai besoin, entre mes cuisses. Il résiste facilement, riant de mon impatience.

—Pas si vite, murmure-t-il. D'abord, je veux savoir ce que ma petite Oméga aime. Quels fantasmes te tiennent éveillée la nuit ? Qu'est-ce qui te fait mordiller cette jolie lèvre inférieure quand tu penses que personne ne te regarde ?

Ces questions me font me tortiller, à la fois d'embarras et d'excitation. —Pourquoi est-ce que tu me taquines ?

—Parce que tu es magnifique quand tu es désespérée, admet-il, l'honnêteté de ses paroles me surprenant. Et parce que quand je te donnerai enfin ce dont tu as besoin, ce sera tellement meilleur d'avoir attendu.

Sa logique est à la fois exaspérante et excitante. —D'accord, je souffle. Qu'est-ce que tu veux savoir ?

—Tout, dit-il simplement. Mais commençons par

comment tu aimes être touchée. Doux et lent ? Dur et rapide ? Tu aimes être aux commandes, ou tu préfères t'abandonner ?

Ces questions me font rougir, mais la chaleur dans mes veines me pousse au-delà de la timidité. —Ça dépend de mon humeur, j'élude.

—Et quelle est ton humeur en ce moment ? Sa main a repris son voyage affolant le long de mon côté, chaque passage le rapprochant de mon sein.

J'envisage de mentir, de jouer les timides, mais à quoi bon ? Mon corps trahit déjà tous mes secrets. —J'aime la levrette, j'avoue, d'une voix à peine audible. Il y a quelque chose là-dedans qui... fait vraiment la différence.

—C'est ce dont mon petit morceau de sucre a besoin ?

—C'est un problème ? je demande, soudain gênée malgré le feu qui court dans mes veines.

Il rit. —Oh, pas du tout. Je veux juste m'assurer que c'est ce que tu veux vraiment.

—Est-ce qu'une fille doit supplier ? Je me frotte contre lui pour insister, plus délibérément cette fois, lui arrachant un sifflement entre ses dents.

—Bon sang, Emma, gémit-il, sa main glissant le long de mon flanc pour agripper ma hanche plus fermement. Continue comme ça, et ce sera fini de façon embarrassante rapide.

Je recommence, savourant le pouvoir que j'ai sur lui malgré mon état désespéré. —C'est peut-être le plan.

Son grognement en réponse est purement Alpha.

Je tends la main derrière moi pour passer mes doigts dans ses cheveux dorés. —Surtout avec toi.

D'un mouvement fluide, il me fait rouler sur le dos, se dressant au-dessus de moi avec ces yeux brillants qui semblent luire dans l'obscurité. Sa main vient écarter mes cheveux de mon visage avec une tendresse surprenante.

—Regarde-toi, murmure-t-il, son regard parcourant mon visage rougi, ma poitrine haletante, mes lèvres entrouvertes. Si tu pouvais te voir en ce moment, toute rougissante et désireuse, ces magnifiques yeux me suppliant de te soulager. Tu es une putain de vision.

Ma poitrine se serre. —River, je souffle, sachant seulement que j'ai besoin de lui avec une intensité qui m'effraie.

—Je rêve de t'avoir dans mon lit, confesse-t-il tandis que son pouce caresse ma lèvre inférieure. D'imaginer comment ta peau se sentirait contre la mienne, comment tu sonnerais quand je te ferais jouir.

Avant que je puisse répondre, sa bouche est sur la mienne, et toute pensée cohérente se dissout. Il n'y a rien d'hésitant ou de prudent dans son baiser ; il s'empare de ma bouche, sa langue me réclamant, prenant de petites morsures joueuses à ma lèvre inférieure, avec une faim qui correspond à la mienne.

Sa main s'emmêle dans mes cheveux et incline ma tête exactement comme il le souhaite, tandis que son corps me presse dans le matelas avec un poids délicieux.

Je suis à bout de souffle en quelques secondes, mon corps s'arquant pour se presser contre le sien, cherchant tellement plus de lui. Un gémissement m'échappe quand il suce ma lèvre inférieure entre ses dents, la légère piqûre suivie par le passage apaisant de sa langue.

—Mon Dieu, tu es enivrante, murmure-t-il contre mes lèvres. Je pourrais t'embrasser pendant des heures.

Ses mains glissent le long de mon corps, explorant la courbe de ma taille et l'évasement de ma hanche. Quand il atteint l'ourlet de mon débardeur, il s'arrête, me regardant avec une question dans les yeux.

—Oui, j'acquiesce frénétiquement. S'il te plaît.

Il sourit, ce sourire malicieux et espiègle qui a d'abord attiré mon attention. —Si polie quand tu es excitée.

D'un mouvement fluide, il remonte le débardeur et me l'enlève, le jetant de côté. Son regard affamé contemple mes seins nus, mes tétons durcissant en pointes serrées dans l'air frais.

—Magnifique, souffle-t-il, caressant un sein avec un soin révérencieux. Absolument putain de parfaite.

Les compliments me submergent, intensifiant chaque sensation. Quand son pouce effleure mon téton, un halètement m'échappe.

—Sensible, note-t-il. Je vais beaucoup m'amuser avec toi.

Il baisse la tête, remplaçant sa main par sa bouche, suçant un téton entre ses lèvres tandis que ses doigts taquinent l'autre. La double sensation envoie des éclairs le long de ma colonne vertébrale, se concentrant entre mes cuisses, où je suis déjà honteusement mouillée.

—C'est tellement bon, je gémis. Mes mains s'agrippent à ses cheveux tandis qu'il passe à l'autre sein, lui accordant la même attention minutieuse. S'il te plaît.

Il trace un chemin de baisers dans le creux de mes seins, sur mes côtes, vers mon nombril.

—J'ai besoin que tu me touches, je parviens à dire. Entre mes jambes. Je suis si vide, River. Ça fait mal.

—On ne peut pas laisser ça comme ça, murmure-t-il, accrochant ses doigts à la ceinture de mon short. Lève tes hanches pour moi.

J'obéis immédiatement, et il fait descendre le short le long de mes jambes avec une lenteur atroce, ses yeux s'assombrissant alors qu'il contemple ma nudité.

—Bon sang, marmonne-t-il, jetant le short de côté et écartant mes genoux pliés. Tu essaies de me tuer.

Je suis au-delà de la gêne maintenant, nue devant lui au clair de lune, mon besoin trop urgent pour la pudeur. —Touche-moi, je supplie.

Il s'installe entre mes cuisses, pressant un lent baiser à l'intérieur de mon genou, puis un autre, remontant avec une délibération affolante. Chaque pression de ses lèvres envoie des étincelles danser sur ma peau, me tendant davantage d'anticipation jusqu'à ce que je tremble, le souffle court, le pouls battant comme un oiseau piégé dans ma gorge.

—Si impatiente, murmure-t-il contre ma cuisse intérieure, son souffle chaud et diabolique, puis se redresse pour s'asseoir sur ses talons. Les bonnes choses viennent à qui sait attendre.

Mais je ne peux pas m'en empêcher—je baisse les yeux, ayant besoin de le voir, tout entier.

Et quand je le fais, je me fige.

Il est complètement nu, glorieusement, des muscles partout. Mais c'est la longueur épaisse entre ses cuisses qui attire mon attention, et pas seulement à cause de la taille, bien qu'il soit douloureusement dur et plus qu'impressionnant. Non, ce sont les piercings. Une rangée de petites barres argentées et brillantes court sous la tête de son sexe, luisant doucement au clair de lune.

Un Jacob's ladder.

—Putain, je murmure, les yeux écarquillés. Comment est-ce que ça fait ?

River lève les yeux vers moi à travers ses cils épais, souriant comme le diable en personne. —Tu vas bientôt le découvrir, ma belle.

Ma bouche s'assèche. Mon sexe se contracte. Et pourtant, je ne peux que fixer du regard.

Cela lui donne un air diabolique, dangereux et magnifique, comme si tout en lui était conçu pour me faire perdre la raison. Le métal lisse contraste avec l'épaisseur chaude et empourprée de son membre, et l'idée de ce que cela pourrait me faire ressentir à l'intérieur de moi envoie une nouvelle vague de chaleur dans tout mon corps.

Il sourit toujours avec arrogance en se penchant à nouveau pour faire remonter sa bouche plus haut, ses yeux verrouillés aux miens.

Et soudain, attendre me semble impossible.

Je proteste avec un gémissement. Sa main glisse enfin, enfin entre mes cuisses, ses doigts écartant mes plis avec une douce pression. Nous gémissons tous les deux à ce contact — moi de soulagement, lui d'excitation.

—Putain, tu es trempée, dit-il avec une admiration évidente. Tout ça pour moi ?

—Oui, je halète tandis qu'il fait glisser un doigt dans mon humidité, la recueillant avant d'encercler mon entrée de manière taquine. Uniquement pour toi.

La première pression de son doigt en moi est à la fois un soulagement et une torture — bon, tellement bon, mais loin d'être suffisant pour satisfaire ce vide. Je remue contre sa main, cherchant plus, et il m'oblige en ajoutant un deuxième doigt, m'étirant délicieusement.

—Plus, je supplie, mes mains agrippant les draps. S'il te plaît.

Les yeux de River, brillants de désir, se fixent aux miens tandis qu'il ajoute un troisième doigt, me remplissant plus complètement. L'étirement brûle légèrement, mais de la meilleure façon possible, mon corps s'adaptant rapidement pour l'accueillir.

—Comme ça ? demande-t-il, courbant ses doigts en moi et les faisant entrer et sortir, faisant frissonner tout mon corps.

—Oui, je m'écrie, mes hanches se soulevant du lit. Comme ça.

Il ne s'arrête jamais, son pouce effleurant occasion-nellement mon clitoris avec juste assez de pression pour m'emmener plus haut sans me faire basculer. C'est une torture délibérée, et il le sait.

—Tu devrais te voir, murmure-t-il, la voix rauque de désir. Rougissante et te tortillant sur mes doigts, tellement mouillée que je peux l'entendre à chaque fois que je bouge en toi. Putain, tu es tellement belle.

Je suis au-delà des mots maintenant, réduite à des gémissements et des halètements tandis qu'il me pousse plus près du bord. Juste au moment où je pense que je pourrais enfin basculer, il retire ses doigts, m'arrachant un cri de protestation.

—Chut, apaise-t-il, portant ses doigts luisants à sa bouche. Mes yeux s'écarquillent tandis qu'il les suce pour les nettoyer, une expression de pur bonheur traversant son visage. Aussi douce que je l'imaginais, dit-il avec une satisfaction évidente.

Le spectacle de le voir me goûter envoie une nouvelle vague de chaleur dans mon corps.

—J'ai besoin de te sentir en moi.

—J'y serai, promet-il, pressant un baiser rapide et dur sur mes lèvres, me laissant me goûter sur sa langue. Mais d'abord, je te veux comme tu as dit que tu préférais. Il me fait un sourire malicieux. Retourne-toi pour moi, Emma. À quatre pattes.

Son ordre envoie une nouvelle nappe d'humidité entre mes cuisses. J'obéis immédiatement, roulant sur le ventre et me mettant à quatre pattes. L'air frais frappe ma peau surchauffée tandis que River se place derrière moi, et je résiste à l'envie de regarder en arrière pour voir ce qu'il pense.

—Bon sang, dit-il finalement, la voix rauque de désir. Tu es un putain de chef-d'œuvre. Toute exposée pour moi, attendant d'être remplie.

Ses mains viennent se poser sur mes hanches, ses pouces appuyant dans les fossettes à la base de ma colonne vertébrale. Je le sens bouger sur le matelas, se positionnant derrière moi. Le gland de son sexe pousse contre mon entrée, et je recule avec impatience, lui arrachant un petit rire.

—Si avide, et ton sexe palpite déjà sur ma queue,

m'aspirant, murmure-t-il, une main glissant le long de ma colonne vertébrale pour s'emmêler dans mes cheveux. J'ai besoin de plus.

Il entre en moi lentement au début. L'étirement est magnifique, vif et profond, juste à la limite du trop, mais de la meilleure façon possible. Et puis je le sens. Les piercings.

Oh mon Dieu.

Chaque barre de métal glisse sur moi avec une friction distincte et délicieuse, accrochant les points les plus sensibles à l'intérieur de moi, me faisant haleter. Ce n'est pas juste de la pression, c'est de la texture. Juste la bonne quantité de pression. Implacable. Comme s'il illuminait des nerfs dont j'ignorais l'existence. Mon corps se resserre autour de lui par réflexe, déjà désespéré d'en avoir plus.

C'est incomparable à tout ce que j'ai jamais ressenti.

Quand il est enfin complètement enfoui en moi, nous faisons tous deux une pause, haletants. Mes mains agrippent les draps, mon corps chantant de sensations.

—Ça va ? demande-t-il, sa voix tendue de retenue, comme s'il ne tenait qu'à un fil.

—Mieux que bien, je parviens à dire, ma voix essoufflée. Je remue des hanches, testant comment ces barres de métal se sentent quand je bouge, putain, et son grognement me dit exactement à quel point ça l'a affecté.

—Maintenant, dis-je, jetant un coup d'œil par-dessus mon épaule avec un sourire, montre-moi ce qu'un Alpha peut faire.

Il n'a pas besoin qu'on le lui dise deux fois. Ses mains

reviennent sur mes hanches, me tenant fermement tandis qu'il se retire presque complètement, puis revient en force avec suffisamment de puissance pour me propulser en avant sur le lit. L'angle est parfait, frappant des points en moi qui rendent ma vision floue.

—Putain, je halète, tombant sur mes coudes, changeant l'angle pour le prendre encore plus profondément. Oui, exactement comme ça.

River établit un rythme implacable, chaque poussée accompagnée du bruit obscène de peau contre peau et des craquements de protestation du sommier. La tête de lit claque contre le mur à chaque puissante poussée de ses hanches. Il m'agrippe fort, bouge plus vite, plus brutalement. Je ne me lasse pas d'être baisée ainsi.

—C'est ce dont tu avais besoin ? grogne-t-il, une main glissant autour pour trouver mon clitoris, ajoutant une autre couche de sensation qui me fait voir des étoiles. C'est ce après quoi tu languissais ?

—Oui, je crie, au-delà du souci de qui pourrait nous entendre. Oui, mon Dieu, River, ne t'arrête pas.

—Je ne pourrais pas même si j'essayais, halète-t-il, s'enfonçant en moi. C'est trop bon.

La sueur rend ma peau glissante tandis que nous bougeons ensemble, la pièce se remplissant des sons de notre plaisir, mes gémissements désespérés, ses grognements gutturaux, le glissement humide de lui en moi.

—Proche, je halète, reculant pour rencontrer chacune de ses poussées, la belle douleur de le sentir s'enfoncer si profondément en moi, je peux à peine tenir. Si proche.

—C'est ça, m'encourage-t-il, ses doigts pinçant mon

clitoris. Laisse-toi aller pour moi. Montre-moi à quel point je te fais du bien.

Ses mots me poussent plus près du bord, la pression montant à un pic presque insupportable. Juste au moment où je pense que je ne peux plus en supporter davantage, il se penche sur moi, sa poitrine contre mon dos, et murmure à mon oreille :

—Tu es mienne maintenant. À moi de faire plaisir, à moi de protéger, à moi de chérir.

Cette revendication possessive, combinée à une poussée particulièrement profonde et à un cercle habile de ses doigts, me propulse par-dessus bord. L'orgasme me traverse avec la force d'un raz-de-marée, m'arrachant un cri de la gorge tandis que mon corps se convulse autour de lui. Vague après vague de plaisir me submerge, chacune plus intense que la précédente, me laissant tremblante et haletante sous lui.

River grogne, ses mouvements devenant erratiques tandis que mes parois intérieures pulsent autour de lui. Putain, Emma, je vais...

Ses poussées deviennent désespérées, sauvages, et puis je le sens — la base de son sexe qui gonfle, s'accrochant juste à l'intérieur de mon entrée. Son nœud.

— Oui, je halète, en me poussant contre lui, désirant, ayant besoin de sentir cette ultime connexion. S'il te plaît, River.

Avec un cri guttural, il s'enfonce profondément une dernière fois, son nœud se verrouillant en moi alors qu'il commence à jouir. La sensation d'être si complètement remplie, si parfaitement possédée, déclenche un autre orgasme inattendu qui me traverse avec une intensité bouleversante.

Les hanches de River continuent à bouger en petits cercles tandis qu'il se déverse en moi, son sexe pulsant à chaque vague de son plaisir. Ça semble durer une éternité, ses doigts s'enfonçant dans mes hanches assez fort pour laisser des marques, sa respiration rude et saccadée contre mon oreille.

— Putain, gémit-il alors que l'intensité initiale s'estompe, nous laissant tous deux haletants. C'était... bon sang, c'était incroyable.

Je ne peux émettre qu'un faible son d'approbation, trop épuisée pour former des mots. Mes bras cèdent, et je commence à m'effondrer sur le matelas.

— Doucement, murmure River, ses bras s'enroulant fermement autour de ma taille alors qu'il nous guide sur le côté, toujours intimement liés par son nœud. Voilà. Tout en douceur.

Nous sommes allongés en cuillère, sa poitrine pressée contre mon dos, son bras posé de façon protectrice sur ma taille. Sa respiration ralentit progressivement contre mon cou, bien qu'occasionnellement, son sexe pulse encore en moi, de petites répliques de son plaisir qui me font frissonner de volupté résiduelle.

— Ça va ? demande-t-il doucement, en déposant un tendre baiser sur mon épaule.

— Mmm, je parviens à répondre, trop molle et comblée pour former de vrais mots, mais c'était exactement ce dont j'avais besoin.

Il rit doucement, le son vibrant dans sa poitrine contre mon dos. — Je vais prendre ça pour un oui. Sa main caresse distraitement mon flanc, apaisante plutôt que sexuelle maintenant.

— Tu es absolument magnifique, murmure-t-il contre mon épaule, ses lèvres effleurant ma peau sensible. Pas seulement ton corps, bien que Dieu sait que c'est la perfection, mais tout en toi. La façon dont tes yeux s'illuminent quand tu es excitée par quelque chose. La petite ride entre tes sourcils quand tu te concentres. Comment tu protèges farouchement ton indépendance même quand tu as peur.

Cette tendresse inattendue me prend au dépourvu, serrant ma gorge d'émotion.

— J'adore que tu n'aies pas peur de tenir tête à Atlas, même s'il fait deux fois ta taille, continue River, sa voix un doux grondement contre mon dos. Et comment tu rivalises avec Levi dans tous ces affrontements verbaux. Et comment tu ris à mes blagues stupides, même les vraiment mauvaises.

Chaque mot s'enfonce en moi, réchauffant des endroits qui n'ont rien à voir avec le plaisir physique. Son nœud nous maintient connectés, mais ce sont ces douces confessions dans l'obscurité qui semblent plus intimes d'une certaine façon.

— Tu n'es pas obligé de dire tout ça, je murmure, étrangement timide maintenant que l'urgence initiale est passée.

— Je sais, dit-il simplement. J'en ai envie. J'y pense depuis des jours.

Nous restons silencieux un moment, notre respiration ralentissant progressivement.

— Laisse-moi te tenir pendant que tu dors. Il

resserre son bras autour de ma taille. Je tiendrai les cauchemars à distance.

Cette offre me touche plus profondément qu'elle ne le devrait, ce simple geste de soin et de protection. — J'adorerais ça, je chuchote, dérivant déjà vers le sommeil, chaude et en sécurité dans son étreinte.

— Fais de beaux rêves, mon petit sucre d'orge, murmure-t-il, en déposant un dernier baiser sur ma nuque.

Alors que la conscience m'échappe, je réalise avec une inquiétude lointaine que mes chaleurs n'ont pas cessé – elles ont simplement reculé temporairement. Ce répit ne durera pas ; la fièvre reviendra, plus forte qu'avant.

Mais enveloppée dans les bras de River, son cœur battant régulièrement contre mon dos, je n'arrive pas à m'inquiéter pour demain, sachant que cela pourrait ne pas arriver avant un jour ou deux, vu à quel point je me sens à nouveau normale.

16

EMM

La lumière du soleil réchauffe mon visage. Je m'éveille lentement, momentanément désorientée par la pièce qui m'entoure. Ce n'est pas mon lit-nid. Les souvenirs de la nuit dernière me submergent comme une vague.

River. Ses mains. Sa bouche. Son nœud.

Je gémis en enfouissant mon visage dans son oreiller. Qu'ai-je fait ? Je ne me sens pas coupable, mais j'ai peur de m'être laissée séduire par le charme de ces Alphas et de leur faire confiance.

Le lit à côté de moi est vide, les draps froids au toucher. Je suis seule, mais les preuves des activités de la nuit dernière m'entourent : draps froissés, une odeur persistante de sexe dans l'air, l'agréable douleur entre mes cuisses.

Mes vêtements d'hier sont éparpillés sur le sol, là où River les a jetés. Je les ramasse, grimaçant légèrement à cause de la sensibilité entre mes jambes en m'habillant.

D'une certaine façon, le débardeur et le short me semblent insuffisants pour me couvrir.

Une fois habillée, je me dirige vers ma chambre pour récupérer mon téléphone. Le chalet est silencieux autour de moi, aucun bruit de vie ne provient de la cuisine ou du salon. Je vérifie mes notifications, et il n'y a rien des gars, mais un e-mail de mon éditeur concernant la prochaine échéance. J'écarte ces pensées ; je ne peux pas gérer le travail maintenant.

De retour dans la pièce principale, je cherche des signes des Alphas. Une note sur la table, maintenue en place par une salière, attire mon attention.

Mon petit sucre,

J'ai dû partir. Un appel urgent. Ça m'a tué de te laisser dormir dans mon lit, si incroyablement belle, comme un fantasme devenu réalité. La nuit dernière était plus qu'incroyable ; elle était transformatrice. La façon dont tu t'es abandonnée dans mes bras, les sons que tu as émis, la sensation de t'avoir autour de moi... Je me laisse distraire rien qu'en écrivant ceci. Il y a des pancakes frais qui restent au chaud dans le four. Sers-toi de tout ce que tu trouves. Ou attends-moi simplement, et je te donnerai tout ce dont tu as besoin.

Je compte les minutes jusqu'à ce que je puisse te tenir à nouveau,

River

P.S. Emma, j'ai laissé du café dans la carafe thermique, le mélange spécial que je gardais précieusement. Une gorgée et tu comprendras pourquoi je le protège si jalousement. Tu es la seule avec qui je le partagerais. Prends ton temps ce matin. J'ai hâte de te voir. -Levi

P.P.S. Tu es en sécurité ici, toujours. C'est aussi ton espace maintenant. Nous ne serons pas longs, et quand nous reviendrons, nous pourrons parler... ou ne pas parler. Ce dont tu as besoin. Tu n'es plus seule. -Atlas

Je trace du doigt leurs écritures, un sourire se dessinant sur mes lèvres malgré l'anxiété qui me noue l'estomac. Trois hommes différents, trois façons différentes de montrer leur attention. Est-ce vraiment ma vie ? J'aimerais dire que j'ai eu de la chance, mais je suis terrifiée à l'idée que ma vie de rejet ne se répète quand je me permettrai de tomber amoureuse.

La pensée des pancakes frais fait férocement grogner mon estomac. Malgré toute la nourriture de fête foraine que j'ai dévorée hier, mon corps est affamé, probablement un effet secondaire du sexe incroyable de la nuit dernière. Je trouve le petit-déjeuner promis qui se garde au chaud dans le four, une pile de pancakes moelleux qui ont dû être préparés juste avant leur départ.

Une rapide recherche dans le garde-manger révèle une bouteille de sirop d'érable, le vrai, pas l'artificiel. J'emporte mon butin à la table de la salle à manger, me lovant dans l'une des chaises avec mes jambes repliées sous moi.

Je ne me soucie pas d'utiliser une assiette ou une fourchette. À la place, je déchire des morceaux de pancake avec mes doigts, les arrosant de sirop. C'est enfantin et désordonné, mais il y a quelque chose de libérateur. Personne ici pour me juger, pas besoin d'être convenable ou contrôlée.

Pendant que je mange, je repense à la nuit dernière. La façon dont River m'a touchée, m'a baisée. Les choses qu'il a murmurées à mon oreille pendant qu'il s'enfonçait en moi. L'intensité du plaisir qu'il a tiré de mon corps était sans comparaison avec tout ce que j'avais connu auparavant.

Le sexe avec Chad avait été... correct. Adéquat. Parfois même bon. Mais avec River ? C'était comme flotter, comme la différence entre une bougie et une supernova. Chaque toucher électrique, chaque baiser une exploration, chaque poussée me projetant vers des hauteurs que je ne connaissais pas.

Était-ce à cause de mes chaleurs qui approchent ? La compatibilité de nos odeurs ? Ou quelque chose dans sa façon de me regarder comme si j'étais précieuse, le soin qu'il a pris pour assurer mon plaisir avant le sien ?

Quelle que soit la raison, je ne peux nier que quelque chose a changé en moi. Un mur qui s'effondre, une porte qui s'ouvre.

Je connais ces hommes depuis moins d'une semaine. Je suis encore meurtrie par le rejet de Chad. Et maintenant j'ai tout compliqué en cédant à ce... peu importe ce que c'est.

Mon téléphone sonne sur la table à côté de moi, me tirant de ma spirale de pensées. Jess. Je réponds immédiatement, reconnaissante de la distraction.

—Salope, tu m'as caché des choses ! annonce-t-elle avec espièglerie.

Je ris, léchant le sirop sur mon pouce. —Bonjour à toi aussi, Jess.

—Ne me dis pas *bonjour*. On m'avait promis des mises à jour régulières sur ta situation avec les pompiers, et c'est silence radio. Est-ce que tu as grimpé sur l'un d'entre eux comme sur un arbre ? J'ai besoin de détails, Emma. DES DÉTAILS.

—Désolée, dis-je, incapable de cacher le sourire dans ma voix. Les choses ont été un peu... chaotiques.

—Chaos positif ou chaos négatif ? Parce que si l'un d'eux s'avère être un tueur en série, cligne des yeux deux fois et j'appellerai des renforts.

—Définitivement un chaos positif, je l'assure. Ils sont... ils sont vraiment super, en fait.

—Oh mon Dieu, s'exclame Jess de façon dramatique. Tu as couché avec l'un d'entre eux !

Je m'étouffe presque avec mon pancake. —Comment pourrais-tu savoir ça ?

—Je te connais depuis notre première année d'université. Je peux entendre le sexe dans ta voix. Raconte. Tout. Maintenant.

La chaleur me monte aux joues malgré le fait que je sois seule dans le chalet. —C'était hier soir. Avec River.

—Et ? demande-t-elle quand je ne continue pas.

—Et c'était... incroyable, j'admets, enroulant nerveusement une mèche de cheveux autour de mon doigt. Jess, je n'ai jamais rien vécu de tel. Il était tellement... attentionné et passionné et juste... je n'ai même pas de mots. Je veux dire, il baise comme un putain de monstre, et j'ai trop adoré ça.

—Putain, je suis jalouse, souffle-t-elle. Et tu es amoureuse.

—Je ne le suis pas ! je proteste automatiquement. C'était juste du sexe.

—En toutes ces années où je te connais, je ne t'ai jamais entendue décrire le sexe comme incroyable ou le comparer à être ravagée par un monstre. D'habitude c'est correct ou assez bon ou il a essayé, le pauvre.

Elle a raison, et nous le savons toutes les deux. Je soupire, abandonnant le prétexte. —Qu'est-ce que je fais, Jess ? Je connais à peine ces gars.

—Tu t'amuses, c'est tout. Après le désastre avec Chad, tu mérites un peu de bonheur. Même si c'est juste du sexe vraiment génial avec un pompier sexy.

—Ce n'est pas juste River, cependant, j'avoue, les mots sortant avant que je ne puisse les arrêter. Il y a quelque chose chez tous les trois. Ils sont si différents, mais ils s'accordent d'une certaine manière. Et être avec eux semble... juste.

Jess pousse un cri excité. —Es-tu en train de me dire que tu te retrouves au milieu d'une meute d'Alphas ? Parce que si c'est le cas, je suis à la fois follement jalouse et j'exige plus de preuves photographiques immédiatement.

Je ris malgré moi. —Je suis juste... confuse.

—Confuse est un pas en avant par rapport à avoir le cœur brisé, ce qui était ton cas il y a une semaine. J'appelle ça du progrès. Elle fait une pause. Comment vas-tu, vraiment ?

—Je vais bien, dis-je, surprise de constater que je le pense. Mieux que je ne m'y attendais, compte tenu de tout.

—Bien. Tu mérites de bonnes choses, Em.

—Assez parlé de mon désastre de vie amoureuse, je détourne. Comment vas-tu ? Comment va le travail ?

Jess gémit de façon dramatique. —Ne me demande même pas. Trois doubles gardes cette semaine, et les urgences ont été un cauchemar absolu. Un virus qui circule fait vomir tout le monde par projection. J'ai utilisé six tenues de travail.

—Dégoûtant, je ris. Quelque chose d'excitant se passe en dehors du travail ?

—Oh mon Dieu, gémit-elle. Je n'allais pas te le dire parce que c'est trop humiliant, mais puisque tu as déjà embrassé le chaos en couchant avec un pompier sexy, je pourrais aussi bien te rejoindre au pays des choix de vie discutables.

—Maintenant tu dois me le dire, j'insiste, me penchant en avant avec empressement.

—Alors il y a ce nouveau gars qui a emménagé à côté, commence-t-elle. Absolument magnifique. Du genre illégalement attirant. Le genre de visage qui va me causer des problèmes.

—Et ? je l'encourage quand elle s'arrête.

—Et il se peut que je l'aie accidentellement traumatisé à vie en me présentant presque nue à sa porte à minuit.

J'éclate de rire. —Tu as QUOI ?

—Ce n'était pas ma faute ! proteste-t-elle. Mon chat démoniaque m'a enfermée dehors ! J'avais laissé une fenêtre ouverte à cause de la canicule, et le petit monstre s'est faufilé dehors. Puis, alors que je le poursuivais, la porte s'est refermée derrière moi. Ensuite, il est rentré d'une manière ou d'une autre par la fenêtre — cette créature maléfique.

—Oh, non.

—Tu vois, récemment, il y avait deux chiens errants qui traînaient dans la rue, et je ne voulais pas que

Seigneur Tueurmignon se blesse. Et naturellement, il fallait que ce soit la seule nuit où j'ai décidé de dormir nue.

—Oh mon Dieu, je halète, essayant de reprendre mon souffle. Qu'as-tu fait ?

—Que pouvais-je faire ? J'ai attrapé la vieille chemise Panama décolorée de M. Rosenberg sur la corde à linge. Le truc me couvrait à peine et me donnait l'air de la grand-mère retraitée de quelqu'un, et me voilà en train de frapper à la porte du nouveau voisin sexy, priant pour qu'il ait encore la clé de secours que mon ancienne colocataire laissait habituellement chez le précédent locataire d'à côté.

Je ris aux éclats maintenant. —Dis-moi qu'il était chez lui.

—Oh, il y était, confirme Jess d'un air sinistre. Il a ouvert la porte en caleçon, m'a regardée plantée là, et... s'est figé. Comme l'écran bleu de la mort, complètement gelé.

—Qu'est-ce que tu lui as dit ? je demande entre deux fous rires.

—"Salut, je suis ta voisine, je suis enfermée dehors, et je sais que c'est bizarre, mais est-ce que tu as ma clé de secours ?" Tout d'une traite en essayant d'avoir l'air digne.

—Et il avait la clé ?

—Finalement, il a réussi à dégeler assez pour me laisser entrer pendant qu'il la cherchait. Il m'a donné sa robe de chambre, que j'ai toujours parce que je suis trop mortifiée pour la lui rendre. Et tu sais quoi, je suis presque sûre de l'avoir vu à travers sa fenêtre le lendemain, se promener dans son appartement complètement nu. Donc, maintenant on est quitte, je suppose ?

—Jess, dis-je solennellement. C'est le début d'une belle histoire d'amour.

—Ou le début de moi changeant de nom et déménageant dans un autre pays, réplique-t-elle. Je n'arrive même plus à le regarder dans les yeux quand on se croise dans la cour maintenant. Et il est tellement sexy, Emma. Genre, injustement sexy. Grand, ténébreux, juste ce qu'il faut de barbe, des bras qui pourraient... Attends, je m'égare.

—Non, je suis traumatisée. Il y a une différence. Elle soupire. Bon, je dois filer. On vient de m'appeler pour un autre service parce qu'Anderson a encore appelé malade. Je te jure que cet homme a le système immunitaire d'une souris nouveau-née.

—Va sauver des vies, lui dis-je. Et peut-être investir dans des pyjamas d'urgence pour tes aventures nocturnes.

—Ha ha, très drôle, dit-elle d'un ton monocorde. Je t'aime, reine des catastrophes. Appelle-moi quand tu auras décidé quel pompier tu gardes. Ou si tu les gardes tous les trois, auquel cas j'exige tous les détails.

—Au revoir, Jess, je ris, raccrochant avant qu'elle ne puisse faire d'autres demandes extravagantes.

Je souris encore en finissant les dernières pancakes, léchant le sirop de mes doigts. Parler à Jess aide toujours à mettre les choses en perspective. Peut-être qu'elle a raison, et que je n'ai pas besoin de trop réfléchir. Peut-être que je peux simplement... vivre l'expérience. Voir où ça mène.

Mais mon corps se sent… différent. Il y a une chaleur persistante sous ma peau, pas la fièvre désespérée d'hier soir, mais quelque chose de plus subtil, en attente. Le calme avant la tempête.

J'ai besoin d'une douche, je décide. Peut-être que ça m'aidera à me clarifier les idées.

J'arrive à mi-chemin de la salle de bain quand une douleur vive et tordue me frappe dans le bas-ventre. Je tombe à genoux avec un hoquet. Elle est immédiatement suivie d'une vague de chaleur si intense que j'ai l'impression d'être consumée de l'intérieur par des flammes.

—Non, je gémis, m'agrippant au mur pour me soutenir. Pas maintenant. Pas toute seule.

Mais mon corps se moque bien du timing. La fièvre déferle en moi par vagues, chacune plus puissante que la précédente. Entre mes cuisses, je suis soudain trempée, une nappe couvrant mes jambes alors que mon centre pulse d'urgence.

J'essaie de me lever, mais une autre vague de douleur et de chaleur me submerge, me ramenant au sol. Ce n'est pas comme les chaleurs que j'ai connues auparavant. C'est plus rapide, plus fort, et écrasant dans ses exigences. Et beaucoup trop tôt.

Avec un effort monumental, je me traîne jusqu'à ma chambre, pensant que mon nid pourrait m'apporter un peu de soulagement. Mais les couvertures et oreillers soigneusement arrangés qui me consolent habituellement semblent incorrects – stériles, vides, manquant quelque chose d'essentiel.

Ils me manquent.

—Putain, je gémis, me recroquevillant en boule alors qu'une autre pointe de douleur me transperce. Mes mains tremblent tandis que je les presse contre mon ventre, essayant de soulager la crampe douloureuse, mais rien n'aide.

Par instinct, je me traîne jusqu'à la chambre de River, attirée par son odeur persistante sur ses draps. Je m'effondre sur son lit, enfouissant mon visage dans son oreiller et respirant profondément. Les notes familières de cannelle et de cassonade m'enveloppent, offrant un soulagement momentané du besoin brûlant qui me consume.

Je me roule sur son lit, essayant de m'entourer de son odeur, mais ce n'est pas suffisant. C'est une pâle ombre de ce dont j'ai vraiment besoin – lui, son toucher, son nœud. Mes genoux se replient contre ma poitrine alors qu'une nouvelle vague de douleur me traverse, un gémissement s'échappant de mes dents serrées.

Ce n'est pas seulement du désir ou de la luxure. C'est un vide douloureux, un gouffre qui exige d'être comblé. Mon corps sait ce dont il a besoin, et il n'est pas satisfait de substituts ou de souvenirs.

Mon téléphone. Je dois les appeler.

Je l'attrape de mes doigts tremblants, le faisant presque tomber deux fois avant de réussir à le tenir correctement. Juste au moment où je le déverrouille, il s'illumine avec un appel entrant.

Chad.

—Tu te fous de moi, je murmure, tentée de l'ignorer, mais la douleur trouble mon jugement, et je me retrouve à glisser pour répondre. Qu'est-ce que tu veux ?

—Emma, la voix de Chad, autrefois si attirante, m'irrite maintenant les nerfs. Enfin. J'essaie de te joindre depuis des jours.

—Qu'est-ce que tu veux ? je répète, incapable de retenir un gémissement alors qu'une nouvelle vague de chaleur me submerge.

Il y a une pause à l'autre bout. —Qu'est-ce qui ne va pas ? Tu as l'air bizarre.

—Rien, je serre les dents, la sueur perlant sur mon front tandis que je lutte pour garder une voix stable. Si tu n'as rien d'important à dire, je raccroche.

—Merde, dit-il soudainement, réalisant. Emma, es-tu en chaleur ? Où es-tu bordel ? Tu veux que je vienne t'aider ?

L'audace de son offre envoie une pointe de colère à travers le brouillard de douleur. —Va te faire foutre, je grogne. Pourquoi tu dis ça alors que tu es avec Megan, espèce de connard ?

—Megan n'est pas ce que tu crois, dit-il sur la défensive. Écoute, on a eu une histoire, mais c'est fini. Elle s'est avérée être... compliquée.

—Compliquée, je répète sèchement. C'est comme ça qu'on appelle ça maintenant ? Tu m'as rejetée, tu m'as dit que mon odeur était "incorrecte", puis tu t'es mis avec ma soi-disant amie dans mon dos. Mais bien sûr, c'est elle la compliquée.

—J'ai fait une erreur, d'accord ? Il semble frustré maintenant. Les gens font des erreurs. Je... je ne sais pas, j'ai paniqué. Ton odeur a changé, et j'ai flippé. Mais j'y ai réfléchi, et je pense que j'ai exagéré.

—Quelle magnanimité de ta part, dis-je, le sarcasme dégoulinant de chaque syllabe.

—On peut juste parler ? supplie-t-il, ignorant la pique. S'il te plaît ? Au moins, fais-moi savoir que tu es en sécurité pendant ta chaleur. Comme au bon vieux temps. C'était bien, non ?

Pendant un bref instant de faiblesse, je me souviens comment c'était avant. Chad qui prenait soin de moi pendant mes chaleurs, attentionné et passionné d'une manière qu'il était rarement autrement. Mais ensuite, je me rappelle sa froideur avant qu'il ne me quitte, comment il s'était détourné de moi avec une grimace, prétendant que mon odeur avait changé, était devenue déplaisante.

—Le bon temps est terminé, je lui dis catégoriquement. Tu y as veillé quand tu m'as rejetée à mon moment le plus vulnérable. Quand tu m'as regardée comme si je te dégoûtais.

—Emma, s'il te plaît...

—Non, je le coupe. Je ne veux rien avoir à faire avec toi. Ni maintenant, ni jamais.

—Je viens à Whispering Grove, déclare-t-il soudainement. Je vais te trouver, d'accord ? On doit se parler face à face.

La panique monte en moi à l'idée qu'il soit ici, dans cet endroit devenu une sorte de sanctuaire. —Reste loin de moi, Chad. Je suis sérieuse.

—Tu ne penses pas clairement en ce moment. Une fois que ta chaleur sera passée...

—Va te faire foutre, je claque, mettant fin à l'appel avant qu'il ne puisse dire autre chose.

Je jette le téléphone de côté, me recroquevillant davantage sur moi-même alors qu'une nouvelle vague de douleur et de besoin me submerge. La conversation avec Chad n'a fait qu'intensifier ma détresse, les souvenirs de son rejet s'ajoutant à l'agonie physique d'être seule pendant cette chaleur.

Que vais-je faire ? Ma chaleur n'a jamais frappé aussi soudainement, n'a jamais été aussi intense. Je n'ai pas apporté de suppresseurs d'urgence avec moi, pourquoi l'aurais-je fait quand mon cycle n'était pas prévu avant des semaines ?

Mais il n'y a rien de gérable dans ce feu dévorant dans mes veines, ce vide désespéré qui semble vouloir me déchirer.

Peut-être que je peux me soulager moi-même. Ce n'est pas idéal, mais ça pourrait fournir un peu de répit jusqu'au retour des Alphas.

Les mains tremblantes, je fais glisser mon short le long de mes jambes, haletant lorsque l'air frais touche ma peau surchauffée. Je suis embarrassamment mouillée, les cuisses luisantes de l'évidence de mon excitation. Je ferme les yeux, essayant d'invoquer le souvenir du toucher de River tandis que je glisse mes doigts entre mes plis.

Le premier contact envoie une décharge de plaisir à travers moi, mais il est immédiatement évident que ce n'est pas suffisant. Mes doigts semblent trop petits comparés à ce que mon corps réclame. Néanmoins, je persiste, encerclant mon clitoris avec une pression croissante, cherchant désespérément la libération.

Quand l'orgasme arrive enfin, c'est une pâle imitation de ce que j'ai vécu avec River. Un pic momentané de plaisir qui ne fait rien pour apaiser le vide douloureux en moi. Au contraire, ça l'empire, mettant en évidence exactement ce qui me manque.

J'ai besoin d'un nœud. J'ai besoin d'un Alpha. J'ai besoin de mes Alphas.

Les mains tremblantes, je reprends mon téléphone, faisant défiler jusqu'au numéro d'Atlas. Ça sonne plusieurs fois avant d'aller à la messagerie vocale.

—Sa-salut, je bégaie quand la tonalité retentit. C'est moi. J'ai un peu besoin de te parler de toute urgence. S'il te plaît, rappelle-moi. Je viens juste... je m'arrête, incertaine de quoi dire sans avoir l'air pathétique. Rappelle-moi, c'est tout.

Je raccroche, jurant à voix basse. Ensuite, j'essaie de joindre River, espérant qu'il soit plus enclin à répondre, compte tenu de ce qui s'est passé entre nous hier soir. Encore une fois, l'appel bascule sur la messagerie vocale.

— River, dis-je, ma voix trahissant cette fois davantage ma détresse. J'ai besoin... Une crampe particulièrement aiguë me coupe la parole, un grognement de douleur m'échappant avant que je puisse l'arrêter. Rappelle-moi dès que possible. C'est important.

Levi est mon dernier espoir. Je compose son numéro, ma vision se brouillant de larmes de frustration et de douleur non versées tandis que j'écoute la sonnerie interminable. Quand sa messagerie vocale m'invite à laisser un message, quelque chose se brise en moi.

— Mon Dieu, où êtes-vous tous ? je renifle, incapable de dissimuler le désespoir dans ma voix alors qu'une nouvelle vague de chaleur me submerge. Je suis en chaleur. S'il vous plaît, j'ai besoin d'aide.

Après avoir raccroché, je me recroqueville autour de l'oreiller de River, essayant de trouver du réconfort dans son odeur persistante, mais elle s'estompe, un pauvre substitut à ce dont j'ai vraiment besoin. Des larmes de frustration coulent des coins de mes yeux.

Au fur et à mesure que les minutes passent sans réponse, mon désespoir grandit. Peut-être sont-ils vraiment injoignables. Et s'ils étaient en danger ?

Les doigts tremblants, je compose le numéro de la caserne de pompiers, priant pour que quelqu'un puisse au moins me dire quand ils reviendront.

— Caserne de pompiers de Whispering Grove, répond une voix féminine familière. Claire à l'appareil.

De toutes les personnes qui auraient pu répondre, il a fallu que ce soit elle, la volontaire que j'ai rencontrée le premier jour, qui m'a regardée comme une intruse même à ce moment-là.

— Bonjour, je parviens à dire, essayant de garder une voix stable. J'essaie de joindre Atlas, ou River, ou Levi. C'est urgent.

— Ils sont à l'école primaire, répond Claire, son ton froidement professionnel. Situation de fuite de gaz. Est-ce que tout va bien ? Vous semblez... en détresse.

Voilà donc l'appel d'urgence. Au moins maintenant

je sais où ils sont. « Savez-vous quand ils reviendront ? J'ai vraiment besoin de leur parler. »

Il y a une pause, puis la voix de Claire prend une qualité différente, moins professionnelle, plus personnelle. « Vous savez, ils travaillent en ce moment. Ils sauvent des vies. Ils n'apprécient pas vraiment d'être... dérangés pendant leur service. »

— Je n'appellerais pas si ce n'était pas important, dis-je, serrant les dents contre la douleur et l'irritation.

— Mmm, fredonne-t-elle, peu convaincue. Ne pensons-nous pas tous que nos problèmes sont importants ? Mais certains d'entre nous se débrouillent sans monopoliser tous les trois, tandis que d'autres n'arrivent même pas à en avoir un.

La mesquinerie dans son ton serait risible si je n'étais pas dans un tel état de détresse. « Ce n'est pas une compétition, Claire. »

— N'est-ce pas ? Elle rit, un son cassant et forcé. Vous êtes en ville depuis quoi, une semaine ? Et d'une manière ou d'une autre, vous les avez tous les trois enroulés autour de votre petit doigt. Ça doit être une sorte de tour de magie.

Une autre crampe me frappe, si intense que je ne peux pas réprimer un halètement de douleur. « Je ne peux pas faire ça maintenant, je parviens à dire. Dites-leur juste de vérifier leurs messages si vous les voyez. »

Je raccroche avant qu'elle ne puisse répondre, jetant le téléphone de côté avec un grognement frustré. Super. Non seulement je suis seule et en agonie, mais j'ai apparemment aussi fait une ennemie de la seule personne qui aurait pu m'aider à joindre les Alphas.

Me recroquevillant en boule plus serrée, j'enfonce mon visage dans l'oreiller de River tandis que des larmes s'échappent des coins de mes yeux. La douleur s'intensifie, le vide intérieur se propageant de mon centre pour englober tout mon corps. Chaque vague ramène avec elle les souvenirs de la nuit dernière, les mains de River, sa bouche, son nœud me remplissant si parfaitement.

Mais ce n'est pas seulement River que je désire. Des images d'Atlas sur le balcon, de Levi dans le tunnel de l'amour, traversent mon esprit. Tous les trois si différents, mais également attirants, également nécessaires d'une certaine façon.

Quand est-ce arrivé ? Quand sont-ils devenus si essentiels pour moi ?

Les derniers mois défilent dans mon esprit — l'agitation croissante dans ma relation avec Chad, les signes subtils de déconnexion que j'ai ignorés parce que c'était plus facile que de recommencer. Puis le choc brutal de son rejet, suivi de sa découverte avec Megan. J'ai fui vers Whispering Grove, cherchant la solitude, une chance de lécher mes blessures en privé.

Au lieu de cela, je les ai trouvés. Trois Alphas qui, en moins d'une semaine, m'ont fait me sentir plus vue, plus comprise, plus désirée que Chad ne l'a fait durant toute notre relation.

Et maintenant, recroquevillée d'agonie sur le lit d'un Alpha, trempée de ma propre nappe et de mes larmes, la vérité se moque de moi — j'ai besoin d'eux. Pas n'importe qui, eux spécifiquement. Mon corps a été conçu pour rechercher la connexion, pour désirer des partenaires compatibles. Lutter contre cet impératif biologique m'a seulement menée ici, seule, quand j'ai le plus besoin de soutien.

La pire partie n'est même pas la douleur physique, bien qu'elle soit atroce. C'est la peur. La vulnérabilité. La réalisation terrifiante que j'en suis venue à dépendre de trois hommes que je connais à peine, que mon corps a reconnu quelque chose en eux que mon esprit lutte encore à accepter.

Et s'ils ne reviennent pas bientôt ? Et si cela empire ? Des histoires d'horreur d'Omégas rendus fous par des chaleurs non traitées traversent mon esprit, des récits chuchotés entre amis d'hospitalisations et de dommages permanents.

Est-ce mon destin ? Après tout ce que j'ai survécu, la perte de mes parents, ma grand-mère, la trahison de Chad, est-ce ainsi que je finis par me briser ? Seule dans une ville étrange, consumée par une chaleur inattendue sans personne pour m'aider à la traverser ?

Je reprends mon téléphone, envoyant des messages désespérés aux trois Alphas.

Appelez-moi s'il vous plaît. En chaleur. Besoin d'aide.

C'est grave. Vraiment grave. S'il vous plaît.

Je suis désolée de vous déranger au travail, mais je ne sais pas quoi faire.

Les messages me fixent, non lus. Non vus. Sans réponse.

Une autre vague de chaleur s'abat sur moi, celle-ci si intense que je crie, m'agrippant aux draps tandis que mon dos s'arque involontairement. Le vide en moi est maintenant une douleur physique, un creux douloureux que rien ne peut combler.

J'essaie de me donner du plaisir à nouveau, mes doigts travaillant désespérément entre mes cuisses, mais c'est inutile. L'orgasme qui me parcourt est faible, insatisfaisant, ne servant qu'à souligner ce qui me manque.

— S'il vous plaît, je sanglote, le visage pressé contre l'oreiller de River alors qu'une autre contraction de besoin me tord. S'il vous plaît, revenez.

Seul le silence me répond. Je suis vraiment seule, à la merci de ma biologie et du timing cruel d'une chaleur inattendue.

Les minutes se transforment en heures, chacune une éternité de vagues alternées de besoin et de douleur. Je dérive entre lucidité et inconscience, la fièvre prenant un tribut plus lourd à chaque instant. À un moment donné, je me suis complètement déshabillée, le tissu de mes vêtements étant trop abrasif contre ma peau hypersensible.

Dans un moment de clarté, je me souviens de quelque chose d'un cours de santé pour Omégas. L'eau peut parfois aider à réguler la température corporelle pendant la chaleur. Avec des membres tremblants, je me traîne jusqu'à la salle de bain, chaque mouvement étant un exercice d'agonie tandis que mon corps proteste d'être éloigné des odeurs Alpha dans la chambre de River.

Je parviens à allumer la douche, m'effondrant sous le jet sans me soucier d'ajuster la température. L'eau fraîche procure un soulagement momentané, emportant la nappe de mes cuisses et la sueur de ma peau, mais elle ne fait rien pour la brûlure interne, le vide désespéré qui semble me consumer de l'intérieur.

Combien de temps puis-je endurer cela ? Combien de temps avant que cette chaleur ne cause des dommages réels ? La partie rationnelle de mon cerveau sait que je devrais appeler une aide médicale, mais la pensée d'étrangers me touchant pendant ma chaleur, de mains cliniques et de visages impassibles, me remplit d'un autre type de terreur.

Je les veux. Mes Alphas. Personne d'autre.

Finalement, l'eau devient assez froide pour me faire frissonner malgré la fièvre qui fait rage en moi. Je la ferme avec des doigts maladroits et je titube de retour vers la chambre de River, laissant des empreintes mouillées dans mon sillage.

Je m'effondre sur son lit, sans prendre la peine de me sécher ou de m'habiller. Les draps se trempent immédiatement, mais je m'en fiche. Je me blottis contre son oreiller, inspirant profondément, à la recherche de toute trace de son odeur qui pourrait offrir même le plus petit réconfort.

Une autre vague de chaleur s'abat sur moi, arrachant un gémissement à ma gorge desséchée. Mon corps est en feu, brûlant, chaque terminaison nerveuse à vif et hurlante. La nappe entre mes cuisses est presque constante maintenant, mon centre se contractant rythmiquement autour du vide, cherchant désespérément ce dont il a besoin.

Quelle ironie qu'après des années à insister sur le fait que je n'ai besoin de personne, à construire mon identité autour de mon indépendance, je sois réduite à cela — une Oméga désespérément en manque de ses Alphas. Pas n'importe quels Alphas, mais ces trois spécifiquement.

Cette réalisation devrait me terrifier plus qu'elle ne le fait. Au lieu de cela, il y a une étrange paix à admettre enfin la vérité — j'ai besoin d'eux. Tous les trois. D'une façon dont je n'ai jamais eu besoin de quiconque auparavant.

La chaleur monte à nouveau, une vague de désir et de douleur qui arrache un sanglot brisé de ma gorge. Je presse mon visage contre l'oreiller de River, inspirant désespérément à la recherche de toute trace de son odeur, de tout murmure de réconfort dans ce tourment.

— S'il vous plaît, je murmure, le mot une prière à des divinités auxquelles je ne crois pas. S'il vous plaît, aidez-moi.

17

ATLAS

— Tout est sécurisé, Chef Wood. Les dernières mesures ne montrent aucune trace de gaz.

Je hoche la tête vers le technicien, soulagé après trois heures éprouvantes à contenir ce qui aurait pu être une situation catastrophique. L'ancien système de gaz de l'école primaire avait finalement lâché, libérant des niveaux dangereux de méthane dans toute l'aile est. Évacuer trois cents enfants et membres du personnel sans provoquer de panique avait été un défi, mais un que mon équipe avait géré avec une efficacité rodée.

— Bon travail, lui dis-je en roulant des épaules pour relâcher un peu de la tension qui s'est accumulée depuis l'appel d'urgence reçu tôt ce matin. Demande à ton équipe de faire un dernier tour des salles de classe avant que les techniciens n'autorisent la réintégration du bâtiment.

— Oui, monsieur.

Je me retourne pour voir River qui aide le personnel d'entretien à sécuriser la vanne nouvellement réparée tandis que Levi documente méticuleusement l'ensemble de l'incident pour son rapport de sécurité. Ma meute. Mon équipe. La fierté gonfle ma poitrine en les regardant travailler ensemble de façon si harmonieuse.

Le danger immédiat étant écarté, je commence à retirer mon équipement, la lourde veste d'abord, puis l'appareil respiratoire que nous avions porté par précaution en travaillant près de la fuite. Le poids de la responsabilité s'allège de mes épaules à chaque pièce que j'enlève. Aucun blessé, aucun dommage structurel, crise évitée.

Mes pensées dérivent vers Emma tandis que je range l'équipement. Comment va-t-elle au chalet ? J'avais détesté la quitter ce matin, surtout après ce que River avait partagé sur leur nuit ensemble. Elle avait l'air si paisible, endormie dans son lit, cette cascade de cheveux blond miel étalée sur son oreiller, son visage détendu d'une manière que j'avais rarement vue depuis notre rencontre.

Le souvenir de notre moment sur le balcon de la tour de guet refait surface — son goût, ses soupirs, la façon dont elle s'était abandonnée sous ma bouche. L'attraction entre nous a été indéniable. Et maintenant, elle avait formé des liens similaires avec River et Levi.

En quinze ans comme Alpha, je n'ai jamais ressenti ce genre d'attirance immédiate et puissante envers une Oméga, surtout pas une qui se connecte simultanément avec toute ma meute.

Je tends la main vers mon téléphone dans le camion

pour vérifier l'heure, constatant que je l'avais laissé là pendant l'intervention d'urgence, conformément au protocole. L'écran s'allume, révélant des appels manqués et des messages texte urgents.

Tous d'Emma.

— Merde, je marmonne, ouvrant rapidement le premier message vocal. Sa voix me parvient, tendue et incertaine.

— S-salut. C'est moi. J'ai vraiment besoin de te parler de toute urgence. Appelle-moi s'il te plaît. Je... rappelle-moi juste.

Mon sang se glace. Lui est-il arrivé quelque chose ?

— River ! Levi ! j'appelle, l'urgence transformant mes paroles en ordre. Ils lèvent tous deux la tête instantané-ment, répondant au ton d'Alpha. On doit partir. Maintenant.

Ils sont à mes côtés en quelques secondes.

— Qu'est-ce qui ne va pas ? demande Levi, déjà en train de ranger sa documentation.

Je brandis mon téléphone, leur montrant le message d'Emma. Emma a essayé de nous joindre.

Tous deux se précipitent soudainement pour récu-pérer leurs téléphones dans le camion et écouter leurs messages.

Je vérifie l'horodatage. Premier message reçu il y a plus d'une heure.

— Merde, merde, merde, elle vient de dire qu'elle est en pleine chaleur, murmure River, se dirigeant déjà vers la sortie. On doit y aller. Tout de suite.

Putain ! Une Oméga en chaleur, seule, sans soutien d'Alpha, c'est plus qu'inconfortable ; c'est dangereux. La douleur peut devenir atroce et la fièvre dangereusement élevée sans intervention.

Levi est déjà au téléphone, appelant une équipe supplémentaire pour aider les techniciens avec les vérifications finales.

— C'est grave si elle nous a appelés tous les trois, je marmonne sombrement pendant que nous nous préparons tous. Vous savez à quel point elle est indépendante. Si elle demande de l'aide...

Je n'ai pas besoin de finir la pensée. Nous savons tous ce que cela signifie pour une Oméga aussi farouchement autonome qu'Emma de tendre la main en détresse.

Nous bougeons comme une seule unité, abandonnant les derniers nettoyages aux techniciens, jetant notre matériel de façon désordonnée dans le camion. Je prends le siège conducteur tandis que River et Levi s'installent à côté de moi. Le moteur rugit lorsque j'appuie à fond sur l'accélérateur, sirènes hurlantes pour nous frayer un chemin à travers la ville.

— Cette chose ne peut pas aller plus vite ? exige Levi.

— Pas sans enfreindre plusieurs lois, je réponds, bien que j'augmente quand même un peu la vitesse. Certaines règles comptent moins que d'autres en cas d'urgence.

— Je savais que quelque chose était différent dans son odeur hier, murmure River doucement. Elle s'est calmée si rapidement hier soir, et j'ai supposé que c'était parce qu'elle approchait de sa chaleur... pas qu'elle y était déjà.

— Nous aurions tous dû le remarquer, dis-je, prenant un virage peut-être trop serré.

River passe une main dans ses cheveux déjà ébouriffés. C'est nous, explique Levi. Les Alphas compatibles peuvent déclencher des chaleurs précoces chez les Omégas. Nous trois ensemble... nous avons probablement accéléré son cycle sans nous en rendre compte.

Le poids de la responsabilité s'installe lourdement sur mes épaules. Nous devons réparer ça.

Nous atteignons la caserne en un temps record, le véhicule s'arrêtant à peine avant que nous en sortions pour rejoindre mon pick-up.

Claire nous accueille à l'entrée, presse-papiers en main. Tout s'est bien passé avec la fuite de gaz ? demande-t-elle, son regard s'attardant sur notre empressement évident.

— Bien, je réponds sèchement, confiant mon équipement à l'un des volontaires. Nous avons une urgence à la maison. Nous serons injoignables pour les prochains jours, mais je donnerai des nouvelles quand je pourrai.

Ses yeux se plissent légèrement. Que se passe-t-il ? Tout va bien ?

— Oui, je réplique, sans plus d'explications. L'état d'Emma est privé, pas quelque chose à discuter avec les volontaires de la caserne, surtout une qui a clairement manifesté son intérêt pour moi ces derniers mois.

— Allons-y, déclare doucement Levi en touchant mon épaule. Nous montons tous dans le camion.

Nous partons sans plus d'explications. Le trajet jusqu'au chalet semble durer une éternité, bien qu'il ne puisse pas être plus de vingt minutes depuis la ville.

— Conduis plus vite, insiste River comme si cela pouvait d'une façon ou d'une autre accélérer notre voyage.

— Je suis déjà à cent cinquante, je grogne, la tension rendant ma voix plus dure que prévu. Nous y serons dans cinq minutes.

— Je suppose qu'elle a été avec chacun d'entre nous, alors, observe Levi. J'ai remarqué quelque chose de différent chez elle après votre moment ensemble sur la tour de guet, Atlas. Puis il y a eu notre rencontre à l'attraction du Tunnel de l'Amour hier.

— Je le savais ! La tête de River se tourne brusquement vers Levi. Je croyais bien t'avoir entendu grogner dans le tunnel.

Une légère couleur touche les pommettes de Levi. Dit celui qui était si vocal avec elle hier soir. Ma chambre partage un mur avec la tienne.

River n'a pas la grâce de paraître embarrassé. Coupable comme accusé. Mais Atlas, espèce de fourbe. Quand est-ce que toi et Emma dans la tour de guet...

— Il y a quelques nuits, j'admets, gardant les yeux fixés sur la route sinueuse de montagne. En haut de la tour de guet après que vous deux soyez retournés au chalet.

— Et tu n'as pas pensé à partager cette information ? demande River.

— Non, je réponds simplement.

— Elle a été avec chacun d'entre nous, dit Levi, exprimant ce que nous pensons tous. Séparément, mais à quelques jours d'intervalle, ce qui aurait influencé ses hormones pour sa chaleur.

— Elle est à nous, dis-je. À nous tous. Et nous l'avons laissée seule pendant sa première chaleur avec nous.

Aucun de nous ne le conteste, mais la culpabilité me ronge de l'intérieur.

Nous arrivons à la cabane dans un silence tendu. Je me gare n'importe comment dans l'allée, puis nous sortons du pick-up, nous dirigeant d'un même mouvement vers la porte.

L'odeur nous frappe dès que nous entrons, vanille sucrée et miel, intensifiée dix fois et mêlée de phéromones de détresse qui déclenchent tous mes instincts protecteurs. River grogne même à côté de moi, un son bas et primitif au fond de sa gorge.

— Emma ? j'appelle, déjà en train de traverser la pièce principale, suivant la trace concentrée de son parfum.

Un faible gémissement me répond, venant de la direction de la chambre de River. Nous traversons l'espace à grandes enjambées, poussant la porte pour la trouver recroquevillée sur son lit.

Cette vision me fait marquer une pause. Emma est allongée nue et frissonnante malgré la fièvre évidente qui rougit sa peau, son visage strié de larmes, son corps recroquevillé sur lui-même. Les draps sous elle sont trempés de sueur et de nappe, preuve qu'elle souffre seule depuis longtemps. Mon cœur chavire.

— Emma, je murmure, m'approchant immédiatement d'elle.

Ses yeux s'entrouvrent, vitreux de fièvre, mais se concentrant sur moi avec un effort visible. « Vous êtes revenus, » chuchote-t-elle, sa voix brisée et rauque. « J'ai appelé... personne n'a répondu... »

— Nous sommes là maintenant, je l'assure, m'asseyant au bord du lit, écartant ses cheveux humides de sueur de son front. Sa peau brûle contre ma paume, la fièvre dangereusement élevée. — Nous sommes tellement désolés, ma chérie. Il n'y a aucune excuse pour t'avoir laissée souffrir.

— On avait nos téléphones dans le camion, ajoute River, s'agenouillant près du lit, prenant une de ses mains dans la sienne. — On ne pouvait pas les entendre sonner.

— Nous sommes venus dès que nous avons eu tes messages, complète Levi. — Depuis combien de temps es-tu dans cet état ?

— J'ai l'impression que ça fait une éternité, parvient-elle à dire, un autre frisson secouant son corps malgré la chaleur qui émane de sa peau. — Ça m'est tombé dessus si vite... jamais été aussi grave avant...

Ma mâchoire se crispe à l'idée qu'elle ait souffert seule pendant des heures alors que nous étions injoignables. « Il faut faire baisser sa température, » dis-je, prenant rapidement la décision. « Elle est brûlante. »

— Douche fraîche. Je vais la préparer, acquiesce Levi, se dirigeant déjà vers la salle de bain.

— Tu peux te lever, petit sucre ? demande doucement River, son surnom pour elle plus tendre que je ne l'ai jamais entendu de sa part.

Emma essaie de se redresser, mais s'effondre avec un gémissement de douleur. « Ça fait mal, » murmure-t-elle. « Partout. J'ai juste besoin de vous trois. »

— Nous sommes là maintenant. Refroidissons-toi d'abord, puis nous serons à toi aussi longtemps que tu en auras besoin. Nous n'allons nulle part. Sans hésiter, je la prends dans mes bras, la soulevant sans effort contre ma poitrine. Elle semble plus petite qu'elle ne devrait l'être, fragile d'une manière qui contredit la femme féroce et indépendante que j'ai appris à connaître. Ses bras s'enroulent faiblement autour de mon cou, son visage se pressant contre mon épaule comme si elle cherchait du réconfort dans mon odeur.

— Je te tiens, je murmure, la portant vers la salle de bain où Levi a mis la douche en route. — Nous te tenons maintenant.

River nous suit de près, se déshabillant déjà, prêt pour ce qui doit se passer ensuite. Levi teste la température de l'eau avec sa main, l'ajustant à tiède — assez fraîche pour faire baisser sa fièvre mais pas trop froide pour ne pas choquer son système.

— Vous tous, marmonne Emma contre mon cou, ses mots légèrement pâteux à cause de la fièvre. — J'ai besoin de vous tous.

— Tu nous as, je la rassure, la posant doucement sur ses pieds mais gardant un bras autour de sa taille pour la soutenir. — Nous n'allons nulle part.

Levi se déshabille déjà. Ses yeux commencent à devenir vitreux. La chaleur des Omégas impacte les Alphas tout autant, les mettant dans un état sauvage et féral avec l'urgence de s'accoupler, de nouer. Mais sous tout cela vient aussi le soin, l'aide à un Oméga en détresse. *Notre* Oméga.

Je garde un bras autour d'Emma tout en retirant mes

propres vêtements de ma main libre, ne voulant pas la lâcher, même pour un instant. Elle vacille contre moi, affaiblie par sa lutte solitaire contre la chaleur. Cette pensée est une torture de savoir qu'elle a souffert.

Une fois que nous sommes tous nus, je la guide sous le jet, entrant derrière elle tandis que River et Levi nous rejoignent. Notre douche est surdimensionnée, conçue pour accueillir plusieurs personnes.

L'eau ruisselle sur sa peau fiévreuse, lui arrachant un halètement qui se transforme en gémissement de soulagement. Nous l'entourons, nos mains se déplaçant sur elle en mouvements doux et apaisants, aidant l'eau à refroidir son corps surchauffé.

— J'ai essayé d'appeler, murmure-t-elle encore, respirant lourdement, s'accrochant à nous, sa voix plus forte maintenant que l'eau la rafraîchit quelque peu. — Personne n'a répondu. J'ai même appelé la caserne.

— Claire a répondu ? demande Levi, ses doigts habiles massant du shampoing dans ses cheveux, prenant soin d'éviter que la mousse n'entre dans ses yeux.

Emma hoche faiblement la tête, puis laisse échapper un gémissement, son corps frissonnant. Elle attire Levi et River plus près. Je me presse contre son dos, mon sexe déjà douloureusement dur contre ses fesses, son parfum m'enivrant.

— Nous sommes là, ronronne River, ses mains faisant glisser du savon sur ses épaules, le long de sa poitrine, et caressant ses seins. — Tu es si belle...

Ses yeux se ferment tandis que nos mains

parcourent son magnifique corps doux, effaçant les heures de souffrance, remplaçant la douleur par quelque chose de plus doux, plus lent, une tendresse à peine contenue sous la chaleur.

— Emma, murmure Levi. — Comment te sens-tu maintenant ?

Elle se penche vers lui, sa joue pressée contre sa poitrine, et pendant un moment, je pense qu'elle est trop loin pour répondre.

— Toujours... vide. Douloureuse.

Son corps bouge à nouveau, s'étendant sur nous tous — désespérée, accrochée. Ses bras s'enroulent autour du cou de River, son flanc s'arque dans la caresse de Levi, et sa jambe glisse entre les miennes comme si elle essayait de se rapprocher de nous tous en même temps.

— J'essaie si fort de résister, chuchote-t-elle, ses lèvres effleurant la clavicule de River. — Mais vous n'avez aucune idée à quel point j'ai besoin de vous tous. Sa voix se brise avec l'effort qu'il lui faut pour se retenir. — C'est comme si mon corps hurlait pour vous.

L'eau fraîche aide, mais pas assez. Sa peau brûle toujours sous nos mains, sueur et parfum se mêlant à la vapeur, doux et sauvage et écrasant. Mes instincts me griffent pour la prendre, pour la soulager, pour réclamer ce qui est déjà nôtre. Je vois la même guerre dans les yeux de Levi, et la mâchoire de River est si serrée que je jure qu'elle pourrait se briser.

Elle se tourne vers moi maintenant, les yeux vitreux. « Baisez-moi, s'il vous plaît, » murmure-t-elle presque innocemment, et j'aurais pu rire si elle n'était pas en si grande souffrance. « Être près de vous aide, mais ce n'est pas suffisant. Je ne peux pas réfléchir. Je ne peux pas respirer. S'il vous plaît... »

Même si nous essayons tous d'être prudents, je sens que la ligne entre patience et instinct primitif a été franchie.

Aucun de nous n'est insensible.

Elle crie, s'accrochant à nous, tendant la main vers le sexe de Levi, et j'éteins rapidement la douche.

— D'accord, assez de douche. Emmenons-la dans son nid. Nous allons réclamer notre douce Oméga toute la putain de journée et de nuit, toute la semaine s'il le faut.

— S'il vous plaît, je ne peux plus tenir. J'ai besoin de toutes vos queues en moi, gémit-elle tandis que River et Levi sourient.

Ma bite palpite d'envie pour son doux orifice.

Je la soulève à nouveau, ne faisant pas confiance à ses jambes encore tremblantes, tandis que River et Levi attrapent des serviettes. Nous la séchons rapidement, et elle pousse ma main entre ses cuisses. Je ne me retiens pas... Je désire tout d'elle, alors j'enfonce deux doigts entre ses plis. Elle s'arque contre ma poitrine, criant, tremblant, ses tétons si durs que j'en salive, fixant sur eux.

— Tu es si parfaite, si mouillée pour nous, je murmure à son oreille, sa tête reposant contre mon épaule tandis que je la doigte, adorant la voir se défaire. River et Levi regardent, fascinés, les mains caressant leurs propres sexes.

—Je vais te porter au lit, d'accord ?

Je retire mes doigts, trempés de sa nappe de miel, mais elle gémit de douleur. Rapidement, je la soulève dans mes bras et me précipite dehors, River et Levi sur mes talons.

Son nid se trouve dans la plus grande chambre avec le lit le plus spacieux, conçu pour nous accueillir tous confortablement. Les draps sont frais et propres contre ma peau lorsque je l'allonge, ses cheveux s'étalant sur l'oreiller comme du miel renversé.

Pendant un instant, nous contemplons simplement cette femme remarquable qui est devenue essentielle pour nous tous en si peu de temps. Sa peau rayonne encore de chaleur, ses yeux sont assombris par le désir, ses lèvres entrouvertes d'anticipation. Magnifique est un mot bien trop faible.

— Qu'est-ce que vous attendez ? demande-t-elle, avec une pointe de son impertinence habituelle malgré le besoin évident dans chaque ligne de son corps.

River rit, brisant la tension alors qu'il s'étend à côté d'elle. — On admire juste la vue.

— Admirez plus tard, dit-elle, tendant une main vers lui tout en dirigeant l'autre vers Levi. Touchez maintenant.

Nous n'avons pas besoin d'autre invitation. Le lit s'affaisse sous notre poids alors que nous la rejoignons. River à sa gauche, Levi à sa droite, moi m'installant entre ses cuisses au pied du lit. Trois Alphas entourant une magnifique Oméga, équilibrés et se sentant parfaitement à leur place d'une façon que je n'ai jamais expérimentée auparavant.

— Si belle, murmure Levi, traçant la courbe de son

sein avec des doigts délicats avant de se pencher pour capturer sa bouche dans un baiser.

Les lèvres de River trouvent son autre téton.

Mes mains remontent le long de ses cuisses, les écartant doucement alors que je m'installe entre elles devant son sexe magnifique.

— Dis-nous si quoi que ce soit devient trop intense, je lui ordonne, ma voix plus rauque que prévu alors que son odeur me frappe de plein fouet. Miel doux et vanille, intensifiés par la chaleur et l'excitation - c'est la chose la plus enivrante que j'aie jamais expérimentée.

La réponse d'Emma est d'arquer son dos, une supplique silencieuse pour plus de contact, plus de toucher, plus de tout.

J'abaisse ma tête avant de la goûter pour la seconde fois. La saveur explose sur ma langue - plus douce, plus intense qu'avant, amplifiée par sa chaleur.

Sa réaction est immédiate et viscérale, un gémissement arraché de sa gorge alors que ses hanches se soulèvent contre moi. River capture ce son avec ses lèvres, l'embrassant profondément tandis que Levi tiraille ses tétons, les pinçant et les roulant.

— S'il vous plaît, halète-t-elle lorsque River libère enfin sa bouche. Sa tête s'agite sur l'oreiller alors que je suce fermement son clitoris, mes doigts écartant ses lèvres. Je la veux exposée, étirée, rassasiée. — J'ai besoin... j'ai besoin...

— Nous savons ce dont tu as besoin, murmure Levi, sa voix un grondement bas contre son oreille, sa main appuyée à côté de sa tête. — Fais-nous confiance pour prendre soin de toi, Emma.

Et elle hoche la tête, souriante. — Merci.

Elle se laisse aller, le souffle court tandis que ses cuisses s'écartent davantage pour moi. Son corps tremble, rougi et luisant de chaleur, son odeur si puissante maintenant qu'il suffit de la respirer pour me faire perdre le contrôle. Mais je tiens bon, pour l'instant.

Je la maintiens fermement, traçant des mouvements lents et délibérés à travers ses replis. Elle est trempée et gonflée, et son goût sur ma langue est un putain de paradis - doux et vif et tout ce que j'ai jamais désiré.

Elle gémit dans la bouche de River, impuissante face à notre façon de la toucher, de la revendiquer, de la défaire.

Ses jambes se tendent autour de mes épaules, ses hanches ondulant maintenant avec désespoir. Elle est proche. Je peux le sentir dans sa façon de se contracter, dans sa respiration qui vacille, dans les petits gémissements qu'elle laisse échapper quand je suce son clitoris entre mes lèvres et le caresse avec ma langue. Je glisse deux doigts en elle, les bougeant rapidement.

— Putain... s'il te plaît... ne t'arrête pas, supplie-t-elle, rompant le baiser avec River, ses yeux vitreux et grands ouverts, rivés aux miens.

— Je ne m'arrête pas, je promets, la voix rauque de désir. — Jouis pour nous, Emma. Laisse-toi aller.

Son corps se cambre, sa colonne vertébrale arquée, ses cuisses tremblant autour de moi alors que l'orgasme la traverse. Elle sanglote, et ses mains agrippent aveuglément les draps, notre peau, n'importe quoi qui puisse l'ancrer alors que la vague déferle sur elle.

Ce n'est pas seulement du plaisir. C'est une libération. Un soulagement. Comme si son corps criait après ça, et qu'enfin, enfin, nous avons répondu.

Elle retombe sur le lit, la poitrine haletante, les lèvres entrouvertes, chaque parcelle d'elle tremblante. Et pourtant, elle rayonne. La nôtre.

Et nous ne faisons que commencer.

Ma queue palpite presque douloureusement, exigeant que je la baise. Un regard vers River et Levi montre qu'ils sont similairement affectés, leurs sexes durs.

La chaleur d'Emma est loin d'être satisfaite.

Même alors que le dernier orgasme parcourt encore son corps, je peux le voir — le sentir. Cette pulsation d'excitation qui monte à nouveau dans son odeur, la façon dont ses cuisses se pressent l'une contre l'autre, ses hanches qui se balancent, la façon dont elle nous cherche de ses mains tremblantes, comme si elle était affamée et que nous étions la seule chose qui puisse la rassasier.

— À l'intérieur, halète-t-elle. — Baisez-moi fort.

Sa voix est éraillée. Brisée. Suppliante.

Le moment avait commencé lentement. Contrôlé. Nous avions essayé d'être doux, prudents, pour elle. Mais cette retenue ne tient plus qu'à un fil maintenant, se rompant un à un sous le poids de sa chaleur et de son odeur — douce et humide et faite pour nous.

Levi grogne sourdement, passant une main sur son visage comme s'il essayait de se recentrer et échouait. — Putain. J'ai besoin de la goûter, gronde-t-il, déjà en mouvement.

Nous ne protestons pas.

Il échange sa place avec moi, s'installant entre ses cuisses comme s'il était né pour être là, ses larges épaules écartant ses genoux. Dès que sa bouche la touche, Emma sursaute violemment, un gémissement s'échappant de ses lèvres.

Je m'étends à côté d'elle, capturant sa bouche dans un baiser tout en dents et en chaleur, l'ancrant alors même qu'elle tremble.

— Tu es si putain de bonne pour nous, bébé, je murmure entre les baisers. — Si douce. Si mouillée. Laisse-nous te ruiner.

De l'autre côté, River caresse son ventre, son sexe dur et rougi, le gland suintant contre sa peau.

— Regarde-la, murmure-t-il, frottant lentement sa longueur sur sa poitrine, étalant le liquide pré-éjaculatoire sur ses seins. — Notre parfaite petite Oméga. Tu aimes cette sensation, petit sucre ? Sa voix devient brûlante. — Tu veux le sentir partout ?

Emma hoche désespérément la tête, complètement perdue dans les sensations. La langue de Levi la travaille en bas, je suis sur son cou, suçant et léchant, et River se frotte contre elle comme s'il la possédait. Elle tremble, gémit, halète nos noms comme des prières, cherchant à saisir son sexe.

Mais ce ne sont plus juste des noms maintenant.

— C'est ça, bonne fille, gronde Levi contre son sexe, sa voix épaisse de faim. — Tu as un goût si putain de bon.

Emma sanglote, ses mains s'agitant pour saisir n'importe quoi — mon bras, le sexe de River, les draps tordus sous elle. Elle tremble, parvenant à peine à rester ancrée.

— Elle est proche, je préviens, la voix tendue, mes dents s'enfonçant dans sa lèvre inférieure. — Putain, Levi, ne t'arrête pas.

Il ne s'arrête pas.

Il gémit bas, sauvage, alors qu'Emma se brise à nouveau, ses cuisses se refermant autour de sa tête, son dos se courbant comme un arc tendu. Elle scande son nom, détruite et essoufflée, jusqu'à ce qu'elle s'effondre avec un frisson.

Levi se redresse enfin, traînant sa bouche sur le dos de sa main comme s'il venait de goûter quelque chose de sacré. Ses yeux sont sauvages.

— Toujours pas assez, murmure-t-il, la voix rauque. — Ni pour elle. Ni pour moi.

Je croise leurs regards, chaque muscle de mon corps tendu par la retenue.

— Mettez-la sur moi.

Ils n'hésitent pas. Je suis allongé sur le dos pendant que Levi et River agissent rapidement, leurs mains puissantes la soulevant. Elle est molle, haletant doucement et tremblant encore sous l'effet des répliques. Ils la posent doucement sur moi, sa colonne vertébrale pressée contre ma poitrine, mon sexe frôlant déjà son entrée arrière nappe de lubrification.

Elle halète, sa tête retombant contre mon épaule. — Atlas...

—Je te tiens, grondé-je en enroulant un bras autour de sa taille. Laisse-moi prendre ce joli cul, bébé.

Elle hoche la tête tandis que Levi dit : —Je vais t'aider.

Elle se crispe contre moi, et je sens sa main à son entrée arrière. J'apprécie qu'il la pénètre de ses doigts pour l'aider à se détendre, la préparer.

—Pourquoi est-ce si bon ? ronronne-t-elle, frissonnant de tout son corps.

—Parce que ton corps nous désire.

—Tu t'en sors tellement bien, gronde River contre sa peau.

River recule et me fait un signe de tête, alors je saisis ses hanches et m'enfonce en elle, d'abord lentement. Elle siffle et ronronne tandis que je plonge complètement en elle.

—Tu prends tout de moi... putain, tu es incroyable.

Elle gémit, tout son corps tremblant contre moi, prise sur cette ligne de crête entre trop et pas assez.

À côté de moi, River laisse échapper un sifflement. —Tu dois toujours commenter comme une star du porno, Atlas ?

Je le regarde, souriant. —Désolé, tu préférerais que je chante à quel point elle est serrée et parfaite ?

Levi rit depuis l'endroit où il caresse son sexe, son autre main posée possessivement sur la cuisse d'Emma. —Honnêtement ? Je paierais pour entendre ça. Lâche la basse et sérénade son cul.

Emma laisse échapper un rire tremblant à travers un gémissement, sa tête retombant en arrière. —Vous êtes tous fous.

—Follement obsédés par toi, répond River, se

penchant pour embrasser le coin de sa bouche. Et tu adores ça.

Elle ne le nie pas. Elle ne peut pas, pas avec la façon dont elle se resserre autour de moi, son corps suppliant pratiquement pour plus.

—D'accord, d'accord, dit Levi, roulant des yeux et s'asseyant sur ses talons. Tu as fini de frimer, Atlas ? Certains d'entre nous attendent encore de participer.

Je ricane, me retirant lentement puis revenant en elle, regardant les paupières d'Emma papillonner. —Elle n'a pas l'air de se plaindre.

River passe un doigt le long de sa mâchoire, tournant son visage vers le sien. —Tu veux me goûter maintenant, bébé ?

Emma hoche la tête, étourdie et essoufflée. —Oui. Je vous veux tous.

Levi gémit. —Voilà. Les mots magiques.

—Putain, j'adore sa voix quand elle supplie, murmuré-je, pressant un autre baiser sur son épaule. Ça me donne envie de la ruiner encore et encore.

—On le fera, promet Levi, sa voix redevenant rauque tandis qu'il se positionne et enfonce son sexe en elle.

Emma crie, haletant pour reprendre son souffle.

—Tu nous prends si bien, murmuré-je à son oreille.

River caresse sa joue, lui souriant comme s'il voulait la dévorer tout entière. —Encore un trou, ma belle, murmure-t-il, glissant deux doigts sur ses lèvres entrouvertes. Tu crois que tu peux nous prendre tous ?

Emma gémit autour de ses doigts, les yeux grands ouverts, vitreux de chaleur et de besoin. Elle hoche la tête, et putain, je sens son corps se contracter d'anticipation. Je siffle, tout comme Levi.

—Bien remplie, hein ? murmure-t-il, la voix déchirée. Tu nous prends si putain de bien.

River prend son visage en coupe, le tournant vers lui. —Ouvre, souffle-t-il, d'une voix de velours et de fumée.

Elle entrouvre ses lèvres pour lui sans hésitation, le regard brumeux.

Il guide son sexe vers sa bouche, traînant d'abord lentement l'extrémité rougie sur sa lèvre inférieure, y étalant une perle de liquide comme une promesse. — C'est ça, murmure-t-il. Laisse-moi sentir cette douce bouche.

Elle gémit tandis qu'il s'enfonce, ses lèvres s'étirant pour le prendre, centimètre par centimètre. River laisse échapper un son grave et brisé, sa main se resserrant dans ses cheveux.

—Putain, tu es faite pour ça, gémit River, regardant ses lèvres s'étirer autour de son sexe. Si douce... si putain d'avide.

Et juste comme ça, nous sommes tous en elle, son corps étiré et rempli de toutes les façons, entourée par notre toucher, complètement possédée. Il n'y a plus d'hésitation, plus de patience. Nous trouvons notre rythme rapidement, poussant en tandem, perdus dans sa chaleur et la pression qui monte entre nous.

Elle se cambre, un cri silencieux coincé dans sa gorge, tremblant entre nous comme un fil électrique. Chaque gémissement vibre autour de moi, chaque frémissement de ses muscles autour de moi rend presque impossible de me retenir.

—Regarde-la, grogné-je, traînant ma main sur son bas-ventre, sentant la tension de son corps autour de moi. Si putain de remplie. Je peux me sentir en elle, chaque foutu centimètre. Elle nous prend comme si elle était faite pour ça.

—Elle l'est, gronde Levi, claquant ses hanches plus fort. Notre parfaite Oméga.

River sourit, caressant sa joue alors que sa bouche est toujours enroulée autour de lui. —Tu vas nous ruiner, tu le sais ça, Emma ?

Elle gémit d'un son complice.

—Elle l'a déjà fait, murmuré-je, puis ajoute avec un rire tendu : Pas que l'un de vous, connards, se plaigne.

—Pas quand elle gémit comme ça, grogne Levi. Putain, refais-le, ma belle. Laisse-les entendre comme on te fait du bien.

Emma laisse échapper un gémissement désespéré, étouffé autour du sexe de River, et ça me détruit presque.

River lui caresse les cheveux, la voix plus douce maintenant mais toujours rauque de désir. —Tellement putain de parfaite, prenant tant de ma queue dans cette douce bouche.

—Elle pleure encore, dit Levi avec un sourire, essoufflé. Des larmes et de la salive, regarde ça. River, elle est foutrement en désordre pour toi.

—J'aime qu'elle soit en désordre, dit River avec un sourire malicieux, poussant un peu plus profondément, lent et contrôlé. Ne fais pas semblant que ce n'est pas ton cas, Levi.

—Je compte là-dessus, grogne Levi, ses poussées devenant plus dures, plus erratiques. Elle va s'effondrer, et je veux en voir chaque seconde.

Emma tremble, prise dans notre tempête, ses yeux humides et vitreux, corps submergé mais ne s'éloignant jamais. Elle prend chaque centimètre, chaque ordre.

Et pourtant, même dans son état d'ivresse de plaisir, ses hanches se balancent contre nous, désespérées d'en avoir plus.

Notre fille. Notre Oméga.

Et nous n'arrêterons pas jusqu'à ce qu'elle oublie son propre nom.

Notre rythme devient déchiré, frénétique.

Les bruits humides de nos corps remplissent la pièce, le claquement de la peau, la chaleur mouillée de ses gémissements essoufflés autour du sexe de River. Ma prise se resserre sur sa taille, la maintenant immobile contre moi, ma poitrine luisante de sueur tandis que je pousse plus fort, plus profondément, chassant le bord comme si c'était de l'oxygène.

Elle se tend dans mes bras, la première ondulation de son orgasme resserrant son corps, un gémissement coincé dans sa gorge. Je sens ce changement incontestable dans ses muscles, la façon dont son corps commence à se contracter autour de nous.

—Elle est proche, haletè-je, ma voix rauque. Putain, elle me serre... fort.

—Ouais, sans blague, grogne Levi entre ses dents

serrées. Elle me trait comme si elle voulait jusqu'à la dernière goutte.

Emma s'arque, tout son corps tremblant, chaque partie d'elle nous serrant étroitement. Son cul m'emprisonne comme un étau tandis que sa bouche s'entrouvre autour de River pendant un instant avant qu'elle ne le suce plus profondément avec un gémissement affamé.

Elle crie autour du sexe de River, le son vibrant à travers lui alors que son orgasme la traverse comme un éclair. Son corps se contracte, nous enfermant en elle, nous retenant comme si elle nous possédait.

Et c'est tout ce qu'il faut.

Levi laisse échapper un son brutal, étranglé. — Putain... nœud..., s'étouffe-t-il, donnant un coup de reins violent une fois, deux fois, puis se figeant en place, son nœud gonflant sans doute alors qu'il se vide profondément en elle avec un grognement qui frôle le rugissement.

Mon propre nœud gonfle en parfaite synchronisation, m'enfermant dans sa chaleur étroite, la pression propulsant ma nappe en elle férocement. Je jure, enfouissant mon visage dans son cou tandis que je cède, ma libération survenant dure et rapide, profonde et sans fin.

—Merde. Emma. Putain ! Les hanches de River tressautent alors qu'il se déverse dans sa bouche, ses mains encadrant son visage comme si elle était quelque chose de précieux, même pendant qu'il tremble.

Ça prend un moment avec nous tous à bout de souffle.

River finit par se retirer de sa bouche, respirant comme s'il venait de courir un marathon. Emma laisse échapper un long gémissement béat et se lèche les lèvres avec un sourire narquois.

Pendant un moment, il n'y a que le bruit de respirations rauques alors que nous récupérons tous les quatre.

—Toujours avec nous ? lui demande doucement Levi, écartant les mèches de cheveux humides de sueur de son visage rougi.

Elle hoche la tête, ses yeux vitreux mais conscients, son sourire fatigué mais sincère.

—Eh bien, halète-t-elle, la voix rauque. Pour une bande de mecs qui parlent beaucoup, vous avez réussi à tenir le coup assez impressionnant.

River renifle. —Désolé, mon petit sucre d'orge... je ne savais pas que tu prenais des notes de performance entre les orgasmes.

—Il faut bien que quelqu'un s'en charge, dit-elle en riant, essoufflée.

Je suis trop occupé à la tenir, à sentir la façon dont son corps pulse autour de mon nœud encore gonflé, pour dire grand-chose — me contentant de presser des baisers sur son épaule, son cou, partout où je peux atteindre.

Finalement, nous nous effondrons.

Levi et moi, toujours noués profondément en elle, nous allongeons de chaque côté d'elle. Nos bras s'entre-mêlent sur son ventre et ses hanches, l'enfermant de la meilleure façon possible. River s'affale en travers de nous comme un loup paresseux et satisfait, sa tête à côté de la sienne, un bras drapé sur sa poitrine, son pouce traçant des cercles paresseux sur sa peau.

Elle rayonne. Dévastée. Souriant au plafond comme si c'étaient les étoiles qui venaient de la détruire.

—C'était... dingue. Incroyable, murmure-t-elle, essoufflée.

Puis, son sourire faiblit. Juste légèrement. Ses yeux vont de River à Levi à moi. Ses doigts jouent avec le bord de l'oreiller, une énergie nerveuse s'insinuant en elle.

—Je demande peut-être trop, dit-elle doucement, à peine au-dessus d'un murmure. Et vous pouvez me dire non. Je... je ne sais pas.

Je me crispe. —Qu'est-ce qu'il y a ? je demande.

River lève la tête, déposant un baiser sur sa tempe. — Tout ce que tu veux, nous te le donnerons.

—Tu es à nous maintenant, ajoute Levi, sans aucune hésitation dans son ton.

Elle se tourne pour le regarder, stupéfaite. —Tu le penses vraiment ?

Je hoche la tête. —Bien sûr. Tu crois vraiment qu'on te laisserait tomber après que tu te sois donnée à nous pendant tes chaleurs ?

—Je ressens cette attraction profonde... Ce besoin qui me... titille. Je n'ai jamais reçu de morsure d'accouplement. Mais je... je la veux. Je veux la vôtre.

—Tu veux qu'on te revendique ? je murmure. Qu'on officialise ? Qu'on se lie à toi ?

Elle hésite, les yeux soudain écarquillés de doute. — C'est stupide. Je sais. Je dis toujours les choses les plus embarrassantes quand je suis émotive ou dépassée ou—

—Hey, l'interrompt doucement River, écartant ses cheveux de son visage. Tu crois qu'on ne veut pas ça ? Putain, Emma, c'est tout ce qu'on désire. Sa voix baisse, et il montre juste un peu les dents, sa langue frôlant l'une de ses canines. J'ai tellement envie de te marquer. De te goûter comme ça. De m'assurer que personne d'autre ne touche jamais ce qui est à nous.

Levi dépose un baiser sur sa main, plus tendre que je ne l'ai jamais vu. —Tu veux un lien ? Je veux l'éternité. Avec toi. Sans la moindre hésitation.

Je me penche, mes lèvres frôlant son oreille. —C'est tout ce que j'ai désiré depuis trop longtemps, Emma, je murmure. Avoir une Oméga à adorer, à protéger, à vénérer. Toi. Uniquement toi. Laisse-moi t'aimer comme tu le mérites.

Ses yeux se remplissent de larmes alors qu'elle tourne la tête pour me regarder, une seule goutte coulant sur sa joue.

—Mon Dieu, souffle-t-elle. Vous allez me détruire.

River ricane. —C'est un peu le plan.

Levi sourit. —Te ruiner, te revendiquer, t'aimer. Dans cet ordre.

Levi est allongé devant elle, un bras autour de sa taille, sa bouche déposant des baisers révérencieux sur son sein. River se déplace vers sa hanche, pressant des baisers lents le long de sa taille et de la courbe de sa cuisse. Je reste près de son épaule, ma bouche effleurant la courbe de son cou, sentant le battement de son pouls sous mes lèvres.

Elle gémit, ses hanches ondulant doucement, son

corps sensible et brûlant, déjà accordé à nous. La tension s'enroule plus fort. Nous l'entourons et nous préparons à sceller le lien.

—Tu es prête ? je demande doucement.

—Oui, murmure-t-elle. S'il vous plaît.

Et nous mordons, mes dents perçant sa peau, le goût cuivré du sang sur ma langue.

Trois paires de dents s'enfoncent dans sa peau — River à l'intérieur de sa cuisse, Levi au renflement de son sein, et moi à sa gorge.

Elle crie, aigu et fort, tout son corps s'arquant entre nous, mais sa respiration suivante est un halètement de besoin, un murmure de *N'arrêtez pas.*

Je sens le changement instantanément.

C'est comme si un fil traversait mon âme, me liant à elle. Une vague de chaleur, d'appartenance, traverse ma poitrine jusqu'au plus profond de mes os. Mon nœud pulse, toujours verrouillé en elle, mais maintenant ça semble plus que physique. Spirituel. Mon corps connaît le sien d'une façon que je ne peux expliquer, chaque battement de cœur se synchronisant, chaque pensée noyée en Emma.

Je me recule de sa gorge, haletant, et je la regarde comme si je n'avais jamais rien vu de plus beau dans ma vie.

Je suis à elle.

Et je ne survivrai jamais sans elle maintenant.

River gémit en relevant la tête, léchant le sang de ses lèvres. —C'est magnifique, marmonne-t-il, puis embrasse sa hanche comme un vœu.

Levi lèche une trace cramoisie sur son sein, puis pose son front contre le sien. —Tu es à nous maintenant.

Emma laisse échapper un rire humide, larmoyant. —Vous trois pouvez encore plaisanter pendant le moment le plus intense émotionnellement de ma vie ?

—Nous sommes des Alphas, dit Levi avec suffisance. Le multitâche est notre spécialité.

—Je suis coincée sous votre poids collectif, ajoute-t-elle avec un sourire. Et aussi remplie de nœuds et de sperme.

—Flatte-nous encore plus, murmure River en se blottissant contre ses jambes.

Nous nous effondrons à nouveau, toujours enchevêtrés. Levi et moi sommes encore profondément noués en elle, la pressant confortablement entre nous, comme si nous la protégions du monde extérieur. River est étalé sur sa moitié inférieure, sa tête près de sa hanche.

Ses doigts s'entrelacent aux miens, et quand elle parle, c'est doux, plein de quelque chose d'authentique.

—C'était... incroyable, et je ne pense pas que ce soit terminé.

Je dépose un baiser sur sa tempe humide. —On recommencera.

Emma rit, et je jure que je pourrais mourir heureux ici même, en elle, revendiqué par elle, enveloppé dans tout ce que je n'ai jamais pensé avoir.

Un foyer.

—Quand tu seras prête, j'ajoute en souriant contre son cou.

Elle laisse échapper un petit rire, complètement

détendue entre nous. —D'accord. Dès que vos nœuds décideront de se calmer un peu.

River ricane près de sa hanche, embrassant sa peau. —Tu adores nos queues.

Elle fredonne, à la fois suffisante et douce. —Je les adore vraiment putain.

18

EMMA

*T*rois jours de passion induite par mes chaleurs se confondent dans un brouillard de mains, de bouches, de sexes et de plaisir écrasant. Trois jours à être remplie de toutes les façons possibles, à jouir tant de fois que j'en ai perdu le compte, à être couverte à l'intérieur comme à l'extérieur de plus de nappe et de semence que je ne pensais humainement possible. Trois jours à m'abandonner complètement à trois Alphas qui vénéraient mon corps comme leur temple personnel.

Et maintenant, enfin, je me sens normale à nouveau. Plus que normale, je me sens incroyable, comme si je vibrais à une fréquence que je n'avais jamais expérimentée auparavant. Ma peau est pratiquement rayonnante, mes cheveux sont plus brillants, et il y a un contentement dans mes os qui va bien au-delà de la simple satisfaction.

Mais avec ce contentement vient une terreur qui menace de m'étouffer.

Ils m'ont mordue à ma demande. Tous les trois. Ils m'ont marquée de morsures qui pulsent encore doucement sur mon corps, un rappel constant de ce que nous avons fait. Est-ce que cela signifie que c'est pour toujours ? La partie rationnelle de mon cerveau sait que beaucoup de couples se sont séparés après des morsures de liaison, même si cela s'accompagne d'un désir douloureux et d'une souffrance qui peuvent durer des années.

S'il te plaît, univers, ne laisse pas cela m'arriver. J'ai recommencé à faire confiance. Je veux avoir raison cette fois.

La pensée de les perdre me serre la poitrine de panique. J'ai déjà été blessée, rejetée et jetée comme si je n'étais rien. Les cicatrices de la trahison de Chad sont encore fraîches, et l'idée de revivre ce genre de dévastation, mais multipliée par trois et intensifiée par le lien biologique, est presque paralysante.

Arrête, me dis-je fermement. *Ils t'ont choisie. Ils t'ont marquée. Ils t'emmènent dîner ce soir pour célébrer.*

Dîner au Starlight & Sage, le nouveau restaurant qui a ouvert à Whispering Grove le mois dernier. Selon River, c'est censé être une fusion incroyable de cuisine montagnarde rustique avec une présentation sophistiquée, le genre d'endroit où les gens s'habillent élégamment sans être guindés, où l'atmosphère est chaleureuse plutôt qu'intimidante.

Les garçons ont insisté pour m'acheter quelque chose de spécial à porter, et quand j'ai protesté en disant que je n'avais pas besoin de nouveaux vêtements, Atlas a simplement dit : « Tu mérites de belles choses, Emma. Laisse-nous te les offrir. »

Comment argumenter contre ça ?

La robe qu'ils ont choisie est suspendue au dos de ma porte, et chaque fois que je la regarde, j'ai du mal à croire qu'elle est à moi. Une soie bleu nuit qui semble contenir des galaxies entières, avec de minuscules perles de cristal éparpillées sur le tissu comme des étoiles. C'est la plus belle chose que j'aie jamais possédée.

Je quitte mon peignoir et soulève délicatement la robe de son cintre. La soie murmure contre ma peau tandis que je l'enfile, se posant sur mes courbes comme si elle avait été faite spécifiquement pour mon corps. Le décolleté plonge suffisamment pour montrer la courbe de mes seins sans être indécent, tandis que les fines bretelles laissent mes épaules nues, révélant l'une de mes morsures en voie de guérison. La jupe épouse étroitement mes hanches avant de tomber gracieuse-ment jusqu'à mes chevilles, avec une fente sur le côté qui monte plus haut que mi-cuisse.

À chaque pas que je fais, le tissu glisse contre mes jambes avec un murmure, la fente révélant des éclairs de cuisse qui me font me sentir puissante, féminine et désirée tout à la fois.

Je me tourne pour faire face au miroir en pied et je reconnais à peine la femme qui me regarde. Mes cheveux tombent en vagues souples autour de mes épaules. Ma peau a cet éclat post-chaleurs qui me donne l'air radieuse et en pleine santé. La robe me transforme de la fille d'à côté en quelqu'un de sophistiqué.

Est-ce que c'est ça, le vrai bonheur ? Cette effervescence qui bouillonne dans ma poitrine, cette sensation que le monde est plein de possibilités infinies ?

Un léger coup à la porte interrompt mes pensées. « Entre, » dis-je.

River se glisse par la porte, et je souris instantanément en le voyant. Il est vêtu d'un jean foncé et d'une chemise boutonnée couleur d'ombres forestières, les manches retroussées pour révéler ces avant-bras puissants. Ses cheveux dorés sont coiffés avec juste assez de produit pour avoir l'air délibérément ébouriffés, et son habituel sourire facile est remplacé par quelque chose de plus sombre et plus sexy.

— J'ai apporté tes... Il s'arrête au milieu de sa phrase, ses yeux s'écarquillant tandis qu'il contemple mon apparence. Putain, souffle-t-il, les chaussures qu'il portait oubliées alors qu'elles pendent à deux doigts.

Je sens la chaleur monter à mes joues sous son appréciation évidente. « Est-ce que j'ai l'air bien ? »

— Bien ? Il ajuste son sexe à travers son jean avec sa main libre, sans même essayer de cacher sa réaction. Mon petit sucre, tu ressembles à tous les fantasmes humides que j'ai jamais eus, enveloppés dans de la soie de créateur.

Un petit rire m'échappe face à son évaluation crue mais flatteuse. « River ! »

— Quoi ? Je suis honnête. Il pose les chaussures, des talons à lanières qui s'accordent parfaitement avec la robe, sur la commode et s'approche, ses yeux ne quittant jamais les miens. Tourne pour moi.

Je fais ce qu'il demande, tournant lentement pour que la jupe s'évase autour de mes jambes, la fente révélant davantage ma cuisse. Quand je lui fais à nouveau face, son sourire s'élargit.

— Je n'ai jamais porté quelque chose comme ça, j'avoue, soudainement consciente de moi-même sous son regard brûlant. J'ai l'impression de jouer à me déguiser.

— Elle te va si parfaitement, murmure-t-il, tendant la main pour tracer la ligne de ma clavicule d'un doigt. Nous devrons peut-être te procurer toute une garde-robe de robes si c'est comme ça que tu es dedans.

— Je n'ai pas besoin d'une garde-robe entière.

— On verra ça, dit-il avec un sourire espiègle qui m'indique que cette discussion est loin d'être terminée.

Je lève les yeux au ciel, mais je ne peux m'empêcher de sourire. Ce sentiment facile d'être chérie et désirée est tout ce que je n'ai jamais su qu'il me manquait.

— Je n'arrive toujours pas à croire comment les choses tournent, je confesse, ma voix plus douce maintenant. Il y a plus d'une semaine, j'avais le cœur brisé et j'étais seule. Maintenant...

— Maintenant tu es à nous, finit-il, ses mains venant encadrer mon visage. Et nous sommes à toi. Comme tu le veux.

Avant que je puisse répondre, il s'approche, son bras glissant derrière ma nuque pour m'attirer vers lui. Ses lèvres rencontrent les miennes dans un baiser lent et délibéré. Sa langue se glisse à l'intérieur pour s'entre-mêler avec la mienne dans une danse qui me fait faiblir les genoux.

Quand nous nous séparons enfin, je suis essoufflée et m'accroche à ses épaules pour me soutenir.

— Nous devrions y aller, je parviens à dire, bien que les mots sortent rauques et peu convaincants. La réservation...

— Dans une minute, dit-il, ses yeux pétillant de malice et de quelque chose de plus sombre. D'abord, laisse-moi t'aider avec tes chaussures.

Il récupère les talons de la commode et s'agenouille devant moi d'un mouvement fluide, ses mains douces alors qu'il guide mon pied sur son genou plié. « Tiens-toi à moi, » ordonne-t-il, offrant sa tête et ses épaules pour l'équilibre.

Je pose mes mains sur ses larges épaules, sentant sa chaleur à travers sa chemise tandis qu'il glisse soigneusement la première chaussure sur mon pied, ses doigts étonnamment habiles avec la lanière délicate. Le simple acte de le voir s'agenouiller devant moi, s'occupant d'une tâche si intime, envoie un frisson d'excitation à travers moi.

— L'autre pied, murmure-t-il, changeant mes pieds sur son genou. Alors qu'il attache la deuxième chaussure, ses mains s'attardent sur ma cheville et mon mollet, son toucher envoyant des étincelles le long de ma jambe.

Une fois les deux chaussures mises, je m'apprête à reculer, mais il ne se relève pas. Au lieu de cela, il lève son regard vers le mien, et je remarque la lueur familière de danger et de malice dans ses yeux bleu vif — ce regard qui signifie généralement que je vais être complètement ravie.

— River, nous n'avons pas le temps, je murmure.

Ses mains remontent le long de mes cuisses, profitant de la haute fente de la robe pour écarter la soie. L'air frais frappe ma peau, et je réalise à quel point je suis exposée dans cette position.

— String en dentelle, observe-t-il avec une approbation évidente, ses doigts traçant le bord du délicat tissu. Je peux voir à travers.

La chaleur inonde mon visage, mais je ne peux nier le frisson qui me parcourt devant son appréciation. « Tu aimes ? »

— Tu n'as pas idée, grogne-t-il, se penchant en avant pour presser de minuscules baisers le long du bord de mes sous-vêtements, son souffle chaud contre ma peau. Je ne peux pas me rassasier de toi, de ça.

Ses doigts s'accrochent à l'élastique de mon string, écartant le tissu. Je devrais protester, mais mon corps me trahit en se penchant vers sa caresse. —Il faut y aller. Les autres nous attendent.

—Je ne peux pas, dit-il, la voix rauque de désir. J'ai juste besoin...

Ses mots s'interrompent lorsque sa langue me trouve, m'arrachant un gémissement qui résonne dans la pièce silencieuse. Mes jambes se transforment instantanément en gelée, menaçant de céder alors qu'il commence à me travailler avec une détermination obsessionnelle.

Je respire, mes mains s'envolant vers ses cheveux tandis qu'il s'enfonce plus profondément entre mes cuisses, sa langue traçant de longs coups avides à travers ma nappe intime. Il trouve mon clitoris, l'encercle une fois, puis encore, plus ferme, plus humide, jusqu'à ce que je ne puisse plus penser, plus respirer. Mon dos s'arque alors que la chaleur s'enroule, basse et serrée, dans mon ventre.

—On n'arrivera jamais jusqu'au dîner.

Il ne répond pas avec des mots, mais son petit rire amusé vibre contre mon sexe, et cette vibration me traverse comme une décharge électrique. Mes cuisses tentent de se refermer brusquement, mais il est déjà là, déjà verrouillé, me maintenant ouverte d'une poigne qui dit : tu ne vas nulle part.

Ses mains glissent sous mes cuisses, les écartant légèrement plus, me fixant en place alors qu'il me dévore comme si j'étais sa glace préférée, léchant, suçant, me baisant de sa langue. Je gémis, brisée et aiguë, les doigts tirant ses cheveux tandis que mon corps tremble sous lui. Il grogne contre moi comme s'il n'en avait jamais assez, comme si me goûter le rendait fou, et je jure que je peux sentir la chaleur de son désir s'infiltrer dans ma peau.

Des larmes piquent les coins de mes yeux tant c'est bouleversant, le plaisir m'inondant, vague après vague, chacune menaçant de me briser.

Il ne fait pas que me faire un cunnilingus. Il me revendique.

C'est sauvage, affamé, désespéré, River me consommant avec une férocité qui me vole ma raison.

Mes jambes vacillent dangereusement, les muscles tremblant alors que le plaisir s'enroule de plus en plus serré, menaçant de craquer. Je suis complètement à sa merci, impuissante sous le poids de sa bouche et l'implacabilité de sa langue. La seule chose qui me maintient debout est sa prise, ses mains comme du fer sur mes cuisses, me gardant en place tandis qu'il me dévore comme s'il me possédait.

—River, je halète, la voix rauque, tremblante. Mes doigts se tordent dans ses cheveux, désespérés, avides, tirant sans m'en rendre compte alors que mon orgasme se construit à une vitesse terrifiante. Je ne peux pas... Je vais...

Il ne ralentit pas.

Au contraire, il redouble d'effort, sa langue travaillant en profondeur, des coups implacables, ses lèvres traînant contre mon clitoris. Ses doigts s'enfoncent dans ma peau assez fort pour laisser des marques, mais la douleur ne fait qu'aiguiser le plaisir, me ramenant à la réalité alors que tout le reste échappe à mon contrôle. C'est trop. Le frottement de sa langue. La chaleur de sa bouche. La prise possessive sur ma chair. C'est comme si mon corps ne m'appartenait plus, il est à lui.

Puis, l'orgasme me frappe sans pitié. Je crie, et ça me secoue. Mon corps convulse, mes hanches tressaillent, mes cuisses se resserrent autour de sa tête alors que vague après vague de plaisir me déchire. Il ne s'arrête pas, ne relâche pas, pas une seconde. Il arrache chaque dernier tremblement de moi, sa langue traînant sur ma chair humide, hypersensible, jusqu'à ce que je tremble, sanglote, à moitié riante alors que je le supplie d'arrêter.

Ce n'est qu'alors qu'il recule, lent et délibéré, sa langue faisant un dernier passage possessif entre mes plis—me nettoyant, me revendiquant. Quand il relève enfin la tête, ses yeux sont sombres et sauvages de satisfaction. Ses lèvres brillent, et il les lèche d'un lent mouvement de sa langue, sans rompre le contact visuel.

Puis, comme si de rien n'était, il rajuste soigneusement mon string, comme un homme qui range un secret qu'il compte savourer plus tard.

—Je voulais juste m'assurer que tu sois proprement rassasiée avant qu'on sorte, dit-il avec un clin d'œil en se relevant. Pour que tu ne penses qu'à moi. À nous.

Je m'appuie contre lui pour me soutenir, mes jambes encore instables après l'intensité de ma jouissance. —Comme si quelqu'un d'autre pourrait jamais détourner mon attention de vous trois, je réussis à dire, encore essoufflée.

—Prêts à y aller, vous deux ? La voix de Levi vient de l'embrasure de la porte, suivie immédiatement d'une inspiration brusque. Putain, ça sent divinement bon ici.

River le regarde avec une satisfaction évidente. —J'ai pris un en-cas rapide pour tenir jusqu'au dîner, dit-il avec un sourire qui transpire la suffisance masculine.

Les yeux de Levi s'écarquillent de désir et ce qui ressemble à de la jalousie. —On a le temps pour un autre en-cas dans la voiture, suggère-t-il dans ma direction.

J'éclate de rire devant son expression, l'absurdité de la situation perçant à travers ma brume post-orgasmique. —Vous êtes tous insatiables, j'accuse, bien qu'il n'y ait aucune colère dans mes mots.

—Seulement avec toi, dit River en prenant ma main et m'entraînant vers la porte.

Le trajet jusqu'au restaurant est relaxant—la main d'Atlas sur ma cuisse, les doigts de Levi jouant avec mes cheveux depuis la banquette arrière, River me volant des regards dans le rétroviseur qui font papillonner mon estomac au souvenir de sa bouche sur moi.

—Je dois me remettre à écrire demain, je mentionne alors que nous naviguons sur les routes de la ville et dans la circulation. Ma date limite approche rapidement, et j'ai été... distraite ces derniers jours.

—On s'assurera que tu aies tout ce dont tu as besoin, me rassure Atlas depuis le siège conducteur. Café, nourriture, silence complet si c'est ce qui t'aide à travailler.

—Bien que nous devions peut-être retourner au travail nous-mêmes, ajoute Levi d'un ton d'excuse.

—Bien sûr, dis-je, bien que l'idée d'être seule après trois jours de compagnie constante envoie une petite douleur à travers moi. Je suis une grande fille. Je peux gérer quelques heures sans vous.

—Tu le peux, vraiment ? me taquine River. Parce que le sevrage pourrait être assez sévère après ce weekend.

Je me tourne vers lui, le regardant en lui adressant un sourire narquois, mais j'espère qu'il a tort. Le lien entre nous est encore nouveau, encore fort, et j'ai entendu dire que l'anxiété de séparation est un effet secondaire courant durant les premières semaines.

Quand nous arrivons au restaurant, Starlight & Sage s'avère être tout ce que River avait promis et plus encore. Le bâtiment occupe une maison victorienne restaurée à la périphérie de la ville, sa véranda enveloppante ornée de guirlandes lumineuses qui scintillent comme des étoiles contre le ciel qui s'assombrit. À travers les fenêtres, je peux voir une chaude lumière dorée et des aperçus de briques apparentes et de poutres en bois sombre.

À l'intérieur, l'atmosphère est exactement ce que j'espérais—élégante mais accueillante, avec des nappes blanches et des bougies vacillantes créant une intimité sans prétention. Notre table est parfaitement positionnée près d'une grande fenêtre qui offre une vue sur la rue en contrebas.

—C'est magnifique, je murmure alors qu'Atlas tire ma chaise avec une galanterie à l'ancienne, me laissant souriante.

—Pas aussi magnifique que toi, répond-il en déposant un baiser sur le sommet de ma tête avant de prendre sa propre place.

Le menu est une aventure en soi avec des plats qui incluent du gibier frais des montagnes environnantes.

—Je prends la truite, annonce Levi après mûre réflexion. La description mentionne des herbes qui poussent à l'état sauvage dans ces montagnes.

—Bien sûr, tu choisirais en fonction de la recherche botanique, le taquine River, le poussant du coude. Je vais prendre les côtes levées de bison. Faut voir grand ou rester à la maison.

—Et toi ? demande Atlas, tournant son attention vers moi.

Je parcours le menu, débordée par les choix. —Peut-être le... en fait, je dois d'abord passer aux toilettes. Pouvez-vous commander quelque chose pour moi si le serveur passe ? Je fais confiance à votre goût.

—Pas de problème, affirme Atlas, se levant légèrement de sa chaise alors que je me lève—un autre geste de courtoisie à l'ancienne qui ne manque jamais de me charmer.

Je traverse le restaurant, me faufilant entre les tables remplies de couples et de familles profitant de leur soirée. L'ambiance est détendue et conviviale, le genre d'endroit où tout le monde semble passer un moment merveilleux.

Je suis presque aux toilettes quand je les vois.

Chad et Megan, assis à une table d'angle, sa main couvrant la sienne sur la nappe blanche, me donnent un haut-le-cœur de dégoût. De colère.

C'est quoi ce bordel !

Je me fige sur place. Bien sûr. Évidemment qu'il mentait quand il m'a appelée pendant mes chaleurs, prétendant que les choses avec Megan n'étaient pas ce que je pensais. Mais le voilà, dans ma ville, avec elle, parfaitement à l'aise avec sa trahison.

La vue de ces deux-là ensemble déclenche en moi une rage folle. Comment ose-t-il venir ici ?

Mon inspiration brusque a dû être audible car Chad tourne la tête dans ma direction. Nos regards se croisent à travers le restaurant, et je vois son expression passer de la surprise à quelque chose de bien plus sombre — prédateur.

Il a exactement la même apparence. Trop policé. Trop parfait. Ses cheveux châtain clair avec ces ridicules mèches coûteuses sont toujours coiffés comme s'il sortait d'une publicité pour produits de toilette mascu-lins. Du designer de la tête aux pieds, jusqu'aux chaus-sures en cuir italien et cette montre démesurée dont il ne cesse jamais de se vanter.

Il est immédiatement sur ses pieds, abandonnant Megan sans un mot alors qu'il s'avance vers moi avec cette démarche assurée qui faisait autrefois battre mon cœur. Maintenant, elle me retourne juste l'estomac.

La panique envahit mon système, mes instincts de combat ou de fuite me hurlant de m'enfuir. Je pivote et me précipite vers notre table, le cœur battant dans ma gorge et les mains tremblantes d'adrénaline.

Atlas est déjà debout avant même que j'atteigne la table, ses instincts protecteurs visiblement déclenchés par ce qu'il lit dans mon langage corporel.

— Emma ? dit-il, sa voix vive d'inquiétude. Qu'est-ce qui ne va pas ?

Je n'arrive pas à parler, impossible de trouver les mots pour expliquer. Je jette un coup d'œil par-dessus mon épaule et vois Chad qui approche, la poitrine gonflée d'une fausse bravoure, avec ce rictus familier que je prenais autrefois pour de l'assurance.

— Emma ! crie-t-il, assez fort pour que les autres clients se retournent et fixent. Qu'est-ce que tu fous ici avec eux ?

J'essaie de répondre, de lui dire exactement où il peut se mettre ses questions, mais ma voix a disparu. Toutes les vieilles émotions reviennent en force, l'humiliation, la trahison, l'écrasante sensation de ne pas être assez bien. Je le déteste d'avoir encore ce pouvoir sur moi, je me déteste de le laisser m'affecter de cette façon.

Retrouvant enfin ma voix, je dis : — La dernière fois que je t'ai parlé, je t'ai dit d'aller te faire foutre, Chad.

River et Levi se lèvent de leurs chaises avec une grâce prédatrice, encadrant Atlas qui se place légèrement devant moi. Les gars semblent comprendre immédiatement.

— Oh, c'est donc Chad, déclare Atlas, sa voix trompeusement calme tandis qu'il se tourne vers mon ex. Comme c'est... intéressant.

Pour la première fois depuis qu'il s'est approché de notre table, les yeux de Chad s'écarquillent, prenant conscience des trois Alphas et réalisant peut-être enfin qu'il pourrait être en terrain dangereux. Trois hommes grands, visiblement en forme, ont tourné leur attention vers lui, et aucun d'eux ne semble particulièrement amical.

— Je te verrai bientôt, Emma, grogne Chad, mais je peux entendre l'incertitude qui s'insinue dans sa voix.

Atlas bouge plus vite que je ne m'y attendais, sa main jaillissant pour saisir le bras de Chad avec suffisamment de force pour le faire grimacer.

— En fait, dit Atlas, son ton conversationnel malgré l'acier dans ses yeux, tu vas te joindre à nous un moment.

Au même instant, Levi me prend par le bras. — Viens, murmure-t-il à mon oreille. Laissons-leur un peu d'intimité pour discuter.

Il me guide vers une table vide à proximité, assez loin pour ne pas être dans la zone d'impact immédiate mais suffisamment proche pour que je puisse encore voir ce qui se passe. D'autres clients nous fixent maintenant, sentant qu'il y a du drame. Merde !

— Je ne veux pas causer de problèmes, chuchoté-je à Levi, la culpabilité et l'anxiété se battant dans ma poitrine.

— Tu ne causes rien du tout, m'assure-t-il, sa main chaude et ferme dans la mienne. C'est lui qui fait ça, pas toi.

De retour à notre table, Atlas pousse Chad sur ma chaise abandonnée. River prend le siège en face de lui, se penchant en arrière avec une décontraction trompeuse tandis qu'Atlas domine au-dessus de l'épaule de Chad. Pour quiconque regarde, cela pourrait ressembler à une conversation amicale, mais je peux voir la tension dans leurs corps, cette immobilité primitive qui parle d'une agressivité à peine contenue.

Chad jette des regards entre Atlas et River comme un animal acculé, semblant enfin comprendre qu'il a commis une grave erreur d'appréciation.

— C'est juste une Oméga stupide, déclare-t-il, sa voix portant clairement jusqu'à nous. Vous êtes des idiots si vous pensez qu'elle vous apportera quoi que ce soit de bon. Mais moi je l'ai acceptée, et elle est à moi, alors vous feriez mieux de dégager.

Ces mots m'étranglent, chacun d'eux conçu pour me blesser profondément et me rappeler chaque chose cruelle qu'il a dite pendant notre relation. Mais cette fois, au lieu de m'effondrer, je ressens une féroce vague de fierté. Parce que cette fois, je ne suis pas seule.

Un instant River est affalé sur sa chaise, tout en sourire paresseux et membres détendus — puis il bouge. En un clin d'œil, il est hors de son siège et sur Chad, l'écrasant face contre la nappe blanche, un poing emmêlé dans ses cheveux parfaitement coiffés.

Mes yeux s'écarquillent. Oh mon Dieu. C'était

rapide. Du genre à ne pas voir venir, une vitesse de prédateur alpha.

Chad laisse échapper un bruit étranglé, plus d'indignation que de douleur, mais il n'a même pas la chance de se reprendre avant que River se penche, bas et dangereux, maintenant sa tête plaquée contre la table.

— Essayons à nouveau, grogne River, son ton habituellement joueur remplacé par quelque chose de mortellement calme. Mais cette fois, montre un peu de respect quand tu parles de notre Oméga.

Le restaurant est maintenant complètement silencieux, tout semblant de normalité abandonné alors que le drame se déroule. Personne ne bouge pour intervenir — peut-être sentant que ces Alphas ne sont pas à prendre à la légère ou peut-être reconnaissant simplement que Chad a cherché ce qui lui arrive.

Atlas se penche. — Emma n'existe plus pour toi, dit-il, mais sa voix porte dans le silence. En fait, après ce soir, tu vas oublier que tu as jamais connu son nom.

— Vous ne pouvez pas..., commence Chad, mais River augmente la pression sur son crâne, coupant ses mots.

— Voici ce qui va se passer, continue Atlas avec un calme létal. Tu vas finir ton dîner. Tu vas payer l'addition. Et puis tu vas quitter Whispering Grove et ne jamais revenir. Parce que si je te vois près d'Emma à nouveau, si j'entends que tu as essayé de la contacter, si tu ne fais que prononcer son nom en public, je te ferai disparaître. Est-ce clair ?

Chad essaie de hocher la tête, limité par la prise de River sur ses cheveux. — Très clair, halète-t-il.

— Bien. Atlas se redresse, et River relâche sa prise, permettant à Chad de se rasseoir. Mais ils ne reculent pas, le gardant piégé entre eux comme des loups encerclant une proie blessée.

— Encore une chose, ajoute River, son masque enjoué glissant à nouveau en place avec une facilité terrifiante. Ce n'était pas une menace. C'était une promesse. Et nous tenons toujours nos promesses.

Chad se précipite sur ses pieds, son visage rougi par l'humiliation et ce qui ressemble à une peur authentique. — Vous êtes tous complètement fous, marmonne-t-il, mais il recule déjà vers sa table.

— Peut-être, acquiesce Atlas avec un sourire froid. Mais nous sommes son genre de folie. File maintenant.

Chad n'a pas besoin qu'on le lui répète. Il s'enfuit pratiquement vers Megan, qui a regardé toute la confrontation avec des yeux écarquillés, horrifiés. Ils ont une brève discussion animée avant que Chad ne jette de l'argent sur la table, et ils font une sortie précipitée, Chad lançant un dernier regard effrayé dans notre direction avant de disparaître dans la nuit.

Le restaurant reprend lentement vie, les conversations reprenant à voix basse tandis que les gens essaient de traiter ce dont ils viennent d'être témoins. Atlas et River se dirigent vers l'endroit où Levi et moi sommes assis, leurs expressions s'adoucissant immédiatement quand ils me voient.

— Je suis désolé, dit Atlas, s'installant sur la chaise à côté de moi. Nous ne voulions pas faire de scène.

— Tu plaisantes ? demandé-je, les regardant tous les trois avec quelque chose qui ressemble à de l'admiration. C'était la chose la plus incroyable que j'ai jamais vue. Personne ne m'a jamais défendue comme ça.

— Alors, habitue-toi, dit River avec un sourire à la fois dangereux et affectueux. Quiconque te fait du mal devra maintenant nous répondre.

— Mais notre dîner... et tout le monde nous regarde, protesté-je faiblement, désignant la table qu'ils ont abandonnée.

— Au diable le dîner chic, déclare Atlas en me tendant sa main. Sortons d'ici.

Ils m'entourent pendant que nous quittons le restaurant, Levi laissant quelques billets sur la table pour nos désagréments, je suppose.

Trente minutes plus tard, nous sommes garés à un point de vue panoramique en dehors de la ville, les lumières urbaines scintillant en contrebas tandis que nous nous régalons de tacos et de burritos achetés dans un stand au bord de la route. La nourriture est simple mais délicieuse, et la compagnie infiniment meilleure que n'importe quel restaurant chic.

— Voilà ce que j'appelle une vraie sortie, dis-je la bouche à moitié pleine de carne asada.

— Pour nous aussi, confirme Levi, repliant soigneusement son burrito pour éviter qu'il ne coule. Bien que la prochaine fois, nous devrions peut-être commencer directement par le food truck et éviter le drame.

— J'apprécie vraiment que vous m'ayez défendue face à Chad, dis-je en posant mon taco pour les regarder tour à tour avec sérieux. Mon Dieu, quel connard.

Cette évaluation crue les fait tous trois éclater de rire.

— Voilà notre Emma, dit River avec délectation. Je craignais que Chad n'ait fait fuir ton impertinence.

— Jamais, lui assuré-je. Mais pendant un instant, je me suis sentie comme quand j'étais avec lui, incapable d'articuler et intimidée. Je déteste qu'il ait encore cet effet sur moi.

— C'est naturel, explique Atlas, son bras entourant mes épaules pour me rapprocher de lui. Il a été conçu pour te blesser. Mais tu es plus forte maintenant, et tu n'es plus seule.

— Nous te protégerons toujours, ajoute Levi. C'est ce que font les membres d'une meute.

Membres d'une meute. Ces mots m'enveloppent comme une couverture chaude, remplissant des espaces en moi dont j'ignorais même le vide. Pendant si long-temps, j'ai été indépendante par nécessité, convaincue qu'avoir besoin de quelqu'un était une faiblesse que je ne pouvais pas me permettre.

Mais être assise sous les étoiles avec trois Alphas qui se battraient littéralement pour moi, qui me font rire, me rendent folle et vénèrent mon corps comme s'il était leur religion, me donne un sentiment de foyer que je n'ai jamais connu auparavant.

— Alors, que se passe-t-il maintenant ? demandé-je, exprimant la question qui me tracasse depuis que nous avons quitté le restaurant. Et s'il revient ?

— Il ne reviendra pas, affirme Atlas avec une certi-tude absolue. Et s'il le fait, nous nous en occuperons.

— Je ne veux pas vous causer de problèmes...

— Emma, m'interrompt River, se penchant pour me faire taire d'un doux baiser. Arrête de t'inquiéter pour rien. Chad est un lâche et une brute, et les brutes fuient quand elles rencontrent une vraie résistance. Il est déjà à mi-chemin de retour sous la pierre d'où il est sorti.

— Et même si ce n'était pas le cas, ajoute Levi. Nous avons dit ce que nous pensions. Tu es à nous maintenant. Cela signifie que tes problèmes sont nos problèmes, tes combats sont nos combats. Sans exception.

Je les regarde tour à tour et sens quelque chose se mettre en place en moi. Ce sont mes Alphas. C'est ma meute. C'est mon avenir.

— D'accord, dis-je simplement, et je le pense. D'accord.

Nous restons ensuite dans un silence confortable, terminant notre dîner improvisé tandis que les étoiles apparaissent au-dessus de nous.

Chad a essayé de me faire sentir insignifiante, a tenté de me ramener dans les ténèbres du doute et de l'insécurité. Au lieu de cela, il a donné à mes Alphas l'occasion de me montrer exactement quelle place j'occupe pour eux. Il m'a rappelé à quel point j'ai progressé depuis la femme brisée qui a fui vers Whispering Grove il y a moins de deux semaines.

Je m'appuie contre la poitrine d'Atlas, la main de River chaude sur ma taille, les doigts de Levi caressant doucement mes cheveux, et souris au ciel infini au-dessus de nous.

Voilà à quoi ressemble le vrai bonheur. Voilà à quoi ressemble un foyer.

Et personne — ni Chad, ni qui que ce soit — ne me l'enlèvera jamais plus.

19

EMMA

e curseur clignote, comme pour se moquer de
moi sur l'écran de mon ordinateur portable. Je
viens de terminer un autre chapitre. Quatorze
pages. Sacrément impressionnant pour une matinée de
travail. Je me penche en arrière dans la chaise en bois
que j'ai revendiquée comme mienne ici dans la tour de
guet, étirant mes bras au-dessus de ma tête jusqu'à ce
que ma colonne vertébrale craque. Après une semaine
de cette routine, j'ai enfin retrouvé mon rythme. Les
mots coulent comme ils ne l'ont pas fait depuis des
mois, voire des années.

Si je maintiens ce rythme, j'aurai terminé le manuscrit d'ici la fin du mois prochain. Cette pensée me
procure un frisson d'excitation. Pour la première fois
depuis la trahison de Chad, je me sens à nouveau moi-
même. Comme l'écrivaine que j'étais destinée à être, et
non une coquille vide remettant en question chaque
mot qu'elle couche sur le papier.

Le soleil matinal pénètre par les fenêtres, baignant tout d'une lumière dorée. Je me plonge dans l'élaboration du prochain chapitre lorsque des pas lourds et délibérés résonnent sur les marches en bois à l'extérieur.

— Ne fais pas attention à moi, gronde la voix profonde d'Atlas tandis qu'il entre dans la tour de guet, son attention entièrement fixée sur moi. Je profite simplement du paysage.

Je pivote sur ma chaise pour lui faire face, et doux Jésus, cet homme devrait être accompagné d'une étiquette d'avertissement. Il porte un jean qui pourrait être classé comme danger public tant il épouse parfaitement chaque centimètre de ses cuisses puissantes. Sa chemise bleu marine aux manches retroussées jusqu'aux coudes révèle ses avant-bras musclés qui me donnent la bouche sèche, et il arbore ce sourire lent et entendu qui fait exécuter à mon cœur une gymnastique de niveau olympique.

— Le paysage forestier est vraiment spectaculaire vu d'ici, je parviens à articuler, bien que ma voix sorte plus haletante que prévu.

— Je ne parlais pas de la forêt. Son regard me parcourt, observant mon chignon décoiffé, mon pull trop grand qui glisse d'une épaule, et la façon dont je suis lovée dans cette chaise comme si c'était mon trône personnel.

— Ah bon ? Une chaleur s'épanouit sur mes joues, se répandant jusqu'à mon cou. De quel paysage parlais-tu, Chef ?

Il s'avance vers moi avec des épaules puissantes, le

torse bombé, les lèvres s'étirant en un sourire malicieux. Ma peau frissonne d'attention.

— Une femme brillante perdue dans son univers créatif, complètement dans son élément. Il s'arrête assez près pour que j'inhale son parfum enivrant, et la chaleur qui émane de son corps m'incite à me pencher vers lui. C'est une sacrée vue, Emma.

Mes joues s'échauffent davantage, et je glisse une mèche de cheveux derrière mon oreille. — Continue de parler comme ça, et tu vas me donner un complexe.

— Parfait. J'aime te faire rougir. Sa voix descend à ce ton rocailleux qui fait des choses inappropriées à mon corps. Ça me fait me demander où ailleurs tu rougis.

— Atlas, je le taquine.

Il rit doucement. — Comment avance l'écriture, ma belle ?

Je fais un geste vers mon ordinateur portable, essayant d'ignorer comment ce terme affectueux fait palpiter mon cœur. — Mieux que depuis des mois. Je pense qu'être ici aide. Quelque chose dans l'isolement, le calme... c'est comme si mon cerveau avait enfin de l'espace pour respirer à nouveau.

— J'en suis heureux. Il y a quelque chose de presque tendre dans ces yeux sombres. Tu avais l'air si abattue quand tu es arrivée. Te voir comme ça, passionnée par ton travail à nouveau, vivante, c'est incroyable.

Ma poitrine se serre. — Tu as vraiment remarqué ça ?

Il ouvre la bouche pour répondre, puis s'arrête, son regard se détournant pour fixer quelque chose au-delà de moi vers les fenêtres. — Attends une seconde.

Regarde. Je me retourne sur ma chaise, mais il est déjà en mouvement, ressortant sur le balcon qui entoure la tour de guet. — Viens ici, appelle-t-il doucement.

Je le suis dehors. Le balcon en bois est chaud sous mes pieds nus, et l'air du matin porte l'odeur des pins et des fleurs sauvages. Atlas se tient à la balustrade, son corps figé dans une immobilité totale.

— Qu'est-ce qu'on regarde ? je chuchote, en me plaçant à côté de lui.

Il pointe vers la lisière des arbres en contrebas. Une biche et son faon broutent paisiblement dans la clairière, le petit tout en pattes et en taches, restant près de sa mère alors qu'ils se déplacent dans les hautes herbes avec des pas prudents et gracieux. La lumière du matin fait briller leur pelage comme du cuivre poli.

— Ils sont magnifiques, je souffle, ne voulant pas les effrayer.

— Ils viennent ici presque tous les matins, murmure Atlas, sa voix basse et intime. C'est leur espace sécurisé.

Quelque chose dans sa façon de le dire me fait le regarder plutôt que les cerfs. — Est-ce que c'est ce qu'est cet endroit pour toi ? Un espace sécurisé ?

— Oui. Son bras entoure ma taille, m'attirant contre sa chaleur solide. Mais dernièrement, mes espaces sécurisés incluent partout où tu te trouves.

Mon corps se fond dans le sien sans hésitation, s'ajustant contre lui comme si nous étions conçus pour cela. Je penche ma tête en arrière pour le regarder, et le doux sourire sur son visage me fait fondre. Il y a quelque chose de brut là, de vulnérable sous sa confiance d'Alpha.

— Atlas, je murmure.

Puis il m'embrasse, et toute pensée cohérente s'évapore.

Ce baiser est doux et aimant. Ses lèvres sont chaudes et assurées contre les miennes, goûtant le café et le miel, et j'en suis déjà accro. La brise fraîche du matin murmure autour de nous, portant l'odeur du pin et de la terre, et pour la première fois depuis plus longtemps que je ne peux me souvenir, je me sens complètement libre.

Comme si je pouvais flotter sur ce sentiment et ne jamais redescendre.

Quand nous nous séparons, je suis étourdie et hors d'haleine, mes mains agrippant sa chemise.

— Tu es venu ici pour me distraire, je l'accuse, bien que ma voix soit rauque de désir.

Son sourire est un pur péché. — Est-ce que ça marche ?

— Tu sais bien que oui. J'essaie de reculer, mais son bras se resserre autour de ma taille. Mais si nous restons ici, je sais où cela va mener... avec moi penchée sur mon bureau et mon ordinateur portable écrasé sur le sol.

Ses pupilles se dilatent. — Voilà une idée intéressante.

— Du calme, grand garçon. J'appuie ma main contre sa poitrine, sentant son cœur tonner sous ma paume. Certains d'entre nous ont des délais à respecter.

Il rit, et mes genoux faiblissent. Son rire est riche et libre, le genre de son qui me donne envie de passer ma vie à essayer de l'entendre à nouveau.

— Eh bien, en parlant de distractions... j'aimerais t'emmener quelque part.

— Ah bon ? Je croise les bras, ce qui fait descendre son regard vers mon décolleté pendant une fraction de seconde avant de revenir à mon visage. Quelle est l'occasion ? J'ai gagné à la loterie ? J'ai été nominée pour un Pulitzer ? J'ai enfin maîtrisé l'art de ne pas brûler les toasts ?

— Ai-je besoin d'une occasion pour vouloir passer du temps avec ma magnifique Oméga ?

Le pronom possessif fait monter une vague de chaleur en moi, mais je ne vais pas le laisser s'en tirer aussi facilement. — La flatterie te mènera loin, Chef, mais elle ne répondra pas à ma question. Crache le morceau.

Ses mains trouvent mes hanches, et ses pouces dessinent de petits cercles à travers mon pull, rendant difficile de penser clairement.

— Levi et River se préparent à rejoindre la police pour une enquête approfondie sur la cabane brûlée. Je me suis dit que tu pourrais avoir besoin d'une distraction, et j'ai peut-être prévu quelque chose de spécial.

La mention de la cabane me glace le sang. — Tu penses qu'ils vont trouver quelque chose ? Les mots sortent plus faiblement que je ne l'aurais voulu, et je ne peux m'empêcher de me tordre les mains.

Atlas prend mes mains, les séparant doucement et les enroulant autour de sa taille à la place. Son toucher est chaud, rassurant. — Tout ira bien, tu verras. Je te le promets.

Les mots brûlent sur ma langue avant que je ne puisse les arrêter. — Donc, une fois que tout sera terminé et que la police n'aura plus besoin que je reste ici, tu veux que je...

— Non. Sa voix est ferme, mais il y a de l'amusement qui danse dans ses yeux. Ne le dis pas.

— Tu ne sais pas ce que j'allais dire. Ma voix a cette intonation têtue qu'elle prend quand quelqu'un essaie de me dire ce que je pense.

— Si, je le sais. Il se penche et embrasse le bout de mon nez, et je plisse le visage. Tu allais demander si nous allons vouloir que tu partes et retournes dans ta petite ville ennuyeuse où il ne se passe rien et où personne n'apprécie à quel point tu es putain d'incroyable.

Ma bouche s'ouvre en grand. — Comment as-tu... c'est exactement ce que j'allais dire, espèce d'arrogant.

Il rejette sa tête en arrière et rit, et ce son magnifique transforme à nouveau mes entrailles en un feu liquide. Cette barbe de trois jours lui donne l'apparence d'une sorte de dieu sauvage des contrées reculées. J'ai envie de tracer chaque ligne de sa mâchoire avec mes lèvres.

— Je te connais mieux que tu ne le penses, dit-il, toujours souriant. Je peux pratiquement voir ton cerveau travailler, calculant des stratégies de sortie et des scénarios catastrophes. Mais voilà, Emma... tu ne vas nulle part. Tu es à nous maintenant, et nous voulons que tu emménages avec nous pour de bon. Apporte tes affaires de ta ville. Nous t'aiderons à faire tes cartons. C'est chez toi ici maintenant.

— Tu es sérieux ? Ma voix sort à peine plus haut qu'un murmure.

—Tout à fait sérieux. Son expression devient féroce, possessive. —Nous t'avons marquée avec notre morsure, Emma. Tu nous appartiens maintenant. À nous tous. Et nous ne te laisserons pas partir.

La joie bouillonne dans ma poitrine, vive et pétillante. Je ne peux pas retenir le sourire qui s'étale sur mon visage alors que je jette mes bras autour de son cou et le serre fort, pressant tout mon corps contre le sien.

—Tu n'as pas idée à quel point ça me rend heureuse.

Il embrasse le sommet de ma tête, ses bras se resserrant autour de moi comme s'il avait peur que je disparaisse.

Je me fige un instant, toujours accrochée à lui, le cœur battant dans ma poitrine. Vient-il vraiment de me demander d'emménager avec lui ?

Mon Dieu. C'est en train d'arriver.

Suis-je prête pour ça ?

Je veux dire, oui, techniquement, je n'ai pas de logement en ce moment. Donc, emménager semble parfait en théorie. Logique, même. Mais changer de ville ? Recommencer à zéro ? Poser ma brosse à dents à côté des leurs et me réveiller dans le même lit chaque jour ? Ce n'est pas rien. C'est... énorme. Gigantesque.

Et si je gâche tout ?

Je recule juste assez pour croiser son regard, l'angoisse nouant soudain ma gorge.

Ses yeux s'adoucissent alors qu'il lève sa main, son pouce caressant lentement ma lèvre inférieure.

—Hé, dit-il, d'une voix basse et posée, comme s'il essayait de me garder les pieds sur terre. Ne réfléchis pas trop.

Je cligne des yeux en le regardant, partagée entre le rire et les larmes.

—Amusons-nous simplement aujourd'hui, d'accord ? poursuit-il. Nous avons tout le temps de régler le reste.

Et, étrangement, je le crois.

—Alors... sortie en ville ?

—Absolument. Je recule pour lui sourire. Montremoi le chemin, Chef.

Nous descendons l'escalier, et j'entends les voix de Levi et River avant même d'atteindre le bas. Ils sont dans la cuisine, rassemblés autour de la cafetière comme si elle détenait les secrets de l'univers.

—Bonjour, ma belle, dit Levi quand il m'aperçoit, abandonnant son café pour traverser la pièce. Ses yeux sont chaleureux et appréciateurs quand ils me parcourent. Avant que je puisse dire un mot, il prend ma main et me fait tourner loin d'Atlas.

—Hé ! Je ris, trébuchant légèrement alors que Levi m'attire contre son torse.

—À mon tour, murmure-t-il, une main glissant dans mes cheveux tandis que l'autre se pose au creux de mes reins. Il m'embrasse, lentement et profondément, comme s'il avait tout le temps du monde pour explorer ma bouche. Quand il me libère enfin, je suis essoufflée et rougissante.

—Bonjour à toi aussi.

—Ne l'accapare pas, Wolf, se plaint River, mais il y a du rire dans sa voix lorsqu'il apparaît de l'autre côté. Certains d'entre nous n'ont pas encore eu leur dose d'Emma aujourd'hui.

—Wolf ? Je lève un sourcil vers Levi, qui hausse simplement les épaules.

—Son nom de famille est Wolfe, explique River, puis sourit malicieusement. En plus, il a ce truc du loup solitaire et taciturne élevé au rang d'art.

—Je ne suis pas taciturne, proteste Levi.

—Tu es totalement taciturne, disent River et Atlas à l'unisson, me faisant glousser.

River profite de ma distraction pour me faire tourner dans ses bras, me faisant basculer dramatiquement comme si nous étions dans un vieux film hollywoodien. —Bonjour, magnifique, dit-il.

—Tu es trop adorable, lui dis-je, mais je souris.

—Adorablement beau, confirme-t-il, puis il m'embrasse à en perdre la tête.

Quand il me remet droite, je dois m'agripper à ses épaules pour ne pas vaciller.

—Nous devrions faire une compétition, annonce River, me faisant un clin d'œil. Voir quel baiser Emma préfère.

—Absolument pas, déclare Levi, mais il y a un sourire en coin sur ses lèvres. Nous savons tous que je gagnerais.

River halète avec une indignation feinte. —Ce sont des paroles guerrières, joli cœur.

—Non, je me retire de cette histoire, déclaré-je en

levant les mains. J'invoque les cinquième, sixième et septième amendements.

—Ce n'est pas comme ça que fonctionnent les amendements, fait remarquer Levi avec un petit sourire.

—Je m'en fiche. Je refuse de choisir entre vous, beaux Alphas.

Atlas se racle la gorge. —Si vous deux avez fini de molester notre Oméga...

—En fait, interrompt Levi, en regardant sa montre, nous devrions y aller. La police veut nous rencontrer là-bas dans quinze minutes.

L'expression de River devient plus sérieuse. —C'est vrai. L'enquête sur la cabane.

La main d'Atlas se pose sur le bas de mon dos. —Soyez prudents, d'accord ? Et appelez si vous trouvez quelque chose.

—Promis, assure Levi, puis il vient m'embrasser sur le front. Essaie de ne pas te laisser trop corrompre par celui-ci pendant notre absence.

—Je ne promets rien, dis-je avec un sourire.

River bondit vers moi, volant un dernier baiser rapide. —Garde de l'énergie pour quand nous reviendrons, murmure-t-il contre mes lèvres, me faisant rougir.

Ils partent enfin, et le calme soudain semble étrange après leur énergie exubérante. Atlas se tourne vers moi avec une boîte blanche dans les mains.

—C'est pour toi, dit-il, et pour la première fois depuis que je le connais, il a l'air presque timide. Va en haut et mets-le.

Je prends la boîte, le regardant avec suspicion. Elle

est étonnamment légère, ce qui pourrait être bon ou très, très mauvais. —Devrais-je m'inquiéter ?

—Vas-y, dit-il, en me donnant une tape espiègle sur les fesses, me faisant crier et rire.

—Tu as de la chance que je t'apprécie, lui dis-je en me dirigeant vers les escaliers.

—Je compte là-dessus, me lance-t-il.

À l'étage, je m'assieds sur le lit et déballe soigneusement la boîte. À l'intérieur, niché dans du papier de soie, se trouve un bikini. Le plus petit, le plus scandaleux bikini que j'aie jamais vu, d'un jaune vif qui brillera probablement sur ma peau.

—Bon sang, soupiré-je, en tenant les morceaux de tissu. Il y a à peine assez de matière pour couvrir un timbre-poste, et encore moins mes atouts.

—Vraiment ? lui crié-je. Et qu'est-ce que tu portes exactement pour cette mystérieuse aventure ?

—Arrête de gagner du temps, sa voix monte d'en bas.

Je tiens le bikini devant moi dans le miroir, essayant de comprendre comment il est censé fonctionner. Le haut est essentiellement deux minuscules triangles reliés par des ficelles, et le bas... eh bien, les appeler bas est généreux. Ce sont plutôt des morceaux de tissu placés stratégiquement et maintenus ensemble par plus de ficelles.

—Tant pis, marmonné-je en me déshabillant. Quand on est à Rome...

Enfiler le bikini est comme résoudre une énigme. Il y a des ficelles partout, et je ne suis pas tout à fait sûre de les avoir toutes mises au bon endroit. Quand je me regarde enfin dans le miroir en pied, je reconnais à peine la femme qui me fixe.

Le tissu jaune est pratiquement fluorescent contre ma peau, faisant paraître mes cheveux comme de l'or filé et révélant les paillettes ambrées dans mes yeux noisette. Mais plus que ça, j'ai l'air... sexy. Dangereusement, terriblement sexy. Le genre de sexy qui arrête la circulation et déclenche des guerres.

Le haut pousse mes seins vers le haut et ensemble, créant un décolleté probablement visible depuis l'espace, tandis que le bas est posé bas sur mes hanches et haut sur mes cuisses, montrant des jambes qui paraissent interminables. Le dos est pratiquement inexistant—juste une ficelle qui disparaît entre les courbes de mes fesses.

Je me sens exposée et puissante à la fois, comme si je pouvais conquérir le monde ou du moins réduire un certain chef des pompiers à une nappe de désir. Cette pensée me fait sourire malicieusement.

J'enfile rapidement un short en jean et un t-shirt trop grand par-dessus le bikini—pas question de descendre habillée comme une pin-up—et je retourne en bas pour trouver Atlas fermant le hayon de son pick-up.

—Prête ? demande-t-il, en m'ouvrant la portière passager.

—Quel gentleman, je le taquine en montant dans la voiture.

Il démarre le moteur, et de la musique country remplit l'habitacle.

Je tends la main pour serrer sa cuisse, puis glisse vers le haut. Le muscle tressaille sous ma caresse.

—Continue à me toucher comme ça, et on ne quittera jamais cette allée, me prévient-il d'une voix rauque.

—Des promesses, toujours des promesses, dis-je, mais je remets ma main sur mes propres genoux. Pour l'instant.

Nous sommes à peine sortis de l'allée quand son téléphone sonne à travers les haut-parleurs du camion. L'identifiant affiche le nom de Claire, et Atlas me jette un regard d'excuse avant de répondre.

—Atlas à l'appareil.

—Salut, patron ! La voix de Claire est vive et enjouée, ne sachant visiblement pas qu'elle est sur haut-parleur. Comment allez-vous aujourd'hui ? J'espère que je n'interromps rien d'important.

—Que voulez-vous, Claire ? La voix d'Atlas est sèche, professionnelle d'une manière qui me fait réprimer un sourire.

—Oh, je voulais juste prendre des nouvelles ! Nous avons accueilli de nouveaux bénévoles aujourd'hui, et l'équipe leur montre les ficelles du métier. Tout est vraiment calme ici, mais ne vous inquiétez pas, s'il se passe quoi que ce soit, je vous ai en numérotation rapide. Il y a une pause. Alors, où allez-vous aujourd'hui ? Quelque part de spécial ? Quelque part où vous pourriez vouloir de la compagnie ?

Elle glousse, et je dois me couvrir la bouche pour ne pas pouffer. L'audace de cette femme est presque impressionnante.

—Je plaisante ! ajoute-t-elle rapidement, mais le mal

est fait. Mais sérieusement, si vous avez besoin de quoi que ce soit, et je veux dire n'importe quoi, je suis là pour vous. Vous le savez, n'est-ce pas ?

Je peux voir la mâchoire d'Atlas se crisper, le muscle tressaillant d'une manière qui signifie qu'il a atteint sa limite. —Claire, nous devons parler.

—Oh ? Sa voix s'anime avec espoir. À propos de quoi ?

Atlas me regarde, et je hoche la tête pour l'encourager. Il est plus que temps que quelqu'un mette fin à cela.

—Votre comportement, dit-il sans détour. Le flirt, les commentaires déplacés, la façon dont vous traitez Emma. Tout cela doit cesser.

Le silence s'étire si longtemps que je me demande si elle a raccroché. Puis elle halète, et je peux presque l'entendre chercher ses mots.

—Je... que voulez-vous dire ? Je n'ai pas été-

—Si, vous l'avez été, la coupe Atlas. Nous l'avons tous remarqué. Moi, River, Levi. Nous avons clairement indiqué que nous ne sommes pas intéressés par une relation au-delà du cadre professionnel, pourtant vous continuez d'insister. Et votre attitude envers Emma a été inacceptable.

—Mais je-

—C'est le seul avertissement que vous allez recevoir, poursuit Atlas, sa voix dure comme du granit. Soit vous vous ressaisissez et vous comportez comme la professionnelle que j'ai engagée, soit vous pouvez faire vos bagages et partir. Nous avons de nombreux bénévoles qui seraient ravis de reprendre vos fonctions. Est-ce clair ?

Un autre long silence, puis le son de reniflement. —
Oh mon Dieu, je suis tellement désolée. Je ne me
rendais pas compte que j'étais si évidente. Vous avez
raison, et je suis mortifiée. Je sais que mon comportement a été inapproprié, et c'est entièrement ma faute. Sa
voix se brise légèrement, et malgré tout, je ressens une
pointe de sympathie pour elle.

—Je pense... je pense que je dois m'inscrire sur un
site de rencontres ou quelque chose comme ça, passer à
autre chose correctement. Je suis restée bloquée
pendant si longtemps, et ce n'est pas juste pour aucun
d'entre vous. Surtout pas pour Emma. Je lui dois des
excuses.

L'expression d'Atlas s'adoucit légèrement. —Écoutez,
vous avez été extraordinaire à la caserne, Claire. Je ne
veux pas vous perdre comme employée, mais ce
comportement ne peut pas continuer.

—Ce ne sera plus le cas, je vous le promets. Je
présenterai mes excuses à Emma quand vous revien-
drez, et je garderai les choses strictement profession-
nelles à partir de maintenant. Merci d'avoir été direct
avec moi. J'avais besoin de l'entendre.

L'appel se termine, et je dis : —C'était intense.

Il passe une main dans ses cheveux en soupirant. —
Probablement en retard. Mais elle avait l'air sincère.

—C'est vrai, j'approuve. Je me suis même sentie un
peu mal pour elle.

—Ça te ressemble bien, dit-il avec un petit sourire.
Tu as le cœur trop grand.

Nous conduisons dans un silence confortable
pendant quelques minutes.

—Tout le monde a des tragédies dans son passé, dit-il doucement. L'Alpha de Claire est mort il y a deux ans. Accident de voiture. Elle a du mal à aller de l'avant depuis.

Je halète, pressant une main contre ma poitrine. —Oh, c'est affreux. Je ne savais pas.

Atlas hoche la tête. —Perdre son compagnon... ça brise quelque chose de fondamental en toi. Je ne peux pas imaginer.

—Est-ce pour ça que vous vous êtes retrouvés tous les trois en meute ? je demande doucement. Parce que vous aviez tous besoin d'un lien à cause de vos passés ?

Il reste silencieux si longtemps que je pense qu'il ne répondra pas.

—River a été rejeté par ses parents. Ils voulaient qu'il soit un Alpha parfait, et quand ses phéromones n'ont pas correspondu à leurs attentes, ils l'ont envoyé dans des centres de correction. Ils ont passé des années à essayer de réparer quelque chose qui n'était pas cassé.

Mon cœur se serre. —Il me l'a dit, et je déteste que ses parents lui aient fait ça.

—Puis Levi a perdu ses parents dans un incendie de maison quand il avait quinze ans. Un problème électrique. Il était à l'école quand c'est arrivé et n'a pas pu les sauver. C'est pourquoi il est si obsédé par la prévention des incendies - c'est sa façon de s'assurer que personne d'autre ne vive ce qu'il a vécu.

Mon estomac me fait si mal en entendant le chagrin que Levi a dû traverser.

Les jointures d'Atlas sont blanches sur le volant. —Ma mère m'a abandonné quand j'avais douze ans. Toxicomanie. J'ai vécu dans la rue pendant deux ans avant qu'on ne me donne une chance à la caserne de pompiers. Sa voix devient rauque.

Je tends la main et prends la sienne, entrelaçant nos doigts. —Je suis désolée. Vous avez tous traversé tellement d'épreuves.

—Nous nous sommes trouvés quand nous en avions le plus besoin, dit-il. Nous avons formé notre propre meute, notre propre famille. Et maintenant...

—Et maintenant ?

Il porte nos mains jointes à ses lèvres, déposant un doux baiser sur mes phalanges. —Maintenant tu t'intègres parfaitement avec nous. Comme si tu avais toujours été destinée à faire partie de notre petite famille.

—Le destin, je murmure, me penchant vers lui par-dessus la console. Tu y crois vraiment ?

—Avec toi ? Bon sang, oui. Il me regarde, et la sincérité brute dans ses yeux me coupe presque le souffle. Je n'ai jamais cru au destin avant, mais ensuite tu as débarqué dans nos vies, et soudain, tout a pris sens.

Je ne trouve pas de mots pour l'émotion qui enfle dans ma poitrine, alors je serre simplement sa main plus fort et pose ma tête contre son épaule. —J'adore ça, je murmure. J'adore faire partie de votre famille.

—Moi aussi.

Vingt minutes plus tard, nous empruntons un chemin de terre dont j'ignorais même l'existence. Il serpente à travers une forêt dense, les branches créant une canopée si épaisse qu'on dirait qu'on roule dans un tunnel vert. Quand nous émergeons enfin dans la lumière du soleil, je reste bouche bée.

C'est le paradis.

Une prairie ondulante s'étend jusqu'à une rivière cristalline qui scintille comme des diamants sous le soleil du matin. Des arbres anciens bordent un sentier, leurs branches s'étirant vers un ciel si bleu qu'il fait presque mal de le regarder. Des fleurs sauvages parsèment l'herbe en touches de couleur - lupins violets, boutons d'or jaunes et marguerites blanches qui dansent dans la douce brise.

Je cherche mon souffle, sortant du camion sur des jambes vacillantes. —C'est...

—Magnifique, termine-t-il, sortant un grand panier en osier de l'arrière du camion ainsi qu'une épaisse couverture. Peu de gens connaissent cet endroit. Il appartient à la famille de mon mentor depuis des générations. Il me l'a montré.

Je tourne lentement sur moi-même, essayant de tout absorber. La paix ici est presque incroyable. —Je pourrais pleurer ou m'évanouir, ou les deux. Comment est-ce possible que ce soit ma vie en ce moment ?

Il rit doucement. —Viens, installons-nous.

Il étend une couverture à l'ombre d'un chêne massif, assez près de l'eau pour que nous puissions l'entendre murmurer sur les rochers. Puis il commence à sortir de la nourriture du panier, et j'en salive presque.

Des croissants feuilletés qui sentent le beurre et le paradis, des fraises fraîches et des raisins, des pêches tranchées. Il y a un petit récipient avec différents fromages - du brie, du cheddar affiné, quelque chose avec des herbes. Des crackers, des sandwichs qui semblent préparés par un professionnel, des pâtisseries dignes d'une vitrine de boulangerie française. Et ce qui ressemble à de la limonade maison dans des bocaux Mason.

— Tu as cambriolé une épicerie fine ? je demande en m'installant en tailleur sur la couverture.

— Peut-être. Il retire ses bottes et s'installe près de moi, suffisamment proche pour que je puisse sentir la chaleur qui émane de son corps. Goûte les fraises. Elles viennent d'une ferme à environ une heure d'ici.

J'en mords une, et le jus coule sur mon menton. Elle est si parfaitement mûre et sucrée que je ne peux retenir un petit gémissement. Oh mon Dieu, c'est incroyable.

Il tend la main pour attraper la goutte de jus avec son pouce avant qu'elle ne tombe sur mon t-shirt. « Petite gourmande », murmure-t-il, et la façon dont il le dit m'excite légèrement.

Nous goûtons à tout, et je dois admettre que celui qui l'a aidé à planifier cela a excellent goût. Le fromage fond sur ma langue, les croissants sont d'une perfection beurrée, et les sandwichs, dinde et avocat avec une sorte de sauce aux herbes, sont dignes d'un restaurant.

Il me regarde manger. « Tu as un petit... »

Il tend la main pour enlever une miette du coin de ma bouche, et ce simple contact envoie de l'électricité à travers tout mon corps. Quand je me lèche automatiquement les lèvres pour attraper d'autres miettes, ses pupilles se dilatent.

— Emma, dit-il, la voix rauque.

— Oui ?

Au lieu de répondre, il se lève, et je me retrouve fascinée par la façon dont il se déplace avec tant de puissance, comme s'il était constamment conscient de son corps et de ses capacités. Il attrape l'ourlet de son t-shirt, et j'en oublie comment respirer.

— Qu'est-ce que tu fais ? je demande, bien que mes paroles sortent essoufflées et distraites.

— Je vais nager. Il passe son t-shirt par-dessus sa tête, et doux Jésus, cet homme est une œuvre d'art. Des épaules larges, un torse bien dessiné, des abdos qui semblent avoir été sculptés dans le marbre.

— Est-ce légal d'être aussi séduisant ? je lâche, puis j'ai immédiatement envie de me cacher sous la couverture. Je veux dire, tu pourrais provoquer des accidents. Des carambolages. Une hystérie collective.

Il rit. « Seulement si tu regardes. »

Son jean rejoint son t-shirt, le laissant en boxer noir moulant clairement conçu pour la natation. Il est positionné bas sur ses hanches, et la façon dont il moule ses cuisses et ses fesses me laisse bouche bée.

— Tu viens ? demande-t-il, presque au bord de l'eau.

Il s'avance dans l'eau jusqu'à ce qu'elle lui arrive à la taille. Il est terriblement magnifique. « L'eau est parfaite », crie-t-il.

Je me lève sur des jambes instables et commence à me débarrasser de mon short et de mon t-shirt. Au moment où le tissu touche la couverture, Atlas s'immobilise dans l'eau.

— Seigneur, souffle-t-il.

Je baisse les yeux sur moi-même, sur la façon dont le bikini jaune me couvre à peine. Je me sens à la fois exposée et puissante, comme si je pouvais mettre cet Alpha à genoux avec juste un sourire.

— Attends, dit-il alors que je me dirige vers l'eau. Tourne-toi. J'ai besoin de voir...

La chaleur envahit mes joues, mais je fais ce qu'il demande, faisant un tour lent qui, je le sais, met en valeur le dos pratiquement inexistant du bikini.

— Putain, gémit-il. Emma, tu as la moindre idée de ce à quoi tu ressembles en ce moment ? Comme tous les fantasmes que j'ai jamais eus qui prennent vie.

Le désir brut dans sa voix me rend audacieuse. « Juste des fantasmes ? » je demande, en entrant dans l'eau fraîche. « C'est décevant. »

— Oh, ma belle, dit-il, s'avançant vers moi comme un prédateur traquant sa proie. Je vais te montrer exactement à quel point tu inspires bien plus que des fantasmes.

L'eau est parfaite, assez fraîche pour être rafraîchissante sans être choquante. Elle est cristalline, et je peux voir des roches lisses au fond et de petits poissons qui filent entre les ombres. Mais tout cela s'estompe en bruit de fond quand Atlas m'atteint.

Ses mains se posent sur ma taille, et il me soulève sans effort jusqu'à ce que mes jambes s'enroulent autour de sa taille. Cette position nous presse l'un contre l'autre, sa dureté contre moi, et je peux sentir exactement à quel point le bikini l'affecte.

— Salut, je chuchote, soudain timide malgré le maillot de bain scandaleux.

— Salut, toi. Sa voix est rauque, ses yeux assombris

par le désir. Tu es si putain de belle que ça fait mal de te regarder.

— Tu continues à me faire rougir.

— Je suis obsédé par toi. Ses mains remontent sur mes côtés, ses pouces effleurant mes tétons dressés. Tu le sais ? La façon dont tu te mords la lèvre quand tu réfléchis, les petits bruits que tu fais quand tu écris, comment tu as ce pli entre tes sourcils quand tu te concentres. Je te regarde, et j'arrive à peine à penser clairement.

Sa confession fait s'emballer mon cœur. « Tu me fais le même effet. Vous tous. Je n'ai jamais rien ressenti de tel auparavant. »

— Tant mieux, grogne-t-il, puis sa bouche est sur la mienne.

Ce n'est que chaleur et exigence, sa langue glissant contre la mienne avec une habileté dévastatrice. Je peux goûter les fraises que nous avons partagées et la légère trace de café de ce matin.

Mes mains s'agrippent à ses cheveux, et je me cambre contre lui, cherchant plus de contact. Le mouvement presse mes seins à peine couverts contre sa poitrine, et nous gémissons tous les deux à cette sensation.

— Tu me fais complètement perdre la tête, murmure-t-il contre mes lèvres. Tu le sais ? J'ai passé des années à garder le contrôle, à être le responsable, puis tu entres dans ma vie, et j'arrive à peine à me souvenir de mon propre nom.

— Tant mieux, je murmure en retour, mordillant sa lèvre inférieure. J'aime avoir cet effet sur toi.

Il m'embrasse plus fort, une main derrière ma nuque tandis que l'autre explore la couverture minimale de mon bikini. Son pouce effleure mon téton à travers le tissu mince, et je halète dans sa bouche.

— Oh, ces tétons semblent si froids, dit-il avec une inquiétude feinte, bien que sa voix soit rauque de désir. Montre-moi. Ma bouche est si chaude.

Je ris de lui.

— Si sensible, murmure-t-il, me penchant légèrement en arrière par sa main qui tient ma nuque et réussissant d'une manière ou d'une autre à écarter mon bikini sur un sein. Quand sa bouche se referme sur mon téton, je gémis, me cambrant contre lui. Sa langue fait des choses vicieuses et légères sur mon téton, et je siffle sous la sensation. Putain, Emma, je pourrais passer des heures juste à apprendre ce qui te fait haleter comme ça.

— S'il te plaît...

— S'il te plaît quoi, ma belle ?

Avant que je ne puisse répondre, son téléphone commence à sonner depuis la rive, strident et insistant dans le calme paisible.

— Ignore-le, murmure-t-il contre ma gorge, ses lèvres prenant plus de mon sein dans sa bouche.

Mais son téléphone sonne à nouveau, puis encore, coupant le moment comme un couteau.

— Merde, gémit-il, me libérant à contrecœur. Je dois répondre. C'est peut-être la caserne.

Il se dirige vers la rive, et je le suis, rajustant mon bikini, sentant soudain le froid de l'eau sans sa chaleur. Je prends une serviette du panier et m'enveloppe dedans pendant qu'il répond au téléphone, l'eau dégoulinant encore de ses cheveux.

— Levi, qu'est-ce qu'il y a ? Sa voix est tendue, passant immédiatement en mode travail.

Je m'installe sur la partie ensoleillée de la couverture avec du fromage et des crackers, mais mon appétit a disparu. Il y a quelque chose dans la posture d'Atlas qui me serre l'estomac d'anxiété.

Le silence s'étire, et j'étudie son expression qui devient de plus en plus sérieuse à chaque seconde qui passe.

— Tu es sûr ? demande-t-il, la voix sèche. Et le propriétaire veut... Merde. Oui, je comprends.

C'est à ce moment que je sais que cela concerne la cabane brûlée. Le fromage se transforme en sciure dans ma bouche, et mes mains commencent à trembler.

Atlas reste silencieux pendant un long moment, écoutant ce que Levi lui raconte. Je peux voir le muscle de sa mâchoire qui tressaute, la façon dont sa main libre se serre en poing.

— On rentre maintenant, dit-il finalement. Ne les laisse rien faire jusqu'à ce que j'arrive.

Il raccroche et se tourne vers moi, son expression soigneusement contrôlée de cette façon qui signifie qu'il essaie de ne pas m'effrayer. Ce qui, bien sûr, m'effraie plus que s'il avait simplement l'air paniqué.

— C'est grave, n'est-ce pas ? je chuchote, en posant les crackers de mes doigts tremblants.

Il est à mes côtés en un instant, me serrant contre sa poitrine malgré le fait que nous sommes encore humides de la rivière. — Nous avons les résultats de l'enquête sur le chalet.

— Et alors ? Ma voix est à peine audible.

— C'était une bougie qui a déclenché l'incendie. Probablement accidentel... mais... Il hésite, et je sens qu'il choisit ses mots avec soin.

— Mais quoi, Atlas ? Dis-moi simplement.

— Le propriétaire a été contacté au sujet des conclusions. Il veut porter plainte pour dommages et intérêts.

Le monde bascule, et je n'arrive plus à respirer. Porter plainte. Ces mots résonnent dans ma tête comme un glas, évoquant des images d'avocats, de dates d'audience et de mon nom étalé dans les gros titres. Tout ce pour quoi j'ai travaillé, tout ce que j'ai construit — parti en fumée.

— Emma. La voix d'Atlas semble venir du fond de l'eau. — Hé, regarde-moi.

Mais je ne peux pas. Je me noie dans la panique, ma poitrine me fait mal comme si quelqu'un était assis dessus. Ma vision commence à devenir grise sur les bords.

— Ma chérie, respire. Respire pour moi.

Ses mains encadrent mon visage, m'obligeant à croiser son regard.

— Je ne peux pas, je halète. J'ai peur.

— Tu vas surmonter cela avec nous à tes côtés, dit-il fermement. On va trouver une solution. Je te le promets, Emma.

— Comment ? Le mot sort comme un sanglot. Il va me poursuivre pour tout ce que j'ai. Ma carrière, ma réputation, tout sera fichu. Je serai cette auteure qui a brûlé le chalet de quelqu'un. Aucun éditeur ne voudra plus de moi.

— Arrête. Sa voix est assez tranchante pour couper court à ma spirale. Ce n'est pas ce qui va se passer.

Je veux le croire, mais la peur est trop forte, trop familière. C'est ce qui s'est passé avec Chad, tout s'effondrait, mon monde s'écroulait autour de moi tandis que je restais impuissante.

— Tu ne comprends pas, je murmure. C'est ce que je fais. Je gâche tout. J'ai fait confiance à Chad. Je viens ici, et je brûle la propriété de quelqu'un. Tout ce que je touche se transforme en cendres.

— C'est des conneries, et tu le sais. Sa voix est douce mais ferme. Chad était un salaud qui a profité de toi. Le chalet était un accident, une putain de bougie, Emma. Tu n'as rien brûlé intentionnellement.

— Mais le procès...

— On va s'en occuper. Ensemble. Il me serre plus près, et je sens son cœur battre régulièrement et fermement contre ma joue. Tu n'es plus seule dans cette histoire. Tu nous as — moi, River, Levi. On ne va nulle part.

Je veux le croire, mais la peur est une chose vivante dans ma poitrine, qui griffe mes côtes. — Et si vous changiez d'avis ? Et si cela devient trop compliqué, trop désordonné ? Et si...

— Emma. Il relève mon menton, m'obligeant à croiser son regard à nouveau. Tu te souviens de ce que je t'ai dit tout à l'heure ? À propos du fait que nous sommes brisés ?

Je hoche la tête, ne faisant pas confiance à ma voix.

— Nous nous sommes trouvés parce que nous avions besoin d'une famille. Une vraie famille. Le genre qui ne t'abandonne pas quand les choses deviennent difficiles. Son pouce essuie une larme que je n'avais pas réalisé avoir versée. Tu fais partie de cette famille maintenant. Ce qui signifie que quand tu souffres, nous souffrons. Quand tu te bats, nous nous battons à tes côtés. C'est ça, la meute.

— Tu me connais à peine, je murmure.

— J'en sais assez. Sa voix est féroce, possessive. Je sais que tu es assez courageuse pour tout laisser derrière toi et recommencer. Tu es assez forte pour construire une carrière. Tu es assez loyale pour supporter les conneries de Chad pendant des mois. Et tu es assez généreuse pour t'inquiéter de la propriété d'un inconnu même quand c'est toi la victime ici.

Ses mots érodent peu à peu la panique, la remplaçant par quelque chose de plus chaleureux. De l'espoir, peut-être. Ou juste le besoin désespéré de croire que cette fois sera différente.

— Nous devrions y aller, dis-je finalement, ma voix encore tremblante. S'il va y avoir une bataille juridique, je dois commencer à me préparer.

— Il n'y aura pas de bataille juridique, dit Atlas avec une tranquille certitude. Fais-moi confiance.

Je lève les yeux vers lui. — Pourquoi pas ?

Il reste silencieux un moment, puis soupire. — Le propriétaire du chalet, Martin Greene, est un homme d'affaires local, possède quelques propriétés de location dans le comté. Il a aussi la réputation d'être procédurier — il poursuit en justice pour un rien, généralement il règle à l'amiable pour des sommes modiques.

— Donc, il va me saigner à blanc.

— Non, il ne le fera pas. Le sourire d'Atlas est acéré et prédateur. Parce que Martin a aussi l'habitude de faire des économies sur ses propriétés de location. Câblages défectueux, détecteurs de fumée cassés, extincteurs périmés. Levi a déjà trouvé trois infractions au code dans le rapport préliminaire.

Pour la première fois depuis que le téléphone a sonné, je peux respirer normalement. — Donc s'il essaie de me poursuivre...

— Nous ripostons avec négligence. Défaut d'entretien des lieux sécurisés. Une douzaine d'infractions au code du bâtiment qui mettent ses locataires en danger. Le sourire d'Atlas est tout en dents. Crois-moi. Martin ne voudra pas que cette affaire aille au tribunal.

Le soulagement m'envahit, si intense qu'il en est presque douloureux. Je jette mes bras autour de son cou, pressant mon visage contre sa gorge. — Merci, je murmure. Merci de ne pas me laisser affronter ça seule.

— Jamais, murmure-t-il dans mes cheveux. Tu es à nous maintenant, Emma. Nous protégeons ce qui est à nous.

Ces mots possessifs devraient probablement me déranger, mais au lieu de cela, ils me font me sentir en sécurité d'une façon que je n'ai pas ressentie depuis des années. Protégée. Chérie.

Nous rangeons le pique-nique. Quand Atlas charge le panier dans le camion, j'attrape sa main.

— C'était parfait, lui dis-je. Avant l'appel téléphonique, je veux dire. Toute cette journée... a été parfaite.

— La première d'une longue série, promet-il, puis m'embrasse doucement. Allez, rentrons à la maison et réglons cette situation avec Martin. Ensemble.

Maison. Le mot se niche dans ma poitrine comme une lueur chaleureuse. Pour la première fois depuis plus longtemps que je ne peux m'en souvenir, j'en ai vraiment une qui donne la même sensation que lorsque mes parents et ma grand-mère étaient encore en vie.

Et je crois chaque mot qu'Atlas a dit sur le fait de rester à mes côtés.

20

EMMA

Je suis de retour dans mon short et mon t-shirt, le souvenir de notre matinée parfaite à la rivière me semblant déjà lointain tandis que j'arpente la tour de guet de long en large. Les planches en bois grincent sous mes pas agités, et je ne peux m'empêcher de me tordre les mains, trahissant toutes les pensées anxieuses qui tourbillonnent dans mon esprit.

Atlas est dehors sur le balcon quand le grondement d'un véhicule résonne en contrebas. En un rien de temps, Levi et River nous rejoignent, et avec Atlas, ils rentrent tous à l'intérieur avec moi.

—Assieds-toi, ma belle, dit doucement Levi en désignant la chaise que j'ai revendiquée comme mon trône d'écrivain.

—Je ne veux pas m'asseoir. Les mots sortent plus sèchement que je ne l'aurais voulu, teintés de panique. Dis-moi simplement. À quel point c'est grave ?

River passe une main dans ses cheveux dorés, les laissant encore plus ébouriffés que d'habitude. C'est... compliqué.

—L'incendie a bien été déclenché par une bougie, commence Levi. Les traces de brûlure, le point d'origine, tout le confirme, y compris les restes partiels de la bougie.

Mes genoux fléchissent presque, et je dois m'agripper au bord de mon bureau pour rester debout. Je le savais. Je savais putain que c'était ma faute.

—Emma, attends—, commence Atlas, mais je me noie déjà.

—Mon Dieu, je suis tellement idiote. J'aurais dû vérifier deux fois, trois fois. Je n'aurais jamais dû allumer cette fichue bougie. Maintenant, la propriété de ce pauvre homme est détruite, et je vais perdre tout ce pour quoi j'ai travaillé, et—

—Stop. La voix de River tranche ma spirale comme une lame. Arrête un instant et écoute ce qu'on essaie vraiment de te dire.

Quelque chose dans son ton, urgent mais pas paniqué, pénètre le brouillard de mon anxiété. Je pince les lèvres, serrant mes bras autour de moi comme si je pouvais physiquement maintenir les morceaux ensemble.

—Nous avons retrouvé la bougie, poursuit Levi en ouvrant le dossier avec un soin délibéré. Mais il y a quelque chose de très étrange concernant l'endroit où elle se trouvait.

Il sort son téléphone, appuie plusieurs fois, puis me le tend avec une photo. Mes mains tremblent en l'acceptant. Il me faut un moment pour comprendre ce que je vois, les restes calcinés de ce qui était autrefois les poutres noircies de la cheminée du chalet et les débris couverts de cendres créant un paysage infernal de destruction.

—Je ne comprends pas ce que je regarde, j'avoue, plissant les yeux sur l'image.

—Regarde de plus près, dit River, venant se placer derrière ma chaise. Sa main se pose sur mon épaule. Tu vois cette zone sous ce qui était autrefois le mur du fond ?

Je suis son doigt pointé vers une section de la photo où des poutres effondrées ont créé une sorte de grotte. Niché dans l'ombre, presque caché à la vue, se trouve un pot en verre partiellement fondu entouré de débris. Atlas l'étudie également par-dessus mon épaule.

—C'est la bougie, explique doucement Levi. Ou ce qu'il en reste.

—Mais c'est... Je fronce les sourcils, essayant de concilier ce que je vois avec mon souvenir parfaitement clair de cette nuit-là. Ce n'est pas là que je l'ai mise quand je l'ai allumée.

—Où aurait-elle dû être ? demande Atlas.

Je ferme les yeux, me forçant à revivre ces derniers moments dans le chalet. Sur la table basse. Juste au centre, sur l'un de ces petits dessous de verre en bois en forme de feuilles. Je me souviens avoir été si prudente, inquiète que la cire ne coule sur le bois.

—La table basse était du côté complètement opposé de la pièce, dit doucement River. Nulle part près de l'endroit où nous avons trouvé la bougie.

Mes yeux s'ouvrent brusquement, et le monde bascule. Qu'est-ce que vous voulez dire ?

—On dit que la bougie n'a pas déclenché l'incendie depuis l'endroit où tu l'as laissée, explique Levi, passant au cliché suivant sur le téléphone que je tiens toujours. Quelqu'un l'a déplacée.

—Mais qui... pourquoi... Les mots sortent à peine comme un murmure.

—C'est ce que nous essayons de comprendre, dit Atlas.

Je jette un coup d'œil à la photo, et celle-ci est un gros plan du pot de bougie fondu. Le verre a partiellement fusionné avec la surface sur laquelle il était posé.

—Mais il y a autre chose, continue Levi. Quelque chose qui n'a aucun sens.

J'étudie l'image, remarquant comment la chaleur a déformé tout au-delà de la reconnaissance. Qu'est-ce que je suis censée voir ?

—Regarde ce qu'il y a en dessous, dit River.

Je plisse les yeux sur la photo, l'approchant de mon visage. Il y a définitivement quelque chose sous les restes fondus de la bougie – du tissu, apparemment. Le feu l'a partiellement fusionné au verre et à la surface sur laquelle il était posé.

—Est-ce que c'est... je commence à demander, mais Levi tend déjà la main vers son ordinateur portable.

—Nous avons réussi à obtenir un cliché plus clair avant que les enquêteurs ne déplacent tout, dit-il en passant à l'image suivante sur le téléphone.

Même carbonisé et partiellement fondu, le motif est reconnaissable sans équivoque – de minuscules papillons dorés tourbillonnant sur un tissu bleu encre, leurs ailes délicates figées en plein vol.

—Ce motif me semble familier, je murmure, fixant l'écran avec une confusion grandissante.

—D'où ? demande Levi.

Je secoue la tête, étudiant chaque détail du motif. Je n'ai jamais rien possédé avec ce motif, mais je l'ai déjà vu avant. Ces papillons, cette nuance spécifique de bleu...

—Est-ce que ça pourrait être quelque chose qui se trouvait déjà dans le chalet ? suggère River. Peut-être des rideaux ou un coussin ?

—Les enquêteurs auraient documenté tout ce qui appartenait au propriétaire, dit Levi en parcourant ses notes avec une précision méthodique. Ce tissu n'est pas mentionné dans leur inventaire.

—Donc, si tu n'as pas laissé la bougie là, quelqu'un d'autre était dans le chalet, dit Atlas, sa voix devenant dure et dangereuse. Quelqu'un qui a déplacé la bougie d'Emma.

Je m'effondre dans ma chaise, mes jambes soudain incapables de me soutenir. Vous pensez que quelqu'un a fait ça intentionnellement ? Vous pensez que quelqu'un voulait vraiment me piéger ? Je continue d'étudier l'écran, ces papillons dorés figés dans leur danse finale, et soudain le souvenir s'embrase en moi.

—Oh mon Dieu, je souffle, ma main volant à ma gorge.

—Emma ? Atlas se redresse immédiatement, ses sens d'Alpha captant ma détresse. Qu'est-ce qu'il y a ?

— Je sais où j'ai déjà vu ce motif. Ma voix sort rauque, choquée. — C'était Megan Sloane. La nouvelle petite amie de Chad. Elle portait un foulard avec exactement ce design quand je l'ai croisée au supermarché.

Le silence qui suit est assourdissant. Les battements de mon cœur résonnent dans mes oreilles.

— Quand l'as-tu vue pour la dernière fois ? demande finalement River.

— Au supermarché. Je sors déjà mon téléphone de ma poche, mes doigts tremblants tandis que je navigue vers ses profils sur les réseaux sociaux. — Elle le portait le jour où je me suis installée dans la cabane. Un foulard en soie autour du cou. Je me souviens avoir pensé qu'il était magnifique, même si je la détestais viscéralement.

Je trouve son Instagram et leur montre mon téléphone, avec une photo d'il y a seulement deux semaines. La voilà, cheveux bruns foncés, parfaitement maquillée, portant ce même foulard avec les papillons de nuit dorés dansant sur la soie bleue.

— C'est elle, dis-je, ma voix gagnant en force tandis que les pièces commencent à s'assembler. — Mais pourquoi une partie de son foulard se trouverait-elle dans cette cabane ?

Atlas se penche en avant, étudiant attentivement la photo. — As-tu d'autres informations sur elle ?

— Megan vient de Moonshell Bay. Elle travaille au Tideline Tribune, envoyée ici pour couvrir le Festival d'Été. Le souvenir a un goût amer dans ma bouche.

River s'immobilise soudainement, ses yeux s'écarquillant de reconnaissance. — Attendez. Un instant.

Il sort son propre téléphone, fait défiler ce qui ressemble à des photos puis s'arrête. — Putain de merde. Les gars, regardez ça.

Il nous montre une photo qui me glace le sang. Elle est clairement prise à la cabane brûlée, montrant la bande de scène de crime et l'équipement d'investigation. Mais dans la cour avant se trouve une silhouette, Megan, qui semble chercher quelque chose sur le sol.

— C'est la femme qui fouinait autour de la scène de crime l'autre jour, et qui était au restaurant avec Chad, déclare River. — Elle a prétendu avoir juste perdu quelque chose sur le terrain quand je l'ai questionnée, mais quelque chose clochait. Je n'y ai plus pensé à ce moment-là. Il y a des gens bizarres partout.

— Elle était là aussi ? Je fixe la photo.

— Ça devient encore mieux, dit Atlas d'un ton grave, sortant son propre téléphone, regardant River. — J'ai reçu un message ce matin de mon contact concernant cette berline, celle que tu l'as vue quitter sur les lieux. Il lit l'email. — Véhicule de location, loué par une certaine Megan Sloane de Moonshell Bay. Toujours en location pour quelques jours encore.

Le monde cesse de tourner. Tout devient silencieux sauf le bourdonnement du sang dans mes oreilles.

— Elle a fait une effraction, je murmure, les mots semblant étrangers sur ma langue. — Elle est vraiment entrée par effraction dans la cabane et a essayé de... essayé de... Que faisait-elle ? Allumer un incendie et me tuer ? Mon estomac se noue de nausée et de peur. — Est-ce que je vais quand même être poursuivie en justice ? Même avec ces preuves ?

Avant que quiconque puisse répondre, mes Alphas s'approchent. Atlas s'accroupit devant ma chaise, ses mains se posant sur mes genoux avec une douceur ferme. River vient se tenir derrière moi, ses deux mains maintenant sur mes épaules. Levi s'installe sur l'accoudoir de mon fauteuil, assez près pour que je puisse sentir sa chaleur.

— Nous allons découvrir la vérité. Et maintenant nous savons que ça a quelque chose à voir avec Megan, l'incendie est lié à elle.

— River, continue-t-il sans détourner les yeux de moi, appelle le commissariat. Mets l'enquêteur en ligne et informe-le de notre découverte.

— Je m'en occupe, dit River, déjà en train de composer un numéro.

La main de Levi trouve mon dos, frottant des cercles lents et apaisants. — Tout va bien se passer, murmure-t-il. — Tu vois ? Nous avons des contacts, des ressources juridiques, et nous allons combattre cela à chaque étape. Tu nous as dans ton camp maintenant.

Cette douce certitude libère quelque chose dans ma poitrine, et les larmes me brûlent les yeux. Tout mon corps tremble, l'ampleur totale de ce que nous avons découvert me percutant comme un train en marche.

Je me lève en titubant, ayant besoin de bouger, besoin de faire quelque chose avec l'adrénaline qui coule dans mon système. Mais mes jambes sont instables, et j'arrive à peine au petit canapé avant de m'effondrer.

Atlas et Levi me suivent, m'encadrant de chaque côté comme des serre-livres. Je me blottis entre eux, rame-nant mes jambes contre ma poitrine en position défensive.

— Si elle a vraiment fait ça, si elle m'a vraiment piégée...

— Hé. Le bras de Levi m'entoure, me tirant contre lui. — Ce genre de chose arrive plus souvent que tu ne le penserais, surtout dans notre ligne de travail. Nous avons été poursuivis en justice plusieurs fois — un risque professionnel quand on est premiers intervenants. Nos avocats ont gagné chaque affaire.

— Mais c'est différent, je proteste, même si je me laisse aller à sa chaleur. — C'est criminel. C'est quelqu'un qui essaie délibérément de détruire ma vie.

— Ce qui rend la lutte encore plus facile, dit Atlas avec fermeté. — Il est clair que Megan a fait quelque chose. Les preuves sont là.

River termine son appel et nous rejoint, réussissant d'une manière ou d'une autre à se serrer sur le canapé, de sorte que je suis complètement entourée de chaleur Alpha solide. — Le détective a les photos de son équipe, et il lance également un avis de recherche pour Megan afin de l'amener pour interrogatoire.

Je m'adosse au canapé, essayant de traiter tout cela. — Ça doit avoir un rapport avec Chad, non ? Pourquoi d'autre ferait-elle cela ? Qu'est-ce qu'elle pourrait bien gagner en entrant par effraction ? Une pensée me frappe soudainement, et je me redresse. — Vous savez, j'ai accidentellement apporté le sac de sport de Chad avec moi pour ces soi-disant vacances. Il a brûlé dans l'incendie, mais... est-ce que c'est ce qu'elle cherchait ? Aurait-elle pu entrer par effraction à la recherche de ce sac ?

— Qu'y avait-il dedans ? demande immédiatement Atlas.

— Juste des vêtements et des articles de toilette, je termine. — Ça aurait du sens, non ?

— Donc, elle entre par effraction à la recherche du sac, médite River, te trouve endormie à la place, et décide de quoi ? Brûler l'endroit avec toi à l'intérieur ?

— Peut-être qu'elle a paniqué, suggère Levi. — Peut-être qu'elle a déplacé la bougie pour créer une distraction pendant qu'elle cherchait, sans réaliser que cela provoquerait un incendie.

— Avec du tissu de son propre foulard comme allume-feu ? Je secoue la tête. — Ça ne semble pas logique.

Atlas se lève brusquement, sa mâchoire serrée de cette façon qui signifie qu'il a pris une décision. — Je vais te faire du chocolat chaud, annonce-t-il. — Avec une quantité obscène de guimauves.

— Oh, tu n'es pas obligé, mais je ne peux pas dire non.

— Tu es en état de choc. Tu as besoin de sucre, et prendre soin de toi me donne quelque chose à faire en dehors de fantasmer sur l'étranglement de ton ex-petit ami à mains nues.

Malgré tout, sa férocité protectrice me fait légèrement sourire. — Merci.

Pendant qu'Atlas fait du bruit en bas, River disparaît brièvement et revient avec une assiette de biscuits, ceux aux pépites de chocolat.

— Tiens, dit-il, se réinstallant à côté de moi et m'offrant l'assiette.

J'en prends un de mes doigts tremblants, non pas parce que j'ai faim, mais parce que ce geste est si doux qu'il me donne envie de pleurer. Le cookie est parfait — moelleux et fondant avec juste ce qu'il faut de sel pour équilibrer la douceur.

— Comment as-tu pu te souvenir que j'aimais ceux-là ? je demande.

— Nous nous souvenons de tout ce qui te concerne, dit simplement Levi, son bras se resserrant autour de moi. Chaque petit détail, chaque préférence, chaque histoire que tu nous as racontée. C'est ce qu'on fait quand on aime quelqu'un.

La façon désinvolte dont il lâche le mot "aime" fait sursauter mon cœur, mais avant que je puisse pleinement l'assimiler, Atlas revient avec une tasse de chocolat chaud qui ressemble davantage à une sculpture de guimauves qu'à une boisson.

— Bon sang, Atlas, je ris malgré moi. Tu as laissé des guimauves pour le reste du monde ?

— Non, dit-il sans remords, s'installant de mon autre côté et pressant la tasse chaude entre mes mains. Tu as besoin d'être choyée, et j'ai besoin de te choyer. Tout le monde y gagne.

Le chocolat chaud est riche, sucré et réconfortant d'une manière qui me fait sentir comme une enfant dont on prend soin après un cauchemar. Ce qui, je suppose, n'est pas loin de la vérité.

— Vous savez ce qui est le pire ? je demande après quelques gorgées, le sucre commençant déjà à calmer mes nerfs brisés.

— Quoi ? demande River, ses doigts parcourant mes cheveux dans un rythme apaisant.

— Je suis venue ici pour échapper aux conneries de

Chad. Et d'une manière ou d'une autre, ce salaud a quand même réussi à impacter ma vie de la pire façon possible. Ma voix se brise sur le dernier mot. Même quand il n'est pas là, même quand je pense m'être échappée, il trouve encore des moyens de détruire tout ce qui m'arrive de bon.

— Non, dit Atlas fermement, sa main trouvant la mienne et la serrant fort. Il ne détruit rien. Nous ne le laisserons pas faire.

— Mais il l'a déjà fait, je proteste. Regardez ce désastre. Regardez dans quoi je vous ai tous entraînés.

— Emma, écoute-moi. La voix de Levi est douce mais implacable. Tu ne nous as entraînés dans rien du tout. C'est quelqu'un d'autre qui l'a fait... Megan, Chad, ou qui que ce soit qui ait créé cette situation. Tu es la victime ici, pas l'auteure.

— Et tu n'es plus seule maintenant, ajoute River, pressant un baiser sur le sommet de ma tête. Ce n'est plus seulement ton combat. C'est le nôtre désormais. À nous tous.

— Nous protégeons notre meute, dit simplement Atlas. Et tu fais partie de notre meute maintenant. Complètement et totalement partie de notre famille.

Soudain, je pleure, non pas les larmes paniquées et désespérées d'avant, mais quelque chose de plus profond. Du soulagement, peut-être. De la gratitude. De l'amour.

— Je ne sais pas ce que j'ai fait pour vous mériter, je murmure à travers mes larmes.

— Tu n'as pas à nous mériter, dit doucement Levi. Tu as juste à nous laisser t'aimer.

Je pose mon chocolat chaud de mes mains tremblantes et me tourne pour enfouir mon visage contre la
poitrine d'Atlas, me laissant étreindre, réconforter et
protéger. Pour la première fois depuis que ce
cauchemar a commencé, je crois vraiment que tout
pourrait bien se passer.

— Nous allons comprendre ce qui se passe, promet
Atlas, sa voix résonnant dans sa poitrine contre laquelle
mon oreille est pressée. Ses bras sont enroulés autour
de moi comme s'il ne prévoyait jamais de me lâcher.

— Je vous aime tellement, je murmure, les mots
s'échappant doux et essoufflés. Ça me surprend moi-
même à quel point ils viennent facilement, ces mots que
je pensais devoir arracher, ou cacher pour toujours
derrière la peur. Mais ici, dans leurs bras, ils paraissent
naturels. Réels. En sécurité.

Il y a une pause, comme si le monde retenait son
souffle.

Atlas s'immobilise sous moi. La main de Levi dans
mes cheveux s'arrête, ses doigts emmêlés dans les
mèches. Tout le corps de River se tend à mes côtés.

Levi laisse échapper un souffle tremblant, sa voix un
murmure contre mon cuir chevelu. — Nous t'aimons
aussi, ma douce. Il presse un baiser sur ma tête comme
s'il essayait de mémoriser ce moment.

— Je t'aime plus que tu ne le sauras jamais, dit River,
sa voix basse et révérencieuse, ses doigts se resserrant
autour des miens.

Atlas me serre plus fort, comme s'il pouvait d'une
manière ou d'une autre me fusionner à lui. — Tu es mon
monde, ajoute-t-il. Et je t'aime.

Ma gorge se serre, et je cligne rapidement des yeux, submergée par cette soudaine vague de chaleur, d'être vue, d'être aimée. Je ne me rendais pas compte à quel point ce mot était lourd jusqu'à ce que je le laisse sortir, et combien je me sens légère maintenant qu'il m'est retourné, multiplié.

Ils ne m'aiment pas juste. Ils m'ont entendue. Ils l'ont ressenti. Et cela signifie tout.

Alors que je suis entourée de leur chaleur et de leur protection, laissant leur amour me laver comme un baume guérisseur, je ne peux m'empêcher de penser que je viens de dire aux garçons que je les aime, et qu'ils me l'ont dit en retour.

Et juste comme ça... je n'étais plus seule.

21

RIVER

J'aperçois Megan, un éclair de cheveux bruns foncés lisses et une robe d'été bleue qui se détachent sur la façade en briques du centre-ville. Elle a un appareil photo professionnel en bandoulière et un petit sac à dos. Je la reconnais immédiatement des photos qu'Emma nous a montrées plus tôt et pour l'avoir surprise en train de fouiner autour de la cabane incendiée.

Megan Sloane. La petite amie de Chad. Cette femme qui n'était supposément qu'une simple spectatrice innocente dans le cauchemar d'Emma.

—Là, murmuré-je à Zak en faisant un signe de tête vers l'endroit où Megan parle avec ce qui semble être un propriétaire de boutique devant une petite enseigne. C'est elle.

Le détective Zak Morrison suit mon regard, ses yeux noisette perçants se fixant immédiatement sur elle. Nous avons travaillé sur quelques affaires ensemble au fil des ans, donc ça me semble naturel de l'accompagner quand une de nos signalisations lui est transmise.

Zak est quelqu'un de bien – une des rares autorités avec qui j'aime sincèrement aller boire des bières de temps en temps. Je l'ai rencontré il y a trois ans lors d'un incendie d'entrepôt qui s'est avéré être une fraude à l'assurance, et nous sommes amis depuis. En plus, il a un sens de l'humour tordu qui correspond au mien quand nous ne sommes pas en mode professionnel.

En regardant Megan à nouveau, je remarque qu'elle a quelque chose de fragile, comme si elle se maintenait par pure force de volonté.

Nous l'approchons avec décontraction. Pas la peine de l'effrayer et la faire fuir avant d'obtenir ce dont nous avons besoin.

—Excusez-moi, mademoiselle ? dit Zak, sa voix portant cette autorité policière particulière qui capte immédiatement l'attention des gens.

Elle lève les yeux de son interview, et je vois le moment exact où la reconnaissance traverse son visage. Ses yeux brun foncé s'écarquillent en se posant sur moi.

—Attendez, dit-elle, sa voix plus aiguë qu'elle ne devrait l'être. Vous êtes... du restaurant. L'autre soir.

Donc, elle m'a remarqué. Je n'avais même pas enregistré sa présence, trop occupé à essayer de ne pas fracasser la tête de Chad contre la table.

—Le monde est petit, dis-je avec un sourire. C'est drôle comme vous apparaissez toujours dans des endroits liés à mon Oméga.

Son visage pâlit. —Je ne sais pas de quoi vous parlez.

—Détective Morrison, dit Zak avec aisance en

sortant son badge. Nous aimerions vous poser quelques questions.

—À propos de quoi ? Elle recule déjà d'un pas.

—À propos de l'incendie de la cabane Pinecrest, poursuit Zak. Qu'en savez-vous ?

—Simplement qu'elle a brûlé, dit-elle trop rapidement.

J'incline la tête, l'étudiant avec le genre d'attention que je réserve habituellement à l'analyse des traces de brûlure. —Alors, avez-vous retrouvé ce que vous avez laissé tomber sur la pelouse devant la cabane quand je vous y ai trouvée ?

Son visage se vide complètement de couleur. —Je pense que j'ai besoin d'un avocat.

—C'est votre droit, acquiesce Zak. Mais une fois que vous demandez un avocat, les choses se compliquent. Ça vous fait paraître coupable comme l'enfer. Et vous avez moins de chances de recevoir une offre de négociation de ma part. Pour l'instant, nous avons simplement une conversation. Aidez-nous à comprendre ce qui s'est passé, et peut-être que nous pourrons vous aider à éviter le pire de ce qui vous attend.

Elle cligne beaucoup des yeux, mordillant le coin de sa lèvre inférieure. Elle doit savoir qu'elle est complètement foutue de toute façon.

—Il y a un café de l'autre côté de la rue, dit-elle finalement, sa voix à peine au-dessus d'un murmure. Pouvons-nous... pouvons-nous parler là-bas ?

Le café est l'un de ces endroits tendance avec des briques apparentes et du mobilier qui ressemble à une explosion de magasin vintage. Nous nous installons à une table d'angle, et je remarque que Zak se positionne de manière à voir toute la salle tandis que je surveille les sorties.

Megan serre son sac à dos comme s'il s'agissait d'un bouclier, son appareil photo oublié sur la table entre nous. De près, je peux voir les fines lignes de stress autour de ses yeux et la façon dont ses mains tremblent légèrement lorsqu'elle atteint son verre d'eau. Elle semble sur le point de s'enfuir à tout moment.

—Je vais aider, d'accord ? dit-elle avant même que Zak puisse commencer. Mais je ne vais pas avoir de problèmes pour ça. Je n'ai rien fait de mal.

Zak pose soigneusement son stylo. —Je ne peux pas vous promettre que vous ne ferez pas face à des conséquences, Megan. Mais coopérer peut certainement atténuer la gravité des accusations. Et si vous couvrez quelqu'un d'autre, vous devez vous demander : feraient-ils la même chose pour vous ?

Elle se mord la lèvre, et je peux pratiquement voir les rouages tourner dans sa tête.

—Vous étiez sur la scène de crime de la cabane Pinecrest plus tôt dans la semaine, poursuit Zak. Pourquoi ?

—Je ne peux pas... Elle se déplace inconfortablement, s'enveloppant de ses bras. C'est tellement foutu.

—Megan, dis-je, laissant de l'acier se glisser dans ma voix. Je vous ai vue fouiller dans les débris brûlés comme si vous cherchiez quelque chose de spécifique. Nous sommes bien au-delà de prétendre que vous n'étiez pas là.

Son visage s'effondre légèrement. —Mon Dieu, je n'ai jamais voulu faire ça, murmure-t-elle, et des larmes commencent à se former dans ses yeux. Mais il m'a forcée. Ce putain de Chad a dit que si je faisais cette chose, il... il partagerait tout cinquante-cinquante avec moi. Mais en réalité... Elle prend une respiration tremblante. En réalité, il a menacé de me quitter si je ne prouvais pas à quel point je l'aimais.

Ma mâchoire se crispe. Encore une femme manipulée par cette ordure. Le schéma devient putain de cristallin, et ça me fait bouillir le sang.

—Que cherchiez-vous ? insiste doucement Zak.

Elle hésite, jetant des regards nerveux entre nous. — Un... un sac.

—Quel genre ?

—Un sac de sport, admet-elle à contrecœur.

La colère commence à monter dans ma poitrine comme un feu de forêt. Tous mes instincts me hurlent que ça va devenir bien pire.

—Le sac de qui ? J'ai besoin de l'entendre le dire.

—De Chad. Elle refuse de croiser mon regard. Emma l'a pris par erreur quand elle est partie en vacances.

—Comment êtes-vous entrée dans la cabane ? demande Zak.

—Techniquement, ce n'était pas une effraction, dit-elle rapidement, sur la défensive. L'endroit était loué au nom de Chad, et il m'a donné la permission d'entrer. Il m'a donné le code d'accès.

—Et vous avez une preuve qu'il vous a donné le code d'accès ? demande Zak.

Elle hoche la tête et sort son téléphone, lui montrant

la conversation. Zak prend rapidement des photos avec son téléphone.

—Qu'est-ce qu'il y avait de si spécial dans ce sac de sport ? je demande, bien que je redoute déjà la réponse.

Elle hésite à nouveau, semblant sincèrement angoissée.

Zak se penche légèrement en avant. —Megan, rappelez-vous ce qui est en jeu pour vous ici. Être accusée et poursuivie par le propriétaire de la cabane pour destruction par incendie, plus tout ce qui pourrait être révélé, dont nous n'avons pas encore connaissance.

—Je n'ai rien eu à voir avec la planification de tout ça ! s'écrie-t-elle, les yeux écarquillés de peur. Chad vient juste de m'en parler récemment. Je ne savais même pas ce que je faisais vraiment !

—D'accord, dit Zak calmement. Continuez.

Elle prend une inspiration tremblante. — Il a dit qu'il avait un contrat signé dont il avait un besoin urgent dans le sac. Qu'Emma l'avait pris par accident, et qu'il devait le récupérer.

— Quel genre de contrat ? je demande.

Son visage devient encore plus pâle. — Un contrat de gestion. Il a dit qu'Emma l'avait signé, lui donnant le contrôle total sur tous ses droits d'auteur à partir de maintenant. Sa voix baisse presque à un murmure. — Il a dit qu'une fois le document authentifié, il aurait légalement droit à tout ce qu'elle gagnerait de son écriture. Pour toujours.

La rage qui me submerge est si intense que je dois m'agripper au bord de la table pour ne pas me jeter par-dessus. — C'est des conneries. Emma ne signerait jamais quelque chose comme ça.

— Il a dit qu'elle l'avait fait, insiste Megan, mais il y a maintenant de l'incertitude dans sa voix.

— Comment cette prétendue signature s'est-elle exactement produite ? demande Zak.

Megan se tortille sur son siège. — Dans un bar. Il a dit qu'elle avait bu quelques verres et qu'elle était vraiment détendue. Qu'elle ne l'avait pas lu très attentivement.

Cet euphémisme me donne la chair de poule, et je sens mes mains se serrer en poings sous la table. — Il l'a droguée.

— Je ne sais pas ! s'écrie Megan, une véritable détresse dans sa voix. — Peut-être ? Je ne sais pas ce qu'il a fait. Il a juste dit qu'elle était... coopérative quand elle l'a signé et qu'un témoin avait signé pour confirmer qu'elle n'était pas sous la contrainte.

J'ai envie d'écraser mon poing sur le visage de Chad. L'idée qu'il ait mis quelque chose dans le verre d'Emma, qu'il ait profité d'elle, me fait voir rouge.

— Vous saviez qu'Emma séjournait à la cabane, déclare Zak. Ce n'est pas une question.

Megan hoche la tête à contrecœur. — Chad m'a dit qu'elle pourrait y être. Il m'a dit d'être très discrète, de ne pas la réveiller.

— Expliquez-nous exactement ce qui s'est passé, poursuit Zak.

Megan prend une respiration tremblante. — Je suis arrivée vers minuit. J'ai utilisé le code que Chad m'avait donné. La maison était sombre et silencieuse.

— Continuez, l'encourage Zak.

— Il faisait si sombre que je pouvais à peine voir quoi que ce soit. J'ai trouvé des bougies dans le salon et des allumettes, alors j'en ai allumé une et je l'ai transportée pour m'aider à chercher le sac.

Zak et moi échangeons des regards.

— Vous avez allumé la bougie ?

— Juste pour voir, dit-elle sur la défensive. — J'essayais de ne pas réveiller Emma tout en cherchant le sac de sport. Mais ensuite j'ai entendu des pas à l'étage, comme si Emma se levait. J'ai paniqué.

— Qu'avez-vous fait ? demande Zak.

— J'ai soufflé la bougie et j'ai couru, admet-elle. — Je suis montée dans ma voiture et je suis partie aussi vite que possible.

— Sans le sac, je constate.

— Je ne l'ai jamais trouvé, dit-elle misérablement.

Zak sort son téléphone et lui montre la photo de la scène de crime de la bougie fondue avec le tissu en dessous. — Votre écharpe ?

Sa main vole instinctivement vers sa gorge. — Je... je l'ai perdue cette nuit-là.

— C'est bien la vôtre, n'est-ce pas ? Zak zoome sur le motif de papillon doré.

Son visage devient blanc comme lait. — Oui, mais je ne comprends pas...

— Je suppose que vous utilisiez l'écharpe pour tenir la bougie, explique patiemment Zak. — Peut-être pour éviter de laisser des empreintes digitales ou parce que le verre était chaud. Puis, quand vous avez entendu Emma bouger à l'étage, vous avez paniqué. Vous avez posé la bougie avec l'écharpe encore enroulée autour, peut-être même l'avez-vous renversée dans votre précipitation pour sortir.

— Je... merde. Elle cligne rapidement des yeux, et je peux pratiquement voir les pièces s'assembler dans son esprit. — Je ne savais pas. J'aurais éteint la flamme si j'avais réalisé... Putain, je ne l'ai pas fait exprès. Je ne suis pas allée là-bas pour déclencher un incendie. Je voulais juste le foutu sac pour Chad.

La façon désinvolte dont elle parle de s'être introduite dans l'endroit où Emma dormait fait monter ma colère encore plus haut.

— Je pensais l'avoir éteinte ! proteste-t-elle, presque comme une réflexion tardive.

— Mais vous n'en êtes pas sûre, insiste Zak.

— Non, admet-elle doucement. — J'avais peur. J'ai juste couru.

Cette femme a failli tuer Emma pour un putain de contrat qui n'était probablement même pas légal.

— Parlons de Chad, dit Zak. — Il vous a promis cinquante pour cent des droits d'auteur d'Emma pour faire ça ?

— Je suppose, dit-elle, les larmes commençant à couler sur ses joues. — Je... je pensais qu'il pourrait être le bon, vous savez ? Il a dit qu'Emma essayait de détruire sa carrière, qu'elle lui avait volé quelque chose. Je l'ai cru.

Mes mains sont si serrées que mes jointures sont blanches. L'idée que cette femme était si désespérée d'obtenir l'approbation de Chad qu'elle aurait risqué la vie d'Emma me rend malade.

— Êtes-vous prête à témoigner contre lui ? demande Zak. — Nous dire exactement ce qu'il vous a demandé de faire et pourquoi ?

— Est-ce que ça m'évitera d'être poursuivie et inculpée ? demande-t-elle avec espoir.

— Cela dépend de beaucoup de facteurs, dit Zak, et je sais qu'il étire parfois la vérité pour effrayer quelqu'un afin qu'il coopère. — Mais la coopération va loin pour montrer votre bonne foi.

— Je témoignerai, dit-elle rapidement. — Je vous dirai tout. C'est entièrement sa faute.

— Où est-il maintenant ? je demande, essayant de garder la violence hors de ma voix.

— Je ne sais pas, admet-elle. — Il a dit qu'il avait des affaires à régler ce matin, et qu'il me retrouverait en ville un peu plus tard.

Zak ferme son carnet et regarde sérieusement Megan. — Voici ce qui va se passer. Vous venez avec moi au poste pour faire une déclaration officielle. Tout ce que vous venez de nous dire, consigné officiellement.

— Et Emma ? demande Megan. — Que lui arrive-t-il ?

— Cela devrait mettre fin à tous les problèmes juridiques qu'elle aurait pu rencontrer, confirme Zak.

Le soulagement m'envahit, bien qu'il soit mêlé d'une bonne dose de rage face à ce que Chad a fait subir à Emma.

Nous sommes debout, quittant le café, quand j'aperçois ce connard.

Chad se tient de l'autre côté de la rue, partiellement caché derrière un SUV garé, mais je le reconnais immédiatement du restaurant. Même look fade et corporate, même posture prétentieuse qui crie « connard de cadre moyen », même à distance.

Son regard trouve d'abord Megan, et je vois son visage passer par environ cinq émotions différentes en succession rapide. Puis il me fixe, et la reconnaissance est instantanée et mutuelle.

Il s'enfuit.

— Zak ! je crie, déjà en mouvement.

— River ! appelle Zak, mais je ne l'entends pas. Je cours comme un fou.

Il est rapide pour quelqu'un qui passe probablement la plupart de son temps derrière un bureau, mais la panique rend les gens négligents.

Il se faufile entre les voitures garées, pensant probablement que les obstacles me ralentiront. Au lieu de cela, je saute par-dessus une Honda Civic sans perdre de vitesse, ce qui semble le paniquer encore plus. Les gens s'écartent de notre chemin.

Cet imbécile s'engage dans une ruelle, et je suis furieux, tonnant derrière lui. La ruelle est étroite, bordée de bennes à ordures et de quais de chargement qui créent des points d'étranglement parfaits. Chad trébuche sur quelques débris, et c'est toute l'ouverture dont j'ai besoin.

Je le plaque violemment, enfonçant mon épaule dans le bas de son dos et nous envoyant tous deux nous écraser sur l'asphalte. Il essaie de rouler pour s'échapper, mais je suis déjà sur lui, face à moi.

Mon premier coup de poing atteint sa mâchoire, faisant basculer sa tête sur le côté.

—Espèce d'ordure, je grogne en le frappant à nouveau. Tu l'as droguée.

—Dégage de..., commence-t-il, mais je l'interromps avec un autre coup de poing dans les côtes.

—Tu as essayé de lui voler tout ce pour quoi elle a travaillé, je continue, ponctuant chaque mot d'un nouveau coup. Ta copine psychotique a failli la brûler vive.

—Elle ment ! halète-t-il, le sang coulant de sa lèvre fendue. Peu importe ce que cette garce t'a raconté...

Je le frappe plus fort, la rage m'envahissant face à son mépris désinvolte pour les deux femmes qu'il avait manipulées.

—Elle ment sur quoi, exactement ? je demande. Un autre coup, cette fois dans son estomac. Il se plie en deux, haletant.

—River, la voix de Zak coupe à travers ma colère. Ça suffit.

Je me force à reculer, bien que chaque instinct me hurle de continuer jusqu'à ce que Chad cesse complètement de bouger.

—Il m'a agressé ! siffle Chad, essayant de se redresser. Vous l'avez vu m'attaquer !

—Je n'ai rien vu, dit Zak calmement, en soulevant Chad et en lui passant les menottes. Vous avez dû trébucher sur ces marches du quai de chargement là-bas. Dangereuses, ces marches en béton.

—Vous ne pouvez pas...

—Chad, interrompt Zak. Vous venez au poste avec moi pour un interrogatoire.

Je recule, fléchissant mes jointures meurtries avec

une profonde satisfaction. Ce n'est pas suffisant comme vengeance pour ce qu'il a fait subir à Emma, mais le voir avec du sang sur le visage est un assez bon début.

Tandis que Zak conduit Chad vers sa voiture de patrouille, où Megan attend sur la banquette arrière, je ne peux m'empêcher de sourire. Martin Greene, le propriétaire du chalet, va le massacrer au tribunal civil.

Je remercie Zak, et il s'en va. Le trajet en Uber jusqu'à la tour de guet me donne le temps de digérer tout ça. Emma s'est torturée de culpabilité pour un accident qu'elle n'a pas causé, tandis que le véritable architecte de ce bordel prévoyait de profiter de sa misère.

Plus maintenant.

Je monte les escaliers de la tour de guet deux par deux en apercevant les trois là-haut, pratiquement trépignant d'impatience.

—Putain, j'ai des nouvelles pour vous, j'annonce en faisant irruption par la porte.

Emma lève les yeux de l'endroit où elle est blottie sur le canapé entre Atlas et Levi, ses yeux assombris par l'inquiétude.

—Qu'est-ce que c'est ? demande-t-elle, et il y a tellement d'espoir désespéré dans sa voix que ça me serre la poitrine.

—Bébé, tu n'es absolument, totalement, à cent pour cent pas responsable de toute cette histoire d'incendie du chalet, lui dis-je en traversant rapidement la pièce. Chad a tout organisé, et on l'a fait arrêter par la police.

Elle se jette sur moi avant même que j'aie fini de parler, et je l'attrape facilement, la faisant tournoyer alors qu'elle enroule ses bras et ses jambes autour de moi comme si j'étais sa bouée de sauvetage personnelle.

—Dis-moi tout, exige-t-elle contre mon cou, et je peux la sentir trembler de soulagement et de peur résiduelle.

—Oh, je vais le faire, je promets en la reposant mais en gardant mes bras autour d'elle. Mais d'abord, tu dois savoir que ton ex-petit ami va probablement devenir très, très pauvre quand Martin Greene en aura fini de le poursuivre en justice.

Le soulagement et la satisfaction sur son visage valent chaque jointure meurtrie.

Levi et Atlas sourient.

Je la guide vers le canapé où Atlas et Levi attendent. « Maintenant, laissez-moi vous raconter l'histoire de comment nous avons attrapé le criminel en chef le plus stupide du monde... »

22

EMMA

'air du soir sur le balcon de la tour de guet est absolument parfait. Il fait suffisamment chaud pour que je sois à l'aise dans ma simple robe d'été, mais avec cette fraîcheur montagnarde qui me donne envie de me blottir contre quelqu'un. Heureusement pour moi, j'ai trois quelqu'uns qui sont plus que ravis de m'obliger.

Je suis assise dans un fauteuil d'extérieur avec Levi assis derrière moi, mon dos pressé contre son torse solide tandis que ses bras entourent ma taille. Chaque fois que je bouge, même légèrement, je sens son cœur s'accélérer et la dureté contre mes reins palpiter.

—Arrête de gigoter, murmure-t-il contre mon oreille, sa voix rauque d'une manière qui me fait recroqueviller les orteils. À moins que tu veuilles que je t'entraîne à l'intérieur tout de suite.

—Peut-être que c'est ce que je veux, le taquiné-je, en

remuant délibérément mon postérieur contre lui et souriant quand il gémit doucement.

—Tiens-toi bien, me prévient-il, mais ses mains se resserrent sur ma taille d'une façon qui suggère qu'il ne veut pas vraiment que je me tienne bien du tout.

Le pont autour de nous ressemble à l'explosion d'une bombe alimentaire. Des assiettes en papier maculées de sauce barbecue des côtes parfaitement grillées de River, des contenants vides qui contenaient autrefois la salade de pommes de terre d'Atlas, et les restes complètement démolis de ce qui était autrefois une pastèque entière. Ma tarte aux pommes maison repose presque détruite sur la table d'appoint, avec seulement deux tranches têtues restantes après que River l'ait déclarée meilleure que celle de sa mère et ait procédé à en manger quatre parts.

—Je n'arrive toujours pas à croire que tu as mangé quatre tranches de tarte, dis-je, en secouant la tête vers lui, étalé dans l'un des fauteuils Adirondack comme une sorte de dieu doré, bière à la main et pieds posés sur la balustrade.

—Que veux-tu, je suis en pleine croissance, sourit-il, en tapotant son ventre parfaitement plat. D'ailleurs, quand une femme me fait une tarte, je montre ma juste appréciation.

—Une juste appréciation aurait été d'en laisser pour le reste d'entre nous, grommelle Atlas, bien qu'il combatte un sourire en s'installant dans le fauteuil à côté de River avec une bière fraîche.

—Qui dort dîne, Chef, rétorque River. Tu aurais dû être plus rapide.

—J'étais en train de nettoyer ton bazar du gril, fait remarquer Atlas. Quelqu'un a laissé de la sauce barbecue sur littéralement toutes les surfaces dans un rayon de trois mètres.

—Ça s'appelle l'amélioration de la saveur, dit River avec une dignité complètement feinte. Je suis un artiste.

—Tu es une catastrophe, je ris.

River serre sa poitrine comme si je l'avais blessé. — Emma, chérie, tu me brises le cœur.

—Ton cœur survivra, dit sèchement Levi, son menton reposant sur le dessus de ma tête. Ton ego, par contre...

—Mon ego est à l'épreuve des balles. Bien essayé, cependant. River se pavane sous l'attention tandis qu'Atlas renifle avec amusement.

—Il est irrésistible, dit Emma.

—Ne nourris pas son ego, ma chérie, prévient Atlas. On n'en finira jamais.

—Trop tard, annonce River. Emma pense que je suis irrésistible. C'est officiel.

—Nous pensons tous que tu es irrésistible, fais-je remarquer. C'est pour ça qu'on est ensemble.

—Argument valable, concède Levi, en pressant un baiser sur ma tempe qui me fait frissonner. Bien que certains d'entre nous soient plus irrésistibles que d'autres.

—Tu commences une compétition ? demande River, sourcil arqué. Parce que je vais tous vous écraser dans n'importe quel concours d'irrésistibilité.

—Vraiment ? Atlas se penche en avant, clairement prêt à relever le défi. Parce que je me souviens avoir été celui qui pouvait soulever au développé-couché vous deux en même temps la semaine dernière.

—Seulement parce que River était distrait par Emma dans ce minuscule short de yoga, fait remarquer Levi d'un ton sec.

River sourit d'un air diabolique. —J'appréciais... la vue. Il y a une différence.

Je ris des plaisanteries, convaincue qu'elles peuvent continuer pendant des heures sans interruption.

—Bien sûr qu'il y a une différence, déclare Atlas avec un sourire suffisant.

—En fait, réplique River, je suis presque sûr d'avoir gagné les trois dernières parties de poker, donc techniquement, je suis l'Alpha supérieur ici.

—Tu as triché, accuse Levi.

—J'ai utilisé une stratégie, corrige River. Ce n'est pas ma faute si tu ne sais pas lire mon visage de poker.

—Ton visage de poker est terrible, renifle Atlas.

—Tu faisais ce truc où tu te mords la lèvre quand tu essaies de ne pas rire, dit Levi, ses bras se resserrant autour de moi. C'est révélateur.

—D'accord, d'accord, je ris, en levant les mains. Avant que cela ne se transforme en une sorte de concours de pissage territorial alpha pour savoir qui est le plus compétitif, pouvons-nous convenir que vous êtes tous également ridicules ?

—Diplomatique, murmure Levi avec approbation. Bien que nous sachions tous que je suis le plus irrésistible.

River manque de s'étouffer avec sa bière. —Toi ? Monsieur Silencieux-et-Maussade ?

—Je préfère mystérieux et sophistiqué, corrige Levi. Certaines femmes apprécient un homme de profondeur.

—Certaines femmes apprécient un homme qui sait les faire rire, rétorque River.

—D'autres préfèrent un homme qui peut les protéger, ajoute Atlas.

—Et certaines femmes, j'interromps, apprécient d'avoir les trois dans une offre groupée pratique.

Le silence qui suit est rempli de ce genre de chaleur qui fait fourmiller ma peau.

—Meilleure place ici, rompt River le soudain silence, en désignant la vallée en contrebas avec sa bière. Je n'arrive toujours pas à croire que les gens se battent pour des places de stationnement en ville alors que nous avons des places au premier rang pour tout le spectacle.

Il a absolument raison. L'élévation de la tour de guet nous donne une vue dégagée sur la vallée, où Whispering Grove s'étend comme une carte postale.

—Cinq minutes avant le spectacle, annonce Atlas, en vérifiant sa montre.

—En parlant de spectacles, dit River avec un sourire malicieux qui me met immédiatement en alerte. Vous vous souvenez de la catastrophe du 4 juillet de l'année dernière ?

Atlas gémit et se couvre le visage avec ses mains. —Nous avions juré de ne plus jamais en parler.

—Qu'est-ce qui s'est passé l'année dernière ? je demande, en m'installant contre la poitrine de Levi. Ses bras se resserrent autour de moi, et il embrasse le sommet de ma tête.

—Oh, ça, c'est bon, ricane Levi. Ces deux génies ont décidé d'organiser un barbecue pour la moitié de la caserne de pompiers.

—C'était l'idée brillante d'Atlas, dit River, pointant un doigt accusateur. Il a dit, et je cite : « À quel point peut-il être difficile de griller pour cinquante personnes ? »

—Je maintiens que le problème n'était pas les grillades, dit Atlas sur la défensive. Les grillades étaient parfaites.

—C'était bien, convient Levi. Tout le reste est parti en vrille.

—Des détails, j'exige, en m'installant confortablement. Je veux l'histoire complète.

—Eh bien, ça a commencé quand notre intrépide chef a décidé qu'il nous fallait non pas un, non pas deux, mais trois grils différents fonctionnant simultanément.

—Pour l'efficacité, interjecte Atlas, comme si cela expliquait tout.

—Exactement. Sauf que le Capitaine Organisé là-bas les a installés trop près de la maison, et quand le vent s'est levé...

—L'auvent a pris feu, termine Levi. Petit feu, facilement contenu, mais suffisant pour envoyer cinquante personnes en mode panique totale.

—Attendez, vous avez déclenché un incendie à votre propre fête du 4 juillet ? Je ris tellement fort que j'ai du mal à prononcer les mots. Vous êtes pompiers !

—L'ironie ne nous a pas échappé, dit Atlas sèchement. Mais ce n'était même pas le meilleur.

—C'est à ce moment-là que nos invités non invités

sont arrivés, continue River, faisant une pause dramatique pour boire une gorgée de sa bière.

—Qui ?

—Maman ourse et deux oursons, confirme Atlas. Apparemment, l'odeur de la viande grillée s'est répandue loin dans les bois.

Je me redresse dans les bras de Levi. —Oh mon Dieu, sérieusement ?

—Imagine la scène, River gesticule sauvagement, renversant presque sa bière. Cinquante adultes hurlant et courant vers la maison pendant qu'une ourse noire de cent cinquante kilos et ses adorables petits bébés se servent dans tout notre buffet.

— On a tous fini entassés à l'intérieur comme des sardines, ajoute Levi. On regardait par les fenêtres pendant que les ours démolissaient méthodiquement tout ce qu'on avait passé des heures à préparer.

— Tout ? je demande, même si je ris tellement fort que j'arrive à peine à respirer.

— La salade de pommes de terre, les épis de maïs, un gâteau entier où était écrit Joyeux 4 Juillet, énumère Atlas.

— Les oursons étaient plutôt mignons, quand même, admet River. L'un d'eux s'est complètement coincé la tête dans la pastèque. On était tous collés aux fenêtres à prendre des photos pendant qu'il trébuchait à l'aveuglette.

— Et qu'est-ce que vous avez fait ? Vous avez juste... attendu qu'ils partent ?

— On a regardé par les fenêtres pendant environ deux heures, dit River en gesticulant vivement.

Cinquante personnes entassées dans la maison comme des sardines, essayant de rester silencieuses pendant que maman ourse et ses petits se régalaient comme jamais.

— Deux heures ? je m'exclame.

— Ils étaient très minutieux, dit Atlas d'un ton pince-sans-rire. Ils ont tout mangé, puis ont fait la sieste sur nos meubles de jardin.

— Les oursons se sont blottis dans notre hamac, ajoute Levi avec une tendresse réticente. C'était vraiment adorable.

— Finalement, vers le coucher du soleil, ils sont retournés dans les bois, poursuit River. Mais à ce moment-là, tout le monde mourait de faim et il ne nous restait absolument rien à manger.

— C'est là qu'on a commandé vingt-sept pizzas, disent-ils tous les trois à l'unisson, ce qui me déclenche un nouveau fou rire.

— Vingt-sept ? je m'étrangle.

— On avait beaucoup de gens affamés et déçus à nourrir, explique Atlas. En plus, à ce stade, on était tous pas mal éméchés à force de boire par stress en regardant les ours détruire notre barbecue.

— Le livreur de pizza n'était pas ravi de venir jusqu'ici avec autant de cartons, ajoute River.

— Vous l'avez bien pourboire ? je demande.

— On lui a donné cinquante pour cent de pourboire et une bière, dit Levi. Il l'avait bien mérité.

— On a passé le reste de la soirée dans le sous-sol à jouer au billard et aux fléchettes, continue River. On vérifiait de temps en temps si nos invités poilus étaient revenus.

— Attendez, je dis, me souvenant soudain de quelque chose. Vous avez une salle de jeux en bas ? Je ne l'ai pas encore vue.

— On avait, corrige Atlas. On est en train de la transformer en salle de sport maintenant.

— Bien qu'on la retransformera probablement en salle familiale à terme, dit Levi, d'un ton décontracté mais en resserrant ses bras autour de moi. Tu sais, pour quand on aura besoin d'espace pour le bébé.

— Des bébés, au pluriel, précise River avec un sourire plein de malice. Au moins cinq.

Je manque de m'étouffer de rire. « Cinq ? Vous allez beaucoup trop vite les gars. Je ne suis pas pressée d'avoir des bébés. Je veux d'abord profiter d'être complètement corrompue par vous trois pendant un moment. En plus, je suis sous Depo, la contraception par injection. Efficace pendant trois mois à la fois. »

River manque de recracher sa bière. « Ma chérie, tu sais que parfois la semence d'un Alpha est suffisamment puissante pour contourner même la contraception la plus efficace, n'est-ce pas ? »

— Ce n'est pas vraiment vrai, murmure Levi près de mon oreille. Bien qu'il y ait eu des cas documentés dans la littérature médicale.

Mes yeux s'écarquillent. « Vous êtes sérieux ? »

— Très sérieux, confirme Atlas. La compagne de mon cousin prenait la pilule, avait un DIU et utilisait du spermicide quand elle est tombée enceinte de leur premier.

— Bon sang, je souffle. Eh bien, peut-être qu'on devrait investir dans des préservatifs, alors.

Ma suggestion les fait tous éclater de rire.

— C'est adorable, parvient à dire River entre deux éclats de rire. Tu penses que des préservatifs résisteraient à nous et à nos nœuds ?

— D'accord, d'accord, je dis, bien que je rigole encore. Prenons les choses une étape à la fois. Pas besoin de planifier toute la chambre d'enfant tout de suite.

Avant que quiconque puisse répondre, le premier feu d'artifice explose dans le ciel en une cascade brillante d'or et de rouge qui me fait hoqueter de pur plaisir.

— Oh mon Dieu, je souffle, tendant le cou pour mieux voir. C'est incroyable vu d'ici.

Les feux d'artifice s'épanouissent juste devant nous, si proches qu'on a l'impression qu'on pourrait toucher les étincelles qui s'échappent. Les sons sont nets et clairs – le sifflement des fusées qui s'élancent, le boum profond des plus gros projectiles, le crépitement des fontaines qui dispersent à travers le ciel nocturne des pluies de lumière.

Atlas rapproche sa chaise, et River fait de même jusqu'à ce que je sois complètement entourée de corps d'Alphas chauds et solides. Levi me caresse la nuque, et je peux sentir son menton reposant sur le sommet de ma tête tandis que nous nous penchons tous en arrière pour regarder le spectacle.

— C'est parfait, je murmure, me laissant complètement immerger dans l'instant. Je n'ai jamais eu une telle vue pour des feux d'artifice.

— Attends de voir le grand final du 4 juillet, déclare River. Ils gardent toujours le meilleur pour la fin.

Un feu d'artifice particulièrement spectaculaire explose en une pluie de bleu et de blanc, et je renverse ma tête contre l'épaule de Levi avec un soupir de contentement. Ses lèvres effleurent ma tempe, et je frissonne à ce contact.

— Tu sais, je dis doucement, je n'ai jamais vraiment eu l'impression d'avoir un foyer après la mort de mes parents. Même en vivant avec ma grand-mère, que j'aimais beaucoup, ça a toujours semblé temporaire. Comme si j'attendais juste que la vraie vie commence.

Les mots s'échappent, portés par la magie du moment et la sécurité d'être entourée par ces trois hommes incroyables.

Atlas tend la main pour prendre la mienne.

— Ici, je continue, ma voix à peine audible par-dessus les feux d'artifice, avec vous trois, pour la première fois depuis si longtemps... j'ai vraiment l'impression d'être chez moi.

Le silence qui suit est chargé d'émotion.

— Pour la première fois depuis des années, je chuchote. Je me sens complètement aimée.

— C'est parce que tu es aimée, murmure River. Tellement putain aimée, c'est même pas drôle.

— Je suis d'abord tombé amoureux de ta répartie, admet Atlas, son pouce caressant mes phalanges.

— Je suis d'abord tombé amoureux de ton rire, dit

River, posant sa bière pour me donner toute son attention. Mais c'est ton courage qui a scellé le deal. La façon dont tu nous as fait confiance même quand tu étais terrifiée, la façon dont tu nous as laissé voir tous tes morceaux brisés.

Levi m'embrasse sur la joue. « Je suis tombé amoureux de chaque centimètre de toi », dit-il doucement. « La façon dont tu crées des mondes entiers avec des mots, la façon dont tu vois la beauté en tout. Mais surtout, je suis tombé amoureux de ta force. »

Les larmes coulent sur mon visage, mais ce sont des larmes de joie, pleines de gratitude.

— Je vous aime aussi, je parviens à dire à travers mes larmes. Tous les trois. Je sais que c'est follement rapide, mais j'ai l'impression que c'est ce que j'ai attendu toute ma vie.

Un autre feu d'artifice massif explose au-dessus de nous, baignant nos visages dans une lumière dorée. Et je suis émerveillée. Le ciel entier explose en cascades de toutes les couleurs imaginables.

Je suis entourée de chaleur et d'amour et de la certitude absolue que c'est exactement là que je dois être.

— Mes parents vous auraient adorés tous les trois, je dis, les mots portant une nostalgie qui provoque une douleur aiguë dans ma poitrine. Ils s'inquiétaient toujours que je sois trop têtue pour laisser quelqu'un prendre soin de moi, mais ils auraient vu à quel point vous me rendez heureuse.

— Ils seraient fiers de toi, dit Atlas avec fermeté. De tout ce que tu as accompli, tout ce que tu as surmonté. Tu es incroyable, Emma.

— Ma grand-mère disait toujours que l'amour te

trouve quand tu en as le plus besoin, pas quand tu le cherches, je continue. Je ne cherchais pas ça... vous trois. J'essayais juste de survivre. Mais d'une façon ou d'une autre, vous m'avez trouvée quand même.

Le grand finale commence, et le ciel devient une toile de lumière, de couleur et de son. Je reste bouche bée d'émerveillement alors qu'explosion après explosion illumine la nuit, chacune plus spectaculaire que la précédente.

— Tu as déjà fait de la baignade nudiste ? demande soudainement River, complètement hors contexte.

Je manque de tomber des genoux de Levi. « Quoi ? Non ! Pourquoi est-ce que tu... »

— Eh bien, qu'est-ce qu'on attend ? sourit Atlas, déjà debout.

— Attendez, quoi ? Maintenant ? je balbutie tandis que River saute sur ses pieds avec beaucoup trop d'enthousiasme.

— Soirée parfaite pour ça, dit Levi. Air chaud, endroit isolé...

— Vous êtes dingues ? je proteste tandis qu'ils commencent à m'entraîner vers les escaliers. Vous venez juste de me parler d'ours ! Des ours réels qui ont gâché votre fête !

—Les feux d'artifice les tiendront à distance, me rassure River, bien qu'il sourie comme un dément. Ils n'aiment pas les bruits forts.

—C'est de la folie, je ris, mais je ne résiste pas vraiment alors que Levi me guide dans les escaliers, ses mains posées sur ma taille. C'est complètement insensé.

—La meilleure qui soit, approuve Atlas, qui a déjà saisi les clés et des serviettes.

Vingt minutes plus tard, nous sommes à notre endroit secret près de la rivière, et j'ai de sérieux doutes en les regardant tous les trois se déshabiller sans la moindre hésitation ni pudeur.

—Putain, je murmure. Même après toutes ces semaines ensemble, les voir nus au clair de lune reste toujours aussi impressionnant. Les larges épaules et le torse puissant d'Atlas, les muscles fins et la peau dorée de River, la grande silhouette de Levi et ces abdos, ils sont comme tout droit sortis d'un fantasme.

—À ton tour, ma belle, m'appelle River, déjà immergé jusqu'à la taille dans l'eau. Ne nous fais pas languir.

—L'eau est parfaite, ajoute Atlas, bien que la façon dont son regard me dévore suggère que la température de l'eau est le cadet de ses soucis.

—Allez, m'encourage Levi, bien qu'il n'ait pas bougé de là où il se tient sur la rive, visiblement content de regarder le spectacle.

Avec une profonde inspiration et une prière murmurée à toute divinité qui pourrait m'écouter, j'attrape l'ourlet de ma robe d'été.

Les sifflements admiratifs et les sons appréciateurs qui suivent alors que je me déshabille font rougir mes joues mais envoient aussi une chaleur qui me traverse. Il y a quelque chose d'incroyablement puissant dans la façon dont ces trois hommes me regardent, comme si j'étais la plus belle chose qu'ils aient jamais vue.

—Putain de magnifique, gémit River depuis l'eau.

—Parfaite, confirme Atlas, sa voix rauque de désir.

—Viens ici, m'appelle Levi.

L'eau est étonnamment froide contre mes pieds, mais je me force à avancer rapidement, sachant que l'hésitation ne ferait qu'empirer les choses. Dès que je suis assez profond, je plonge complètement, laissant l'eau fraîche m'envelopper.

Quand je refais surface, haletante et riant, tous les trois m'entourent comme des requins qui auraient senti du sang.

—Mieux ? demande Atlas, ses mains glissant autour de ma taille.

—Beaucoup mieux, je halète. Je suis très consciente de leur proximité, de la façon dont l'eau rend tout plus intime d'une certaine manière.

River se place derrière moi, sa poitrine pressée contre mon dos, tandis que Levi se positionne à mes côtés. Je peux les sentir tous, leurs sexes durs et désireux.

—C'était votre plan depuis le début, n'est-ce pas ? je les accuse, tout en riant. Me mettre nue et sans défense.

—Sans défense ? murmure River contre mon oreille, ses mains effleurant mes côtés sous l'eau. Bébé, tu es la chose la plus dangereuse dans cette rivière.

—Absolument, acquiesce Levi, ses lèvres trouvant mon épaule. Tu n'as aucune idée de ce que tu nous fais.

Soudain, Atlas se penche et m'embrasse. Je fonds complètement contre lui. Quand nous nous séparons, je suis essoufflée, désireuse et complètement entourée par tout ce dont je n'avais jamais su avoir besoin.

—J'aime ma vie, je murmure contre les lèvres d'Atlas.

—Notre vie, dit Levi, et ces mots sonnent comme un vœu.

Je me surprends à regarder les étoiles avec un sourire que je ne peux contenir. Les feux d'artifice sont terminés, mais la magie de la nuit persiste, nous enveloppant comme une couverture chaude.

—Merci, je murmure au ciel nocturne. Je sais que mes parents et ma grand-mère seraient si heureux de me voir aimée, protégée et complètement, totalement chez moi.

Alors qu'ils commencent à m'embrasser partout, leurs mains explorant mon corps, je me blottis contre mes trois Alphas et je pense que, parfois, les meilleures choses de la vie arrivent quand on ne les cherche pas.

Je suis venue à Whispering Grove brisée et seule, essayant simplement de survivre.

Maintenant, je reste comme leur compagne, leur famille, leur éternité.

Et pour la première fois depuis plus longtemps que je ne peux me souvenir, tout me semble exactement comme cela devrait être.

EMMA

Je me tiens devant la boulangerie Flour &
Fable, les mains légèrement tremblantes
tandis que j'observe la devanture transformée. Il y a trois mois, je suis entrée dans cette charmante petite boulangerie comme une femme brisée
fuyant les ruines de mon ancienne vie. Maintenant, les
vitrines sont décorées de banderoles portant mon nom
et la couverture de *La Fille de Feu Lunaire : Tome Cinq*,
avec des gens qui s'affairent à l'intérieur.

Mon cinquième livre. Mon bébé. L'aboutissement de
tout ce que j'ai appris sur l'écriture, sur l'amour, sur la
recherche de sa place dans le monde. Après tout ce que
Chad a tenté de détruire, me voici avec une histoire
dont je suis sincèrement fière.

— Tu as l'air sur le point de vomir sur ces jolies
décorations, observe Jess à côté de moi, ses cheveux
rouge flamboyant brillant presque dans la lumière de
fin d'après-midi. Elle a des courbes à arrêter la circula-

tion et le genre de confiance qui la fait paraître plus grande que son mètre soixante-huit. Ses yeux vert émeraude pétillent.

— C'est possible, j'avoue en pressant une main contre mon estomac. C'est tellement plus grand que ce que j'imaginais. Pourquoi les ai-je laissés me convaincre de faire ça ?

— Parce que tu es une auteure badass qui mérite qu'on célèbre ses livres badass. Jess me donne un coup d'épaule. J'ai fait tout ce trajet en avion pour te voir dans ton habitat naturel ; tu n'as pas intérêt à te dégonfler maintenant.

Elle planifie cette visite depuis des semaines, la synchronisant parfaitement avec le lancement de mon livre. L'avoir ici me donne l'impression de relier deux mondes, mon ancienne vie et ma nouvelle, en équilibre parfait.

— D'ailleurs, poursuit-elle avec un sourire malicieux, je meurs d'envie de finalement rencontrer tes Alphas en personne. Les appels FaceTime, c'est sympa, mais je veux voir s'ils sont aussi ridiculement séduisants en vrai que sur caméra.

— Ils vont t'adorer, je lui dis, bien qu'une partie de moi craigne qu'ils ne s'associent pour partager des histoires embarrassantes à mon sujet. En fait, ils t'adorent déjà. River n'arrête pas de demander quand tu vas déménager ici définitivement.

— Un homme intelligent. Je l'aime déjà. Elle prend une pose dramatique qui me fait pouffer de rire. Allez, viens, avant que je ne doive te traîner physiquement à l'intérieur. Tes garçons t'ont dit d'arriver avec moi pour qu'ils puissent aider à tout installer, tu te souviens ? Ils se demandent probablement où diable nous sommes.

C'est vrai. Le plan. Quelque chose à propos de me faire une surprise, bien que les connaissant, ils voulaient probablement juste s'assurer que tout soit parfait.

Dès que nous franchissons la porte, je suis immédiatement submergée par la chaleur, les rires et les odeurs les plus incroyables. La boulangerie a été complètement transformée. Lily et Hannah se sont surpassées. Non, elles ont littéralement créé de la magie.

Les vitrines habituelles de la boulangerie ont été déplacées pour créer un espace ouvert avec une petite scène, complète avec un podium et un microphone. Des tables sont dispersées partout avec l'étalage de nourriture le plus beau que j'aie jamais vu de ma vie.

Il y a les fameux croissants de Lily, des petits fours délicats décorés de minuscules fleurs comestibles qui semblent trop jolis pour être mangés, des fraises trempées dans le chocolat disposées comme de véritables bouquets, et ce qui semble être une véritable merveille architecturale faite de macarons dans toutes les couleurs de l'arc-en-ciel.

La contribution de Ruby est évidente avec le système de tireuse professionnel qu'elle a installé le long d'un mur, servant ce que je sais être sa bière artisanale primée, aux côtés de pichets de cocktails.

Mais ce qui me donne vraiment envie de pleurer, ce sont les décorations. La couverture de mon livre, un magnifique paysage fantastique avec une guerrière badass se détachant en silhouette contre un coucher de soleil magique, est agrandie et exposée derrière la scène comme si j'étais une véritable auteure ou quelque chose comme ça. Des versions plus petites sont dispersées dans tout l'espace, avec des guirlandes lumineuses qui donnent l'impression d'être à l'intérieur d'un de mes romans fantastiques.

Et là, au centre de tout ça, se trouve une table installée avec des piles de mes livres et un panneau qui dit *Rencontrez l'auteure - Emma Collins*.

— Putain, je murmure, les yeux remplis de larmes. C'est...

— Incroyablement génial ? River apparaît à mon coude comme s'il avait été invoqué, glissant son bras autour de ma taille et me tirant contre lui. Tu mérites l'incroyable, ma belle.

— Plus qu'incroyable, ajoute Atlas, se matérialisant de mon autre côté avec ce sourire satisfait qui signifie qu'il est particulièrement content de lui.

— Merci. Je suis nerveuse comme pas possible. Alors, où est Levi ? je demande, en tendant le cou pour regarder autour tout en essayant de ne pas pleurer et ruiner mon maquillage.

— En train de se disputer avec Archer sur la disposition optimale des livres, dit River avec un sourire. Apparemment, il y a toute une science dans l'arrangement des tables de dédicaces, et ils ont tous les deux des opinions très arrêtées.

— Bien sûr qu'il y en a une, je ris, une partie de ma nervosité s'évaporant juste par leur proximité. Archer est l'un des Alphas de Lily et probablement le plus grand rat de bibliothèque sur la planète, alors évidemment, lui et Levi se lieraient d'amitié sur la présentation littéraire appropriée.

— La fameuse Jess, déclare Atlas, se tournant vers ma meilleure amie avec son sourire charmeur. C'est incroyable de te rencontrer enfin en personne.

— L'unique et l'inimitable, répond Jess, souriant tandis qu'elle le serre dans ses bras. Et tu es encore plus ridiculement beau en personne, ce que je ne pensais pas possible. La caméra ne te rend vraiment pas justice.

River éclate de rire. — Elle est exactement comme annoncée, me dit-il, entraînant Jess dans une étreinte.

— Oh, toi le charmeur, dit Jess, mais elle rougit légèrement. Je comprends pourquoi Emma vous garde.

— En fait, c'est nous qui la gardons, corrige River avec un clin d'œil. C'est elle qui nous fait une faveur.

— Tout à fait, j'interviens, les faisant tous rire.

Avant que la société d'admiration mutuelle puisse continuer, je suis emportée par un tourbillon de câlins enthousiastes.

— Emma ! Lily rebondit presque en me serrant dans ses bras. Tu es là ! Comment trouves-tu tout ça ? C'est trop ? J'ai craint que ce soit trop, mais Hannah a dit...

— Lily, j'interromps, la serrant tout aussi fort. C'est parfait. C'est plus que parfait. Je n'arrive pas à croire que vous ayez fait tout ça.

— Nous avons fait tout ça, corrige Hannah, apparaissant avec son propre câlin. Elle a le même sourire chaleureux et les mêmes cheveux bouclés que sa sœur, mais là où Lily est toute énergie chaotique, Hannah possède une confiance calme qui empêche probablement la boulangerie de brûler quotidiennement. Quand on a une auteure à succès en ville, on sort le grand jeu.

— Je ne suis pas une auteure à succès...

— Tu es numéro deux sur la liste de romance fantastique et cinquantième dans tout le classement d'Amazon ! interrompt Hannah avec un sourire. J'ai vérifié ce matin. C'est énorme.

— Putain, vraiment ? couine Jess. Emma ! Tu ne me l'as pas dit !

— Je ne voulais pas porter malheur, marmonné-je, sentant mes joues s'empourprer, mais j'ai frénétiquement actualisé la page toute la journée pour voir mon classement s'améliorer.

— Après ce soir, vous grimperez probablement encore plus haut, dit une voix familière, et je me retourne pour voir le Détective Morrison tenant une bière et paraissant étonnamment détendu en tenue civile.

— Zak ! dis-je, vraiment surprise de le voir ici. Vous êtes venu !

— Je ne l'aurais manqué pour rien au monde, dit-il avec un sourire. Et puis, je voulais voir comment l'histoire se terminait. Métaphoriquement parlant, bien sûr.

— Bien mieux que le début, je vous assure.

— En parlant d'histoires, dit Ruby, apparaissant avec un cocktail de la plus belle teinte violette que j'aie jamais vue. On devrait probablement commencer à penser à la lecture. Les gens s'installent.

— C'est vrai. Mon estomac se noue immédiatement. La lecture. Devant tous ces gens qui ont sûrement mieux à faire un mardi soir.

— Hé, apparaît Levi à mes côtés comme s'il avait été invoqué par mon anxiété, sa présence calme apaisant immédiatement mes nerfs à vif. Tu vas y arriver, ma belle. Ces gens sont là parce qu'ils adorent ton travail.

— Et parce qu'ils t'adorent, ajoute Atlas, sa main se posant au creux de mon dos de cette façon protectrice qui me fait toujours sentir ancrée.

— Et puis, si quelqu'un te cherche des ennuis, on le mettra dehors, ajoute River serviablement, faisant pouffer Jess de rire.

— Ça n'aide pas vraiment, lui dis-je, mais je souris malgré mes nerfs.

— Tu sais quoi ? Je crois que j'ai besoin d'un verre avant de faire ça, décidé-je. Quelque chose d'assez fort pour me faire oublier que je vais me ridiculiser devant la moitié de la ville.

— Ruby s'en est occupée, dit Lily, me guidant vers le bar. Elle a préparé un cocktail spécial juste pour ce soir et l'a appelé *Courage Liquide*.

— Je l'adore déjà, dit Jess, nous suivant. Qu'est-ce qu'il y a dedans ?

— Du gin, de la fleur de sureau, du champagne et une touche de magie, dit Ruby mystérieusement en me tendant le cocktail violet.

— La magie, c'est du sirop de lavande, chuchote Hannah assez fort pour être entendue, faisant lever les yeux au ciel à Ruby.

— Rabat-joie, marmonne Ruby, mais elle sourit.

Je prends une gorgée et sens immédiatement une partie de la tension quitter mes épaules. C'est floral et vif, avec juste assez d'alcool pour me détendre sans me rendre assez éméchée pour lire accidentellement les scènes de sexe à voix haute.

— C'est incroyable, dis-je à Ruby. Tu as vraiment un don.

— Dit celle qui crée des mondes entiers pour gagner sa vie, répond Ruby avec un sourire.

— Des mondes où tout le monde est ridiculement séduisant et où le sexe est toujours incroyable, ajoute Jess serviablement, me faisant m'étouffer avec ma boisson.

— Bon sang, Jess !

— Quoi ? C'est vrai ! Tes scènes d'amour pourraient faire fondre la peinture des murs.

Je regarde autour de la salle, observant tous les visages. Certains me sont familiers – des habitants de la ville que j'ai appris à connaître ces derniers mois, des pompiers de la caserne, des habitués de la boulangerie. D'autres sont des inconnus, mais tous sont là pour la même raison – célébrer quelque chose que j'ai créé de mes propres mains et obstination.

— Tu sais ce qui est fou ? dis-je, plus pour moi-même. Il y a trois mois, je pensais que venir ici était la fin de tout. Il s'avère que ce n'était que le début.

— Le meilleur genre de rebondissement, dit Jess, et quand je rencontre ses yeux verts, ils sont suspicieusement brillants. Et ça va définitivement figurer dans mon discours de demoiselle d'honneur, alors souviens-toi que tu l'as dit.

— Discours de demoiselle d'honneur ? Atlas se redresse immédiatement. On parle de mariages ? Parce que j'ai des opinions très arrêtées sur les mariages.

— Du calme, mon grand, je ris. Personne ne se marie. Pas encore.

— Pas encore, répète River avec un sourire satisfait qui fait chavirer mon estomac.

— Pas encore, confirme Levi, déposant un baiser sur ma tempe qui me fait frissonner.

Avant que je puisse assimiler cette révélation particulière, Lily tape dans ses mains pour attirer l'attention de tout le monde.

— Si nous pouvions nous rassembler et prendre place, s'écrie-t-elle, Emma va nous faire une lecture de son œuvre !

Les papillons dans mon estomac se multiplient immédiatement par milliers, mais alors que les gens commencent à se diriger vers la scène, je ne vois que des visages souriants et encourageants. Mme Chen de la boutique de fleurs me fait un pouce levé encourageant. Jake de la quincaillerie lève sa bière en guise de toast.

C'est ma communauté. Ces personnes m'ont vue m'installer au cours des trois derniers mois.

— Tu es prête ? demande Jess, serrant ma main et me tendant le carnet que je lui avais demandé d'apporter pour ma lecture.

— Aussi prête que je ne le serai jamais, réponds-je, ma voix plus assurée que je ne l'aurais cru.

Mes trois Alphas se positionnent de façon à ce que je puisse facilement les voir pendant que je me dirige vers la petite scène. Atlas me fait un signe de tête encourageant, River me fait un pouce levé et un clin d'œil qui me fait sourire, et Levi affiche simplement ce sourire tranquille et fier qui ne manque jamais de faire battre mon cœur plus vite.

— Bonjour à tous, dis-je dans le microphone, et ma voix ne tremble qu'un peu. Je n'arrive pas à croire que vous êtes tous là. Quand Lily a suggéré pour la première fois de faire ça, j'ai pensé qu'elle avait perdu la tête. Je veux dire, qui veut écouter une femme quelconque lire des histoires inventées sur des gens qui n'existent pas ?

Il y a des rires légers dans la foule, et je sens une partie de ma nervosité s'apaiser.

— Mais en regardant autour de cette salle, en voyant tous vos visages, je réalise à quel point je suis incroyablement chanceuse. Non seulement d'avoir des lecteurs, mais d'avoir une communauté. D'avoir des amis. Mes yeux trouvent Jess dans la foule. D'avoir ma meilleure amie, qui a traversé le pays en avion juste pour m'embarrasser en public.

— C'est pour ça que je suis là ! s'écrie Jess, faisant rire tout le monde.

— Et d'avoir les Alphas les plus incroyables, les plus solidaires et absolument ridicules qu'une femme puisse souhaiter. Je regarde Atlas, River et Levi, sentant ma poitrine serrée par l'émotion. Je ne pourrais honnêtement pas être ici sans eux. Ils ont cru en moi quand je ne croyais pas en moi-même.

—Nous t'aimons aussi, ma belle, lance River, me faisant rougir et provoquant un *oooh* collectif dans la foule.

—Ce soir, je continue, au lieu de lire un extrait de La Fille du Feu Lunaire, je vais partager quelque chose de nouveau. Quelque chose sur lequel je travaille, une histoire inédite d'une série que je viens de commencer. Je veux que vous soyez les premiers à l'entendre. Et elle est dédiée aux trois hommes qui ont bouleversé ma vie de la plus belle façon possible. Je leur souris. C'est pour vous.

J'ouvre le carnet que j'ai entre les mains, trouvant les pages sur lesquelles j'ai travaillé en secret.

—Ceci est tiré de Wild Hearts Ranch, j'annonce. Chapitre Un.

Je prends une profonde inspiration et je commence :

J'aurais dû me douter que le GPS mentait quand il m'a dit de prendre un chemin de terre qui semblait ne pas avoir été entretenu depuis la dernière ère glaciaire. Mais après douze heures de conduite sous la chaleur texane avec un climatiseur en panne et une voiture qui faisait plus de bruit qu'une baleine agonisante, j'étais assez désespérée pour suivre Siri jusqu'aux portes de l'enfer si cela signifiait trouver la civilisation.

Ce que j'ai trouvé à la place, c'était un taureau massif planté au milieu de la route, fixant ma voiture de location comme si j'avais personnellement insulté ses ancêtres.

—D'accord, mon gros, dis-je à travers le pare-brise, comme si une conversation raisonnable pouvait fonctionner avec un animal de près d'une tonne doté d'un caractère bien trempé. J'essaie juste d'atteindre le Wild Hearts Ranch. Tu sais, l'endroit censé aider les filles de la ville comme moi à trouver leur cow-girl intérieure ?

Le taureau renifla bruyamment et frappa le sol de son sabot.

C'est alors que j'ai commis mon erreur monumentale : j'ai klaxonné.

La tête du taureau s'est relevée d'un coup et, pendant un moment terrifiant, nous nous sommes fixés à travers le pare-brise. Puis il a baissé sa tête massive et a chargé.

—Oh merde ! J'ai écrasé l'accélérateur, espérant le dépasser, mais les pneus de la voiture de location ont touché la terre meuble et ont immédiatement perdu leur adhérence. Le volant tournait dans mes mains tandis que la voiture zigzaguait follement sur la route.

J'allais trop vite sur un sol qui n'était guère plus que de la poussière. La voiture a dérapé latéralement, complètement hors de contrôle, et j'ai eu juste le temps de penser : « C'est comme ça que je meurs », avant que le côté passager ne s'écrase contre un chêne massif.

L'impact m'a projetée contre la portière côté conducteur, et le moteur s'est éteint avec un râle pathétique.

—Non, non, non ! J'ai tourné frénétiquement la clé, mais tout ce que j'ai obtenu était un horrible cliquetis. Par la lunette arrière, je pouvais voir que le taureau avait repéré le nouvel emplacement de ma voiture et exprimait son mécontentement en enfonçant ses cornes dans mon coffre.

La voiture entière tremblait à chaque impact. BANG. La vitre arrière s'est fissurée comme une toile d'araignée. BANG. Quelque chose qui semblait coûteux s'est détaché du châssis. Merde !

J'avais deux choix : rester et devenir la garniture d'un sandwich voiture-taureau ou prendre la fuite.

Jetant un coup d'œil aux alentours, j'ai repéré une énorme et élégante maison de ranch qui ressemblait exactement à celle de la photo que je cherchais. Ça devait être ma destination. Elle se trouvait à environ cinquante mètres, une vaste structure en bois qui criait « salut ! ». J'ai attrapé mon sac, *fait une rapide prière à la divinité qui protège les idiotes de la ville, et je me suis élancée hors de la voiture.*

Le taureau l'a immédiatement remarqué.

—Merde, merde, merde ! J'ai sprinté à travers la cour de terre, mes ballerines de créateur glissant sur le gravier meuble. Derrière moi, je pouvais entendre le martèlement des sabots qui gagnait du terrain.

J'ai atteint les marches en bois à pleine vitesse, les montant deux par deux, et je me suis jetée contre la porte d'entrée. Elle s'est ouverte, et j'ai basculé à l'intérieur, la claquant derrière moi juste au moment où quelque chose de lourd s'écrasait contre elle de l'extérieur.

La porte a tremblé.

—Euh, excusez-moi ? a demandé une femme derrière moi.

Je me suis retournée, respirant encore difficilement, et je me suis retrouvée devant la scène la plus déconcertante de toute ma vie.

Trois hommes étaient positionnés autour d'un salon rustique, chacun tenant un minuscule chaton duveteux et ne portant aucune chemise. Pas seulement tenant – posant. Un homme était assis dans un fauteuil en cuir avec un chaton tigré orange perché sur son épaule large. Un autre s'appuyait contre le manteau de la cheminée, berçant un chaton noir et blanc comme s'il était fait de verre filé. Le troisième était agenouillé sur le sol avec un chaton gris blotti contre sa poitrine, son expression aussi sérieuse que la mort.

Une femme aux cheveux violets et possédant suffisamment d'équipement photographique pour tourner un film se tenait au centre de tout cela, l'air de penser que je venais de ruiner son chef-d'œuvre.

—Qui êtes-vous, et pourquoi interrompez-vous ma séance photo ? a-t-elle exigé.

La porte a de nouveau tremblé derrière moi, et j'ai pressé mon dos contre elle. « Il y a un taureau dehors qui essaie de me tuer, et vos modèles tiennent des chatons. »

—Ce ne sont pas des modèles, a dit la femme avec une patience exagérée. Ce sont des cowboys. Et c'est une séance photo pour le calendrier du refuge animalier local. « Cowboys et Chatons – Adoptez l'Amour ».

Le cowboy avec le chaton gris, qui avait des cheveux noirs et des épaules dignes d'un concours de bûcherons, s'est levé lentement. « Madame ? Êtes-vous blessée ? »

—Seulement ma dignité, ai-je réussi à dire. Et peut-être ma voiture de location. Brutus n'était pas intéressé par les négociations.

—Brutus ? L'homme près de la cheminée avait des cheveux châtain clair et des rides de rire qui suggéraient qu'il trouvait la plupart des aspects de la vie amusants.

Le troisième cowboy, toujours assis avec son chaton orange, avait le genre de présence stable qui vous faisait penser qu'il pouvait gérer n'importe quoi. « Nous devrions probablement aller le maîtriser avant qu'il ne décide de redécorer le camion. »

—Mais nous n'avons pas terminé ! a protesté la photographe. J'ai besoin d'au moins douze clichés de plus pour le calendrier, et l'éclairage est parfait en ce moment !

La porte derrière moi a émis un autre bruit inquiétant.

—Je crois que Brutus a d'autres projets, ai-je dit faiblement.

Les trois hommes se sont regardés, puis ont regardé leurs chatons, puis moi.

—Alors, a dit celui avec le chaton gris, en transférant doucement la petite boule de poils dans mes bras, on dirait que tu es notre gardienne de chatons d'urgence.

Avant que je ne puisse protester, je me retrouvais à tenir trois chatons tout en regardant trois authentiques cowboys attraper des lassos accrochés près de la porte comme si c'était juste un mardi ordinaire au ranch.

La photographe leva les bras au ciel. — C'est exactement pour ça que je ne travaille jamais avec des animaux ou des enfants !

J'essayais de maîtriser les chatons pendant que celui au pelage orange tentait sans cesse de grimper sur ma chemise.

À travers la fenêtre, je regardais les trois hommes s'approcher du taureau avec ce genre de calme compétent qui suggérait qu'ils avaient déjà fait ça. Souvent.

— Alors, ça arrive souvent ? demandai-je.

— Quelle partie ? Les attaques de taureau, les séances photos ruinées, ou les femmes inconnues qui débarquent avec des chatons dans les bras ?

Je baissai les yeux vers les trois petites frimousses qui me regardaient avec une confiance absolue. — Tout ça à la fois ?

— Bienvenue au Ranch Wild Hearts, dit-elle d'un ton sec. Où le chaos est juste un autre mot pour mardi.

Dehors, l'un des cowboys avait réussi à passer une corde autour du cou de Brutus et semblait avoir une conversation très sérieuse avec lui sur les comportements sociaux appropriés. Le taureau avait l'air complètement indifférent.

— Je m'appelle Sophia, au fait, dis-je les bras chargés de chatons. Et je ne suis pas censée être ici pour des vacances relaxantes. J'ai hérité de cet endroit par ma grand-mère.

Les sourcils de la photographe se haussèrent. — Tu es la petite-fille de Rose Martinez ?

— C'est moi, dis-je. Mais je commence à penser que Mamie Rose a omis quelques détails importants sur la vie au ranch. Comme le bétail homicide.

La photographe laissa échapper un éclat de rire. — Ma chérie, Brutus est le cadet de tes soucis. Bon courage pour annoncer à ces trois hommes dehors que cet endroit t'appartient en réalité.

— Qu'est-ce que tu veux dire ? demandai-je, bien qu'un sentiment glacial s'installait dans mon estomac.

— Ces gars dirigent le Ranch Wild Hearts depuis cinq ans, depuis que ta grand-mère est devenue trop malade pour le gérer elle-même. Ils ont payé toutes les factures, entretenu la propriété, géré le bétail. Elle fit un geste vers la fenêtre où les cowboys étaient encore en train de s'occuper du taureau. — Pour autant qu'ils sachent, Rose leur a légué le ranch dans son testament.

Je la dévisageai. — Mais ce n'est pas le cas. Elle me l'a légué à moi. J'ai les documents.

— Eh bien, tu es sur le point d'avoir une conversation très intéressante. Parce que ces trois-là sont convaincus que cet endroit leur appartient, et ils ont cinq ans de sueur et de travail pour appuyer leur revendication.

En regardant les trois cowboys, qui menaient maintenant avec succès un taureau très grognon loin des restes de ma voiture de location, je sentis mon estomac se nouer. Réclamer mon héritage n'allait pas être aussi simple que je l'avais imaginé.

Mais alors que le chaton gris ronronnait contre ma poitrine et que je regardais l'homme qui me l'avait confié soulever son chapeau dans ma direction à travers la fenêtre, je réalisai que peut-être, ce côté compliqué était exactement ce dont ma vie avait besoin.

Même si cela signifiait me battre contre trois magnifiques cowboys pour mon propre ranch.

Je lève les yeux de mon carnet pour constater que toute la salle est complètement silencieuse, suspendue à chacun de mes mots. Il y a quelque chose de magique à partager une histoire comme celle-ci, à voir les gens se perdre dans le monde que vous avez créé.

Avant que je puisse ajouter quoi que ce soit, mes trois Alphas sont soudain sur scène avec moi, m'enveloppant dans une étreinte collective qui fait éclater le public en applaudissements.

— Dis-moi que ces trois cowboys, c'est nous. J'adore, murmure Atlas contre mon oreille.

J'acquiesce frénétiquement. — Bien sûr.

— Dis-moi qu'il y aura des scènes de sexe torrides dans celui-là, chuchote River, assez fort pour que plusieurs personnes aux premiers rangs commencent à rire.

— River ! je m'exclame, mortifiée.

— Tout le monde peut t'entendre, fait remarquer Levi d'un ton sec, en désignant le micro qui capte encore chaque mot.

Le rire qui éclate dans la foule est immédiat et ravi, et River a la grâce de sembler penaud pendant environ une demi-seconde avant de sourire sans aucun remords.

— Alors ? demande-t-il, toujours assez fort pour que tout le monde l'entende. Est-ce qu'il y en a ?

— Oh mon Dieu, je me cache le visage dans les

mains tandis que toute la salle éclate de rire et d'acclamations.

— C'est un oui ! crie Jess depuis la foule. J'ai lu ses brouillons !

Je ris trop fort pour être vraiment mortifiée.

Alors que les rires s'apaisent et que nous nous déplaçons vers la table de dédicaces, je suis frappée par le naturel de cette situation. À quel point cela semble juste. Je suis entourée d'amour, de rires et d'un type de communauté dont j'ignorais l'existence.

— Vous savez, dis-je à mes Alphas qui m'entourent de façon protectrice pendant que je signe des livres, je n'aurais jamais cru pouvoir être aussi heureuse.

— Pouvoir être ? Levi hausse un sourcil.

— D'accord, très bien. Je suis ridiculement, stupidement, complètement heureuse.

— Bien, dit Atlas en déposant un baiser sur le haut de ma tête.

— Et nous ne faisons que commencer, ajoute River.

Alors que la vraie fête ne fait que commencer, je me retrouve debout au milieu de la pièce, entourée par la chaleur des rires et des conversations qui ne montrent aucun signe de ralentissement.

Il y a trois mois, je pensais fuir ma vie.

Il s'avère que je courais droit vers elle.

Et le meilleur ? Ce n'est que le début de notre histoire.

À PROPOS DE HARLEY KNIGHT

Bonjour, je suis Harley Knight ! Je suis une auteure de romans d'amour complètement passionnée par les livres, l'écriture et les fins heureuses. J'adore créer des histoires remplies d'émotion, de passion et de personnages inoubliables qui vous accompagnent bien après la dernière page. Quand je n'écris pas, vous me trouverez plongée dans un bon livre ou en train d'imaginer ma prochaine grande aventure. Pour moi, rien n'est plus beau que de façonner des histoires d'amour qui nous rappellent pourquoi l'amour vaut la peine qu'on se batte pour lui.